4503

OEUVRES

COMPLETES

DE

VOLTAIRE.

OEUVRES

COMPLETES

DE

VOLTAIRE.

TOME CINQUANTE-QUATRIEME.

DE L'IMPRIMERIE DE LA SOCIÉTÉ LITTÉRAIRE-
TYPOGRAPHIQUE.

1 7 8 5.

RECUEIL

DES LETTRES

DE M. DE VOLTAIRE.

1744–1752.

RECUEIL

DES LETTRES

DE M. DE VOLTAIRE.

LETTRE PREMIERE.

A M. DE LA MARTINIERE,

AUTEUR DU DICTIONNAIRE GÉOGRAPHIQUE.

A Paris, ce 3 janvier.

J'AI attendu le temps des étrennes, Monſieur, ——
pour avoir l'honneur de vous répondre. J'ai cru que 1744.
les uſages du jour de l'an juſtifieraient l'inſolence
que j'ai de vous donner mon carroſſe. Votre hiſtoire
de *Puffendorf*, dans laquelle vous avez corrigé une
partie de ſes fautes, eſt un préſent plus conſidérable
que celui que j'oſe vous faire. Si j'avais l'honneur de
porter quelque couronne électorale, j'enverrais le
carroſſe chez vous, traîné par ſix chevaux gris-pom-
melés, avec un beau brevet de penſion dans les bourſes
de la portière; mais je n'ai qu'une ſtérile couronne de
laurier; et ſi je penſe en prince, mes étrennes ne
ſont que d'un homme de lettres : ayez la bonté de
les accepter, Monſieur, comme celles d'un ami qui
ne peut vous témoigner combien il vous eſtime.

Voulez-vous bien vous charger de préfenter mes profonds refpects à monfieur l'ambaffadeur et à madame l'ambaffadrice d'Efpagne, à M. et madame de *Fogliani*, et à tous ceux qui daignent fe fouvenir de moi?

J'aurai l'honneur de vous envoyer le tome qui vous manque de ce mauvais recueil qu'on a fait de mes œuvres. Il eft vrai que je donnai, il y a quelques années, à monfieur l'envoyé d'Angleterre, un exemplaire d'une autre édition, non moins mauvaife, que je trouvai à Amfterdam. Je ne manquerai pas d'obéir aux ordres de madame la marquife de *Saint-Gilles*, à la première occafion; mais il faut qu'elle fache que je préfère un quart-d'heure de fa vue et de fa converfation à tous les vers, à toute la profe de ce monde. Adieu, Monfieur; je fuis pour toute ma vie avec la plus tendre eftime,

votre très-humble et très-obéiffant ferviteur, &c.

LETTRE II.

A M. LE COMTE D'ARGENTAL, *à Paris*.

A Bruxelles, 2 février.

IL me prend envie de mander des nouvelles à mes anges. M. de *Stairs*, au nez haut, arrive ici dans ce moment; on lui tire le canon. Je ne crois pas qu'il s'expofe au nôtre. Les Hollandais ne fe déclarent point. Le roi d'Angleterre portera tout le fardeau, qui eſt un peu peſant. Ses Hanovriens, qui campent aux ——— portes de Bruxelles, diſent publiquement qu'on les 1744. mène à la boucherie, et ſont aſſez fâchés du voyage. J'ai vu les troupes flamandes, troupes déguenillées et mal payées. On doit actuellement onze mois aux officiers. Allons, Français, réjouiſſez-vous.

Voici une lettre du ſieur *Rutan*. Vous me direz : Pourquoi madame *du Châtelet* ne me l'envoie-t-elle pas elle-même ? Vraiment, elle avait grande envie d'accompagner la lettre de ce *Rutan* d'une longue épître ; mais elle eſt ſi fatiguée d'avoir converſé toute la journée avec *Chriſtianus Wolfius* et gens ſemblables, qu'elle n'a pas la force d'écrire. Vous n'aurez donc que ce billet de moi ; mais les tendres complimens qu'elle vous fait, valent mieux que cent de mes lettres. Mille reſpects à mes anges.

LETTRE III.

A M. PALLU,

Intendant de Lyon, en faveur d'un juif.

Le 20 février.

Béni ſoit, Monſieur, l'ancien Teſtament, qui me fournit l'occaſion de vous dire que de tous ceux qui adorent le nouveau, il n'y a perſonne qui vous ſoit plus attaché que moi. L'un des deſcendans de *Jacob*, honnête fripier, comme tous ces meſſieurs, en attendant le meſſie très-fermement, attend auſſi

A 3

—— votre protection, dont il a dans ce moment plus de
1744. befoin.

Les gens du premier métier de St *Matthieu* , qui
fouillent les juifs et les chrétiens aux portes de votre
ville , ont faifi je ne fais quoi, dans la culotte d'un
page ifraélite , appartenant au circoncis qui aura
l'honneur de vous remettre ce billet en toute humilité.

Permettez-moi de joindre mes *amen* aux fiens. Je
n'ai fait que vous entrevoir à Paris, comme *Moïfe*
vit DIEU; il me ferait bien doux de vous voir face à
face , fi le mot de face eft fait pour moi. Confervez,
s'il vous plaît , vos bontés à votre ancien et éternel
ferviteur , qui vous aime de cette affection tendre ,
mais chafte, qu'avait le religieux *Salomon* pour les
trois cents funamites.

LETTRE IV.

A M. LE COMTE D'ARGENTAL.

A Cirey, en félicité, ce 28 avril.

JE vous envoie, mes anges tutélaires, un énorme
paquet par la voie de M. de *la Reinière*. Dans ce
paquet vous trouverez le premier acte et le premier
divertiffement qui doit faire bâiller monfieur le
dauphin et madame la dauphine, mais qui pourra
vous amufer, car il plaît à madame *du Châtelet* , et
vous êtes dignes de penfer comme elle. Quand vous
aurez tant fait que de lire ce premier acte , je vous
prie de le cacheter, avec la lettre ci-jointe, pour M. le
duc de *Richelieu*, et de faire mettre le tout à la pofte;

mais la prière la plus essentielle que je vous fais, c'est de me faire des critiques. Vous pensez bien que j'en garde un exemplaire par-devers moi, ainsi vous n'aurez seulement qu'à marquer sur un petit papier ce que vous désapprouverez. Il se pourra bien faire que vous receviez aussi, par la même poste, le divertissement du second acte ; on le copie actuellement, et il y a apparence que vous aurez encore ce petit fardeau.

J'ai mis aussi dans le paquet un cinquième acte de Pandore, avec une lettre pour l'abbé de *Voisenon*, qui demeure rue Culture ou Couture-Sainte-Catherine; et je vous demande les mêmes bontés pour ce paquet que pour celui qui est destiné à M. le duc de *Richelieu*. A l'égard de la pastorale qui sert de divertissement au second acte de la fête-dauphine, vous pouvez la garder ; M. de *Richelieu* en a déjà un exemplaire. Vous verrez, mes chers anges, que, si j'ai perdu mon temps à Cirey, ce n'est pas à ne rien faire ; aussi j'ai fait graver sur la porte de ma galerie :

Asile des beaux arts, solitude où mon cœur
Est toujours occupé dans une paix profonde,
C'est vous qui donnez le bonheur
Que promettait en vain le monde.

Cela veut dire que votre amie est presque toujours dans la galerie.

Ne vous lassez point de moi, mes anges ; armez-vous de courage ; car, dès que j'aurai fini l'ambigu du dauphin, je vous sers d'une Fausse Prude, revue et corrigée, qu'il faudra bien que vous aimiez. Quoi ! faudra-t-il que l'opéra soit toujours fade, et la comédie toujours larmoyante ? et l'hiftoire un chaos de faits mal digérés , une gazette de marches et de contre-marches ? je veux mettre ordre à tout cela avant de mourir. Les récompenfes feront pour les autres , et le travail pour moi.

Mais Cirey et votre amitié confolent de tout. Ce Cirey eft un bijou, et n'a pas befoin de l'être ; il n'a befoin que de vous pofféder.

Je me mets toujours à l'ombre de vos ailes, et vous fuis tendrement attaché à vous , mes deux anges, et à M. de *Pont-de-Vefle* , quoiqu'il me mette moins fous fes ailes que vous. *Valete.*

LETTRE V.

A M. DE CIDEVILLE.

A Cirey, le 8 mai.

MON cher ami, vous m'avez envoyé le plus joli journal qu'on ait jamais fait. Pardonnez fi je réponds en profe à des vers fi aimables; je ne pourrais pas même vous payer en vers; je fuis d'ailleurs prefque glacé par mon ouvrage pour la cour. Je me repréfente un dauphin et une dauphine ayant toute autre chofe à faire qu'à écouter ma rapfodie. Comment les amufer? comment les faire rire? moi travailler pour la cour! j'ai peur de ne faire que des fottifes. On ne réuffit bien que dans des fujets qu'on a choifis avec complaifance.

Cui lecta potenter erit res ,
Nec facundia deferet hunc, nec lucidus ordo.

Molière et tous ceux qui ont travaillé de commande, y ont échoué. J'efpérerais plus de l'opéra de Prométhée, parce que je l'ai fait pour moi. M. de *Richelieu* l'a donné à mettre en mufique à *Royer*, et le deftine pour une des fecondes fêtes qu'il veut donner. Or je veux fur cela, mon cher ami, vous fupplier de faire une petite négociation. J'avais, il y a quelques mois, confié ce Prométhée à madame *Dupin*, qui voulait s'en amufer et l'orner de quelques croches, avec M. de *Franqueville* et *Jéliotte*. Je crois qu'elle ne me faura pas mauvais gré fi M. de *Richelieu* y fait travailler *Royer*; c'eft un arrangement que je n'ai ni pu ni dû empêcher.

Je vous fupplie d'en dire un petit mot à la déeffe de la beauté et de la mufique, avec votre fageffe ordinaire.

Mais, s'il vous plaît, que faites-vous à Paris cet été? feriez-vous affez philofophe et affez ami pour paffer quelques jours à Cirey? vous y trouveriez deux perfonnes qui vous feraient peut-être fupporter la folitude. Quand vous aurez vu et revu Dardanus et l'Ecole des mères, venez ici dans l'école de l'amitié.

Cette ducheffe, de *Luxembourg*, dont le nom de baptême eft *belle et bonne*, avait quelque velléité de venir voir comment on vit entre deux montagnes, dans une petite maifon ornée de porcelaines et de magots. Affermiffez-la dans fes louables intentions, et foyez le digne écuyer de votre adorable gouvernante.

Je vous embraffe tendrement, mon cher et ancien ami, *operum noftrorum candide judex.*

LETTRE VI.

A M. THIRIOT.

A Cirey, le 8 mai.

JE bénis DIEU et le roi de Pruffe de ce qu'enfin vous allez être du nombre des élus de ce monde, et qu'on fonge à vous payer ; mais permettez-moi de réferver mon *Te Deum* pour le jour où vous aurez touché votre argent. Cette petite fomme payée à la fois vous mettrait fort à l'aife, et votre philofophie s'en trouvera très-bien. Je vous affure que c'eft un des plus grands plaifirs que le roi de Pruffe pût me faire. Il m'écrit toujours des lettres charmantes ; mais la lettre de change qu'il doit vous envoyer me paraîtra un chef-d'œuvre.

J'ai lu les Extraits de *Cicéron* (*) que j'ai trouvés très-élégamment traduits. Je ne fais fi ces penfées détachées feront une grande fortune ; ce font des chofes fages , mais elles font devenues lieux communs, et elles n'ont pas cette précifion et ce brillant qui font néceffaires pour faire retenir les maximes. *Cicéron* était diffus , et il devait l'être parce qu'il parlait à la multitude. On ne peut pas d'un orateur , avocat de Rome , faire un *la Rochefoucauld*. Il faut dans les penfées détachées plus de fel , plus de figures , plus de laconifme. Il me paraît que *Cicéron* n'eft pas là à fa place.

(*) Par l'abbé d'*Olivet*.

On m'a mandé que l'Ecole des mères (*) eſt ⸺ tombée à la ſeconde et à la troiſième repréſentation. Il **1744.** n'y a guère d'ouvrage dont on m'ait dit plus de mal ; mais je me défie toujours des jugemens précipités. Une pièce de théâtre n'eſt jamais bien jugée qu'avec le temps.

Je n'ai point lu et je ne veux point lire l'ouvrage contre M. de *Maupertuis :* c'eſt un grand mathématicien et un grand génie. Qu'a-t-on à lui reprocher ? Laiſſons là toutes ces brochures ridicules; je n'ai le temps que de lire de bons livres ; je lirai ſurement celui de l'abbé *Prévoſt*. Je n'ai pu lire qu'à Cirey ſa traduction libre et très-libre de la vie de *Cicéron ;* elle m'a fait un très-grand plaiſir. Je fais venir les lettres à *Brutus*, et ſurtout celles de *Brutus* , qui me paraiſſent bien plus nerveuſes que celles de *Marc-Tulle.* Bonſoir ; écrivez à votre ancien ami qui vous aime toujours.

LETTRE VII.

A M. THIRIOT, *à Paris.*

A Cirey , le 30 mai.

Je vous ſuis très-obligé de la ſenſibilité que vous me marquez à la perte que je viens de faire de ce pauvre *Denis*. Sa veuve eſt très à plaindre ; elle a fait une perte unique; elle était adorée d'un mari honnête homme et aimable ; elle perd des jours et des nuits, et de la fortune qu'elle ne retrouvera plus.

(*) Par M. de *la Chauſſée.*

Je vous avais prié, par la réponse que je fis à votre première lettre, de dire à M. l'abbé de *Rothelin* combien je m'intéressais à sa santé. Vous avez prévenu mes prières, mais vous m'annoncez de fort tristes nouvelles. Il faudrait que des ames comme la sienne vécussent dans de meilleurs corps et dans un meilleur siècle, et que la vertu ne fût point obligée de rendre hommage au fanatisme et à l'hypocrisie.

J'attends avec impatience la nouvelle du payement qui s'est fait attendre si long-temps. Il faut bien qu'enfin vous jouissiez de cette petite aisance qui ne dérangera pas votre philosophie, mais qui la rendra plus heureuse.

Le bonheur que je goûte dans une retraite délicieuse, et dans un loisir toujours occupé des arts et de l'amitié, augmentera par les accroissemens de votre fortune, si on peut appeler fortune ce nécessaire qu'on vous a promis.

Je vous embrasse.

LETTRE VIII.

A M. LE COMTE D'ARGENTAL.

A Cirey, 5 juin.

Vous m'avez écrit, adorable ange, des choses pleines d'esprit, de goût et de bon sens, auxquelles je n'ai pas répondu parce que j'ai toujours travaillé. Figurez-vous que, pendant ce temps-là, M. de *Richelieu* envoie au président *Hénault* et à monsieur

d'*Argenſon* le miniſtre, l'informe eſquiſſe de cet
ouvrage. J'en ſuis très-fâché ; car les hommes jugent
rarement ſi l'or eſt bon quand ils le voient dans la
mine, tout chargé de terre et de marcaſſites. J'écris au
préſident pour le prévenir. J'eſpère qu'avec du temps
et vos conſeils, je pourrai venir à bout de faire
quelque choſe de cet eſſai ; mais je vous demande
en grâce de jeter dans le feu le manuſcrit que vous
avez. Pourquoi voulez-vous garder des titres contre
moi ? pourquoi conſerver les langes de mon enfant
quand je lui donne une robe neuve ?

Je conviens avec vous que le plaiſant et le tendre
ſont difficiles à allier. Cet amalgame eſt le grand
œuvre ; mais enfin cela n'eſt pas impoſſible, ſurtout
dans une fête. *Molière* l'a tenté dans la Princeſſe
d'Elide, dans les Amans magnifiques ; *Thomas Corneille*
dans l'Inconnu : enfin, cela eſt dans la nature. L'art
peut donc le repréſenter, et l'art y a réuſſi admirablement dans Amphytrion. Je vous avertis d'ailleurs
qu'on a voulu une *Sanchette* ou *Sancette*, et que je
la fais un enfant ſimple, naïve et ayant autant de
coquetterie que d'ignorance ; c'eſt du fond de ce
caractère que je prétends tirer des ſituations agréables.

Si quid noviſti rectius iſtis
Candidus imperti, ſi non, his utere mecum.

1744.

LETTRE IX.

A M. THIRIOT.

A Cirey, 11 juin.

SOUVENEZ-VOUS que j'avais dit à celui qui vous fait tant attendre :

Titus perdit un jour, et vous n'en perdrez pas.

Je n'ai point dit vous n'en *perdez* pas, puisque voilà neuf années perdues jusqu'à préfent pour vous. Cependant, je ne puis croire, que tout *Vefpafien* qu'il eft, par fon goût que vous lui reprochez pour l'argent, il ne vous paye à la fin en *Titus*. Il ne vous a pas demandé votre mémoire pour ne vous rien donner; il exerce votre patience, mais il ne la confondra point. Je vous réponds qu'on paye exactement toutes les penfions qu'il donne; on les paye même tous les mois; il ne s'agit que d'être mis fur l'état, et je vous affure qu'enfin vous y ferez. Je vous plains beaucoup, l'épreuve eft trop longue; mais je ferais bien trompé fi, dans peu de temps, vous ne recevez une fomme honnête. Malheureufement les nouvelles affaires que la fucceffion d'Oftfrife va fufciter, pourraient être un prétexte d'un nouveau délai; mais une affaire auffi petite que la vôtre ne doit pas être comptée pour une dépenfe: enfin, j'efpère encore qu'il ne fera pas une injuftice fi criante.

Je vous prie de dire à M. l'abbé de *Rothelin* qu'il ——— doit me compter parmi ceux qui s'intéreffent le 1744. plus là fon état; je lui fuis fincèrement dévoué comme citoyen et comme homme de lettres.

J'avoue qu'il eft trifte qu'il ait été forcé de facrifiér fa philofophie et fa manière de penfer à des hypocrites et à des imbécilles. *Fari quæ fentiat* eft le plus beau privilége de l'humanité ; mais il faut être anglais pour jouir de cette prérogative. Si on avait le malheur de le perdre , il quitterait un monde bien peu regrettable. Je fuis plus-détaché que jamais des tourbillons des fots dans la douce folitude qui fait ma confolation ; et fi la fête de monfieur le dauphin ne me rappelait pas à Paris , je ne crois pas que j'y revinffe jamais. *Le paradis terreftre eft où je fuis.* Si vous aviez vu mon appartement , vous me croiriez plus mondain que philofophe. Je me crois pourtant plus philofophe que mondain. Comptez que dans ma philofophie l'amitié tient toujours un grand chapitre ; je la regarde comme le baume qui guérit toutes les bleffures que la fortune et la nature font continuellement aux hommes.

Je vous embraffe de tout mon cœur.

LETTRE X.

A M. LE DUC DE RICHELIEU.

A Cirey, ce 18 juin.

J'AI reçu, monfieur le Duc, les opinions de mes juges qui, à peu de chofe près, juftifient ma manière de penfer. Vous m'avez donné une terrible befogne. J'aurais mieux aimé faire une tragédie qu'un ouvrage dans le goût de celui-ci (*). La difficulté eft prefque infurmontable, mais je me flatte qu'à la fin mon zèle me fauvera. Voici un prologue que la prife de Menin m'a infpiré. Il me paraît qu'il embraffe affez naturellement le fujet de vos victoires et celui du mariage. Peut-être l'envie de vous fervir m'aveugle ; mais il me paraît que *Mars* et *Vénus* viennent affez à propos, et que l'arbre chargé de trophées, dont les rameaux fe réuniffent, fournit un des heureux corps de devife qu'on ait jamais vus.

Je n'ai qu'une certaine portion de talent, et je vous avoue que j'ai mis dans ce prologue tout ce que la nature du fujet fournit à ma très-faible capacité ; j'en envoie un double à mes juges. Qu'ils prennent bien garde que fouvent *il meglio e'l nemico del bene.*

Les divertiffemens du premier acte ne peuvent devenir que plus mauvais fous ma main ; et fi le fpectacle de ce premier acte, tel qu'il eft, ne fait

(*) La Princeffe de Navarre. On n'a pas trouvé le prologue dont l'auteur parle ici.

pas

pas un grand effet , je fuis l'homme du monde le
plus trompé.

Voyez donc, monfieur le duc, fi vous voulez que
j'envoye à *Rameau* ce prologue et ces fêtes du premier acte , tandis que je travaillerai au refte.

Ce refte eft extrêmement difficile, encore une
fois , parce que vous avez ordonné l'alliage des
métaux. J'y travaille comme un homme qui veut
vous plaire ; mais croyez-moi fur le prologue et fur
les fêtes du premier acte : ce ne font pas des morceaux qui flattent affez mon amour propre pour
m'aveugler. Il n'y a ici d'autre gloire pour moi que
celle de vous obéir. Le grand point eft que je vous
fourniffe un fpectacle brillant et plein d'agrément ,
qui faffe honneur à votre magnificence et à votre
goût ; et je vous réponds que tout cela fe trouve
dans le prologue et dans le premier acte. Je ne parle
que du tableau ; il eft aifé de fe le repréfenter. Y a-t-il
rien de plus contrafté et de plus magnifique , j'ofe
dire de plus neuf ? Où trouvera-t-on une femme
perfécutée , arrêtée par des fêtes à toutes les portes
par où elle veut fortir ? Songez bien que je ne prends
le parti que de ce tableau que je foutiens devoir
faire un effet charmant ; croyez-en l'expérience que
j'ai du théâtre. J'abandonne tout , mon ftyle , mes
fcènes , mes caractères ; j'infifte fur ces deux divertiffemens dont je peux parler fans faire l'auteur.
Enfin , je crois voir cela très-clair , et enfin il
faut prendre un parti : *Rameau* preffe. Je travaillerai
nuit et jour pour vous , mais encouragez-moi un
peu , et fiez-vous un peu à qui vous aime et vous
refpecte fi tendrement.

LETTRE XI.

A M. LE COMTE D'ARGENTAL.

A Cirey, ce 11 juillet.

Le convalefcent fait partir aujourd'hui, fous l'enveloppe de M. de *la Reinière*, le plus énorme paquet dont jamais vous ayez été excédé; c'eft, mes anges, toute la pièce avec les divertiffemens, telle à peu-près que je fuis capable de la faire. Je ne vous demande pas d'en être auffi contens que madame *du Châtelet* et M. le préfident *Hénault*, mais je vous demande de l'envoyer à M. le duc de *Richelieu*, et d'en paraître contens.

Je fouhaiterais, pour le bien de votre ame, que vous vouluffiez faire grâce à *Sanchette*, dont vous m'avez paru d'abord fi mécontens. Tenez-moi quelque compte d'avoir mis au théâtre un perfonnage neuf dans l'année 1744, et d'avoir, dans ce perfonnage comique, mis de l'intérêt et de la fenfibilité. Comment avez-vous pu jamais imaginer que le *bas* pût fe gliffer dans ce rôle? comment eft-ce que la naïveté d'une jeune perfonne ignorante, et à qui le nom feul de la cour tourne la tête, peut tomber dans le bas? ne voulez-vous pas diftinguer le bas du familier, et le naïf de l'un et de l'autre?

Il n'y a de bas que les expreffions populaires et les idées du peuple groffier. Un *Jodelet* eft bas, parce que c'eft un valet ou un vil bouffon à gages.

Morillo eft d'une néceffité abfolue; il eft le père

de fa fille, une fois, et on ne peut fe paffer de lui. ———

Or, s'il faut qu'il paraiffe, je ne vois pas qu'il puiffe 1744.

fe montrer fous un autre caractère, à moins de faire une pièce nouvelle.

Je pourrai ajouter quelques airs aux divertiffe-mens, et furtout à la fin; mais, dans le cours de la pièce, je me vois perdu fi on fouffre des divertiffe-mens trop longs. Je maintiens que la pièce eft inté-reffante; et ces divertiffemens n'étant point des intermèdes, mais étant incorporés au fujet, et fefant partie des fcènes, ne doivent être que d'une longueur qui ne refroidiffe pas l'intérêt.

Enfin, vous pouvez, je crois, envoyer le tout à M. de *Richelieu*, et préparer fon efprit à être content. S'il l'eft, ne pourrait-on pas alors lui faire entendre que cette mufique, continuellement entre-laffée avec la déclamation des comédiens, eft un nouveau genre pour lequel les grands échafaudages de fimphonie ne font point du tout propres? ne pourrait-on pas lui faire entendre qu'on peut réfer-ver *Rameau* pour un ouvrage tout en mufique? Vous me direz ce que vous en penfez, et je me conformerai à vos idées.

Que de peines vous avez avec moi! et que d'importunités de ma part! En voici bien d'un autre. Vous fouvenez-vous avec quels fermens réitérés ce fripon de *Prault* vous promit de ne pas débiter l'infame édition qu'il a fait faire à Trévoux? M. *Pallu* me mande qu'elle eft publique à Lyon. Je le fupplie de la faire féqueftrer; mais je vous demande en grâce d'envoyer chercher ce miférable, et de lui dire que ma famille eft très-réfolue à lui

—— faire un procès criminel, s'il ne prend pas le parti
de faire lui-même fes diligences, pour fupprimer
cette œuvre d'iniquité. Il a affurément grand tort,
et on ne peut fe conduire avec plus d'imprudence
et de mauvaife foi. Je travaillais à lui procurer une
édition complète et purgée de toutes les fottifes
qu'il a mifes fur mon compte dans fon indigne
recueil ; et c'eft pendant que je travaille pour lui
qu'il me joue un fi vilain tour. Il ne fent pas qu'il
y perd, que fon édition fe vendrait mieux, et ne
ferait point étouffée par d'autres, fi elle était bonne.

Mais prefque tous les libraires font ignorans et
fripons ; ils entendent leurs intérêts auffi mal qu'ils
les aiment avec fureur. La mauvaife foi de *Prault*
me fait d'autant plus de peine, que je me flattais
que cette même édition, corrigée felon mes vues, ferait
celle dont je ferais le plus content. Vous. allez
trouver ma douleur trop forte ; mais vous n'êtes
pas père : pardonnez aux entrailles paternelles,
vous qui êtes le parrain et le protecteur de prefque
tous mes enfans. Adieu, mon cher et refpectable
ami ; madame *du Châtelet* vous dit toujours des
chofes bien tendres ; car comment ne vous pas
aimer tendrement. Mille refpects à tous les anges.

P. S. Permettez que le bavard dife encore un petit
mot de la Princeffe de Navarre et du Duc de Foix. Il
m'eft devenu important que cette drogue foit jouée
bonne ou mauvaife. Elle n'eft pas faite pour l'impreffion ; elle produira un fpectacle très-brillant et
très-varié ; elle vaut bien la Princeffe d'Elide, et
c'eft tout ce qu'il faut pour le courtifan ; mais c'eft

auſſi ce qu'il me faut. Cette bagatelle eſt la ſeule reſſource qui me reſte, ne vous déplaiſe, après la démiſſion de M. *Amelot*, pour obtenir quelque marque de bonté qu'on me doit pour des bagatelles d'une autre eſpèce dans leſquelles je n'ai pas laiſſé de rendre ſervice. Entrez donc un peu, mon cher ange, dans ma ſituation, et ſongez plutôt ici à votre ami qu'à l'auteur, et au ſolide qu'à la réputation. Je ferai pourtant de mon mieux pour ne pas perdre celle-ci. VOLTAIRE.

Autre bavarderie. Je ſuis pourtant toujours pour cet arbre chargé de trophées, dont les rameaux ſe réuniſſent. Eſt-ce encore ce coquin de M. le chevalier *Roi* qui m'a volé cette idée? Je viens de lire *Nérée*. Je ne ſais ſi je ne me trompe; mais cela ne me paraît écrit ni naturellement ni correctement.

Ces deux choſes manquant, font déteſtablement.

J'en demande pardon à monſieur le chevalier.

LETTRE XII.

A M. LE COMTE D'ARGENTAL.

A Cirey, 23 juillet.

J'AVAIS déjà fait le divertiſſement du ſecond acte, ſelon le projet que j'avais envoyé à M. de *Richelieu*. M. le préſident *Hénault* doit avoir à préſent entre les mains ce nouveau divertiſſement. Le comité peut comparer mes Maures avec mon berger qui tue les

monſtres tout ſeul pendant que l'évêque bénit les
drapeaux. Il peut choiſir ou rejeter tout.

Je vous avertis, mon cher ange gardien, que la
comédie eſt à peu-près faite ſelon les deux manières,
c'eſt-à-dire, qu'avec le divertiſſement de la Princeſſe
Eſone, tiré d'*Higin*, madame de *Navarre* n'eſt
reconnue qu'au troiſième acte, et qu'avec mes
Maures, mes amours, mon baſſin, mon groupe,
tirés de ma tête, madame de *Navarre* eſt reconnue
au ſecond acte. Vous devinez tout le reſte. J'ai reçu
votre projet du troiſième acte, et je vous remercie
d'aider la faibleſſe de mon imagination; mais je
vous ſupplie de ne pas imiter les comédiens italiens,
quand vous craignez d'imiter *Roi*. Or, ce ſerait les
imiter bien pauvrement que de donner un feu d'artifice, ſans autre raiſon que l'envie de le donner;
mais que ce feu d'artifice ſerve à expliquer un ſecret,
à dénouer une intrigue, alors il me ſemble que c'eſt
une invention très-agréable. J'ai imaginé qu'on avait
prédit à la princeſſe qu'elle aimerait un jour ſon
ennemi; et l'accompliſſement de cette prédiction ſe
trouvera renfermé dans les lettres de feu qui paraîtront ſur un ciel étoilé, comme un ordre des Dieux
écrit dans le ciel. Laiſſez-moi donc conſerver mon
divertiſſement du premier acte; il ne reſſemble point
tant, ce me ſemble. Ce ſont les trois déeſſes elles-
mêmes qui font une galanterie de leur pomme à la
princeſſe. Les guerriers ſont néceſſaires, parce qu'ils
la jettent dans l'embarras. Enfin, il me ſemble que
c'eſt n'imiter perſonne que de faire arrêter les gens
à chaque porte par des fêtes. C'eſt principalement
dans cette invention que conſiſte toute la galanterie;

et pour peu que la muſique ſoit bonne, il me paraît
que ce premier acte doit beaucoup réuſſir.

A l'égard des autres, vous ſentez bien qu'il y a
deux tons qui dominent, celui de la tendreſſe et
celui du comique; je ne dis pas celui du bouffon.
J'appelle comique le rôle de *Sanchette*, qui eſt tout
neuf au théâtre, et qui doit partager au moins
l'attention. J'entends par comique la ſcène de *Léonore*
avec ſa maîtreſſe, où elle dit :

> Mais, ſi j'étais fille d'un empereur,
> Si j'étais reine de la France, &c.

Je ne ſais ce que vous aviez contre moi quand vous
m'avez mandé que cette *Léonore* parlait en ſuivante
de comédie. Je ſoutiens que quand madame de
Villars n'avait pas le malheur d'être dévote, elle ne
s'exprimait pas autrement. Je vous demande bien
pardon; mais cette ſcène de la princeſſe et de ſa
confidente eſt, avec ce que j'y ai ajouté, une des
moins mauvaiſes de l'ouvrage; prenez garde que le
reſte ne retombe dans tous les combats ordinaires
de la gloire et du devoir. Enfin, il faut ſe réſoudre à
quelque choſe dans cette beſogne où il y a peu d'honneur à acquérir, mais qui eſt très-importante pour
moi. Je crois que le tout formera un très-beau
ſpectacle; mais, en conſcience, il faut donner à
Rameau le prologue, le premier divertiſſement, et celui
des deux ſeconds qui vous déplaira le moins; il
aura bientôt le troiſième. Je voudrais bien épargner
à vos bontés ces volumes d'écriture, et vous conſulter de vive-voix; mais le moyen que vous veniez

à Cirey ou que j'aille à Paris? Vous aurez donc d'énormes paquets au lieu de fréquentes visites. Je baise mille fois le bout des ailes de mes anges gardiens, quoique je dispute contre eux. Je lutte comme *Jacob*, mais il adora l'ange après avoir lutté; aussi fais-je.

LETTRE XIII.

A M. LE COMTE D'ARGENTAL.

9 auguste.

ADORABLE ami, je reçois votre lettre. Vous corrigez la Princesse de Navarre et *Prault*. Il faut que je vienne vous remercier de tous vos bienfaits. Madame *du Châtelet* et DIEU me sont témoins que je rapetassais la scène manquée quand votre lettre est venue. Songez qu'il n'y a pas encore trois mois, que j'ai entrepris un ouvrage extrêmement difficile, qui demanderait plus de six mois d'un travail assidu pour être tolérable. Je n'ai jamais travaillé aux divertissemens qu'à regret et à la hâte, ne pouvant les bien faire que quand la pièce achevée me laissera de la liberté dans l'esprit.

Tout malade que je suis, je n'en ai pas moins d'envie de vous plaire. Une fille d'*Eole*, nommée *Armé*, avec qui *Neptune* eut une passade, viendra très-bien à la place de *Calisto*. Il n'y a qu'à substituer aux quatre vers de *Calisto*, ces quatre-ci :

De l'empire inconſtant des airs,
    La fille d'Eole
    Deſcend et revole
    Près du dieu des mers.

Je ſens bien que M. de *Richelieu* voudrait une répétition des divertiſſemens avant ſon départ pour l'Eſpagne ; mais s'il veut tout précipiter, il gâtera tout. Il a déjà fait aſſez de tort à la pièce, en me forçant d'en faire le plan chez lui à Verſailles, et d'y mettre une eſpèce de *Jodelet* dont vous l'avez dégoûté trop tard. Vous voyez, mon cher ange gardien, que votre empire eſt aſſez difficile à conduire, et qu'il faut donner le temps à vos ſujets de ſemer et de cultiver leurs terres qui ne peuvent pas produire en trois mois.

Je crois enfin avoir, à peu de choſe près, dégroſſi la comédie. Je vais me mettre aux divertiſſemens. Au nom de Dieu, ne m'en demandez pas trois dans le premier acte ; *ter repetita nocent :* cela ferait inſupportable. Il faut bien prendre garde que les ballets dans la pièce n'étouffent l'intérêt.

M. de *Richelieu* veut deſpotiquement que nous revenions à Paris, et je ſens que mon cœur dit oui, puiſque je vous reverrai.

LETTRE XIV.

A M. LE MARQUIS D'ARGENSON, *à Paris.*

A Cirey, ce 9 ou 8 augufte. Dieu merci, je ne fais pas comme je vis.

A propos, je fuis un infame pareffeux. Ah, que j'ai tort! que je vous demande pardon, Monfieur! Vous mariez un fils que j'aime prefque autant que fon père. Vous écrivez fans ceffe aux fermiers généraux, et moi je ne vous écris point. Je difais toujours : j'écrirai demain; et demain je fefais une plate comédie-ballet pour l'infante dauphine, et je me grondais, et puis j'étais honteux. Je le fuis bien encore, mais je paffe par-deffus tout cela. Pour Dieu, faites-en autant, et aimez-moi toujours. Mais y a-t-il tant de complimens à vous faire de ce que vous êtes du confeil des finances ? Je vous en ferai, ou plutôt à la France, quand vous ferez chancelier ; car je veux que vous le foyez pour me dépiquer. N'y manquez pas, je vous en conjure ; et le plutôt fera le mieux.

Je vous avertis que je viendrai chercher bientôt la réponfe à mon chiffon ; et quand vous ferez faoul des fermes et gabelles, et dixièmes, et autres groffes befognes, je vous lirai ma petite drôlerie pour l'infante, en préfence du nouveau marié. Nous partons vers le 20 de ce mois.

Savez-vous bien, Monfieur, que mon plus grand chagrin n'eft pas de ne vous avoir point écrit, mais

de passer ma vie sans vous faire ma cour. Je vous
la ferai, je vous jure ; mais quand ? Vous ne soupez 1744.
point, je ne dîne point ; vous allez entendre au
conseil des choses assommantes, et j'en fais de frivoles.
N'importe ; il faut absolument que je reprenne
mon habitude de vous soumettre mes rêveries :

Dùm validus, dùm lætus eris, dùm denique posses.

Mes respects, si vous le permettez, à monsieur
votre fils tout comme à vous ; mais, malgré mon
long et coupable silence, je vous suis dévoué avec
l'attachement le plus tendre et le plus vieux. Il y a,
ne vous déplaise, plus de quarante ans. Cela fait
frémir.

Adieu, Monsieur ; aimez-moi un peu, je vous en
supplie ; que j'aye cette consolation dans cette courte
vie. Il y a quarante ans, ô Ciel ! que je vous aime,
et je n'ai pas eu l'honneur de vivre avec vous la
valeur de quarante jours ! Ah ! ah !

LETTRE XV.

A M. LE COMTE D'ARGENTAL.

A Cirey, 25 auguste.

DEUX nouveaux divertissemens, qui peut-être ne
vous divertiront guère, mes anges gardiens, partent
dans le moment sous le couvert de M. le président
Hénault. Eh bien, je vous ai sacrifié *Vénus*, et la
pomme, et *Pâris*, et les galanteries que tout cela
produisait. Voyez, jugez, écrivez-moi. Vous êtes
d'étranges anges de ne pouvoir venir à Cirey où on

fait des drames, et où l'on voit *Jupiter* et fes fatellites tous les foirs. Vous pafferiez tout le jour dans votre chambre, et le foir on vous lirait la befogne du jour; mais vous êtes des mondains, mes anges, vous ne connaiffez pas les charmes de la retraite.

Je baife vos ailes.

LETTRE XVI.

A M. LE COMTE D'ARGENTAL.

A Cirey, augufte.

Eh bien, mes chers anges, tandis que vous y êtes, crayonnez encore cette guenille, et ne me laiffez faire rien de médiocre. Quand vous en ferez contens, ne la lifez et ne l'envoyez qu'à vos amis. Je crois que M. de *Chauvelin* ne fera pas mécontent de la manière dont j'y traite meffieurs des Alpes; mais je voudrais qu'on fût auffi un peu fatisfait à Metz.

S'il eft bien vrai que le roi ait dit de lui-même que l'ode de madame *Bienvenu* était trop mauvaife pour être de moi, nous fommes trop heureux. Nous avons un roi qui a du goût. Il faut donc que ceci lui plaife, mais j'ai peur d'avoir raifon de lui dire:

Que vous êtes heureux de ne nous jamais lire!

J'attends ma Princeffe, et je me recommande à vos bontés.

LETTRE XVII.   1744.

A M. LE COMTE D'ARGENTAL.

A Cirey, auguste.

Je vous supplie, mes saints anges, de considérer
que M. de *Richelieu* aurait voulu que l'ouvrage eût
été fait avant son départ, et qu'en moins de quinze
jours j'ai fait deux actes et ces deux divertissemens.
Il ne faut donc regarder tout ce que j'ai broché que
comme une esquisse dessinée avec du charbon sur
le mur d'une hôtellerie où on couche une nuit. Je
n'ai jamais prétendu que la comédie restât comme
elle est, je prétends seulement que les divertissemens
du premier acte demeurent. Ils me paraissent devoir
faire un spectacle charmant. J'ai déjà fait tenir à M. le
duc de *Richelieu* le second acte, mais je lui mande bien
positivement que tout cela n'est qu'une ébauche. Il veut
absolument du burlesque ; j'ai eu beaucoup de peine à
obtenir qu'il n'y eût point d'*Arlequin*. A l'égard de
Sanchette, elle n'est qu'une pierre d'attente. Il y faut
mettre madame *Morillo*, parce qu'il faut une personne ridicule, qui occasionne des méprises et des
jeux de théâtre ; mais, je vous en prie, prêtez-vous
un peu plus au comique. Il est vrai qu'il est hors de
mode, mais ce n'est pas parce que le public n'en veut
point, c'est qu'on ne peut lui en donner. Comptez
que le comique qui fait rire, dépend du jeu des
acteurs, et ne se sent point quand on examine un
ouvrage, et qu'on le discute sérieusement, Je vais

retoucher ce premier acte dont l'idée paraît toujours charmante à madame *du Châtelet*, et qui peut fournir un des plus agréables fpectacles du monde, avec des danfes et de la mufique. A l'égard de ce qui était deftiné à M. de *Richelieu*, il n'y a qu'à le brûler. Je vais le refondre. Je ne me rebuterai point, je travaillerai jufqu'à ce que vous foyez contens.

LETTRE XVIII.

A M. LE COMTE D'ARGENTAL.

Septembre.

Mon cher et refpectable ami, voilà ma petite drôlerie : fi vous voulez avoir la bonté de fouffrir qu'elle paffe par vos aimables mains pour aller ennuyer ou amufer un moment votre éminentiffime oncle, cela fera mieux reçu ; et je vous fupplie de vouloir bien ménager cette négociation. Il y a je ne fais quoi de bien infolent à envoyer fes vers foi-même ; c'eft dire à un miniftre : quittez vos affaires pour me lire, admirez-moi et donnez-vous la peine de me l'écrire. Il faut, en vérité, que les vers fe faffent lire eux-mêmes, qu'ils courent d'eux-mêmes s'ils font bons, qu'ils tombent d'eux-mêmes s'ils ne valent rien, et que le pauvre auteur fe cache tant qu'il peut. On doit être faoul de vers fur le roi. Hier je vis encore trois odes ; c'eft bien le cas de dire, et *fi peu de bons vers*. Il faudrait être fou pour fe fâcher quand on nous dit que, de trente mille vers faits par nous, il y en a peu de bons.

Si on avait l'efprit mal fait, on fe fâcherait plutôt
du début :

Quoi ! verrai-je toûjours des fottifes en France !

On fe fâcherait de ce qu'on dit qu'il y a des railleurs : voilà qui eft plus perfonnel ; mais j'efpère qu'on ne fe fâchera point, parce qu'on ne me lira point. Peut-être quatre vers de l'endroit de *Germanicus*, qui font touchans, et que M. le cardinal de *Tençin* pourrait faire valoir dans un moment favorable, et puis c'eft tout. En un mot, que le roi fache que j'ai mis mes trois chandelles à ma fenêtre. Pardon, fi je fuis un bavard en vers et en profe. Mille tendres refpects à madame l'*Ange*.

LETTRE XIX.

A M. LE PRESIDENT HENAULT, *à Verfailles*.

A Champs, ce 14 feptembre.

L'E roi, pour chaffer fon ennui,
Vous lit et voit votre perfonne ;
La gloire a des charmes pour lui,
Puifqu'il voit celui qui la donne.

En qualité de bon citoyen et de votre ferviteur, je dois être charmé que le roi vous life, et je le ferais plus encore s'il vous écoutait. Vous favez bien, très-adorable préfident, que vous avez tiré madame *du Châtelet* du plus grand embarras du monde ; car

cet embarras commençait à la Croix des petits
champs, et finiſſait à l'hôtel de Charoſt ; c'était des
reculades de deux mille carroſſes en trois files, des
cris de deux ou trois cents mille hommes ſemés
auprès des carroſſes, des ivrognes, des combats
à coups de poing, des fontaines de vin et de
ſuif qui coulaient ſur le monde, le guêt à cheval
qui augmentait l'embroglio ; et, pour comble d'agrémens, *ſon Alteſſe royale* revenant paiſiblement au
Palais royal avec ſes grands carroſſes, ſes gardes,
ſes pages, et tout cela ne pouvant ni reculer, ni
avancer, juſqu'à trois heures du matin. J'étais avec
madame *du Châtelet* ; un cocher, qui n'était jamais
venu à Paris, l'allait faire rouer intrépidement. Elle
était couverte de diamans, elle met pied à terre,
criant à l'aide, traverſe la foule ſans être ni volée,
ni bourrée, entre chez vous, envoie chercher la pou-
larde chez le rôtiſſeur du coin, et nous buvons à
votre ſanté tout doucement dans cette maiſon où
tout le monde voudrait vous voir revenir.

> *Suave mari magno, turbantibus æquora ventis,*
> *E terra magnum alterius ſpectare laborem.*

J'ai laiſſé la Princeſſe de Navarre entre les mains
de M. d'*Argental*, et le divertiſſement entre les
mains de *Rameau*. Ce *Rameau* eſt auſſi grand original
que grand muſicien. Il me mande *que j'aye à mettre*
en quatre vers tout ce qui eſt en huit, et en huit tout ce
qui eſt en quatre. Il eſt fou ; mais je tiens toujours
qu'il faut avoir pitié des talens. Permis d'être fou à
celui qui a fait l'acte des Incas. Cependant, ſi M. de
Richelieu

Richelieu ne lui fait pas parler férieufement , je commence à craindre pour la fête.

Je fuis le plus trompé du monde fi *Royer* n'a pas fait de belles chofes dans Prométhée ; mais *Royer* n'a pas eu la plus grande part de ce monde au larcin du feu célefte. Le génie eft médiocre ; on en peut cependant tirer parti. Je voudrais bien, Monfieur, qu'à votre retour nous fiffions exécuter quelque chofe devant vous. Il eft jufte qu'on amufe celui qui paffe fa vie à joindre *utile dulci*.

Adieu, Monfieur ; vous êtes aimé où je fuis comme par-tout ailleurs , et je crois toujours me diftinguer un peu dans la foule ; car, en vérité, je fens bien vivement tout ce que vous valez. Je le dis de même, et je vous fuis attaché de même.

LETTRE XX.

A M. LE COMTE D'ARGENTAL.

A Champs, feptembre.

Je partis pour Champs, mon adorable ange , au lieu de dîner. Je me mis dans le trémouffoir de l'abbé de *Saint-Pierre* , et me voilà un peu mieux. Ayez donc la bonté de me renvoyer notre Princeffe crayonnée de votre main ; ajoutez à toutes les peines que vous daignez prendre , celle de me pardonner mon impuiffance. Vous ordonnez que cette première fcène , entre le duc de *Foix* et fa dame, foit des plus touchantes. Je ne l'ai regardée que comme

1744.

—— une fcène de préparation, qui excite la curiofité, qui laiffe échapper des fentimens, mais qui ne les développe point; qui irrite le défir, et qui n'entame pas la paffion. Si cette fcène avait le malheur d'être paffionnée, la fcène fuivante, qui me paraît bien plus piquante, deviendrait très-infipide. Je facrifierai pourtant, autant que je pourrai, mes idées à vos ordres, je tâcherai d'échauffer encore un peu cette fcène des deux amans; mais permettez-moi de ménager les teintes, et de ne pas prodiguer des fentimens qui doivent être ménagés et filés jufqu'à la fin. J'ôterai, fi vous voulez, le mot d'*outrageufe*, quoiqu'il foit dans *Boileau* et dans *Corneille.*

Vous vous intéreffez tant aux arts, que vous ne fouffrirez pas que mademoifelle *Clairon* joue d'une manière raifonnée et froide, ce troifième acte où elle doit faire éclater le pathétique et le défefpoir le plus douloureux; ce ferait un contre-fens du cœur, et ceux-là font les plus impardonnables.

Je fais bien que ces deux vers du Difcours (*)

Ennuyer fon héros eft une trifte chofe;
Nous l'accablons de vers, nous l'endormons en profe.

font trop faibles et ne répondent pas affez à l'idée que vous avez qu'il ne faut pas avoir l'air de fe mettre au-deffus de fon prochain. N'aimeriez-vous pas mieux?

O ma profe, mes vers, gardez-vous de paraître;
Il eft dur d'ennuyer fon héros et fon maître.

(*) Sur les événemens de l'année 1744. Voyez volume de Poëmes.

La pièce avec ces deux vers devient honnêtement
modeſte.

Je vous prie de vouloir bien obſerver que ce
petit ouvrage ne s'adreſſe point au roi, que ce n'eſt
que par occaſion qu'on oſe y parler de lui, qu'il
commence ſur le ton familier, et qu'ainſi les vers
héroïques gâteraient cet ouvrage s'ils donnaient
l'excluſion aux autres. Le grand art, ce me ſemble,
eſt de paſſer du familier à l'héroïque, et de deſ-
cendre avec des nuances délicates. Malheur à tout
ouvrage de ce genre qui ſera toujours ſérieux, toujours grand; il ennuiera : ce ne ſera qu'une déclamation. Il faut des peintures naïves; il faut de la
variété; il faut du ſimple, de l'élevé, de l'agréable.
Je ne dis pas que j'aye tout cela, mais je voudrais
bien l'avoir; et celui qui y parviendra, ſera mon
ami et mon maître. Dites-moi ſeulement pourquoi
madame *du Châtelet* et M. de *la Vallière* ſavent
par cœur ma petite drôlerie ?

Adieu, mes adorables anges.

LETTRE XXI.

A MADAME

LA COMTESSE D'ARGENTAL.

À Champs, 18 septembre.

VRAIMENT, Madame, votre idée est très-bonne; en vous remerciant de vos belles inspirations; je tâcherai d'en faire usage. Ne croyez pourtant point qu'au temps de *Pierre le cruel* il n'y eut point de barons. Toute l'Europe en était pleine; et il y a toujours eu des barons ridicules.

Si la platitude des vers du jansénifte *Racine* a réuffi à la cour, il eft clair que des vers d'un ton agréable doivent y être mal reçus.

En vain *Boileau* a recommandé de paffer du grave au doux, du plaifant au févère; c'eft, à la vérité, la feule manière de fe faire lire dans des ouvrages détachés, dans des épîtres, dans des difcours en vers. Ce genre de poëfie a befoin de fel pour n'être pas fade; c'eft pourquoi je ne reviens pas d'étonnement que M. d'*Argental* condamne ces vers :

Et le vieux nouvellifte, une canne à la main,
Trace au Palais royal Ypres, Furne et Menin.

Si vous n'aimez pas ces peintures, vous ne pouvez aimer la poëfie. Il n'y a que ces images qui la foutiennent. *Boileau* n'eft lu que parce que fes ouvrages

font pleins de ces portraits vrais, plaifans, familiers, ——
qui égaient le ton férieux, et en varient l'infuppor-
table monotonie. Prenez garde qu'un peu trop de
goût pour l'uniformité du fentiment, ne vous écarte
des idées qui firent fleurir les lettres, il y a quatre-
vingts ans. Vous ne voulez point de comique dans
les comédies, vous ne voulez point d'images gaies
dans les épîtres: gare l'ennui, gare le néant.

Il faut jeter le *Paflor-Fido* dans le feu fi ces vers-
ci ne valent rien.

> J'en crois affez votre rougeur,
> C'eft de vos fentimens le premier témoignage. ——
> C'eft l'interprète de l'honneur.
> Cet honneur attaqué dans le fond de mon cœur,
> S'en indigne fur mon vifage.

A l'égard des autres détails, il y en a une grande
partie fur lefquels je paffe condamnation ; mais, foit
que je me foumette, foit que j'aye la témérité de
demander une révifion, je fuis également plein de
reconnaiffance et de la plus refpectueufe tendreffe
pour tous mes anges.

LETTRE XXII.

A M. BERGER.

A Paris, le 7 octobre.

J'AI bien peur, Monfieur, de perdre l'imagination comme la mémoire. J'ai été fi lutiné depuis mon retour à Paris, et par mes maladies et par les fêtes que je prépare à notre dauphine; il a fallu tant faire de vers, tant en refaire, parler à tant de muficiens, de comédiens, de décorateurs; tant courir, tant m'épuifer en bagatelles, que j'avoue que je ne fais plus fi j'ai répondu à une lettre que vous m'adrefsâtes, il y a quelque temps, au Champbonin. Vous me mandâtes que tout le foin de la cavalerie du roi très-chrétien était foumis à votre juridiction. Je fouhaite que vous en mettiez dans vos bottes, et que vous veniez à Paris, enrichi de nos triomphes. Il me femble que votre général a fait une campagne à la *Turenne*, toujours fupérieur par la conduite, à un ennemi fupérieur en force. Si tous les fourrages qu'on a pris aux Autrichiens vous appartenaient, vous feriez un *Bernard*; mais quand vous ne feriez qu'un homme très-aimable un peu à fon aife, ce fera toujours un rôle fort agréable. Je ferai très-charmé de vous embraffer à Paris. Je compte toujours fur votre amitié; la mienne eft, comme vous favez, ennemie des cérémonies.

LETTRE XXIII.

A M. LE MARQUIS D'ARGENSON,

MINISTRE DES AFFAIRES ETRANGERES.

19 novembre.

DE quoi diable m'avifai-je, moi, d'écrire à M. le duc de *Richelieu* qu'il fallait fur le champ envoyer un courier pour cette terre que vous deviez acheter? Il m'appartient bien de bourdonner, à moi mouche du coche !

Or, vous voilà cocher, Monfeigneur ; menez-nous à la paix tout droit par le chemin de la gloire : et quand vous verrez, en paffant, votre ancien attaché dans les brouffailles, donnez-lui un coup d'œil.

Vous allez embraffer, être embraffé, remercier, promettre, vous inftaller, travailler comme un chien ; mais furtout portez-vous bien, et aimez toujours *Voltaire.*

LETTRE XXIV.

A M. NERICAULT DESTOUCHES.

3 décembre.

J'AI toujours été, Monfieur, au rang de vos amis;
mais, en vérité, je ne me croyais pas dans celui de
vos créanciers. Le premier titre m'eft fi cher que je
ne penfe point du tout à l'autre. Il y a eu une
étrange fatalité fur ces foufcriptions de la Henriade.
Les quinze qui avaient échappé à votre mémoire,
font en fureté, et je fais, il y a long-temps, que
vous conduifez une affaire auffi bien qu'une pièce
de théâtre; mais il n'en alla pas de même de cent
foufcriptions dont mon pauvre *Thiriot* me perdit
l'argent fans aucune reffource. Il m'a offert depuis
fort fouvent de me rembourfer, mais il ferait ruiné;
et moi je ferais bien indigne d'être homme de lettres,
fi je n'aimais pas mieux perdre cent louis que de
gêner mon ami. Jugez, Monfieur, fi, ayant remis à
Thiriot cent louis qu'il me devait, j'aurai la mauvaife grâce de vous preffer fur quinze louis que
j'avais oublié. J'aime mieux vos vers que votre
argent, et j'attends avec bien plus d'impatience le
recueil de vos ouvrages que les guinées dont vous
me parlez. Je voudrais que le tourbillon de Paris
pût me laiffer affez de liberté pour aller philofopher
avec vous dans votre retraite, et y jouir des charmes
de votre amitié et de ceux de votre converfation;
mais, quand vous viendrez à Paris, n'oubliez pas

de faire avertir votre ancien ami, et comptez que vous le trouverez toujours comme vous l'avez laiffé, **1744.** attaché à votre gloire et à votre perfonne. C'eft avec ces fentimens que je ferai toute ma vie, &c.

LETTRE XXV.

A M. LE MARQUIS D'ARGENSON.

Ce 7 décembre.

M. de *Smettau* vient de me montrer un petit imprimé intitulé : Lettre d'un ami à votre ennemi *Bartenflein.* Il a grande raifon de vouloir que cèt écrit foit rendu public. Je foupçonne M. *Spon*, miniftre de l'empereur auprès du roi de Pruffe, d'en être l'auteur; mais, de quelque main qu'il parte, je vais le faire imprimer fur la parole que M. de *Smettau* m'a donnée que vous le trouverez bon , et fur la confiance que j'ai, en le lifant, qu'il fera un très-bon effet.

Si vous pouviez me faire envoyer la *déduction en faveur des droits de l'empereur à la fucceffion des Etats héréditaires*, je ferais plus en état de travailler aux chofes auxquelles vous permettez que je m'emploie.

Adieu, Monfeigneur; tôt ou tard on aura la paix , et votre miniftère fera probablement bien glorieux. Vous favez fi je m'y intéreffe.

LETTRE XXVI.

A M. LE MARQUIS D'ARGENSON.

Samedi au foir, 18 ou 19 décembre.

J'AI l'honneur de vous renvoyer, Monfeigneur, les armes que vous m'avez mifes en main, et qui ne valent pas celles de vos trois cents mille hommes. J'y joins mon thême que je vous fupplie de corriger à votre loifir.

Vous me faites un petit abbé de *Saint-Pierre*. J'en ai les bonnes intentions; c'eft tout ce que vous trouverez, dans cette ébauche, qui puiffe mériter votre fuffrage. Pardonnez-moi fi vous ne me trouvez que bon citoyen, et foyez fûr qu'il n'y en a point qui attende de vous de plus grandes chofes quand je vous en donne de fi petites. Je fuis pétri pour vous d'attachement, de refpect et de reconnaiffance.

Madame *du Châtelet* vous aime de tout fon cœur.

LETTRE XXVII.

A M. LE MARQUIS D'ARGENSON.

Ce famedi 26 décembre.

Vous avez trop de bonté pour ce pauvre avocat,
et vous empêcherez bien, Monfeigneur, qu'il ne
foit l'avocat des caufes perdues. Je vous remercie
bien tendrement de ce que vous avez daigné dire
un mot de mon griffonnage.

Je m'occupe à préfent à tâcher d'amufer par des
fêtes celui que je voudrais fervir par mes plaidoyers,
mais j'ai bien peur de n'être ni amufant ni utile.

Il eft bien ridicule que je ne vous aye pas encore
contemplé depuis votre nouvelle grandeur. Je fuis
toujours bien aife de vous dire que les miniftres
étrangers font enchantés de vous. Il me paraît qu'ils
aiment vos mœurs, et qu'ils refpectent votre efprit.
Ce que je vous dis là eft à la lettre.

Comptez fur la vérité de votre ancien et très-
ancien ferviteur. Je me flatte d'accompagner votre
amie dans votre château à quatre lieues de Paris,
et de vous y faire ma cour.

LETTRE XXVIII.

A M. LE COMTE D'ARGENTAL.

Ce jeudi.

L'UN et l'autre de mes anges, je vous prie de battre de vos ailes un très-aimable homme nommé l'abbé de *Bernis*. Il faut abfolument que vous lui faffiez changer un endroit de fon difcours. Il le faut, il le faut ; vous en allez convenir et lui auffi, ou tout eft perdu.

Les plus cruels ennemis de l'académie, et puis *tous les talens de l'efprit de ces plus cruels ennemis.* Ah, les lâches, les ridicules ennemis, paffe ! et du mérite, du mérite ! les grands talens ! *Roi* ? de grands talens ! quatre ou cinq fcènes de ballet ; des vers médiocres dans un genre très-médiocre ; voilà de plaifans talens ! Y a-t-il là de quoi racheter les horreurs de fa vie ? Puifqu'il daigne défigner *Roi*, eft-ce ainfi qu'on le doit défigner, lui, le plus cruel ennemi de l'académie ? C'eft ainfi qu'on eût parlé d'*Antoine* dans le fénat ; c'eft mettre *Roi* dans la balance avec l'académie, c'eft l'égaler à elle, c'eft la rabaiffer à lui. Ah, divins anges ! c'eft trop d'honneur pour ce faquin ; ne le fouffrez pas, élevez-vous de toute votre force ; qu'il ne foit pas dit qu'un homme auffi aimable que l'abbé de *Bernis* ait paru fe plaindre tendrement de *Roi* au nom de l'académie. Il n'en faut parler qu'avec mépris, avec horreur, ou s'en taire. C'eft mon avis à jamais. Bonfoir, mes deux anges.

LETTRE XXIX.

A M. DE LA CONDAMINE, *à la Haie.*

Verfailles, 7 janvier.

VOTRE ftyle, Monfieur, n'eft point d'un homme de l'autre monde : votre cœur pourrait bien en être; vous vous fouvenez de vos amis, et ce n'eft pas la mode de cet hémifphère. Il eft vrai que vous êtes fait pour être excepté. Il s'en faut bien qu'on vous ait oublié pendant vos dix ans d'abfence : on parlait toujours de vous à Paris, tandis que vous étiez fur la montagne de Pichincha. Vous avez dû jouir du plaifir d'occuper de vous les deux moitiés du globe. Revenez donc vîte à Paris, et faites-vous peindre comme M. de *Maupertuis*, aplatiffant la terre d'un côté, tandis qu'il la preffe de l'autre ; on ne dira plus que la *figure du monde paffe* : vous l'aurez fixée pour jamais. Il eft queftion de vous fixer auffi à la fin, et de venir jouir du fruit de vos travaux, et furtout qu'on ne puiffe pas dire du fuccès de votre voyage, *tout leur bien du Pérou n'eft que du caquet.* Je vous ai écrit plufieurs fois, et furtout quand M. *du Fai*, votre ancien ami et le mien, vivait encore. Que vous trouverez ici d'honnêtes gens de moins et de fottifes de plus ! que vous trouverez de chofes changées ! Je me fuis fait tant foit peu phyficien, pour être plus digne de vous revoir : mais c'eft madame *du Châtelet* qui mérite toute votre attention, en qualité de fublime

—— géomètre. Elle s'eſt miſe à éclaircir *Leibnitz*, ce qui était très-difficile ; et moi, à embrouiller *Newton*, ce qui était très-aiſé ; mais elle a été mieux imprimée que moi, et l'édition des Elémens de *Newton*, faite en Hollande, eſt entièrement ridicule. Gardez-vous bien d'en lire un mot ; j'aurai l'honneur de vous en préſenter à Paris une moins mauvaiſe.

Je conçois que vous devez être retenu à la Haie par les agrémens de la ſociété : vous devez être ſur-tout bien content de notre miniſtre M. de *Laville.* Vous aurez fait de grands dîners chez M. le général *Debroſſes ;* vous aurez dit des galanteries eſpagnoles à madame de *Saint-Gilles.* Avez-vous vu, mon cher et reſpectable ami, M. de *Podewils*, l'envoyé de Pruſſe ? Il était bien malade quand il eſt arrivé à la Haie, et j'ai peur qu'il n'ait pu jouir du plaiſir de vous entretenir. La Haie eſt un des endroits de la terre où j'aurais le mieux aimé à vivre ; mais je donne encore la préférence à Paris, où je vous attends avec l'impatience de l'amitié, très-indépendante de celle de la curioſité.

Vous me trouverez auſſi maigre et auſſi malade que vous m'avez laiſſé, et auſſi rempli d'attachement pour vous ; je ne vous traite point comme un ami de l'autre monde. Point de compliment. Je reprends avec vous mes anciens erremens. Il n'y a point eu de mille lieues entre nous. Je vous embraſſe de tout mon cœur, comme vous me le permettiez autrefois.

LETTRE XXX.

A M. LE MARQUIS D'ARGENSON.

8 février.

JE vous renvoie, Monfeigneur, le manufcrit que vous avez bien voulu me confier. L'auteur n'a pas la courte haleine s'il prononce, fans refpirer, fes périodes. C'eft un peu fe moquer du monde que de dire que ce duc co-régent (*) n'aurait pas où repofer fon chef, s'il devenait veuf ; il aurait l'adminiftration des pays héréditaires de la maifon d'Autriche, jufqu'à la majorité de l'archiduc, qui ferait bientôt roi des Romains. Je fuis fûr que vous direz de meilleures raifons aux électeurs.

Je fuis bien fâché contre la Princeffe de Navarre, qui m'empêche de vous faire ma cour. M. *Racine* fut moins protégé par MM. *Colbert* et *Seignelay* que je ne le fuis par vous. Si j'avais autant de mérite que de fenfibilité, je ferais en belle paffe.

La charge de gentilhomme ordinaire ne vaquant prefque jamais, et cet agrément n'étant qu'un agrément, on y peut ajouter la petite place d'hiftorio-graphe ; et, au lieu de la penfion attachée à cette hiftoriographerie, je ne demande qu'un rétabliffement de quatre cents livres. Tout cela me paraît modefte, et M. *Orri* en juge de même. Il confent à toutes ces guenilles.

(*) Le grand duc de Tofcane, depuis empereur fous le nom de *François 1*, père de *Jofeph II*.

Daignez achever votre ouvrage, Monfeigneur, et vous aboucher avec M. de *Maurepas*. Je compte avoir l'honneur de vous remercier inceffamment, et de vous renouveler mes très-tendres refpects et ma vive reconnaiffance.

LETTRE XXXI.

A M. LE COMTE D'ARGENTAL.

A Verfailles, 25 février.

LA cour de France reffemble à une ruche d'abeilles; on y bourdonne autour du roi. Il y avait plus de bruit à la première repréfentation qu'au parterre de la comédie; cependant le roi a été très-content. Je ne me fuis mêlé que de lui plaire. Sa protection et l'amitié de M. et de madame d'*Argental*, voilà l'objet de mes défirs et de mes foins; le refte m'eft très-indifférent, et on peut faire à l'opéra toutes les fottifes qu'on voudra, fans que je m'en mêle. Mon ouvrage eft décent, il a plu fans être flatteur. Le roi m'en fait gré. Les *Mirepoix* ne peuvent me nuire. Que me faut-il de plus? Il y aurait cent tracafferies à effuyer fi je voulais empêcher qu'on rejouât l'opéra de *Rameau* (*). Je n'en veux aucune, je ne veux que revenir vous faire ma cour; mais je vous avertis que madame *du Châtelet* veut être du voyage. Je fuis comme les jéfuites, je ne marche point feul. Vous

(*) Dardanus.

fentez

fentez bien que n'étant qu'un *accident*, et madame ———
du Châtelet étant *ens per fe*, je ne peux me féparer **1745.**
d'elle fans être anéanti.

LETTRE XXXII.

A M. DE CIDEVILLE.

A Verfailles, 7 mars.

Je compte, mon cher ami, vous apporter ces fottifes
de commande dès que je ferai à Paris. Je me ferais à
préfent une groffe affaire avec vingt meffieurs en
charge, fi je donnais le moindre ordre au fieur *Ballard*,
imprimeur des ballets du roi très-chrétien. Chacun a
ici fon droit ; il n'y a que les arts et les talens qui n'en
ont point ; mais j'ai des droits qui valent mieux que
tous ceux des premières charges de la couronne; ce
font ceux que j'ai fur votre cœur. Vous ne fauriez
croire l'impatience que j'ai de vous embraffer.

LETTRE XXXIII.

A M. LE MARQUIS D'ARGENSON.

Le 16 d'avril.

JE cours à Châlons avec madame *du Châtelet* pour
affifter à la petite vérole de fon fils, car c'eft tout ce
qu'on y peut faire : on n'eft que fpectateur de la
tyrannie ignorante des médecins. Guériffez la maladie
épidémique de l'Europe; empêchez les araignées de
fe manger, et confervez-moi vos bontés.

J'efpère revenir avant que vous partiez pour aller
faire la paix à la tête des armées.

Adieu, Monfeigneur; perfonne ne s'intéreffera
jamais à votre gloire et à votre bonheur autant que
votre très-ancien ferviteur.

LETTRE XXXIV.

A M. LE PRÉSIDENT HENAULT.

Avril.

VOUS devez avoir reçu, Monfieur, les prémices
de l'édition du louvre (*), telles que vous les voulez,
fimples et fans reliûre ; voilà comme il vous les faut
pour Plombières, mais le roi vous en a fait relier un

(*) De la Princeffe de Navarre.

exemplaire pour votre bibliothéque de Paris , que je ——
compte bien avoir l'honneur de vous préfenter à 1745.
votre retour.

Je vous ai fait une infidélité en fait de livres. Je
parlais, il y a quelques jours, à madame de *Pompadour*
de votre charmant, de votre immortel Abrégé de
l'hiftoire de France; elle a plus lu à fon âge qu'aucune vieille dame du pays où elle va régner, et où il
eft bien à défirer qu'elle règne ; elle avait lu prefque
tous les bons livres, hors le vôtre ; elle craignait d'être
obligée de l'apprendre par cœur. Je lui dis qu'elle en
retiendrait bien des chofes fans efforts, et furtout les
caractères des rois , des miniftres et des fiècles ; qu'un
coup d'œil lui rappellerait tout ce qu'elle fait de
notre hiftoire , et lui apprendrait ce qu'elle ne fait
point ; elle m'ordonna de lui apporter , à mon premier voyage, ce livre auffi aimable que fon auteur.
Je ne marche jamais fans cet ouvrage. Je fis femblant
d'envoyer à Paris, et après fouper on lui apporte
votre livre en beau maroquin, et à la première page
était écrit,

> Le voici ce livre vanté ;
> Les Grâces daignèrent l'écrire
> Sous les yeux de la vérité,
> Et c'eft aux Grâces de le lire.

&c. &c. &c. Il y en a davantage, mais je ne m'en
fouviens pas; je ne me fouviens que de vos vers
aimables où *Corneille déshabille Pfyché*. Nous ne
déshabillons perfonne dans notre fête. *Cahufac* pourrait bien n'être point jôué, mais on donnera un

—— magnifique ouvrage compofé par M. *Bonneval* des
1745. Menus, et mis en mufique par *Collin*. Vous favez
que le fylphe réuffit (*). Cela fait, ce me femble,
un très-joli fpectacle; venez donc le voir. Peut-on
prendre toujours des eaux? Revenez dans ces belles
demeures, où je ne fouperai plus, mais où je vous
ferai ma cour, fi vous et moi fommes affez fages pour
dîner.

Tortone eft pris, le château non; mais tout le
Canada eft perdu pour nous; plus de morue, plus de
caftors. La paix, la paix. Je fuis las de chanter les
horreurs de la deftruction. Oh! que les hommes font
foux, et que vous êtes charmant! Savez-vous que je
vous idolâtre?

LETTRE XXXV.

A M. DUCLOS.

Avril.

. . . .
. . . .

J'EN ai déjà lu cent cinquante pages (**), mais
il faut fortir pour fouper: je m'arrête à ces mots.

*Ce brave Huniade Corvin, furnommé la terreur des
Turcs, avait été le défenfeur de la Hongrie, dont
Ladiflas n'avait été que le roi.*

Courage, il n'appartient qu'aux philofophes d'écrire

(*) Zelindor, paroles de *Moncrif*, mufique de *Rebel* et *Francœur*.
(**) *Hiftoire de Louis XI.*

l'hiftoire. En vous remerciant bien tendrement, ———
Monfieur, d'un préfent qui m'eft bien cher, et qui 1745.
me le ferait quand même vous ne me le feriez pas. Je
paffe à votre porte pour vous dire combien je vous
aime, combien je vous eftime, et à quel point je
vous fuis obligé; et je vous l'écris dans la crainte
de ne pas vous trouver. Bonfoir, *Salluſte*.

LETTRE XXXVI.

A M. LE MARQUIS D'ARGENSON.

A Paris, ce 29 d'avril.

JE tremble que nos triftes aventures de Bavière ne
déterminent le roi de Pruffe à faire une feconde
paix. Vous êtes, Monfeigneur, dans des circonftances bien critiques, et nous auffi. Si cela continue,
le bel emploi que celui d'hiftoriographe!

Je fuis bien affligé de ne pouvoir vous faire ma
cour parce que le fils de madame *du Châtelet* a
quelques boutons au vifage, à quarante lieues d'ici.
J'ai toujours eu plus à fouffrir qu'un autre des préjugés de ce monde.

Mon tendre attachement pour vous fait ma confolation.

P. S. J'apprends que tous ces écrits, qui, par
parenthèfe, font de faibles armes quand on eft battu,
pour donner l'exclufion au grand duc, ne font point
un bon effet en Allemagne. On y fent trop que ce
font des français qui parlent : il me femble qu'un air

D 3

—— plus impartial réuffirait mieux, et qu'un bon alle-
1745. mand qui déplorerait de tout fon cœur les calamités
de fa pefante patrie, ferait une impreffion toute autre
fur les efprits. Pardon; je foumets mon petit doute
à vos lumières, et je vous rends compte fimplement
de ce qu'on m'écrit.

Il ne m'eft rien revenu de mon correfpondant
qu'une prière du roi de Pruffe à la reine d'Hongrie
de ne point prendre fes vaiffeaux fur l'Elbe. Ses vaiffeaux font des bateaux; mais gare que le roi de
Pruffe ne faffe d'autres prières.

LETTRE XXXVII.

A M. LE MARQUIS D'ARGENSON, *à Verfailles.*

A Paris, ce 3 mai.

Eh bien, il faudra donc vous laiffer partir fans
avoir la confolation de vous voir. Partez donc; mais
revenez avec le rameau d'olivier, et que le roi vous
donne le rameau d'or; car, en vérité, vous n'êtes pas
payé pour la peine que vous prenez.

Vous avez eu trop de fcrupule en craignant
d'écrire un petit mot à M. l'abbé de *Canillac.* Je vous
avertis que je fuis très-bien avec le pape, et que
M. l'abbé de *Canillac* fera fa cour en difant au faint-
père que je lis fes ouvrages, et que je fuis au rang
de fes admirateurs comme de fes brebis.

Chargez-vous, je vous en fupplie, de cette impor-
tante négociation. Je vous réponds que je ferai un

petit favori de Rome, fans que nos cardinaux y aient
contribué.

Que dites - vous , Monfeigneur, de la princeffe
royale de Suède , qui me prie de faire un petit voyage
à Stockolm , comme on prie à fouper à la campagne ?
Il faut être *Maupertuis* pour aller ainfi courir dans le
Nord. Je refte en France où je me trouverais encore
mieux fi madame *du Châtelet* fe mettait à dîner avec
vous.

J'ai une grâce à vous demander pour ce pays du
Nord ; c'eft de permettre que je vous adreffe en
Flandres un paquet pour M. *d'Allion*. Ce font dès
livres que j'envoie à l'académie de Pétersbourg, et
des flagorneries pour la czarine.

Adieu, Monfeigneur ; je vous fouhaite de la fanté
et la paix ; et je vous fuis attaché , comme vous favez,
pour la vie.

Lettre du roi à la Czarine , pour le projet de paix.

(*Minutée par M. de Voltaire.*)

L E deffein magnanime que votre Majefté a conçu d'être la
médiatrice des puiffances qui font en guerre , eft digne de
votre grand cœur, et touche fenfiblement le mien. C'eft un
nouveau fujet de vous admirer ; tous les princes vous en doivent des remercîmens , et j'en dois d'autant plus à votre Majefté
que je vois mes défirs les plus chers fecondés par les vôtres.

Je peux vous jurer, Madame, que je n'ai jamais eu les armes
à la main que dans des vues de paix, et mes fuccès n'ont fervi
qu'à fortifier ces fentimens que les revers feuls auraient pu
rendre moins vifs, peut-être.

Je vois avec joie que la fouveraine à qui je devais le plus

D 4

—— d'eſtime, veut être la bienfaitrice des nations. Les rois ne peuvent aſpirer chez eux qu'à la gloire de faire la félicité de leurs
ſujets, vous ferez celle des rois et de leurs peuples. Les vôtres,
Madame, en voyant que vous travaillez au bonheur des autres,
ſentiront augmenter, s'il ſe peut, leur vénération pour leur
ſouveraine, et votre règne en ſera plus heureux quand les accla-
mations de l'Europe redoubleront les bénédictions qu'on vous
donne dans vos Etats

Non-ſeulement, Madame, j'accepte, avec une vive recon-
naiſſance, cette médiation glorieuſe, mais plus la guerre eſt
heureuſe pour moi, plus je vous conjure d'employer tous vos
bons offices pour la terminer. Mes peuples que j'aime, et dont
je me flatte d'être aimé, vous devront la conſervation du ſang
qu'ils ſont toujours prêts à répandre pour ma cauſe.

Commencez et achevez ce grand ouvrage qui vous couvrira
d'une gloire immortelle. Ne vous bornez point, Madame, aux
ſimples propoſitions dictées par votre ame généreuſe ; aplaniſſez
tous les obſtacles, et ſoyez ſûre de n'en trouver aucun dans moi.

Tous les autres princes doivent concourir, ſans doute, à ce
noble projet. L'humanité, les malheurs de tant de provinces,
le reſpect qu'ils ont pour vos vertus, les engagera à vous défé-
rer avec empreſſement ce titre de médiatrice de l'Europe, le
plus beau qu'une tête couronnée puiſſe obtenir, et le ſeul qui
pouvait manquer à votre gloire.

Mais aucun d'eux ne ſentira mieux que moi le prix que votre
perſonne y ajoute, ni quel eſt le bonheur de vous devoir ce
que tous les ſouverains doivent déſirer le plus.

LETTRE XXXVIII.

A M. LE MARQUIS D'ARGENSON.

Ce 9 mai.

QUE DIEU récompenfe la reine ou l'impératrice de toutes les Ruffies, et vous, ange de la paix! Je n'ofe écrire fans être fous vos yeux; je crains de dire trop ou trop peu, et de ne pas m'ajufter. Je compte venir demain à Verfailles me mettre au rang de vos fecrétaires.

En vous remerciant, Monfeigneur, de la bonté que vous avez pour le plus pacifique des humains, et celui qui vous eft dévoué avec le plus de ten-dreffe.

LETTRE XXXIX.

AU MEME.

A la première nouvelle de la victoire de Fontenoi.

Jeudi 13, à onze heures du foir.

AH, le bel emploi pour votre hiftorien! Il y a trois cents ans que les rois de France n'ont rien fait de fi glorieux. Je fuis fou de joie!

Bonfoir, Monfeigneur.

LETTRE XL.

A M. LE MARQUIS D'ARGENSON.

20 mai, au foir.

Vous m'avez écrit, Monfeigneur, une lettre telle que madame de *Sévigné* l'eût faite, fi elle s'était trouvée au milieu d'une bataille (*). Je viens de donner bataille auffi, et j'ai eu plus de peine à chanter la victoire (**) que le roi à la remporter. M. *Bayard de Richelieu* vous dira le refte. Vous verrez que le nom de d'*Argenfon* n'eft pas oublié. En vérité, vous me rendez ce nom bien cher; les deux frères le rendront bien glorieux.

Adieu, Monfeigneur; j'ai la fièvre à force d'avoir embouché la trompette. Je vous adore.

LETTRE XLI.

A M. LE MARQUIS D'ARGENSON.

Ce 26 mai.

Tenez, Monfeigneur, je n'en peux plus; voilà tout ce que j'ai pu tirer de mon cerveau, en paffant la journée à chercher des anecdotes, et la nuit à rimailler.

(*) On trouve cette lettre dans le Commentaire fur la vie et les ouvrages de l'auteur de la Henriade.

(**) Le Poëme de Fontenoi.

On en fera demain une quatrième édition. J'ai
rendu juftice; et on a pour moi, cette fois-ci, quelque **1745.**
indulgence.

Je vous remercie des faveurs du faint-père ; je me
flatte qu'il n'y aura pas là-bas conflit de miniftère;
s'il y en avait, je demeurerais entre deux médailles
le cu à terre. Le fait eft qu'à Rome, comme ailleurs,
on eft jaloux de fa beface.

Je me recommande à DIEU et à vous, et j'attendrai les bénédictions paternelles fans me remuer.

Le roi eft-il content de ma petite drôlerie?

Je fuis à vos ordres à jamais.

P. S. Autre paquet de batailles de Fontenoi. Permettez , Monfeigneur, que tout cela foit fous vos
aufpices , et que j'aye encore l'honneur d'en envoyer
beaucoup, par votre protection, dans les pays étrangers : ce font des réponfes aux gazetiers et aux journaliftes de Hollande.

LETTRE XLII.

A M. LE MARQUIS D'ARGENSON.

A Paris, le 29 mai.

MALGRÉ l'envie, ceci a du débit. Seriez-vous mal
reçu, Monfeigneur, à dire au roi qu'en dix jours de
temps, il y a eu cinq éditions de fa gloire? N'oubliez
pas , je vous en prie , cette petite manœuvre de
cour.

——— Je croyais monſieur votre fils à Paris; point du tout, il inſtrumente avec vous. A-t-il vu la bataille? il ſe ferait mis avec ſon couſin à la tête des moutons de Berri. Je le ſupplie de lire cette cinquième édition, la plus correcte de toutes, la plus ample et la plus honnête. J'en envoie de cette fournée à je ne ſais combien de têtes couronnées. Vous permettez bien, ſuivant votre bénignité ordinaire, que j'en mette quelques-unes ſous votre couvert, aux *Valori*, aux *Onillon*, aux *Laville*, à tous ceux qui auraient été honnis en pays étranger ſi nous avions été battus.

J'en envoie à M. l'abbé de *Canillac*, et je le remercie de ſes bontés que je vous dois. Mais j'ai bien peur que M. l'abbé de *Tolignan* et le cardinal *Aquaviva* ne ſoient fâchés qu'on leur ſouffle une négociation; je veux avoir mes médailles papales, et je vous ſupplie que M. l'abbé de *Canillac* traite cette grande affaire avec ſa très-grande prudence.

Adieu, Monſeigneur; triomphez et revenez avec le rameau d'olivier.

LETTRE XLIII.

A M. LE MARQUIS D'ARGENSON.

Le 30 mai.

Au milieu des énormes paquets, dont je vous accable, pour la gloire du roi mon maître ou pour ſon ennui, il faut, s'il vous plaît, Monſeigneur, que j'éclairciſſe ma petite affaire avec le pape. La voici:

1745.

Vous favez que les bontés de mademoifelle du *Til*
m'ont valu les bons offices de l'abbé de *Tolignan*, et
que M. l'abbé de *Tolignan* m'a valu un petit compliment de la part de fa fainteté, fans que cette fainte
négociation pafsât par d'autres mains.

Vous vous fouvenez, peut-être, qu'il y a près de
deux mois que l'envie me prit d'avoir quelque marque de la bienveillance papale qui pût me faire
honneur en ce monde-ci et dans l'autre. J'eus l'honneur de vous communiquer cette grande idée; mais
vous me dites qu'il n'était guère poffible de mêler
ainfi les chofes céleftes aux politiques. Sur le champ
j'allai trouver mademoifelle du *Til*, qui a été pour
moi *turris eburnea, fœderis arca*, &c, et elle me dit
qu'elle effaierait fi l'abbé de *Tolignan* aurait affez de
crédit encore pour obtenir de fa fainteté deux médailles
qui vaudraient pour moi deux évêchés.

Nouvelles coquetteries de ma part avec le pape;
je lis fes livres, j'en fais un petit extrait; je verfifie,
et le pape devient mon protecteur *in petto*.

Je vous mande tout cela, il y a trois femaines,
et je vous écris que M. l'abbé de *Canillac* ferait très-
bien fa cour en parlant de moi à fa fainteté; mais je
ne parle point de médailles. Alors il vous revient en
mémoire que j'avais eu grande envie du portrait du
faint-père, et vous en écrivez à M. l'abbé de *Canillac*.
Pendant ce temps-là qu'arrive-t-il? Le pape, le très-
faint, le très-aimable, donne deux groffes médailles
pour moi à M. l'abbé de *Tolignan;* et le maître de la
chambre m'écrit de la part de fa fainteté : L'abbé de
Tolignan a en poche médailles et lettres, et les enverra
quand et comme il pourra.

A peine M. de *Tolignan* eſt-il muni de ces divins portraits que M. de *Canillac* va en demander pour moi au ſaint-père. Il me paraît que ſa ſainteté a l'eſprit préſent et plaiſant ; elle ne veut pas dire au miniſtre de France : *Monſù, un altro a le medaglie ;* mais elle lui dit qu'à la Saint-Pierre il y en aura de plus groſſes.

Vous recevrez, Monſeigneur, la lettre de l'abbé de *Canillac* qui vous mande cette pantalonade du pape tout ſérieuſement ; et mademoiſelle du *Til* reçoit la lettre de M. l'abbé de *Tolignan*, qui lui mande la choſe comme elle eſt.

Eſt-ce aſſez parler de deux médailles ? Non vraiment, Monſeigneur ; il faut que je réuſſiſſe dans ma négociation, car elle va plus loin que vous ne penſez, et vous n'êtes pas au bout.

Le grand point eſt donc que M. l'abbé de *Canillac* ne ſouffle pas la négociation à l'abbé de *Tolignan ;* parce qu'alors il ſe pourrait faire que tout échouât. Je vous ſupplie donc d'écrire tout ſimplement à votre miniſtre romain que le poids de marc ne fait rien à ces médailles, qu'il vous fera plaiſir de me protéger dans l'occaſion, que l'abbé de *Tolignan* étant mon ami depuis long-temps, il n'eſt pas étonnant qu'il m'ait ſervi, et que vous le priez d'aider l'abbé de *Tolignan* dans cette affaire, &c. &c. &c.

Moyennant ce tour très-ſimple et très-vrai, il n'y aura point de tracaſſerie ; j'aurai mes médailles ; tout le monde ſera content, et je vous aurai la plus grande obligation du monde.

Pardonnez-moi. Comment peut-on écrire quatre pages ſur ces balivernes ! Cela eſt honteux.

P. S. A force de bontés, vous devenez mon bureau
d'adresse. Pardon, Monseigneur, mais la princesse de 1745.
Suède est plus jolie que le pape; elle m'a envoyé son
portrait, et je n'ai pas encore celui du saint-père;
ainsi, permettez que je mette sous votre protection
cet énorme paquet, en attendant que j'aye l'honneur
de vous en dépêcher d'autres pour la famille.

Prenez la citadelle, prenez-en cent, et revenez
l'arbitre de la paix.

LETTRE XLIV.

A M. DE CIDEVILLE.

3o mai.

MON cher ami, j'apprends en arrivant que votre
amitié vous a conduit ici pour avertir madame *du
Châtelet* des belles critiques que l'on fait. Quant au
maréchal de *Saxe*, voici ce qu'il a écrit à madame *du
Châtelet : Le roi en a été très-content, et même il m'a dit
que l'ouvrage n'était pas susceptible de critique.*

Vous sentez bien qu'après cela je dois penser que
le roi est le meilleur et le plus grand connaisseur de
son royaume.

Quant au maréchal de *Noailles*, il a été très-satis-
fait, et c'est lui qui a fait au roi la lecture de l'ouvrage.
Il n'y a personne à l'armée qui n'ait senti combien il
était délicat de parler de M. le maréchal de *Noailles*,
l'ancien du maréchal de *Saxe*, et n'ayant pas le commandement. Les deux vers qui expriment qu'il n'est

—— point jaloux, et qu'il ne regarde que l'intérêt de la France, font un petit trait de politique, fi ce n'en eſt pas un de poëſie; et ce font préciſément ces vérités qui donnent à penſer à un lecteur judicieux. Ces traits ſi éloignés des lieux communs, et ces alluſions aux faits qu'on ne doit pas dire hautement, mais qu'on doit faire entendre; ce font là, dis-je, ces petites fineſſes qui plaiſent aux hommes comme vous, et qui échappent à ceux qui ne font que gens de lettres.

Vos vers font charmans; c'eſt à eux et non aux miens que je devrai cette belle fumée après laquelle on court. Permettez-moi donc la vanité de les faire imprimer. Les encouragemens que vous me donnez me font plus de plaiſir que vos beaux vers n'humilient les miens. Bonjour; la tête me tourne; je ne fais comment faire avec les dames, qui veulent que je loue leurs couſins et leurs greluchons. On me traite comme un miniſtre; je fais des mécontens.

Je vous embraſſe tendrement.

LETTRE XLV.

A M. LE COMTE ALGAROTTI, *à Berlin.*

Parigi, 4 giugno.

Mɪ luſingavo, caro mio ed illuſtriſſimo amico, d'aver ricuperata la mia ſanità, e già ero tutto apparecchiato a ſeguire il mio rè in Fiandra; forſe avrei avuto, ò almen creduto avere la forza di fare un

più

più gran viaggio, e di vedervi ancora una volta nella corte dell' *Augusto* moderno, ed avrei detto:

> Quivì il famofo Egon di lauro adorno
> Vidi pòi d'oftro, e di virtù pur fempre
> Sicché Febo fembrava, onde io devoto
> Al fuo nome facrai la cedra e'l core.

Mà fono ricaduto, e còfi trapaffo la mia mifera vita trà alcuni raggj di fanità, e più notte di dolori e di fvogliatezza. Vivete pur felice, voi a cui la natura diède ciò, che aveva conceffo a *Tibullo*:

> *Gratia, fama, valetudo contingit abundè;*

Vivete trà il gran *Federigo*, ed il filofofo *Maupertuis;* non farete mai per dire comè *Marino*:

> Tutto fei, nulla fui; per cangiar foco,
> Stato, vita, penfier, coftumi e loco
> Mài non cangio fortunà.

La voftra fortuna è degna di voi, e la mia farebbe moltò innalzata foprà il mio merito, e mi farebbe troppò felice, fe quefta madrigna di natura non aveffe mefcolato il fuo veleno con tante dolcezze.

Farewell good fir. La marchefa *Newton* vous fait les plus fincères complimens; permettez-moi de vous fupplier de faire les miens à ceux qui daignent fe fouvenir un peu de moi à Berlin.

LETTRE XLVI.

A M. DE CIDEVILLE.

Le 9 juin.

Après avoir travaillé toute la nuit, mon cher ami, à mériter vos éloges et votre amitié par les efforts que je fais, après avoir poussé notre bataille jusqu'à près de trois cents vers, y avoir jeté un peu de poësie, fait un discours préliminaire, et ayant surtout profité de vos avis, il faut prendre du café ; et c'est en le prenant que je vous rends compte de tout ce que je fais.

Je viens de recevoir du roi la permission de faire imprimer l'épître dédicatoire dont je lui avais envoyé le modèle. Il faut courir chez l'imprimeur; j'y serai jusqu'à une heure précise. Si vous étiez assez aimable pour vous y rendre, vous m'y donneriez de nouveaux conseils, et je vous aurais de nouvelles obligations. Je partirai ensuite pour Champs. Est-ce que je n'aurai jamais le plaisir de passer quelques jours tranquillement avec vous à la campagne?

Venez chez *Prault*, je vous en prie; j'ai beaucoup à vous parler.

Je ne crois pas que la petite satire du *chevalier de Saint-Michel*, qui, en style d'huissier priseur, prétend que j'*adjuge* les lauriers selon mon caprice, plaise beaucoup à M. de *Richelieu*, à MM. de *Luxembourg*, de *Soubise*, d'*Ayen*, &c. &c., et à tous ceux que j'ai mis dans mes caquets. Ils m'ont fait tous l'honneur de me remercier, mais je ne penfe pas qu'ils le remercient.

Sa Majefté a entre les mains tout mon ouvrage ; elle daigne être contente. Je fouhaite que vous le foyez. Je vous embraffe tendrement, et j'attends vos vers avec plus d'impatience que l'édition des miens.

Votre éternel ami, &c.

LETTRE XLVII.

A M. LE COMTE DE TRESSAN.

Le 15 juin.

JE n'ofe vous fupplier de m'envoyer quelques belles anecdotes héroïques ; cependant il ferait bien beau à vous de contribuer à faire durer mon petit monument, vous qui en élevez de fi beaux. On va faire une feptième édition à Paris, et peut-être la fera-t-on au louvre ; elle eft dédiée au roi, et la bonté qu'il a d'accepter cet hommage, met le fceau à l'authenticité de la pièce. Je voudrais en faire un ouvrage qui pafsât à la poftérité, et dans lequel ceux qui feront nommés puffent dès-à-préfent trouver quelque petit avant-goût d'immortalité. Je voudrais des notes plus inftructives, pour les vivans et pour les morts.

Ne pourrais-je point citer quelques fervices de M. de *Luttaux* dans mon *De profundis* ? N'y a-t-il rien à dire fur le pofte d'Antoin ? ne s'eft-il pas fait de belles et inconnues proueffes qui font perdues *carent quia vate facro* ? Que *Bellone*, s'il vous plaît,

—— inftruife un peu les Mufes. Je vous ferais tendrement
1745. obligé.

Adieu, *Pollion* et *Tibulle*; je baife votre myrte et
vos lauriers.

Et quorum pars magna fuifti : Vous avez vaincu, et
vous chantez la victoire. M. de *Pollion*, vous ne
laiffez rien faire à ceux qui ne font que vos trompettes.
Madame *du Châtelet* eft enchantée de vos vers aimables, et de votre fouvenir. Je fais plus que d'être
enchanté; vous m'avez donné de l'enthoufiafme. J'ai
entièrement refondu mon petit poëme. Je fais ce que
je peux pour qu'il foit moins indigne du héros. On
l'imprime à Lille avec un difcours préliminaire ; j'ai
donné ordre qu'on eût l'honneur de vous en envoyer
des premiers, car c'eft à vous que je veux plaire.
Seriez-vous affez bon pour dire à M. le maréchal de
Noailles qu'il m'a écrit une lettre charmante dont je
fens tout le prix, et pour faire ma cour à M. le duc
d'*Ayen* qui doit m'aimer ; car il m'a fait du bien
auprès du roi, et on s'attache à fes bienfaits.

Adieu, aimable *Horace*; aimez et protégez *Varius*
et fifflez les *Vadius*.

LETTRE XLVIII.

A M. DE MONCRIF, *à Versailles.*

A Paris, 16 juin.

JE n'avais, mon cher sylphe, supplié madame de *Luines* de préfenter ma rapfodie à la reine que parce qu'il paraiffait fort brutal d'en laiffer paraître tant d'éditions fans lui en faire un petit hommage; mais je vous prie de lui dire très-férieufement que je lui demande pardon d'avoir mis à fes pieds une pauvre efquiffe que je n'avais jamais ofé donner au roi.

Enfin fa Majefté ayant bien voulu que je lui dédiaffe fa bataille, j'ai mis mon grain d'encens dans un encenfoir un peu plus propre, et le voici que je vous préfente. C'eft à préfent que vous pouvez dire hardiment à la reine que cela vaut mieux que la mauffaderie de notre ami le poëte *Roi.* Je ne vois pas qu'aucun de ceux que j'ai fi juftement célébrés foit fort content que cet honnête homme ait dit, en ftyle d'huiffier prifeur, que j'ai *adjugé* les lauriers felon mon caprice; mais c'eft une des moindres peccadilles de monfieur le chevalier de Saint-Michel. Mon aimable fylphe, cet animal-là eft un vilain gnome. Il a fait une petite fatire dans laquelle il dit de moi:

Il a loué depuis Noailles
Jufqu'au moindre petit morveux
Portant talon rouge à Verfailles.

E 3

On débite cette infamie avec les noms de MM. d'*Argenfon*, *Caftelmoron* et d'*Aubeterre* en notes. Vous êtes engagé d'honneur à faire connaître à la reine ce miférable. Si je n'étais pas malade , j'irais me jeter à fes pieds. Je vous fupplic inftamment de lui faire ma cour.

Comptez que je vous aimerai toute ma vie.

LETTRE XLIX.

A M. DE MONCRIF, *à Verfailles*.

A Champs, 22 juin.

JE fens, mon très-aimable *Zélindor*, tout le prix de vos bontés. Quoi! au milieu de vos fuccès vous fongez à réparer mes fautes! J'avais déjà prévenu vos attentions charmantes. Je ne préfentai point mon poëme fur les horreurs de la guerre à la vertu pacifi- de la fainte ducheffe (*) , parce que je fus dévalifé par tout ce qui me rencontra chez la reine. Je vous remercie tendrement de faire valoir mes batailles auprès d'une princeffe dont les vertus devraient infpirer la paix à tout l'univers.

Il eft vrai qu'on a penfé à donner une fête au héros de Fontenoi. Je ne fais pas encore bien précifé- ment ce que ce fera; mais je fais très-certainement qu'il la faut dans le genre le plus noble. Je n'ai qu'une ambition, c'eft de mêler ma voix à la vôtre , et de faire voir aux ennemis des gens de lettres et des hon- nêtes gens, par exemple, à M. *Roi*, *chevalier de*

(*) Madame de *Villars*.

Saint-Michel, et à l'abbé de bicêtre, que les cœurs et ———— 1745.
les talens fe réuniffent pour louer notre monarque,
fans connaître la jaloufie.

Je ferais enchanté que votre prologue pût nous
convenir ; je tâcherais d'y conformer mon fujet.
Mandez-moi , mon aimable génie, quand vous ferez
à Paris, afin que je puiffe en raifonner avec vous.

Confervez-moi votre amitié; comptez que je vous
fuis dévoué pour ma vie avec la tendreffe que votre
caractère m'infpire, et avec l'eftime que vos talens
aimables doivent arracher au dragon de *Saint-Michel*,
et au gibier de bicêtre.

LETTRE L.

A M. DE CIDEVILLE.

A Champs, ce 25 juin.

MON charmant ami , celui des Mufes , celui de la
vertu, vous que je ne vois pas affez et avec qui je
voudrais toujours vivre, vous me donnez là un
laurier dont je fais beaucoup plus de cas que de tout
ce que *Maupertuis* va chercher à Berlin, et de tout ce
qu'on cherche à Verfaillès. Le roi faura qu'il y a dans
fon royaume des ames affez belles pour joindre hardiment à fon nom celui d'un ami ; il faura que mon
cher *Gideville* attefte à la poftérité que les bontés
dont fa Majefté m'honore ne font pas un reproche à
fa gloire.

J'envoie à M. le duc de *Richelieu* ce beau monument que vous érigez au roi, à la nation et à l'amitié.

E 4

——— C'eft un bel exemple que vous donnez à la littérature.

1745.* Madame *du Châtelet*, qui vous eft tendrement obligée, donnera fon exemplaire à madame la ducheffe de *la Vallière*, et il reftera dans la bibliothéque de Champs. Nous en prendrons d'autres lundi à Paris, où nous comptons arriver fur les trois heures. C'eft là que j'embrafferai celui qui m'immortalife.

LETTRE LI.

A M. LE MARQUIS D'ARGENSON.

A Champs, le 25 juin.

JE fuis, comme l'*Arétin*, en commerce avec toutes les têtes couronnées ; mais il s'en fefait payer pour les mordre, et je ne leur demande rien pour les amadouer. Récevez donc, Monfeigneur, cet énorme paquet que vous pourriez faire partir par la pre-mière flotte que vous enverrez à la pêche de la baleine. Que direz-vous de mon infolence ? vous ai-je affez importuné de mes batailles ? Tantôt c'eft pour la princeffe de Suède, tantôt c'eft pour la czarine. Vous êtes bien heureux que je vous fauve le roi de Pruffe cette fois-ci ; et fi vous étiez à Paris, vous auriez vraiment un paquet pour le pape. Eh bien ! il pleut donc des victoires ! Le roi de Pruffe bat nos ennemis, et fait des épigrammes contre eux. Oh ! la belle et glorieufe paix que vous ferez ! Je vous prépare une fête pour votre retour ; j'y cou-ronnerai le roi de lauriers. En attendant, vous

recevrez une feptième édition de Lille , de ce petit
monument que j'ai élevé à la gloire de notre monarque. Dites-lui-en un peu de bien , et empêchez , fi
vous pouvez , les araignées de fe manger.

Voici une mauvaife plaifanterie que j'écris au roi
de Pruffe. Vous verrez , Monfeigneur, que je ne
le traite pas fi pompeufement que le vainqueur de
Fontenoi.

Lorfque deux rois s'entendent bien , (*)

Cela n'eft pas bon à courir , mais peut-être en
peut-on amufer le roi preneur de villes et gagneur
de batailles ; car , encore faut-il amufer fon héros.

Où eft monfieur votre fils ? négocie-t-il avec le
gros M. *Bentin* ? Je n'ai pas vu votre belle-fille à
qui je voulais rendre mes refpects. Je fuis tantôt à
Champs , tantôt à Etiole. Préparez pour la fête les
oliviers que je voudrais qui ornaffent le théâtre.

Lettre critique d'une belle Dame à un beau Monfieur
de Paris , fur le Poëme de la bataille de Fontenoi ,
à M. ***.

Juin.

JE ne fais pas , Monfieur , pourquoi j'ai pu lire jufqu'au bout
ce poëme de la bataille de Fontenoi ; c'eft un ouvrage qui roule
tout entier fur des faits vrais et récens. Y a-t-il rien de plus
infipide pour des efprits comme les nôtres , fi folidement nourris
de la lecture du prince *Titi* et de *Zerbinette* ?

Vous vous fouvenez que nous étions à l'opéra , le jour qu'on

(*) Volume d'Epitres , page 137 de l'édition in-8°.

—————— donna cette vilaine bataille, et que nous fîmes un souper déli-
1745. cieux qui dura quatre heures, après quoi nous gagnâmes cent
louis au cavagnole, en nous plaignant *furieufement* et *infiniment*
de la misère du temps.

L'auteur du poëme prétend que nous avons beaucoup d'obligation au roi de gagner des batailles en perfonne, et de prendre
des villes, afin que nous jouiffions tranquillement à Paris du
fruit de fes travaux et des dangers où il s'expofe. Quelle fottife !
Je voudrais bien favoir fi les dames de Londres fe réjouiffent
moins, parce que le duc de *Cumberland* a été bien battu ? Je ne
fais qui a fait cette rapfodie, mais il connaît bien mal le monde.

Que m'importe à moi que quatre ou cinq officiers de l'état-
major aient été bleffés ? j'ai bien affaire qu'on me les nomme.
Ils ont verfé, dit-on, leur fang pour nous, fous les yeux de
leur roi ; et les louanges qu'on leur donne, font une jufte récompenfe et un aiguillon de la gloire ; mais, fi cela était, il aurait
dû nous donner une lifte des morts et des bleffés. J'ai un parent,
lieutenant de milice, qui a reçu un coup de fufil dans la manche.
Pourquoi parle-t-il plutôt des autres que de mon parent ? J'aurais
été fort aife de trouver là fon nom ; mais toutes les chofes qui
ne m'intéreffent pas perfonnellement, ou qui ne font pas des
romans nouveaux, m'ennuient *épouvantablement*, *horriblement*.

On dit que M. le maréchal de *Saxe* eft fort content de l'endroit
qui le regarde ; je le trouve bien indulgent.

> Maurice qui, touchant à l'infernale rive,
> Rappelle pour fon roi fon ame fugitive,
> Et qui demande à Mars, dont il a la valeur,
> De vivre encore un jour et de mourir vainqueur.

M. l'abbé de ** nous a fait remarquer judicieufement le ridicule de nommer un homme par fon nom de baptême, et de le
faire enfuite prier le dieu *Mars*. J'ai bien fenti l'impertinence de
dire qu'un maréchal de France eft prêt à *defcendre fur l'infernale
rive*, quand il eft dangereufement malade. Je trouve fort mauvais,
moi, lorfque j'ai la migraine, après avoir joué toute la nuit,
qu'on vienne me dire que j'ai mauvais vifage. On prétend qu'en
effet M. le maréchal de *Saxe*, après la victoire, dit au roi qu'il
n'avait demandé au ciel que ce jour de vie pour voir triompher

fa Majefté : permis à lui de penfer de cette façon ; mais , en vérité, cela eft bien déplacé dans un poëme qui ne doit donner que des idées douces et riantes.

1745.

Pourquoi dit-il que le duc de *Grammont*

> Dans l'Elyfée emporte la douleur
> D'ignorer, en tombant, fi fon maître eft vainqueur.

Voilà un fentiment que je n'ai vu dans aucun des petits romans que je lis. Je voudrais bien favoir fi on a de ces idées-là quand on a la cuiffe emportée d'un boulet de canon ; On me répond à cela que le duc de *Grammont* aimait véritablement le roi, et qu'il pouvait très-bien avoir eu de pareils fentimens à fa mort. Faible réponfe, miférable évafion dont vous fentez la petiteffe !

Je me foucie fort peu qu'il me nomme tous les lieutenans généraux qui étaient chacun à leur pofte. Ne voilà-t-il pas une chofe bien extraordinaire d'être à fon pofte ? Un franc pédant, qui eft tout plein de fon *Homère*, nous a voulu perfuader que c'eft ainfi que ce vieux grec s'y prenait dans fon roman amoureux de l'Iliade, et que *Virgile* l'avait imité. Vous favez comme nous l'avons reçu avec fon *Homère* et fon *Virgile*. Je ne crois pas qu'on s'avife de les citer dorénavant devant vous ni devant moi. J'entends dire à de fort habiles gens que ces rêveurs-là font tout-à-fait paffés de mode, et qu'un homme qui écrirait dans leur goût, ne ferait pas toléré aujourd'hui. On dit qu'ils pouffaient le ridicule jufqu'à faire une defcription détaillée des bleffures d'anciens héros imaginaires. Si cela eft, il eft bien clair que rien n'eft plus impertinent que de parler des bleffures que nos officiers ont reçues réellement depuis peu, puifque *Virgile* ne parlait que de gens qui avaient été bleffés deux mille ans auparavant.

On m'a affuré qu'*Homère* employait un livre tout entier à faire l'énumération de toutes les troupes de la Gréce : pourquoi donc ne peindre qu'en peu de vers, les grenadiers, les carabiniers, la maifon du roi, les dragons ? S'il y avait eu davantage de ces peintures, il eft vrai que je n'aurais jamais lu cet ouvrage ; et c'eft précifément ce que je voulais : car, en vérité, je l'ai lu malgré moi, et je ne fais pas pourquoi quelques perfonnes, à l'article de M. du *Brocard*, de M. de *Craon* et du duc de *Grammont*, ont verfé des larmes. On ne peut s'attendrir ainfi

——— que par efprit de cabale ; mais je vous réponds que nous en ferons une bien violente contre l'auteur et fes adhérens.

Premièrement, nous dirons qu'il eft anglais ; et on le voit affez par l'épithète de brave qu'il donne au duc de *Cumberland* qui eft venu attaquer fa Majefté. Nous déchaînerons contre lui tout Paris qu'il a fi indignement attaqué par ces déteftables vers :

> Ils tombent ces héros, ils tombent ces vainqueurs,
> Ils meurent, et nos jours font heureux et tranquilles :
> La molle volupté, le luxe de nos villes,
> Filent ces jours fereins, ces jours que nous devons
> Au fang de nos guerriers, aux périls des *Bourbons*.

C'eft moi, fans doute, et toute ma fociété qu'il a eue en vue, mais nous le perdrons à la cour d'Hanovre. Nous ferons voir à toute la terre que fon ouvrage eft plein de menfonges.

Il y a un jeune officier dont il dit, dans fes notes, que le cheval a été tué fous lui, et nous favons, de fcience certaine, par le gazetier de Cologne, que ce cheval n'a eu que trois balles dans le corps, et qu'un maréchal a promis, foi d'homme d'honneur, de le guérir. Il y a bien d'autres impoftures pareilles qu'on relevera, auffi-bien que l'infolence de faire cinq ou fix éditions de cette pièce ridicule, pour faire plaifir à fon libraire. Encore je lui pardonnerais s'il avait dit quelque petit mot de moi, et s'il avait parlé de ma beauté à propos de la bataille de Fontenoi. Il pouvait très-bien dire qu'un de ces jeunes officiers dont il vante les grâces, a été amoureux deux jours d'une de mes coufines, et qu'il voulut même lui faire une infidélité pour moi, le premier jour ; et affurément on peut dire que ma coufine ne me valait pas. Elle a trois ans et demi plus que moi, et elle eft tout engoncée ; c'eft de quoi je veux vous entretenir ce foir à fond ; car, en vérité, je fuis très-fâchée contre ma coufine.

Adieu, Monfieur ; le cavagnole m'attend.

LETTRE LII.

A M. LE MARQUIS D'ARGENSON.

Le 10 d'augufte.

JE viens, Monfeigneur, de recevoir le portrait du plus joufflu faint-père que nous ayons eu depuis long-temps. Il a l'air d'un bon diable et d'un homme qui fait à peu-près ce que tout cela vaut. Je vous remercie de ces deux faces de pontife, du meilleur de mon cœur; je crois que fans vous, ces deux vifages-là qu'on m'envoyait, fe feraient en allés en brouet d'andouille. L'abbé de *Tolignan*, le cardinal *Aquaviva*, l'abbé de *Canillac*, ne fe feraient point entendus pour me faire avoir les bénédictions papales, fi vous n'aviez eu la bonté d'écrire. Vous devriez bien dire au roi très-chrétien combien je fuis un fujet très-chrétien.

Quand aurez-vous pris Oftende ? quand aurez-vous fait un empereur ? quand aurez-vous la paix ? Je n'en fais rien, mais j'efpère vous faire ma cour en octobre, pénétré de vos bontés.

LETTRE LIII.

A M. LE MARQUIS D'ARGENSON.

Le 17 d'augufte.

J'AI envie de ne point jouir du bénéfice d'hiſtoriographe ſans le deſſervir. Voici une belle occafion. Les deux campagnes du roi méritent d'être
chantées, mais encore plus d'être écrites. Il y a
d'ailleurs en Hollande tant de mauvais français qui
inondent l'Allemagne d'écrits ſcandaleux, qui dégui-
ſent les faits avec tant d'impudence, qui, par leurs
ſatires continuelles, aigriſſent tellement les eſprits,
qu'il eſt néceſſaire d'oppoſer à tous ces menſonges
la vérité repréſentée avec cette ſimplicité et cette
force qui triomphe tôt ou tard de l'impoſture. Mon
idée ne ſerait pas que vous demandaſſiez pour moi
la permiſſion d'écrire les campagnes du roi : peut-
être ſa modeſtie en ſerait alarmée; et d'ailleurs je
préſume que cette permiſſion eſt attachée à mon
brevet; mais j'imagine que ſi vous difiez au roi
que les impoſtures qu'on débite en Hollande doivent être réfutées, que je travaille à écrire ſes
campagnes, et qu'en cela je remplis mon devoir,
que mon ouvrage ſera achevé ſous vos yeux et ſous
votre protection; enfin, ſi vous lui repréſentez ce
que j'ai l'honneur de vous dire, avec la perſuaſion
que je vous connais, le roi m'en ſaura quelque gré,
et je me procurerai une occupation qui me plaira et

qui vous amufera. Je remets le tout à votre bonté. ——
Mes fêtes pour le roi font faites; il ne tient qu'à 1745.
vous d'employer mon loifir.

Je n'entends point parler de la Ruffie. Oferai-je
vous fupplier de me vouloir bien recommander à
M. d'*Allion*. Vous me protégez au Midi, daignez
me protéger au Nord ; et puiffe la paix habiter les
quatre points cardinaux du monde et le milieu!

Madame *du Châtelet* vous fait mille complimens.

LETTRE LIV.

AU CARDINAL QUIRINI,

EVEQUE DE BRESCIA, BIBLIOTHECAIRE DU VATICAN.

Parigi, 17 agofto.

LA perfetta conofcenza che voftra Eminenza a di
tutte le fcienze, la protezione che compartifce alle
fcienze fono i motivi, che mi danno l'animo d'im-
portunare voftra Eminenza, benchè il fuo gufto e
la fua capacità fiano per tormelo. Porgo dunque ai
piedi di voftra Eminenza un piccolo tributo del mio
rifpetto, e della ftima nella quale è tenuta à Parigi
comà in Italia. Ho fempre detto che i Francefi, e gli
altri popoli fono obbligati all' Italia di tutte le arti,
e fcienze. Tutti i fiori adornarono i voftri giardini
più di un fecolo avanti che il noftro terreno foffe
diffodato e colto. Eccò i miei titoli per ambire
d'effere fottò la fua protezzione. Le porgo l'omaggio

d'una piccola opera, la quale il rè criſtianiſſimo a fatto ſtampare nel ſuo palazzo.

O celebrato vittorie, e tutti i miei voti ſono per la pace; un tal ſentimento non diſpiacerà à un ſavio, che frà tanti furori e diſagj del mondo compatiſce ai vinti, ed ancorà ai vincitori.

Si compiaccia d'accogliere benignamente le riſpettoſiſſime atteſtazioni del mio oſſequio; le baccio la ſacra porpora, e ſono con ogni maggiore riſpetto, &c.

LETTRE LV.

A M. LE MARQUIS D'ARGENSON.

A Etiole, le 19 d'auguſte.

Je ne crains pas, Monſeigneur, malgré votre belle modeſtie, que vous me brouilliez avec madame de *Pompadour* pour tout le mal que je lui dis de vous; car, après tout, il faut être indulgent pour les petits emportemens où le cœur entraîne d'anciens ſerviteurs.

J'ai écrit à *noſtro ſignore* le ſaint-père pour le remercier de ſes portraits, et je me flatte bientôt d'un petit bref. Si je dois au cardinal *Aquaviva* deux médailles, je vous dois les deux autres, et cependant je ſens que je ſuis plus reconnaiſſant pour vous que pour l'*Aquaviva*.

J'ai envoyé des Fontenoi au roi d'Eſpagne, à madame ſa très-honorée et très-belligérante épouſe,

au

au féréniffime prince des Afturies, au féréniffime infant cardinal, le tout adreffé à monfieur l'évêque de Rennes, à qui j'ai dit que je prenais cette liberté grande, parce que vous daignez m'aimer un peu depuis quarante-deux ou quarante-trois ans. Pardon de l'époque, mais ne me démentez pas fur le fond.

Il ferait fort doux que je duffe encore à votre protection, quelque petite marque des bontés de leurs Majeftés catholiques. Je mets les princes à contribution, comme l'*Arétin*, mais c'eft avec des éloges. Cette façon-là eft plus décente.

En vérité, je vous aurais bien de l'obligation fi vous voulez bien, dans votre première lettre à M. de *Rennes*, lui toucher adroitement quelque petit mot des fervices qu'il peut me rendre. Les médailles papales, l'impreffion du louvre, et quelque marque de magnificence efpagnole, feront une belle réponfe aux *Desfontaines*.

Mais il faut que je vous parle de la Lettre à un archevêque de Cantorbéri, écrite par un mauvais prêtre nommé *Langlet*. Vous favez qu'il y dit tout net que M. de *Chauvelin* reçut cent mille guinées des Anglais pour le traité de Séville. Cent mille guinées! L'abbé *Langlet* ne fait pas que cela fait plus de deux millions cinq cents mille livres. Si cela n'était que ridicule, paffe; mais une calomnie atroce fait toujours plus de bien que de mal au calomnié. M. de *Chauvelin* a une grande famille. On trouve affreux qu'on ait imprimé une injure fi indécente. Les indifférens difent qu'il n'eft pas permis d'attaquer ainfi des miniftres, que l'exemple eft dangereux, et l'on fe plaint du lieutenant de police.

1745.

—— Celui-ci dit que c'eſt l'affaire de *Gros de Boſe* ; et
1745. *Gros de Boſe* dit que c'eſt la vôtre , que vous avez
jugé la pièce imprimable ; et moi je dis que non ;
qu'on vous a envoyé l'ouvrage comme étant fait en
pays étranger , et que vous avez répondu ſimplement
que l'auteur prenait le parti de la France contre la
maiſon d'Autriche ; que vous n'aviez répondu que
ſur cet article , et que d'ailleurs vous êtes loin d'approuver une pièce mal écrite , mal conçue , pleine
de ſottiſes et de calculs faux. Fais-je bien , fais-je
mal ? Preſcrivez-moi ce qu'il faut dire et taire.

Je vous ſuis attaché pour ma vie avec la tendreſſe
la plus reſpectueuſe et la plus ardente.

Nous gagnons donc la Flandre pour r'avoir un
jour le Canada. En attendant , les caſtors ſeront
chers ; j'ai envie de propoſer les bonnets. Trouvez
donc ſous votre bonnet quelque façon de nous
donner la paix. Le beau moment pour vous !

LETTRE LVI.

A M. LE MARQUIS D'ARGENSON.

28 ſeptembre.

JE reçois , Monſeigneur , votre lettre à dix heures
du ſoir , après avoir travaillé toute la journée à
certain plan de l'Europe , pour en venir aux campagnes du roi. Le tout pourra vous amuſer à
Fontainebleau.

Je vais quitter les traités d'Hanovre et de Séville

pour la capitulation de Tournai. Les Hollandais deviennent des Carthaginois, *fides punica.* Je tâcherai 1745. de remplir vos intentions, en fuivant votre efprit, et en tranfcrivant vos paroles qu'il faut appuyer des belles figures de rhétorique appelées *ratio ultima regum.* C'eft à M. le maréchal de *Saxe* à donner du poids à l'abbé de *Laville.*

Vous aurez, Monfeigneur, votre amplification au moment que vous la voudrez. Mille tendres refpects.

P. S. Madame de *Colorini* (c'eft, je crois, fon nom), la gouvernante des pauvres princeffes de Bavière, attend de vous certaine ordonnance. Je crois qu'elle m'a dit que vous deviez la remettre à madame *du Châtelet.* Elle eft venue au chevet de mon lit pour cela, et fe mettrait, je crois, dans le vôtre, fi elle ofait.

Adieu, Monfeigneur ; heureux les gens qui vous voient !

LETTRE LVII.

AU MEME.

Du 29, *mardi matin.*

Voici, Monseigneur, ce que je viens de jeter fur le papier : je me fuis preffé, parce que j'aime à vous fervir, et que j'ai voulu vous donner le temps de corriger le mémoire.

Je crois avoir fuivi vos vues : il ne faut point trop de menaces. M. de *Louvois* irritait par fes paroles : il faut adoucir les efprits par la douceur, et les foumettre par les armes.

Vous n'avez qu'à m'envoyer chercher quand vous ferez à Paris, et vous corrigerez mon thême, mais vous ne trouverez rien à refaire dans les fentimens qui m'attachent à vous.

Repréfentations aux Etats généraux de Hollande.
(Minutées par M. de Voltaire.)

Septembre.

Hauts et puiffans Seigneurs, je fuis chargé expreffément, de la part du roi mon maître, de vous faire ces nouvelles repréfentations que je foumets encore, s'il en eft temps, à votre fageffe et à votre équité. (*)

(*) Les Etats généraux avaient réfolu d'envoyer au roi d'Angleterre et contre le prétendant, les mêmes troupes qui, par la capitulation de Tournai et de Dendermonde, avaient fait le ferment de ne fervir de dix-huit mois, *même dans les places les plus éloignées*, &c. (Voyez le Siècle de Louis XV, chapitre XXIV, *malheurs du prince Edouard.*)

J'oferai d'abord vous faire fouvenir d'une ancienne république puiffante et généreufe, ainfi que la vôtre, à laquelle quelques- 1745. uns de fes citoyens préfentèrent un projet qui pouvait être utile. La nation demanda fi le projet etait jufte; on lui avoua qu'il n'était qu'avantageux; et le peuple répondit d'une commune voix, qu'il ne voulait pas même le connaître.

On eft en droit d'attendre de votre affemblée une telle réponfe. La propofition d'éluder la capitulation de Tournai, eft précifément dans ce cas; à cela près que cette infraction ne ferait point utile pour vous, et ferait dangereufe pour tout le monde.

Que pourriez-vous gagner en effet en violant des droits facrés, qui feuls mettent un frein aux févérités de la guerre? Vous ôteriez aux victorieux l'heureufe liberté de renvoyer déformais des vaincus fur leur parole. Qui voudra jamais laiffer fortir une garnifon fous le ferment de ne point porter les armes, fi ces fermens peuvent être violés fous le moindre prétexte?

Confidérez, hauts et puiffans Seigneurs, quels triftes effets une telle conduite pourrait entraîner. Une république auffi fage et auffi humaine les préviendra, fans doute, et ne brifera point ces liens qui laiffent encore aux hommes quelque ombre des douceurs de la paix, au milieu même de la guerre.

Vous n'avez envifagé dans l'article de la capitulation de Tournai, que ces mots qui expriment la promeffe *de ne pas fervir, même dans les places les plus reculées.* Ces termes feuls, et dégagés de ce qui les précède, pourraient en effet laiffer peut-être encore à la garnifon de Tournai la liberté de fervir d'autres puiffances, fi on voulait oublier l'efprit du traité pour le violer, en s'en tenant en quelque forte à la lettre.

Mais vous vous fouvenez des expreffions claires qui précèdent. Vous favez qu'il eft dit que la garnifon *doit être dix-huit mois fans porter les armes, fans paffer à aucun fervice étranger, fans faire, durant ce temps, aucun fervice militaire, de quelque nature qu'il puiffe être.*

Vous fentez que nulle interprétation ne peut altérer un fens fi précis, et vous fentez encore mieux que des conditions fi manifeftes font en effet l'expreffion de la volonté déterminée du roi mon maître, à laquelle la garnifon de Tournai s'eft foumife fans aucune reftriction. Il a bien voulu, à ce prix feul, la laiffer fortir avec honneur, pour vous donner une marque de fa bienveillance et de fon eftime. Il fe flatte encore que vous n'altèrerez point de tels fentimens, en détruifant, par une interprétation forcée, les effets de fa générofité.

Il n'eft permis à la garnifon de Tournai de fervir, de dix-huit mois, en aucun lieu de la terre, à compter depuis fa capitulation.

Le roi mon maître attefte toutes les nations défintéreffées ; et s'il y en a une feule qui puiffe admettre le moindre fubterfuge à ces mots, *aucun fervice militaire*, *de quelque nature qu'il puiffe être*, il eft prêt à oublier tous fes droits.

Mais une nation auffi éclairée et auffi équitable n'a befoin de confulter qu'elle-même. Vous manqueriez, fans doute ; au droit des gens et au roi mon maître ; et il efpère encore que les féductions de fes ennemis ne vous détermineront point à violer, en leur faveur, des lois qu'il eft de l'intérêt de toutes les nations de refpecter.

Vous ne fouffrirez pas que ceux qui font jaloux de votre heureufe fituation, vous entraînent dans une guerre contraire à la fageffe de votre gouvernement, en exigeant de vous une démarche plus contraire encore à votre équité.

Ils voudraient rendre irréconciliables ceux qu'on a fi long-temps regardés comme capables de concilier l'Europe. Ils ne fe bornent pas à exiger de vous un fecours dont ils n'ont pas en effet befoin, et que les lois facrées de la guerre défendent de leur donner, ils veulent (vous le favez trop bien) vous faire lever l'étendard contre un roi victorieux, dont les ménagemens pour vous ont excité leur envie.

Ils veulent fermer tous les chemins à la paix que tant de nations défirent, et qu'elles ont attendue de votre prudence.

Mais le roi mon maître, qui, dans tous les temps, vous a témoigné une eftime et une affection fi conftantes, ne peut croire encore que vos hautes puiffances, fi renommées pour leur juftice, immolent la juftice même pour retarder la tranquillité publique, l'objet de vos vœux et des fiens.

LETTRE LVIII.

A M. LE COMTE D'ARGENTAL.

A Fontainebleau, ce 5 octobre.

VRAIMENT les grâces célestes ne peuvent trop se répandre, et la lettre du saint-père est faite pour être publique (*). Il est bon, mon respectable ami, que les persécuteurs des gens de bien sachent que je suis couvert contre eux de l'étole du vicaire de DIEU. Je me suis rencontré avec vous dans ma réponse, car je lui dis que je n'ai jamais cru si fermement à son infaillibilité.

Je resterai ici jusqu'à ce que j'aye recueilli toutes mes anecdotes sur les campagnes du roi, et que j'aye dépouillé les fatras des bureaux. J'y travaille, comme j'ai toujours travaillé, avec passion. Je ne m'en porte pas mieux; je vous apporterai ce que j'aurai ébauché. M. et madame d'*Argental* seront toujours les juges de mes pensées et les maîtres de mon cœur.

Bonsoir, couple adorable; je vous donne ma bénédiction, je vous remets les peines du purgatoire, je vous accorde des indulgences. C'est ainsi que doit parler votre saint serviteur, en vous envoyant la lettre du pape ; mais, charmantes créatures, il serait plus doux de vivre avec vous que d'avoir la colique en ce monde, et d'être sauvé dans l'autre. Hélas ! je

_____

(*) Lettre de *Benoît XIV*, au sujet de la tragédie de Mahomet.

F 4

——— ne vis point; je fouffre toujours, et je ne vous vois pas affez. Quel état pour moi, qui vous aime tous deux, comme les faints, au nombre defquels j'ai l'honneur d'être, aiment leur DIEU créateur!

LETTRE LIX.

A M. DE CIDEVILLE.

Le 6 octobre.

Lorsque.tu fais un fi riche tableau
Du fier vainqueur de Liffus et d'Arbelles,
Tu veux encor que je fois un Apelles!
Il fallait donc me prêter ton pinceau.

O loifir qui me manquez, quand pourrai-je, entre vos bras, répondre tranquillement, et à mon aife, aux bontés de mon cher *Cideville!* O fanté, quand écarterez-vous mes tourmens pour me laiffer tout entier à lui!

Je fuis accablé de mes maux d'entrailles, et il faut pourtant préparer des fêtes et écrire les campagnes du roi. Allons, courage; foutenez-moi, mon cher ami. Vous m'avez déjà encouragé dans le poëme de Fontenoi; continuez.

Je vous fais part ici d'une petite lettre du faint-père, avec laquelle je vous donne ma bénédiction; mais j'aimerais mieux faire, pour votre académie, une infcription qui pût lui plaire, et n'être pas indigne d'elle. Elle réunit trois genres. Si elle prenait pour devife une *Diane*, avec cette légende : *Tria regna tenebat* , avec l'exergue : *Académie des fciences , de littérature et d'hiftoire , à Rouen* , 1745.

Bonfoir ; je vous embraffe. Je n'ai pas un moment. Mes refpects à votre académie. N'oubliez pas M. l'abbé du *Refnel* , fur l'amitié de qui je compte toujours.

1745.

LETTRE LX.

A M. LE MARQUIS D'ARGENSON.

A Paris , ce 20 octobre.

MONSEIGNEUR,

IL n'y a pas de foin que je ne prenne pour faire une hiftoire complète des campagnes glorieufes du roi , et des années qui les ont précédées. Je demande des mémoires à fes ennemis même. Ceux qui ont fenti le pouvoir de fes armes , m'aident à publier fa gloire.

Le fecrétaire de M. le duc de *Cumberland* (qui eft mon intime ami) m'a écrit une longue lettre , dans laquelle je découvre des fentimens pacifiques que les fuccès de fa Majefté peuvent infpirer.

Si le roi jugeait que ce commerce pût être de quelque utilité, je pourrais aller en Flandre , fous le prétexte naturel de voir par mes yeux les chofes dont je dois parler. Je pourrais enfuite aller voir ce fecrétaire qui m'en a prié. M. le duc de *Cumberland* ne s'y oppoferait affurément pas. Je fuis connu de la plupart des anciens officiers qui l'entourent. Je parle l'anglais ; j'ai des amis à Bruxelles , et ces amis font attachés à la France..Je peux aifément , et en peu de temps, favoir bien des chofes.

Le fecrétaire de M. le duc de *Cumberland* a fait naître à fon maître l'envie de me voir : les éloges que j'ai donnés à ce prince, pour relever davantage la gloire de fon vainqueur , lui ont donné quelque goût pour moi. Voilà ma fituation.

Si fa Majefté croit que je puiffe rendre un petit fervice , je fuis prêt ; et vous connaiffez mon zèle pour fa gloire et pour fon fervice.

Je fuis avec refpect , &c.

Billet ajouté.

Voici , Monfeigneur , ce qui m'a paffé par la tête à la réception de la lettre anglaife du fecrétaire du duc de *Cumberland.* Il ne tient qu'à vous de me procurer un voyage agréable et peut-être utile. Vous pouvez difpofer les efprits du comité. Je crois que M. le maréchal de *Noailles* même me donnera fa voix. Vous liriez enfuite ma lettre en plein confeil : chacun dirait oui, et le roi auffi. Tout ceci eft dans le fecret. Madame *** n'en fait rien. Faites ce que vous jugerez à propos.; mais j'ai plus d'envie encore de vous faire ma cour qu'au duc de *Cumberland.*

N. B. Ce fecrétaire du duc de *Cumberland* eft le chevalier *Fakener*, ci-devant ambaffadeur à Conftantinople , homme d'un très-grand crédit, informé de tout mieux que perfonne, et, encore une fois, mon intime ami. Ne ferait-il pas mieux que cela fût entre le roi et vous? Mais il y a encore un parti à prendre peut-être, c'eſt de vous moquer de moi. En tout cas, pardonnez au zèle, et brûlez mes rêveries.

LETTRE LXI.

A M. LE MARQUIS D'ARGENSON.

A Champs, ce 23 octobre.

VRAIMENT, Monfeigneur, ce que je vous ai propofé, n'eſt que dans la fuppofition que vous cruffiez que je puffe apprendre, par le chevalier *Fakener*, des circonſtances que vous euffiez befoin de favoir. Je vous ai dit que ce digne chevalier a des fentimens *pacifiques*, mais je n'en conclus rien. Je me bornais feulement à vous demander fi vous penfiez qu'on pût tirer quelque fruit de fes entretiens, et être plus au fait de ce qui fe paffe. Voilà tout.

Si vous ne penfez pas que ce voyage puiffe être utile, n'en parlez point. J'ai cru feulement devoir vous rendre compte de ma liaifon avec le fecrétaire du duc de *Cumberland*. J'aimerai mieux d'ailleurs travailler paifiblement ici à mon hiſtoire que de courir aux nouvelles.

Il fe peut faire de plus que le roi trouve en moi trop d'empreffement. Je lui ai pourtant rendu quelque fervice en Pruffe ; mais croyez que je ne prétends point me faire de fête. Encore une fois, ce voyage propofé n'eft que dans l'idée que vous vouluffiez avoir quelque notion par ce canal. Or, c'eft une curiofité dont vous n'avez pas befoin. Ce que me dirait le chevalier *Fakener*, n'empêchera pas le prétendant d'être battant, ni d'être battu : par conféquent, voyage inutile ; donc je crois qu'il n'en faut point effaroucher les oreilles du maître, fauf votre meilleur avis. J'aurai mille fois plus de plaifir à vous faire ma cour à Fontainebleau, qu'à voir des anglais. Je compte y retourner quand M. de *Richelieu* aura difpofé de moi pour fes fêtes.

Eft-il poffible que ce foit madame de *Pompadour* qui, à vingt-deux ans, détefte le cavagnole, et que ce foit madame *du Châtelet-Newton* qui l'aime !

Madame *du Châtelet* a plus d'envie de vous voir que vous n'en avez de caufer avec elle. Nous vous fommes attachés folidairement.

Je vous fais mon compliment fur le héros d'Ecoffe.

LETTRE LXII.

AU CARDINAL QUIRINI.

A Paris , ce 25 octobre.

Il faudrait, Monseigneur, vous écrire dans plus d'une langue , si on voulait mériter votre correspondance; je me sers de la française que vous parlez si bien , pour remercier votre Eminence de sa belle prose et de ses vers charmans. Je revenais de Fontainebleau , quand je reçus le paquet dont elle m'a honoré; je m'en retournais à Paris avec madame la marquise *du Châtelet* , qui entend *Virgile* et vous , aussi-bien que *Newton ;* nous lûmes ensemble votre excellente préface et la traduction que vous avez bien voulu faire du poëme de Fontenoi. Je m'écriai :

Sic veneranda suis plaudebat Roma Quirinis ,
 Laus antiqua redit , Romaque surgit adhuc ,
Non jam Marte ferox , dirisque superba triumphis ,
 Plus mulcere orbem quam domuisse fuit.

La fièvre et les incommodités cruelles qui m'accablent , ne m'ont pas permis d'aller plus loin , et m'empêchent actuellement de dire à votre Eminence tout ce qu'elle m'inspire. Elle me cause bien du chagrin en me comblant de ses faveurs ; elle redouble la douleur que j'ai de n'avoir point vu l'Italie. Je ferais volontiers comme les *Platon* qui allaient voir

leurs maîtres en Egypte; mais ces *Platon* avaient de
la fanté , et je n'en ai point.

1745.

Permettez-moi, Monfeigneur, de vous envoyer
une differtation que j'ai faite pour l'académie de
Bologne, dont j'ai l'honneur d'être membre. Dès
que je ferai un peu rétabli , je lui ferai adreffer cet
hommage, fous l'enveloppe de M. le cardinal *Valenti*,
fi vous le trouvez bon; car les differtations de Paris
à Rome ruinent quand on ne prend pas ces précautions. Ce fera le troc de *Sarpedon ;* vous me
donnez de l'or, et je vous rendrai du cuivre. Il y a
long-temps que tout homme qui cherche à enrichir
fon ame, trouve bien à gagner avec la vôtre. La
mienne fent tout le prix d'un tel commerce.

Je fuis avec un profond refpect, &c.

LETTRE LXIII.

AU CARDINAL QUIRINI.

Parigi, 7 di novembre.

Tutti i feguaci d'*Ippocrate* , i *Boeravi* , i *Leprotti*
non avrebbero mai potuto fomminiftrare ai miei
continui dolori un più dolce e più certo follievo
di quello che o provato nel leggere le lettere , e le
belle opere, delle quali voftra Eminenza fi è com-
pacciuta d'onorarmi. Ella mi a deftato dal languido
torpore , nel quale le malatie mie mi avevano
fepolto.

Dica ella di grazia, qual' arte , qual incanto pone
ella in ufo per condire cotanti vezzi tanta e così

varia dottrina, e per adornarla di quefta finitura di
compofizione, in cui non appare l'arte, mà foprà
tutto la facilità dello ftile, e la vera e foda elo-
quenza.

Si raddopiò in cielo la felicità del cardinal *Polvi*
dai nuovi pregj, che la penna di voftra Eminenza gli
ha conferiti. Ella da ad un tratto a quefto celebre
inglefe ed a fe, fteffa l'immortalità del mondo
letterato.

Credo bene io coll'erudito *Vulpio* che quel bel
giovane fcolpito in avorio fia il genio del rè *Tolomeo*
et di *Berenice*; ma mi pare più certo che voftra
Eminenza fia il mio; e fe gli antichi foleano porgere
i loro voti ai genj de' grand' uomini, mi fa d'uopo
d'invocare quello del cardinale *Quirini*. Gli rendo
umiliffime grazie, e mi protefto con ogni offequio il
fuo zelante ammiratore.

LETTRE LXIV.

A M. LE COMTE D'ARGENTAL.

A Verfailles, et jamais à la cour, décembre.

JE vous envoie, mes adorables anges, une fête
que j'ai voulu rendre raifonnable, décente, et à qui
j'ai retranché exprès les fadeurs et les fornettes de
l'opéra, qui ne conviennent ni à mon âge, ni à mon
goût, ni à mon fujet. (*)

Vraiment, mes chers anges, je crois bien que la
vérité fe trouvera chez vous, et que j'y trouverai plus

(*) Le Temple de la gloire.

—— de fecours qu'ailleurs ; auffi je compte bien venir profiter de vos bontés , dès que j'aurai débrouillé ici le chaos des bureaux. Il eft abfolument néceffaire que je commence par ce travail , pour avoir des notions qui ne foient point expofées à des contradictions devant le miniftre et devant le roi (*). Ce travail, joint aux tracafferies du pays , me retient ici plus long-temps que je ne penfais. Il faut que mon ouvrage foit approuvé par M. d'*Argenfon* ; il eft mon chancelier, et M. de *Crémille* mon examinateur. Vous jugez bien que c'eft moi qui ai demandé M. de *Crémille* , et que je n'ai pas eu de peine de l'obtenir.

Je me trouvai hier chez M. d'*Argenfon*, et je parlais du combat de Mêle. Je difais combien cette action fefait d'honneur aux Français. Il y a furtout, difais-je, un diable de M. d'*Azincourt* , un jeune homme de vingt ans , qui a fait des chofes incroyables. Comme je bavardais , entre M. d'*Azincourt*, que je n'avais jamais vu ; il ne fut pas fâché. Je crois que c'eft un officier d'un très-grand mérite , car il écrit tout.

Adieu , le plus adorable ménage de Paris.

(*) Il s'agit de l'hiftoire de la guerre de 1741.

LETTRE LXV.

A M. LE COMTE D'ARGENTAL.

Mon cher ange gardien, vous ne réuffiffez qu'à vous faire adorer et à me faire trembler ; mais il fera bien difficile que vous puiffiez empêcher qu'on ne hafarde la petite pièce avec Jules-Céfar. On ne ferait jamais rien dans ce monde, dans aucun genre, fi on ne hafardait pas un peu. Pourvu que je ne rifque point de perdre votre eftime et votre amitié, et celle de madame d'*Argental*, je peux hafarder tout le refte ; car qu'eft-ce que le refte ?

Le roi m'a accordé verbalement la première charge vacante de gentilhomme ordinaire de fa chambre, et par brevet, la place d'hiftoriographe, avec deux mille francs d'appointemens. Me voilà engagé d'honneur à écrire des anecdotes ; mais je n'écrirai rien, et je ne gagnerai pas mes gages.

Adieu, ange de paix ; ne foyez pas un ange de mauvais augure ; vous n'êtes fait que pour annoncer le bonheur.

Songez, je vous prie, à faire en forte que je ne fois pas brouillé avec M. le duc d'*Aumont*, parce que *la Noue* reffemble au petit finge de la cheminée de madame de *Tençin*.

Sub umbra alarum tuarum.

LETTRE LXVI.

A M. LE MARQUIS DE VAUVENARGUES,

CAPITAINE AU REGIMENT DU ROI.

Sur un Eloge funèbre d'un officier, composé à Prague.

L'ETAT où vous m'apprenez que font vos yeux, a tiré, Monsieur, des larmes des miens; et l'éloge funèbre que vous m'avez envoyé a augmenté mon amitié pour vous, en augmentant mon admiration pour cette belle éloquence avec laquelle vous êtes né. Tout ce que vous dites n'est que trop vrai en général. Vous en exceptez sans doute l'amitié. C'est elle qui vous a inspiré, et qui a rempli votre ame de ces fentimens qui condamnent le genre-humain; plus les hommes font méchans, plus la vertu est précieufe, et l'amitié m'a toujours paru la première de toutes les vertus, parce qu'elle est la première de nos confolations. Voilà la première oraifon-funèbre que le cœur ait dictée, toutes les autres font l'ouvrage de la vanité. Vous craignez qu'il n'y ait un peu de déclamation. Il est bien difficile que ce genre d'écrire fe garantiffe de ce défaut; qui parle long-temps parle trop fans doute. Je ne connais aucun difcours oratoire où il n'y ait des longueurs. Tout art a fon endroit faible; quelle tragédie est fans rempliffage, quelle ode fans ftrophes inutiles? Mais quand le bon domine, il faut être fatisfait; d'ailleurs, ce n'est pas pour le public que vous

avez écrit, c'eſt pour vous, c'eſt pour le ſoulagement
de votre cœur; le mien eſt pénétré de l'état où vous 1745.
êtes. Puiſſent les belles-lettres vous conſoler! elles
font en effet le charme de la vie quand on les cultive
pour elles-mêmes, comme elles le méritent; mais
quand on s'en ſert comme d'un organe de la renom-
mée, elles ſe vengent bien de ce qu'on ne leur a pas
offert un culte aſſez pur; elles nous ſuſcitent des
ennemis qui nous perſécutent juſqu'au tombeau.
Zoïle eût été capable de faire tort à *Homère* vivant. Je
ſais bien que les *Zoïle* ſont déteſtés, qu'ils ſont mépriſés
de toute la terre, et c'eſt-là préciſément ce qui les
rend dangereux. On ſe trouve compromis, malgré
qu'on en ait, avec un homme couvert d'opprobres.

Je voudrais, malgré ce que je vous dis là, que
votre ouvrage fût public; car, après tout, quel *Zoïle*
pourrait médire de ce que l'amitié, la douleur et
l'éloquence ont inſpiré à un jeune officier, et qui ne
ſerait étonné de voir le génie de M. *Boſſuet* à Prague?
Adieu, Monſieur; ſoyez heureux, ſi les hommes peuvent l'être; je compterai parmi mes beaux jours
celui où je pourrai vous revoir.

Je ſuis avec les ſentimens les plus tendres, &c.

LETTRE LXVII.

A M. LE MARQUIS D'ARGENSON.

A Paris, le 14 janvier.

S I le prince *Edouard* ne doit pas son rétablissement
à M. le duc de *Richelieu*, on dit que nous devrons
la paix à M. le marquis d'*Argenson*. Les Italiens
feront des sonnets pour vous; les Espagnols, des
rodondillas; les Français, des odes, et moi, un poëme
épique pour le moins. Ah, le beau jour que celui-
là, Monseigneur! En attendant, dites donc au roi,
dites à madame de *Pompadour* que vous êtes content
de l'historiographe. Mettez cela, je vous en supplie,
dans vos capitulaires. Que j'aurai de plaisir de finir
cette histoire par la signature du traité de paix!

Je viens d'envoyer à M. le cardinal de *Tençin* la
suite de ce que vous avez eu la bonté de lire; il lit
plus vîte que vous; tant mieux, c'est une preuve que
vous n'avez pas de temps, et que vous l'employez
pour nous; mais lisez, je vous en prie, l'article qui
vous regarde (c'est à la fin de 1744). Le public ne
me désavouera pas, et je vous défie de ne pas convenir de ce que je dis.

Le pape a envie que j'aille à Rome, et le roi de
Prusse que j'aille à Berlin. Mais comme un de vos
confrères me traite à Versailles! On n'est point prophète chez soi.

On vient de m'envoyer un livre, fait par quelque

politique allemand, où votre gouvernement eft joli-
ment traité. J'y ai trouvé la lettre du maréchal de
Smettau où il dit que M. d'*Allion* eft un ignorant et
un pareffeux ; mais vraiment pour pareffeux, je le
crois; il y a un an que je lui ai envoyé un gros
paquet que vous avez eu la bonté de lui recommander, et je n'en ai aucune nouvelle. Seriez-vous
affez bon, Monfeigneur, pour daigner l'en faire
réffouvenir, la première fois que vous écrirez au bout
du monde?

Il paraît tant de mauvais livres fur la guerre préfente, qu'en vérité mon hiftoire eft néceffaire. Je vous
demande en grâce de dire au roi un mot de cet
ouvrage auquel fa gloire eft intéreffée. J'ai peur que
vous ne foyez indifférent parce qu'il s'agit auffi de la
vôtre; mais il faut boire ce calice. Je ne crois pas
avoir dit un feul mot, dans cette hiftoire, que les perfonnes fages, inftruites et juftes ne fignent. Vous me
direz qu'il y aura peu de fignatures; mais c'eft ce
peu qui gouverne en tout le grand nombre, et qui
dirige à la longue la manière de penfer de tout le
monde.

Adieu, Monfeigneur, *fermonum noftrorum candide
judex.* Votre hiftoriographe n'a pu vous faire fa cour
dimanche paffé, comme il s'en flattait; il paffe fon
temps à fouffrir et à hiftoriographer ; il vous aime ;
il vous refpecte bien perfonnellement.

LETTRE LXVIII.

AU CARDINAL QUIRINI.

Parigi, 3 febbrajo.

PORGO à lei un nuovo rendimento di grazie per gl'ultimi fuoi favori. La lettera paftorale di voftra eminenza mi fa defiderare d'effere uno dei fuoi diocefani. Non direi allorà come quelli d'Avranches: *Quand aurons-nous un évêque qui ait fait fes études?*

Il dono della fua libraria al fuo popolo ed ai fuoi fucceffori farà un monumento eterno del fuo grande e generofo fpirito. La marmorea mole che la contiene non durerà quantò la voftra memoria. E le belle e favie opere di voftra eminenza in ogni genere faranno il più nobile ornamento di quefto teforo di letteratura. Non mi ftarebbe bene di voler porre in quel bel tempio alcuni de' miei imperfetti componimenti. Sono troppo profano. Non dimenò dimanderò à voftra eminenza, frà pochi mefi, la licenza di prefentarle un faggio d'iftoria dè prefenti movimenti, e delle guerre che fcuotono d'ogni lato, e diftruggono l'Europa. Tocca al mio rè di far tremarla, ai grandi perfonnaggj di voftro carattere di pacificarla, à me di fcrivere con verità e modeftia quel ch'è paffato. Ben fò io, che quandò doverò parlare degl'ingegni, che fono il fregio e l'onore di noftra età, incomminccierò dal nome dell'illuftriffimo cardinale *Quirini.*

In tanto le baccio la facra porpora, e mi raffegno con ogni maggiore offequio e venerazione, &c.

LETTRE LXIX.

A M. LE MARQUIS D'ARGENSON.

A Paris, le 17 février.

JE vous fais mon compliment de la belle chose que j'entends dire. Comptez que quand vous serez au comble de la gloire, je serai à celui de la joie. Souvenez-vous, Monseigneur, que vous ne pensiez pas à être ministre quand je vous disais qu'il fallait que vous le fussiez pour le bien public. Vous nous donnerez la paix en détail ; vous ferez de grandes et de bonnes choses, et vous les ferez durables parce que vous avez justesse dans l'esprit, et justice dans le cœur. Ce que vous faites m'enchante, et fait sur moi la même impression que le succès d'Armide sur les amateurs de *Lulli*.

Il faut que j'aille passer une quinzaine de jours à Versailles ; je ne serai point surpris si au bout de la quinzaine, j'y entends chanter un petit bout de *Te Deum* pour la paix. En attendant, voulez-vous permettre que je fasse mettre un lit dans le grenier au-dessus de l'appartement que vous avez prêté à madame *du Châtelet* sur le chemin de Saint-Cloud ? J'y serai un peu loin de la cour, tant mieux ; mais je me rapprocherai souvent de vous, car c'est à vous que mon cœur fait sa cour depuis bien long-temps et pour toujours.

Mille tendres respects.

LETTRE LXX.

A MADAME

LA DUCHESSE DE... *à Naples.*

Verfaglia.

Perdoni, l'Eccelenza voftra, fe le fcrivo còfi di radò. Non a dà rimproverarne la mia dimenticanza, mà dà compatire il cattivo ftato di mia falute, che fà di me un uomo mezzo morto, e mi toglie la confolazione di più fpeffo preftare à voftra eccelenza il dovuto mio offequio ; mà la pertinace e nojofa mia infermità, ed i miei continui dolori, non anno puntò indeboliti i fentimenti di rifpetto, di ftima, et del più vivo affetto che nutrirò fempre per lei. Ne il tempo, ne la lontananza potranno mài fcancellare quel che il fuo merito a impreffo nel mio cuore. Il felice parto dell' eccelenza voftra mi a recato un còfi fenfibil piacere, che a fatto fvanire tutti i miei affanni. Il mio animo non e orà capace di riffentire altro che la gioia di voftra eccelenza, quella del fignor duca fuo fpofo, e di tutta l'illuftriffima fua cafa.

Voftra eccelenza è fi cortefe verfo di me, che nel tempo della fua gravidanza, sè degnata di penfare à mandarmi un bel regalo di cioccolata, che il fignor marchefe de l'*Hôpital*, già arrivato à Verfaglia, mi farà pervenire dà Marfiglia frà poche fettimane. Vorrei veramente prenderne alcune chichere nel cabinetto di

voftra eccelenza in Napoli, e godere il giubilo di
vederla collocata nel grado che a bramato.

Mi lufingo che quantò ella defidera, farà dall'eccelenza voftra confeguito fenzà fallo, imperòcchè il
fignor principe d'*Ardore* effendo aggregato all'ordine
del rè de Francia, è ben giufto che quello di Napoli
conceda alcuni favori alla più ragguardevole di tutte
le dame francefi che poffano fare l'ornamento d'una
corte. Le auguro l'adempimento di tutte le fue brame;
mà non mi confolerei mài di non vedere co' proprj
occhj la fua felicità, di non poter bacciare il fuo
bambino, ne profondamente inchinare la di lei cara
madre.

Qùi fi fanno fefte ogni giorno. Le noftre communi
vittorie in Italia ed in Fiandra anno portato la
cafa di Borbone al cumulo della fua gloria. Il duca
di *Richelieu* deve effer orà sbarcato in Inghilterra, ed
avrà forfe fcacciato vià il rè *Giorgio* quandò nelle
mani dell'eccellenza voftra capiterà la mia lettera.
Eccellentiffima mia fignora che ella fia fempre altre
tantò felice, quantò lo fono i noftri monarchi.

Le auguro un feliciffimo avanzamento ed efito dell'
affare nel quale l'affezzionatiffima madre dell'eccellenza voftra, gli umiliffimi fuoi fervidori fervidamente
s'impiegano; ed io refterò fempre colla viva ambi-
zione d'ubbidirla, e con ogni maggior rifpetto e
venerazione.

Di voftra eccelenza, &c.

LETTRE LXXI.

AU CARDINAL PASSIONEI, *à Rome.*

Marte.

STENTO d'imparare la lingua italiana, mentre fi
diletta l'eminenza voftra nell' abellire la lingua fran-
cefe. Afpetto colla maggior premura, e co'i più vivi
fentimenti di gratitudine i libri coi quali ella fi
degna d'ammaeftrarmi. Mà effendo privo dell'onore
di venire ad inchinarla in Roma; voglio almeno
intitularmi al fuo padrocinio, e naturalizarmi
romano in qualche maniera, nel fottoporre al fuo
fommo giudizio, ed alla fua pregiatiffima protezzione
quefto faggio, che ho sbozzato in italiano. Prendo la
libertà di pregarla di prefentarlo à quelle accademie
delle quali è ella protettore (e credo che fia il protettore
di tutte) ricercò un nuovo vincolo che poffa fupplire la
mia lontananza, e che mi renda uno de fuoi clienti,
comè fe foffi un habitante di Roma. Sarei ben fortu-
nato di vedermi aggregato à quelli che godono
l'onore d'effere iftruiti dalla fua dottrina, e di bevere
à quel facro fonte, del quale fi degna d'inviarmi
alcune gocciole.

Non voglio interrompere più longamente fuoi
grandi negozj, e bacciando la fua facra porpora mi
confermo, &c.

LETTRE LXXII.

A M. LE MARQUIS D'ARGENSON.

Mars.

JE ne vous fais point ma cour, Monseigneur, mais je fais mille vœux pour le succès de votre belle entreprise. On dit que vous avez besoin de votre courage, et de résister aux contradictions en fesant le bien des hommes. Voilà où l'on en est réduit. Vous avez de la philosophie dans l'esprit et de la morale dans le cœur; il y a peu de ministres dont on puisse en dire autant. Vous avez bien de la peine à rendre les hommes heureux, et ils ne le méritent guère. Oh, que vous allez conclure divinement mon histoire, et que je me fais bon gré d'avoir barbouillé votre portrait! Il est vrai du moins.

M. le cardinal *Passionei* me mande qu'il envoie sous votre couvert, par monsieur l'archevêque de Bourges, un paquet de livres dont il veut bien me gratifier.

Voici le saint temps de Pâques qui approche; la reine d'Hongrie et la reine d'Espagne dépouilleront toutes deux *la vieille femme*, et se réconcilieront en bonnes chrétiennes; cela est immanquable. Ah! maudites araignées, vous déchirerez-vous toujours au lieu de faire de la soie!

Grand et digne citoyen, ce monde-ci n'est pas digne de vous.

LETTRE LXXIII.

A M. DE·MONCRIF,

LECTEUR DE LA REINE, &c.

Mars.

Mon cher sylphe, dont je n'ose encore m'appeler le confrère , mais dont je ferai toute ma vie l'ami le plus tendre, je vous cherche par-tout pour vous dire combien il me fera doux d'être lié avec vous par un titre nouveau. Je suis pénétré de tout ce que vous avez fait pour moi ; mais comment me conduirai-je au sujet du libelle diffamatoire dans lequel l'académie est outragée, et moi si horriblement déchiré ! Il n'est que trop prouvé , aux yeux de tout Paris , que le sieur *Roi* est l'auteur de ce libelle coupable. C'est la vingtième diffamation dont il est reconnu l'auteur ; et il n'y a pas long-temps qu'il écrivit deux lettres anonymes à M. le duc de *Richelieu*. Il a comblé la mesure de ses crimes ; mais je dois respecter la protection qu'il se vante d'avoir surprise auprès de la reine. Il a pris les apparences de la vertu pour être reçu chez la plus vertueuse princesse de la terre. C'est la seule manière de la tromper ; mais cette même vertu, dont sa Majesté donne tant d'exemples, permettra sans doute que je me serve des voies de la justice pour faire connaître le crime. Je vous supplie d'exposer à la reine mes sentimens, et de lui demander pour moi la permission de suivre cette affaire. Je

ne ferai rien fans le confeil du directeur de l'académie, et furtout fans que vous m'ayez mandé que la
reine trouve bon que j'agiffe. Vous pourriez même
peut-être lui lire ma lettre ; elle y découvrirait un
cœur plus touché des fentimens d'admiration que fes
vertus infpirent, qu'il n'eft pénétré du mal que le
fieur *Roi* m'a voulu faire.

1746.

Adieu, homme aimable et digne de fervir celle
que la France adore.

LETTRE LXXIV.

A M. LE COMTE DE TRESSAN.

Le . . . . mars.

JE vous ai toujours cru ou parti ou partant, mon
divin *Pollion*. Je vous ai cru portant la terreur et les
grâces dans le pays des *Marlboroug* et des *Newton*.
Mais vous êtes comme les Grecs en Aulide, à cela
près que dans cette affaire il y aura plus de pucelles
. . . . que de pucelles immolées.

Je n'ai point écrit à M. le duc de *Richelieu ;* je l'ai
cru trop occupé. Je prépare pour lui ma trompette et
ma lyre. Partez, foyez l'*Achille* et l'*Homère*, et confervez vos bontés pour votre ancien, très-tendre et
très-attaché ferviteur.

LETTRE LXXV.

A M. DE MONCRIF.

MON célefte fylphe, mon ancien ami, je compte
fur vos bontés. Je vous ai cherché à Verfailles et à
Paris. Je me mets entre vos mains , et aux pieds
de Ste *Villars.* Je vous recommande M. *Hardion.* C'eft
peu de chofe d'entrer dans une compagnie, il faut
y être reçu comme on l'eft chez fes amis. Voilà ce
qui rend une telle place infiniment défirable. Un
lien de plus qui m'unira à vous me fera bien cher et
bien précieux ; et, pour entrer avec agrément, je veux
être conduit par vous. J'attends tout de la bonté de
votre cœur et de l'ancienne amitié dont vous m'avez
toujours donné des marques.

Je vous prie de dire à la plus aimable fainte qui
foit fur la terre que quoique la reconnaiffance foit
une vertu mondaine, cependant j'en fuis pétri pour
elle. J'ofe croire que M. l'abbé de *Saint-Cyr* ira à
l'académie le jour de l'élection, et qu'il ne me refufera pas ce beau titre d'élu.

Comptez fur le tendre et éternel attachement de
Voltaire.

LETTRE LXXVI.

AU CARDINAL QUIRINI.

Parigi, 12 aprile.

Mi è ſtato detto che voſtra Eminenza non aveva ricevuto le lettere dà me ſcritte. Se ſono ſmarrite, farò riputato appreſſo di voſtra eminenza il più ingrato di tutti gli uomini. Si è degnata di dare l'immortalità al poema di Fontenoi; m'a favorito della ſua bella lettera paſtorale, della ſtampa di queſto manifico monumento eretto dà lei nel ſuo palazzo di Breſcia : in ſomma è divenuta il mio *Mecenate*, e non riceve dà me il menomo teſtimonio della mia gratitudine. Sono però più infelice che colpevole. O ſcritto à voſtrà eminenza tre ò quatro volte; l'o ringraziato, le o ſpiegato il mio cuore; o penſato che il ſuo nome farebbe riverito anchè da' barbari che poſſono ſvaliggiare i corrieri : o mandato le mie lettere alla poſta ſenzà altra diligenza. Dopò queſto il ſignore ambaſciatore di Venezia m'a dato la licenza di mettere nel ſuo piego tutte le lettere che avrei dà oggi in avanti l'onore di ſcrivere à voſtra Eminenza. Uſerò di queſta libertà, e mi luſingo che il ſignore *Tron* eſſendo il ſuo nipote, farà un nuovo vincolo dal quale verranno raddopiati quelli, che mi ritengono ſottò il ſuo caro padrocinio, e che ſtringono la mia offequioſa ſervitù. Mi perdoni ſe non o potuto ſcrivere di proprio pugno; ſono gravemente amma- lato. Mà benchè le mie forze ſiano moltò indebolite,

——— non fono fminuiti i vivi fentimenti del mio riverente offequio.

Baccio la fua facra porpora, e mi confermo , &c.

LETTRE LXXVII.

A M. LE MARQUIS D'ARGENSON.

15 avril.

JE fuis bien malade, mais vous me rendez la fanté, et vous l'allez rendre à la patrie. Je viens de lire votre préambule, il n'y a que des points et des virgules à y mettre. Je vous le renverrai, ou vous le rapporterai. Je vous garderai le plus profond fecret, et la France vous gardera long-temps, Monfeigneur, la plus profonde reconnaiffance. Je me flatte que votre petit préambule en fera faire bientôt un autre plus général, et que les Hollandais ne feront pas comme le roi de Sardaigne.

Ah! que la fentence de *Comines*, qui eft dans votre porte-feuille, vous fied bien! En vérité, vous êtes un homme adorable. Vous allez dormir avec des feuilles d'olive fous votre chevet.

LETTRE

LETTRE LXXVIII.

AU CARDINAL QUIRINI.

Parigi, 8 maggio.

O ricevuto il cumulo de' suoi favori, la lettera stampata, e dedicata al suo degno nipote, nella quale mi fa conoscere quel grand' uomo barbaro di nome, mà di costumi cortese, e di operar grande; e nella quale o trovato i belli versi italiani e latini, che fanno à me un tanto onore, ed un sì gran stimolo alla virtù. E mi sono pervenuti gli altri pieghi, che contengono la traduzione latina, ed italiana del principio della Henriade. Non fù mài il gran *Tasso* così rimunerato, ed il trionfo che gli fu preparato nel campidoglio non era d'un tanto valore. Mi conceda d'indirizzare à vostra eminenza le dovute grazie al suo eccellentissimo nipote.

Sarò domani pubblicamente aggregato all' accademia francese, nell'istesso tempo che l'accademia della Crusca si procura il vantaggio d'acquirre l'eminenza vostra, mà questa è la differenza frà noi, che l'accademia della Crusca riceve un' onore insigne dal vostro nome, làdove io ne ricevo un grande dà quella di Parigi. O l'incombenza di pronunciare un longo e tedioso discorso; mà per quanto tedioso possa essere, non mancherò di mandarlo à vostra eminenza, essendo costumato di mandarle tributi benchè indegni del suo merito.

Non dubito che le fia à quest'ora capitato il piego,

che contiene cinque ò fei efemplari del mio piccolo
1746. faggio italiano foprà una materia fifica, che io o
fottopofto al fuo giudizio, e pe'l quale richiedo il
fuo padrocinio. Sarò fempre col più profondo
rifpetto, &c.

LETTRE LXXIX.

A M. LE MARQUIS D'ARGENSON.

A Paris, le 16 mai.

Voici, Monfeigneur, ma bavarderie académique.
Je fourre par-tout mes vœux pour la paix. On dit
que je fuis bon citoyen : comment ne le ferais-je pas?
il y a quarante ans que je vous aime.

Allez, fi vous voulez, à Roterdam, mais revenez
à Paris avec des branches d'olivier, et vous entendrez
des *hofanna in excelfis*. Permettez que je mette dans
votre paquet un imprimé pour M. l'abbé de *Laville*,
et un pour M. *Charlier* votre hôte, et hôte très-
aimable.

Je ne fais pas comment font les actions d'Angleterre; mais je garde les miennes. Fais-je bien, mon
maître? J'ai tant de confiance aux grandes actions du
roi! Mon Dieu, que je vous aimerai fi vous faites
tout ce que vous avez tant d'envie de faire !

Voilà monfieur l'évêque de Bazas mort : cette
place conviendrait-elle à M. l'abbé de *Laville*? On
en a déjà parlé dans l'académie; mais il faudrait
écrire, et faire agir des amis. Gardez-moi le fecret.

LETTRE LXXX.

AU CARDINAL QUIRINI.

1 giugno.

EMINENZA,

Sono ſtrinto orà con un forte e dolce nodo à l'eminenza voſtra, mentrè che ella è aggregata all'accademia
della Cruſca, ricevo il medeſimo onore, ed il diſ-
cepolo viene introdotto ſottò il padrocinio del maeſtro; l'accademia a voluto in una volta acquirre un
compagno paeſano, ed un ſervidore foreſtiero.

Il ſignore principe di *Craon* mi a fatto l'onore
d'informarmi della ſingolare bontà dell'accademia
verſò di me; e ne o riſſentito tantò più di giubilo e
di riconoſcenza, quantò più quèſta pregiatiſſima
grazia m'intitola ai voſtri nuovi favori.

Spero che voſtra eminenza avrà ricevuto le mie
lettere del paſſato meſe, colla lettera di ringrazia-
mento al ſuo degno nipote che miſi nel di lei piego.

Se ben mi ramento, preſi l'ardire nella mia ultima
ſcritta, di richiederla d'un favore. La pregai, comè
la prego ancorà umilmente e colle più vive premure
di degnarſi darmi alcuni riſchiarimenti ſoprà la diffi-
colta moſſa trà noi intornò ai noſtri comedianti, chè
rappreſentano in preſenza del rè e tutta la corte, tra-
gedie e comedie ſcritte con la più ſevera decenza,
adornate di tutti i principj della vera virtù e ſoda
morale. Non pare ne giuſto ne convenevole, che quelli

1746.

che vengono pagati dal rè per rapprefentare tali ono-
revoli componimenti, reftino indegnamente confufi
con quelli antichi iftrioni barbari, che andavano sfac-
ciatamente trattenendo la più infima plebe colle più
vili brutture. Eglino meritavano la fcommunica della
chiefa, e la fevera correzzione dei magiftrati ; mà
effendoj tempi edj coftumi felicemente cambiati, fem-
bra oggi convenevole ai più favj perfonnagj , che fi
faccia la giufta diftinzione, trà quelli che meritano il
nome d'infami, e quefti che fono degni d'effere affunti
nel numero de' più degni cittadini. Supplico voftra
eminenza di degnarfi dirmi comè s'ufi con loro in
Roma, e qual fia il di lei parere foprà tal cafo, aggiun-
gero quefto nuovo favore à tanti che s'è compiacuta
di compartirmi.

LETTRE LXXXI.

A M. LE PRINCE DE CRAON.

Giugno.

Un citadino avanzato al titolo di conte dell'impero
non fene tiene tantò honorato , quantò io lo fono
dalla mia aggregazione all'accademia della Crufca. I
verfi gentiliffimi co' quali voftra excellenza fi è com-
piacciuta di accompagnare verfò di me la polizza del
favore conferitomi dà quefta celebratiffima accademia,
producono in me un nuovo riconofcimento accref-
ciuto ancorà dal celebrato nome *Allamani*, di cui
la gloria vien'ancorà avanzatà da voi. Non m'è inco-
gnito il bel poëma della coltivazione di quel nobil

fiorentino *Luigi Allamani*, emulo di *Virgilio*, e voſtro
antenato, maeſtro di caſa della regina *Catarina di* **1746.**
Medici. Egli fù giuſtamente protetto dal rè *Franceſco*
primo, quel gran principe che incommincio ad ineſtare
i ſelvatichi allori delle muſe galliche ne i verdi ed
eterni allori di Firenze. Fù queſto *Luigi Allamani* le delizie della corte di Francia; e mi pare oggi di ricevere
dal più degno de' ſuoi nipoti, un contraſegno di gratitudine verſò la noſtra nazione; mà menò o meritato
le ſue corteziſſime eſpreſſioni, più riſſento la ſua beni-
gnità; ed eſibiſco la mia prontezza à ringraziarne la.

Le porgo la ſupplica di preſentare all' accademia la
lettera che o l'onore di remetterle, nella quale
voſtra eccellenza vedrà quali ſiano i miei ardenti
ſenſi di riconoſcimento e di venerazione.

Piaceſſe à dio che poteſſi ringraziare l'accademia
di viva voce, mà ſe la prezenza di queſti valentiſſimi
letterati foſſe per accreſcere in me la gratitudine e
l'ammirazione, ſarebbe per minuire la ſtima della
quale ſi ſono degnati d'onorarmi. Non voglio però
perdere la ſperanza di riverire un giorno miei maeſtri
e benefattori, e dirvi, ò mio ſignore, quantò io ſono
deſideroſo di ricevere i voſtri commandi. Non ardirò
intitolarmi il voſtro ſocio, mà mi chiamero ſempre,

Di voſtra Eccellenza, &c.

LETTRE LXXXII.

A M. BERGER,

DIRECTEUR DE L'OPERA.

Du 13 juin.

IL me ferait bien peu féant, Monfieur, qu'ayant fait le Temple de la gloire pour un roi qui en a tant acquis, et non pour l'opéra auquel ce genre de fpectacle trop grave et trop peu voluptueux ne peut convenir, je prétendiffe à la moindre rétribution et à la moindre partie de ce qu'on donne d'ordinaire à ceux qui travaillent pour le théâtre de l'académie de mufique. Le roi a trop daigné me récompenfer, et ni fes bontés ni ma manière de penfer ne me permettent de recevoir d'autres avantages que ceux qu'il a bien voulu me faire. D'ailleurs la peine que demande la verfification d'un ballet eft fi au-deffous de la peine et du mérite du muficien, M. *Rameau* eft fi fupérieur en fon genre, et de plus fa fortune eft fi inférieure à fes talens, qu'il eft jufte que la rétribution foit pour lui toute éntière. Ainfi, Monfieur, j'ai l'honneur de vous déclarer que je ne prétends aucun honoraire, que vous pouvez donner à M. *Rameau* tout ce dont vous êtes convenu, fans que je forme la plus légère prétention. L'amitié d'un auffi honnête homme que vous, Monfieur, et d'un amateur auffi zélé des arts, m'eft plus précieufe que

tout l'or du monde. J'ai toujours pensé ainsi, et quand
je ne l'aurais pas fait, je devrais commencer par vous
et par M. *Rameau*. C'est avec ces sentimens, Monsieur,
et avec le plus tendre attachement que j'ai l'honneur
d'être, &c.

LETTRE LXXXIII.

A M. LE COMTE ALGAROTTI.

Parigi, 27 giugno.

SIGNOR MIO ILLUSTRISSIMO E PRINCIPE COLENDISSIMO,

O l'esercito del duca di *Lobkovitz*, ò l'ammiraglio
Martin, a intercettato le lettere, che o avuto l'onore
di scrivere à vostra excellenza. Gli o scritto due volte,
e gli o mandato un esemplare del poema che o com-
posto soprà la vittoria di Fontenoi, o indirizzato il
piego come l'avevate prescritto. Potete dubitare ch'io
fossi tardo nel ringraziarvi dell sommo onore che
m'avevate fatto? Me ne ricorderò sempre. E qual
barbaro potrebbe mai dimenticarsi di tanti vezzi e
del vostro bell' ingegno? Avete guadagnato più
d'un cuore in Francia, fra gli Allemani, e sottò il
polo. Oh! che fate bene adesso di passare i vostri belli
giorni à Venezia, quando tutta l'Europa è matta dà
catena, e che la guerra fà un campo d'orrore di tanti
matti! Il vostro rè di Prussia, che non è più il vostro,
a battuto atrocemente i vostri Sassoni. Il nostro rè

H 4

—— a rintuzzato l'intrepido furore dell' Inglesi, e mentrè che la tromba afforda tutte le orrechie,

Tu, Tytire, lentus in umbrâ
Formosam resonare doces Amarillida lacus.

Aspetto colla più viva impazienza la vita de *Giulio-Cesare*, la quale o sentito che avevate scritta; il soggetto è più grande, e più movente, che quello della vita di *Cicerone*, che a pigliato *Midleton*. Vi prego di dirmi quando la vostra bell' opera uscirà in pubblico.

Emilia è sempre interrata ne i profondi e sacri orrori di *Newton;* io sono costretto di fare corone di fiori per mio rè, e di vaggheggiare colle muse.

Mi parlate della sanità del gran conte di Saffonia; i suoi allori sono statiil più salutare rimedio, che potesse sanarlo; va meglio dopò che a battuto i nostri amici l' Inglesi ; la vittoria l'à invigorito.

Maupertuis cangia di patria, si fà prussiano, ed abbandona affatto Parigi per Berlino. Il rè di Prussia gli dà dodeci mille franchi ogni anno; accetta egli quel che io hò rifiutato; i miei amici sono nel mio cuore avanti di tutti i monarchi e governatori del mondo.

Addio, caro conte; le rassegno intanto l'immutabilità della mia divozione nel bacciarle riverentemente le mani, e nel dirmi di vostra Eccellenza,

Umilissimo ed affabilissimo servidore.

LETTRE LXXXIV.   1746.

A M. DE MAUPERTUIS, *à Berlin.*

A Verſailles, le 3 juillet.

Mon cher philoſophe, je compte que vous avez
reçu d'Utrecht un petit paquet contenant ma bavarderie académique. J'ai été privé du plaiſir que je
me feſais de vous rendre publiquement la juſtice qui
vous eſt due, et que je vous ai toujours rendue. Vous
étiez dans le même cadre avec votre auguſte monarque. Je n'avais point ſéparé le ſouverain et le philoſophe ; et vous étiez le *Platon* qui avait quitté Athènes pour un roi ſupérieur aſſurément à *Denys.* On
m'a rayé ce petit article dans lequel j'avais mis toutes
mes complaiſances.

Lorſque je lus mon diſcours à l'académie, devant
les officiers et devant pluſieurs autres académiciens,
avant de le prononcer, ils exigèrent abſolument que
je me renfermaſſe dans les objets de littérature qui
font du reſſort de l'académie, et retranchèrent tout
ce qui paraiſſait s'en écarter. Croyez que j'en ai été
plus fâché que vous.

Bonjour ; ma ſanté eſt pire que jamais ; je ſuis
étonné de vivre ; mais tant que je vivrai ce ſera pour
vous admirer et pour vous aimer.

Avez-vous détruit les monades, les harmonies
préruinées, et le grand art de dire des riens en trente-
deux volumes in-4°.? (*)

(*) Oeuvres de *Wolf.*

LETTRE LXXXV.

A M. DE CIDEVILLE.

Le 19 augufte.

Mon cher ami, pardonnerez-vous à un homme qui a été accablé de maladies et d'une tragédie ? Figurez-vous qu'on m'avait ordonné une grande pièce de théâtre pour les relevailles de madame la dauphine, que j'en étais au quatrième acte quand madame la dauphine mourut, et que moi chétif, j'ai été fur le point de mourir pour avoir voulu lui plaire. Voilà comme la deftinée fe joue des têtes couronnées, des premiers gentilshommes de la chambre, et de ceux qui font des vers pour la cour.

Le poëme de madame *du Bocage*, que vous m'avez envoyé, a eu une meilleure fortune. Je lui en ai fait, quoique très-tard, les remercîmens les plus fincères. C'eft une belle époque pour les lettres, et pour votre académie. J'ai trouvé fon poëme écrit facilement et avec naturel; ce n'eft pas là un petit mérite, puifque c'eft avoir furmonté la plus grande des difficultés.

Nous avons ici un jeune homme du pays de *Pourceaugnac* qui a remporté notre prix; cela n'a pas l'air fi galant que votre académie, mais, en vérité, fa pièce eft une des meilleures qui fe foient faites depuis trente ans. La littérature languit d'ailleurs. La terre fe repofe. Il ne faut pas faire des moiffons tous les jours; la trop grande abondance dégoûterait. Il n'y a que la douceur de l'amitié et de la fociété qui ne

laſſe point. Et cependant, mon ancien ami, ai-je ——
vécu avec vous? ai-je eu cette conſolation? je n'ai
fait que ſouffrir pendant tout le temps que vous avez
été à Paris, et j'ai paſſé une vie douloureuſe à eſpérer
inutilement de jouir des agrémens et du commerce
charmant de mon cher *Cideville.* Il y a deux mois
que je ne vois perſonne, et que je n'ai pu répondre
à une lettre. Mon ame était à Babylone, mon corps
dans mon lit, et de là je dictais à mon valet de
chambre de grands diables de vers tragiques qu'il
eſtropiait.

J'ai exécuté tous vos ordres ſur le poëme de la
Sapho de Normandie. Adieu, vous qui en êtes l'*Ana-
créon*, aimez toujours ce pauvre malade. Je vous
embraſſe tendrement. Madame *du Châtelet* vous fait
mille complimens.

LETTRE LXXXVI.

A M. LE COMTE DE TRESSAN.

A Paris, ce 21 auguſte.

Je dois paſſer, Monſieur, dans votre eſprit pour un
ingrat et pour un pareſſeux. Je ne ſuis pourtant ni
l'un ni l'autre; je ne ſuis qu'un malade dont l'eſprit
eſt prompt et la chair très-infirme. J'ai été pendant
un mois entier accablé d'une maladie violente, et
d'une tragédie qu'on me feſait faire pour les relevailles
de madame la dauphine. C'était à moi naturellement
de mourir, et c'eſt madame la dauphine qui eſt

morte, le jour que j'avais achevé ma pièce. Voilà comme on se trompe dans tous ses calculs.

Vous ne vous êtes assurément pas trompé sur *Montagne*. Je vous remercie bien, Monsieur, d'avoir pris sa défense. Vous écrivez plus purement que lui, et vous pensez de même. Il semble que votre portrait, par lequel vous commencez, soit le sien. C'est votre frère que vous défendez, c'est vous-même. Quelle injustice criante de dire que *Montagne* n'a fait que commenter les anciens! Il les cite à propos, et c'est ce que les commentateurs ne font pas. Il pense, et ces messieurs ne pensent point. Il appuie ses pensées de celles des grands-hommes de l'antiquité; il les juge; il les combat; il converse avec eux, avec son lecteur, avec lui-même; toujours original dans la manière dont il présente les objets, toujours plein d'imagination, toujours peintre; et, ce que j'aime, toujours sachant douter. Je voudrais bien savoir, d'ailleurs, s'il a pris chez les anciens tout ce qu'il dit sur nos modes, sur nos usages, sur le nouveau monde découvert presque de son temps, sur les guerres civiles dont il était le témoin, sur le fanatisme des deux sectes qui désolaient la France? Je ne pardonne à ceux qui s'élèvent contre cet homme charmant, que parce qu'ils nous ont valu l'apologie que vous avez bien voulu en faire.

Je suis bien édifié de savoir que celui qui veille sur nos côtes est entre *Montagne* et *Epictète*. Il y a peu de nos officiers qui soient en pareille compagnie. Je m'imagine que vous avez aussi celle de votre ange gardien que vous m'avez fait voir à Versailles. Cette *Michelle*, et ce *Michel Montagne* font deux bonnes

reffources contre l'ennui. Je vous fouhaite, Monfieur,
autant de plaifir que, vous m'en avez fait.

Je ne fais fi la perfonne à qui vous avez envoyé
votre differtation, également inftructive et polie, ofera
imprimer fa condamnation. Pour moi, je conferverai
chèrement l'exemplaire que vous m'avez fait l'honneur de m'envoyer. Pardonnez-moi encore une fois,
je vous en fupplie, d'avoir tant tardé à vous en faire
mes tendres remercîmens. Je voudrais, en vérité,
paffer une partie de ma vie à vous voir et à vous
écrire ; mais qui fait dans ce monde. ce qu'il voudrait? Madame *du Châtelet* vous fait les plus fincères
complimens; elle a un efprit trop jufte pour n'être
pas entièrement de votre avis; elle eft contente de
votre petit ouvrage, à proportion de fes lumières,
et c'eft dire beaucoup.

Adieu, Monfieur ; confervez à ce pauvre malade
des bontés qui font fa confolation, et croyez que
l'efpérance de vous voir quelquefois et de jouir des
charmes de votre commerce, me foutiennent dans
mes longues infirmités.

LETTRE LXXXVII.

A M. DE CIDEVILLE.

A Fontainebleau, le 9 novembre.

Je ne fais plus qui difait que les gens qui font des tragédies, n'écrivent jamais à leurs amis. Cet homme-là connaiſſait ſon monde. Un tragédien dit toujours, j'écrirai demain. Il met proprement toutes les lettres qu'il reçoit dans un grand porte-feuille, et verſifie. Son cœur a beau lui dire : écris-donc à ton ami ; vient un héros de Babylone, ou une piaillarde de princeſſe, qui prend tout le temps.

Voilà comme je vis, mon très-aimable *Cideville* : me voici à Fontainebleau, et je fais tous les ſoirs la ferme réſolution d'aller au lever du roi ; mais tous les matins je reſte en robe de chambre avec Sémiramis. Mais comptez que je me reproche bien plus de ne vous avoir point écrit, que de n'avoir pas vu habiller *Louis XV*. Au moins je me conſole en difant, c'eſt pour eux que je travaille. Mon cher *Cideville*, ſi j'ai de la ſanté, j'irai à Paris à votre lever, je viendrai vous montrer ma beſogne, je réparerai ma pareſſe. Revenez, mon cher ami ; je ne fais pas ce qu'on fera ſur nos frontières, mais tout ſera à Paris en fêtes, et c'en eſt une bien grande pour moi de vous revoir.

Bonjour, je vous embraſſe tendrement.

LETTRE LXXXVIII.

A M. LE COMTE ALGAROTTI.

Parigi, 13 di novembre.

Non o voluto ringraziarla di tutti i suoi favori primà d'averli interamente goduti; mene sono veramente inebriato. O letto e riletto il newtonianismo, e sempre con un nuovo piacere; sà bene non esservi chi abbia maggior interresse di me nella sua gloria; sidegni ella di ricordarsi che la mia voce fù la prima tromba che fece rimbombare trà le nostre sampogne francesi il merito del vostro libro primà che fosse uscito in publico. La vostra luce septemplice abbarbagliò per un tempo gli occhi de' nostri cartesiani, e l'accademia delle scienze ne' suoi vortici ancorà involta; parve un poco ritrosetta nel dare al vostro bello e mal tradotto libro i dovuti applausi. Mà vi sono delle cose al mondo, che sottomettono sempre i ribelli, la verità, e la beltà. Avete vinto con queste armi; mà mi lagnerò sempre, che abbiate dedicato il newtonianismo ad un vecchio cartesiano, che non intendeva puntò le leggi della gravitazione. O letto col medesimo piacere la vostra dissertazione soprà i sette piccoli, e mal conosciuti rè romani; l'avete scritta nella vostra gioventù, mà eravate già moltò maturo d'ingegno e di dottrina. Avete per avventura conoscenza d'un volume scritto in Germania venti anni fà dà un francese soprà l'istessa materia?

—— Vi fono acute inveftigazioni, mà non mi ricordo dell'
autore.

O letto fei volte la voftra epiftola al fignor *Zeno;*
òh! quantò s'innalza un tal nobile ed egregio volo
foprà tutti i fonettieri dell' infirgarda Italia! Eccò
dunque tre opere tutte differenti di materia e di ftile.
Tria regna tenens. Non v'è al mondo un ingegno còfi
verfatile, e còfi univerfale. Pare à chi vi legge, che
fiate nato folamente per la cofa che trattate.

Mi rincrefce moltò di non accompagnare il duca
di *Richelieu.* Mi lufingavo di vedere in Drefda la
noftra delphina, la magnifica corte d'un rè amato dà
fuoi fudditi, un gran miniftro, è'l fignor *Algarotti;*
mà la mia languida fanità diftrugge tutte quefte
fperanze incantatricì. Non fi fcordi però dell' affare
che le o raccommandato; la prottezzione d'una madre
è la più efficace preffò d'una figlia, e ne fpero un
felice efito col voftro patrocinio; le baccio di gran
cuore la mano che a fcritto tante belle cofe.

Adieu, le plus aimable de tous les hommes.
Madame *du Châtelet* vous fait les plus fincères complimens.

LETTRE

LETTRE LXXXIX.

A M. LE MARQUIS D'ARGENSON.

A Paris, le 12 juin.

L'eternel malade, l'éternel perfécuté, le plus ancien de vos courtifans et le plus écloppé, vous demande, avec l'inftance la plus importune, que vous ayez la bonté d'achever l'ouvrage que vous avez daigné commencer auprès de M. *le Bret*, avocat général. Il ne tient qu'à lui de s'élever et de parler feul dans mon affaire affez inftruite, et dont je lui remettrai les pièces inceffamment. Il empêchera que la dignité du parlement ne foit avilie par le batelage indécent qu'un miférable tel que *Mannori* apporte au barreau.

La bienféance exige qu'on ferme la bouche à un plat bouffon qui déshonore l'audience, méprifé de fes confrères, et qui porte la baffeffe de fon ingratitude jufqu'à plaider, de la manière la plus effrontée, contre un homme qui lui a fait l'aumône.

Enfin, je fupplie mon protecteur de mettre dans cette affaire toute la vivacité de fon ame bienfefante. Je fuis né pour être vexé par les *Desfontaines*, les *Rigoley*, les *Mannori*, et pour être protégé par les *d'Argenfon*.

Je vous fuis attaché pour jamais, comme ceux qui voulaient que vous les employaffiez, vous difaient qu'ils vous étaient dévoués.

Mille tendres refpects.

Correfp. générale.   Tome III.   I

LETTRE XC.

A M. LE COMTE ALGAROTTI.

Le . . . .

Ducite ab urbe domum, mea carmina, ducite Daphnim.

Se ella è ammalata, compiango; se stà bene, me ne rallegro; se si trastulla, lodo; se si ferma in Berlino, fà bene; se ella ritorna al nostro monastero, farà gran piacere ai frati, e mi porgerà una gran consolazione. Mà comunque si sia del come, e del perchè, la prego di rimandarmi le bagatelle istoriche, le quali a portate seco à Berlino. Intanto baccio le leggiadre mani, che scrivono che toccano le più dilicate cose.

> Adieu, belle fleur d'Italie,
> Transplantée aux climats des géans grenadiers;
> Revenez, mêlez-vous aux forêts de lauriers
> Que fait croître en ces lieux l'Apollon des guerriers,
> Quelle terre par vous ne serait embellie !

Voulez-vous bien avoir la bonté de faire souvenir de moi l'estomac de milord et miladi *Tirconel*, la poitrine de M. le maréchal *Keith*, les uretères de M. le comte de *Rothembourg*. Je me flatte, que par un si beau temps, il n'y aura plus de malade que moi.

1748.

LETTRE XCI.

A M. MARMONTEL.

A Lunéville, à la cour, 13 février.

J'AVAIS bien raison, mon cher ami, de vous dire que j'espérais beaucoup de ce *Denis*, et de ne vous point faire de critique. Comptez que jamais les petits détails n'ajouteront au succès d'une tragédie ; c'est pour l'impression qu'il faut être sévère. L'exactitude, la correction du style, l'élégance continue, voilà ce qu'il faut pour le lecteur ; mais l'intérêt et les situations font tout ce que demande le spectateur. Je vous fais mon compliment avec un plaisir extrême. Voilà votre succès assuré. C'est à présent qu'il faut corriger la pièce ; c'est un grand plaisir d'embellir un bon ouvrage. Adieu ; je m'intéresserai toute ma vie, bien tendrement, à votre gloire et à tout ce qui vous regarde.

LETTRE XCII.

A M. LE COMTE D'ARGENTAL, *à Paris*.

A Lunéville, le 14 février.

Mes divins anges, me voici donc à Lunéville!
et pourquoi ? C'eft un homme charmant que le roi
Staniflas ; mais quand on lui joindrait encore le roi
Augufte, tout gros qu'ils font, dans une balance, et
mes anges dans l'autre, mes anges l'emporteraient.

J'ai toujours été malade, cependant ordonnez ; et
s'il y a encore des vers à refaire, je tâcherai de me
bien porter. M. de *Pont-de-Vefle* et M. de *Choifeul*
font-ils enfin contens de ma reine de Babylone ?
Comment va leur fanté ? font-ils bien gourmands ?
Oui ; et enfuite on prend de l'eau de tilleul. C'eft
ainfi, à peu-près, que j'en ufe depuis quarante ans,
difant toujours : j'aurai demain du régime. Mais
madame *du Châtelet*, qui n'en eut jamais, fe porte
merveilleufement bien ; elle vous fait les plus tendres
complimens. Je ne fais fi elle ne reftera point ici
tout le mois de février. Pour moi, qui ne fuis qu'une
petite planète de fon tourbillon, je la fuis dans fon
orbite, cahin caha.

Je fuis beaucoup plus aife, mon refpectable et
charmant ami, du fuccès de *Marmontel*, que je ne
ferais content de la précipitation avec laquelle les
comédiens auraient joué cette Sémiramis : elle n'en
vaudra que mieux pour attendre. J'aime beaucoup

ce *Marmontel*; il me femble qu'il y a de bien bonnes

chofes à efpérer de lui.

J'ai vu jouer ici le Glorieux : il a été cruellement maffacré, mais la pièce n'a pas laiffé de me faire un extrême plaifir. Je fuis, plus que jamais, convaincu que c'eft un ouvrage égal aux meilleurs de *Molière* pour les mœurs, et fupérieur à prefque tous pour l'intrigue. Zaïre a été jouée par des petits garçons et des petites filles, *ex ore infantium*.

Je ne peux donc, mes divins anges, fortir de Paris fans être exilé! Vos gens de Paris font de bonnes gens d'avertir les rois et les miniftres qu'ils n'ont qu'à donner des lettres de cachet, et qu'elles feront toujours les très-bien venues. Moi, une lettre à madame la dauphine! Non affurément. Il eft bien vrai que j'ai écrit quelque chofe à une prin-ceffe qui, après la reine et madame la dauphine, eft, dit-on, la plus aimable de l'Europe. Il y a plus d'un an que cette lettre fut écrite, et je n'en avais donné de copie à perfonne, pas même à vous. Je n'en fais pas affez de cas pour vous la montrer; mais dites bien, je vous prie, à toutes les trompettes que vous pourrez trouver en votre chemin, que je n'écris point à madame la dauphine. Le grand père de fon augufte époux rend ici mon exil prétendu fort agréable.

Il eft vrai que j'ai été malade, mais il y a plaifir à l'être chez le roi de Pologne; il n'y a perfonne affurément qui ait plus foin de fes malades que lui. On ne peut être meilleur roi et meilleur homme.

Je ferai charmé, en revenant auprès de vous, de me trouver confrère de l'auteur du Méchant. Il

——— ne nous donnera point de grammaire ridicule ,
1748. comme l'abbé *Girard* son devancier ; mais il fera de
très-jolis vers , ce qui vaut bien mieux.

Je vous supplie de dire à M. l'abbé de *Bernis*
que, s'il m'oublie, je ne l'oublie pas. Est-il déjà
dans son palais des Tuileries ? Pour moi , si je ne
vivais pas avec madame *du Châtelet* ; je voudrais
occuper l'appartement où la belle *Babet* (*) avait
ses guirlandes et ses bouquets de fleurs. Madame *du
Châtelet* se trouve si bien ici que je crois qu'elle n'en
sortira plus , et je sens que je ne quitterais Lunéville
que pour vous. Vous ne sauriez croire , couple
adorable , avec quelle respectueuse tendresse je vous
suis attaché à vous et aux vôtres.

LETTRE XCIII.

A M. MARMONTEL.

A Lunéville , 15 février.

JE vous avais déjà écrit, mon cher ami, pour vous
dire combien votre succès m'intéresse. J'avais adressé
ma lettre chez un marchand de vin. Il doit avoir
à présent pour enseigne du laurier au lieu de lierre,
quoiqu'on ait dit, *hedera crescentem ornate poëtam.*

Je reçois votre billet. L'honneur que vous voulez
me faire, en est un pour les belles-lettres. Vous faites
renaître le temps où les auteurs adressaient leurs
ouvrages à leurs amis. Il eût été plus glorieux à

(*) Nom de société qu'on donnait au cardinal de *Bernis.*

1748.

Corneille de dédier Cinna à *Rotrou* qu'au tréforier de
l'épargne *Montauron*. Je vous avoue que je fuis bien
flatté que notre amitié foit auffi publique qu'elle
eft folide, et je vous remercie tendrement de ce
bel exemple que vous donnez aux gens de lettres.
J'efpère revenir à Paris affez à temps pour voir
jouer votre pièce, quelque tard que j'y vienne.
Comptez que tous les agrémens de la cour de
Pologne ne valent ni l'honneur que vous me faites,
ni le plaifir que votre réuffite m'a caufé. Je vous
mandais, dans ma dernière lettre, que c'eft à préfent
qu'il faut corriger les détails ; c'eft une befogne aifée
et agréable quand le fuccès eft confirmé. Adieu,
mon cher ami ; il faut fonger à préfent à être de
notre académie ; c'eft alors que ma place me deviendra bien chère. Je vous embraffe de tout mon cœur,
et je compte à jamais fur votre amitié.

LETTRE XCIV.

A MADAME

LA COMTESSE D'ARGENTAL, *à Paris.*

A Lunéville, le 15 février.

J'AI acquitté votre lettre de change, Madame, le
lendemain de fa réception ; mais je crains bien de
ne vous avoir payé qu'en mauvaife monnaie. L'envie
même de vous obéir, ne m'a pu donner du génie.
J'ai mon excufe dans le chagrin de favoir que

I 4

———— votre fanté va mal : comptez que cela eft bien capable
de me glacer. Vous ne favez peut-être pas, monfieur
d'*Argental* et vous, avec quelle paffion je prends la
liberté de vous aimer tous deux.

Si j'avais été à Paris, vous auriez arrangé de vos
mains la petite guirlande que vous m'aviez ordonnée
pour le héros de la Flandre et des filles, et vous
auriez donné à l'ouvrage la grâce convenable. Mais
auffi pourquoi moi, quand vous avez la groffe et
brillante *Babet* dont les fleurs font fi fraiches? les
miennes font fanées, mes divins anges, et je
deviens, pour mon malheur, plus raifonneur et
plus hiftoriographe que jamais ; mais enfin, il y a
remède à tout, et *Babet* eft là pour mettre quelques
rofes à la place de mes vieux pavots. Vous n'avez
qu'à ordonner.

Mon prétendu exil ferait bien doux ici, fi je
n'étais pas trop loin de mes anges. En vérité, ce
féjour-ci eft délicieux; c'eft un château enchanté
dont le maître fait les honneurs. Madame *du Châtelet*
a trouvé le fecret d'y jouer Iffé trois fois fur un très-
beau théâtre, et Iffé a fort réuffi. La troupe du roi
m'a donné Mérope. Croiriez-vous, Madame, qu'on
y a pleuré tout comme à Paris? Et moi qui vous
parle, je me fuis oublié au point d'y pleurer comme
un autre.

On va tous les jours dans un kiofque, ou d'un
palais dans une cabane; et par-tout des fêtes et de la
liberté. Je crois que madame *du Châtelet* pafferait ici fa
vie ; mais moi, qui préfère la vie unie et les charmes
de l'amitié à toutes les fêtes, j'ai grande envie de
revenir dans votre cour.

' Si M. d'*Argental* voit *Marmontel* , il me fera le
plus fenfible plaifir de lui dire combien je fuis touché
de l'honneur qu'il me fait. J'ai écrit à mon ami
Marmontel , il y a plus de dix jours , pour le remercier : j'ai accepté, tout franchement et fans aucune
modeftie , un honneur qui m'eft très - précieux, et
qui, à mon fens , rejaillit fur les belles-lettres. Je
trouve cent fois plus convenable et plus beau de
dédier fon ouvrage à fon ami et à fon confrère ,
qu'à un prince. Il y a long-temps que j'aurais dédié
une tragédie à *Crébillon* , s'il avait été un homme
comme un autre. C'eft un monument élevé aux
lettres et à l'amitié. Je compte que M. d'*Argental*
approuvera cette démarche de *Marmontel* , et que
même il l'y encouragera.

Adieu, vous deux qui êtes pour moi fi refpectables , et qui faites le charme de la fociété. Ne m'oubliez pas, je vous en conjure, auprès de monfieur
votre frère , ni auprès de M. de *Choifeul* et de vos
amis.

LETTRE XCV.

A M. D' ARNAUD.

A Lunéville, juin.

JE vous fais mon compliment, mon cher ami, fur votre emploi (*), et fur l'épître à *Manon*. Je fouhaite que l'un faffe votre fortune, comme je fuis fûr que l'autre doit vous faire de la réputation. Il y a des vers charmans, et en grand nombre; mais vous êtes trop aimable pour n'être pas toujours un franc pareffeux.

Je vais partir avec un joli viatique; vos vers égaye-ront mon imagination : je fuis vieux et malade, je n'ai plus d'autre plaifir que de m'intéreffer à ceux de mes amis. Les *Manon* font bien heureufes d'avoir des amans et des poëtes comme vous. Je ne vous envie point *Manon*, mais je vous envie les princes de *Virtemberg*. Je pars fans avoir pû leur faire ma cour : peut-être, à leur retour, ils pafferont chez le roi de Pologne en Lorraine. Il me femble que c'eft leur chemin; en ce cas, je réparerais la fottife que j'ai eue d'être malade, au lieu de leur rendre mes refpects. Je vous prie de me mettre à leurs pieds.

Si M. de *Montaulieu* eft celui que j'ai vu à Berlin et à Bareith, je pars défefpéré de ne l'avoir point revu.

Adieu, mon cher d'*Arnaud;* entre les princes et les *Manon*, n'oubliez pas *Voltaire*. Adieu.

(*) La correfpondance littéraire du roi de Pruffe.

1748.

LETTRE XCVI.

A M, LE COMTE D'ARGENTAL.

20 juin.

Je n'ai point écrit à mes anges, depuis qu'ils m'ont abandonné. Je fuis livré aux mauvais génies. Buvez vos eaux tranquillement, charmans malades; pour moi j'avale bien des calices. Il faut d'abord que vous fachiez que je ne fais plus où j'en fuis quand vous ne me tenez plus par la lifière. Il y a grande apparence qu'on ne pourra venir à bout de Sémiramis que quand vous y ferez. Comment voulez-vous que je faffe quelque chofe de bien, et que je réuffiffe fans vous? D'ailleurs, me voilà, outre mes coliques, attaqué d'une édition en douze volumes qu'on vend à Paris fous mon nom, remplie de fottifes à déshonorer, et d'impiétés à faire brûler fon homme. Les Français me perfécutent fur terre, les Anglais me pillent fur mer.

Ah! pour Sémiramis quel temps choififfez-vous?

Il y a plus que tout cela, mes adorables anges. Madame *du Châtelet* a effuyé mille contre-temps horribles fur ce commandement de Lorraine. Il a fallu livrer des combats, et j'ai fait cette campagne avec elle. Elle a gagné la bataille, mais la guerre dure encore. Il faut qu'elle aille dans quelque temps à Commerci. Je vais donc auffi à Commerci; et

Sémiramis que deviendra-t-elle ? On ne peut rien faire
1748. fans vous. Buvez, mes anges, buvez ; que madame
d'*Argental* revienne auffi rebondie que l'abbé de
Bernis ! que M. de *Choiseul* (*) rapporte le meilleur
eftomac du royaume !

Pour vous, mon cher et refpectable ami, qui
dînez et foupez, et qui n'êtes aux eaux que pour
votre plaifir, revenez comme vous y êtes allé ; mais,
mon Dieu, comment faites-vous dans un pays où
on ne peut pas toujours fortir de chez foi à quatre
heures ? Comment vous paffez-vous d'opéra et de
comédie ? Je ne fais nulle nouvelle. Tout eft tranquille
dans l'Europe, tout l'eft encore plus à Verfailles.
Monfieur le grand prieur n'eft pas mort. Les prières
des agonifans lui ont fait beaucoup de bien.

On vous aura fans doute mandé que le diable
a paru dans la rue du Four, et qu'on l'a mis en
prifon. La rue du Four n'eft pas philofophe. Pour
moi, j'ai le diable dans les entrailles, et mes anges
dans le cœur.

Adieu, Madame ; adieu, Meffieurs ; quand pourrai-je avoir le bonheur de vous revoir ? Mille
tendres refpects.

(*) Le comte de *Choiseul*, depuis duc de *Praslin.*

LETTRE XCVII.

A M. LE COMTE D'ARGENTAL.

A Commerci, 27 juin.

JE pars demain; je me rapproche d'environ soixante lieues de mon cher et respectable ami. M. l'abbé de *Chauvelin* peut vous dire des nouvelles d'une répétition de Sémiramis, les rôles à la main. Tout ce que je désire, c'est que la première représentation aille aussi bien. Ils ne répétèrent pas Mérope avec tant de chaleur. Ils m'ont fait pleurer; ils m'ont fait frissonner. *Sarrazin* a joué mieux que *Baron*; mademoiselle *Duménil* s'est surpassée, &c. Si *la Noue* n'est pas froid, la pièce sera bien chaude. Elle demande un très-grand appareil. J'ai écrit à M. le duc de *Fleuri*, à madame de *Pompadour*. Il nous faut les secours du roi; mais, mon ange, il nous faut le vôtre. Ecrivez bien fortement à M. le duc d'*Aumont*; mais surtout revenez au plus vîte protéger votre ouvrage, et recevoir la fête que je vous donne. Les acteurs feront prêts avant quinze jours. Encore une fois, s'ils jouent comme ils ont répété, M. *Romancan* leur fera de bonnes recettes. J'ignore encore si je pourrai voir les premières représentations, mais vous les verrez. C'est pour vous qu'on joue Sémiramis. Portez-vous donc bien, tous mes anges; revenez gros et gras à Paris, et faites réussir votre fête.

Vraiment j'ai bien suivi votre conseil pour cette

infame édition. Les magiftrats s'en mêlent, et moi
je ne fonge qu'à vous plaire. Adieu, Madame; adieu,
Meffieurs; tâchez de me prendre en repaffant. Mille
tendres refpects.

LETTRE XCVIII.

A M. LE MARQUIS D'ARGENSON, à Paris.

A Commerci, ce 19 juillet.

VOULEZ-VOUS bien permettre, Monfieur, que
je prenne la liberté de vous adreffer un gros paquet
pour M. le comte de *Maillebois*. Ceci eft du reffort
de l'hiftoriographerie.

Il me paraît, par tous les mémoires qui me font
paffés par les mains, que M. le maréchal de *Maillebois*
s'eft toujours très-bien conduit, quoiqu'il n'ait pas
été heureux. Je crois que le premier devoir d'un
hiftorien eft de faire voir combien la fortune a
fouvent tort, combien les mefures les plus juftes,
les meilleures intentions, les fervices les plus réels,
ont fouvent une deftinée défagréable. Bien d'honnêtes gens font traités par la fortune comme je le
fuis par la nature; je fais l'impoffible pour avoir de
la fanté, et je ne puis en venir à bout.

Me voici dans un beau palais, avec la plus grande
liberté (et pourtant chez un roi), avec toutes mes
paperaffes d'hiftoriographe, avec madame *du Châtelet*;
et avec tout cela je fuis un des plus malheureux êtres
penfans qui foient dans la nature. Je vous trouve

heureux fi vous vous portez bien : *Hoc eſt enim omnis* —————
homo. 1748.

Eſt-il vrai que mon illuſtre confrère va inceſſamment porter ſes grâces chez les Suiſſes? Je n'ai fait
que l'entrevoir depuis qu'il eſt marié et ambaſſadeur.
Ma déteſtable ſanté m'a empêché de faire ma cour
au père et au fils : on m'a empaqueté pour Commerci, et j'y ſuis agoniſant comme à Paris. M'y voici
avec le regret d'être éloigné de vous, ſans avoir pu
profiter de votre commerce délicieux, et des bontés
que vous avez pour moi. Laiſſez-moi toujours, je vous
en prie, l'eſpérance de paſſer les dernières années
de ma vie dans votre ſociété. Il faut finir ſes jours
comme on les a commencés. Il y a tantôt quarante-
cinq ans que je me compte parmi vos attachés : il
ne faut pas ſe ſéparer pour rien.

Adieu, Monſieur; je voudrais être au-deſſus des
maux comme vous êtes au-deſſus des places; mais
on peut être fort heureux ſans tracaſſeries politiques,
et on ne peut l'être ſans eſtomac. Comptez qu'il n'y
a point de malade qui vous ſoit plus tendrement et
plus reſpectueuſement dévoué que *Voltaire.*

LETTRE XCIX.

A M. LE COMTE D'ARGENTAL.

A Commerci , le 2 augufte.

Plus de Cirey, mes chers anges. Madame *du Châtelet* joue le Double veuvage et l'opéra. On ne peut fe fouftraire un moment à ces importantes occupations. Nous avons repréfenté au roi de Pologne, comme de raifon, qu'il faut tout quitter pour M. et madame d'*Argental.* Il a bien été obligé d'en convenir; mais il eft jaloux, et il veut que vous préfériez Commerci à Cirey. Il m'ordonne de vous prier de fa part de venir le voir. Vous ferez bien à votre aife ; il vous fera bonne chère ; c'eft le feigneur de château qui fait affurément le mieux les honneurs de chez lui. Vous verrez fon pavillon avec des colonnes d'eau. Vous aurez l'opéra ou la comédie le jour que vous viendrez. Je vois déjà votre philofophie effarouchée ; mais, fi vous avez quelque idée du roi de Pologne, elle doit s'apprivoifer. Cela ferait charmant ; c'eft votre chemin le plus court ; et, fi vous voulez m'avertir de votre arrivée, le roi vous enverra probablement un relais, et vous en donnera un autre pour le retour. Votre voyage ne fera pas retardé d'un feul jour. Vous ferez les maîtres abfolus du temps; vous arriverez à Paris le jour que vous aurez réfolu d'y arriver. Voyez ce que vous pouvez faire pour nous. Je vais écrire à M. le duc d'*Aumont* pour le remercier; mais je vous remercierai bien

davantage

davantage fi vous venez. A propos, on dit que la ———
paix pourrait bien être publiée à la fin de ce 1748.
mois ; cela pourrait fournir quelques fpectateurs de
plus à Sémiramis. Je commence à avoir grand'peur.
Je ne ferai raffuré que quand vous ferez à Paris. Si
elle était jouée fans vous, mon malheur ferait sûr.
Mes adorables anges, venez raifonner de tout cela à
Commerci. Bonfoir. Madame *du Châtelet* joint fes
prières aux miennes. Refuferez-vous les rois et
l'amitié ?

Mille tendres refpects à vous deux.

LETTRE C.

A M. LE COMTE D'ARGENTAL.

A Lunéville, 15 augufte.

SOUFFRIREZ-VOUS, mon ange gardien, qu'on
habille notre ombre de noir, et qu'on lui donne un
crêpe comme dans le Double veuvage ? Mon idée à
moi, c'eft qu'elle foit toute blanche, portant cuiraffe
dorée, fceptre à la main et couronne en tête. En fait
d'ombre, il m'en faut croire ; car j'ai l'honneur de
l'être un peu, et je le fuis plus que jamais. Je me
flatte que madame d'*Argental* ne l'eft pas, et qu'elle
a rapporté des eaux cette fanté brillante, ou du
moins ce tour de fanté que je lui ai connu. Nous
voici actuellement à Lunéville ; je pourrai bien
venir vous faire ma cour à tous deux, et vous
remercier fi vous faites la fortune de Sémiramis.

Correfp. générale. Tome III. K

Votre fubftitut, l'abbé de *Chauvelin*, me mande que le roi donne une décoration magnifique : chargez-vous, s'il vous plaît, de la plus grande partie de la reconnaiffance, car tout cela fe fait pour vous; mais n'allons pas être fifflés avec une dépenfe royale, et qu'on ne dife pas :

Le fafte de votre dépenfe
N'a point fu réparer l'extrême impertinence, &c.

Cette petite diftinction va mettre contre moi tout le peuple d'auteurs; et, fi je fuis fifflé, je n'oferai jamais me préfenter devant M. et madame d'*Argental*, ni devant le roi. Il n'y a que votre préfence, à la première repréfentation, qui puiffe me raffurer. Vous favez que la fête eft pour vous. Je n'y ferai pas, mais vous y ferez. Cela vaut bien mieux.

Adieu, adorables créatures.

LETTRE CI.

A M. LE COMTE D'ARGENTAL.

A Châlons, ce 12 feptembre.

JE ne peux vous écrire de ma main, mes divins anges; j'ai la fièvre bien ferré à Châlons; je ne fais plus quand je pourrai partir.

On s'eft bien plus preffé, ce me femble, de lire Catilina que de le faire; mais faudra-t-il que mon ami *Marmontel* pâtiffe de mon impatience, et qu'on ne reprenne pas fon pauvre *Denis* dont il a befoin? Ce ferait une extrême injuftice, et mes anges ne

le fouffriront pas: *Prault* n'eft-il pas venu la gueule ———
enfarinée? n'a-t-il pas bien envie d'imprimer 1748.
Sémiramis? mais ne faut-il pas tenir le bec de *Prault*
dans l'eau, afin de prévenir les éditions fubreptices
dont on me menace continuellement?

Joue-t-on Sémiramis les mercredis et les famedis
feulement, dans l'effroyable difette de monde où
l'on eft à Paris? la laiffe-t-on aller jufqu'à Fontainebleau?

Au refte, vous parlez de Zadig comme fi j'y avais
part; mais, pourquoi moi? pourquoi me nomme-
t-on? Je ne veux avoir rien à démêler avec les
romans.

J'ai bien l'air d'être ici malade quelques jours.
Vous veillez fur moi, mes anges, de loin comme
de près. Je vais mettre un *V* au bas de cette lettre;
c'eft tout ce que je puis faire, car je n'en peux plus.
V.

LETTRE CII.

A MADAME

LA COMTESSE D'ARGENTAL.

A la Malgrange, 4 octobre.

J'AI fenti, Madame mon ange, ce que c'eft que la
jaloufie. J'ai trouvé un M. de *Verdun*, qui m'a dit du
premier bond: J'ai reçu une lettre de madame
d'*Argental*. C'eft donc un heureux homme que ce
M. de *Verdun*? Eh bien, Madame, fi je n'ai pas eu

—— le bonheur dont il se vante, j'ai la consolation de
1748. vous écrire. Je vous soupçonne d'être à Paris.
M. d'*Argental* est, dit-il, à Guiscard; mais, où est
Guiscard? Voici, Madame, une lettre pour cet ange-
là, et je vous soumets tout ce que je lui écris. Je ne
sais pas plus où adresser ma lettre pour l'abbé de
Bernis; permettez que je la mette dans votre paquet.
Je ne m'attendais pas à ce nouveau trait de la
calomnie; mais, qui plume a, guerre a. Le loyer
de nous autres, pauvres diables de victimes publiques, c'est d'être honnis et persécutés. Je pardonne
à l'envie; elle a raison de me croire heureux; elle
fait l'amitié dont vous m'honorez. Si je m'avise de
donner jamais une pièce qui ait du succès, je serai
infailliblement lapidé. On s'attend ici à une prompte
publication de la paix. Paris sera plus méchant et
plus frivole que jamais. Si deux ou trois personnes
ne soutenaient le bon goût, nous dégringolerions
dans la barbarie. Songez à votre santé, Madame; je
veux vous retrouver avec un appétit désordonné. Je
compte vous faire ma cour à Noël. C'est bien tard;
mon cœur me le dit. Je vous supplie de détruire,
dans l'esprit de M. l'abbé de *Bernis*, la ridicule
calomnie que je trouve encore plus désagréable que
ridicule; c'est l'homme du monde dont je crois
mériter le mieux l'amitié, et il s'en faut bien que
j'aye rien à me reprocher sur son compte. Permettez-
moi, en vous renouvelant mes plus tendres respects,
de les présenter à M. de *Pont-de-Vesle* et à M. de
Choiseul. Madame *du Châtelet*, qui joue ou l'opéra,
ou la comédie, ou la comète, vous fait mille
complimens.

LETTRE CIII.

A M. LE COMTE D'ARGENTAL.

A la Malgrange, 4 octobre.

MON cher et refpectable ami, voici bien des points fur lefquels j'ai à vous remercier et à vous répondre.

A l'égard des comédiens, *Sarrazin* m'a parlé avec beaucoup plus que de l'indécence, quand je l'ai prié, au nom du public, de mettre dans fon jeu plus d'ame et plus de dignité. Il y en a quatre ou cinq qui me refufent le falut, pour les avoir fait paraître en qualité d'affiftans. *La Noue* a déclamé contre la pièce, beaucoup plus haut qu'il n'a déclamé fon rôle. En un mot, je n'ai effuyé d'eux que de l'ingratitude et de l'infolence. Permettez, je vous en prie, que je ne facrifie rien de mes droits pour des gens qui ne m'en fauraient aucun gré, et qui en font indignes de toutes façons. Je ne prétends pas hafarder d'offenfer l'amour propre de mademoifelle *Duménil*, de mademoifelle *Clairon* et de *Grandval*. Quelques galanteries, données à propos, ne les fâcheront pas. Le chevalier de *Mouhi* et d'autres ne doivent pas être oubliés. Qui oblige un corps, n'oblige perfonne. On ne peut s'adreffer qu'aux particuliers qui le méritent.

A l'égard de la pièce, je vous jure que je la travaillerai pour la reprife avec le peu de génie que je peux avoir, et avec beaucoup de foin. Il eft trifte qu'on la joue à Fontainebleau, parce que le théâtre eft impraticable; mais fi on la joue, je vous fupplie

K 3

—— d'engager M. le duc d'*Aumont* à ne pas faire mettre de luſtres ſur le théâtre : nous avons ici l'expérience que le théâtre peut être très-bien éclairé avec des bougies en grand nombre, et des reflets dans les couliſſes. Il ne s'agirait, pour exécuter la nuit abſolument néceſſaire au troiſième acte , que d'avoir quatre hommes chargés d'éteindre les bougies dans les couliſſes , tandis qu'on abaiſſerait les lampions du devant du théâtre.

J'en ai écrit à M. de *Cindré* , mais c'eſt de M. le duc d'*Aumont* que j'attends toute ſorte de protection grande et petite, et c'eſt à vous que je la devrai, à vous à qui je dois tout, et dont l'amitié eſt ſi active, ſi indulgente et ſi inaltérable.

Je reviens à l'abominable calomnie par laquelle on m'a voulu brouiller avec M. l'abbé de *Bernis* ; elle vient d'un homme (*) qui m'a fait depuis long-temps l'honneur d'être jaloux de moi, je ne ſais pas pourquoi, et qui n'aime pas l'abbé de *Bernis* (je ſais bien pourquoi) parce qu'il veut plaire, et que l'abbé de *Bernis* plaît. Je ne nomme perſonne, je ne veux me plaindre de perſonne ; je vis dans une cour charmante et tranquille, où toute tracaſſerie eſt ignorée ; mais je ſerais pénétré de douleur que M. l'abbé de *Bernis* me crût capable d'avoir dit une parole indiſcrette ſur ſon compte. Je lui écris ; mais ne ſachant où adreſſer ma lettre, je prends la liberté de la mettre dans votre paquet que j'adreſſe à Paris à madame d'*Argental*. Adieu, divin ami, mon cher ange gardien ; je vous apporterai, à mon retour, de quoi vous amuſer.

(*) *Piron.*

LETTRE CIV.

A M. LE COMTE D'ARGENTAL, *à Paris.*

A Commerci , le 10 octobre.

Oui, respectable et divin ami ; oui, ame charmante , il faudrait que je partisse tout à l'heure ,
mais pour venir vous embrasser et vous remercier. Je
suis ici assez malade, et très-nécessaire aux affaires
de madame *du Châtelet.* Voici ce que j'ai fait sur
votre lettre.

J'étais dans ma chambre, malingre, et j'ai fait
dire au roi de Pologne que je le suppliais de permettre que j'eusse l'honneur de lui parler en particulier. Il est monté sur le champ chez moi. Il permet
que j'écrive à la reine sa fille une lettre. Elle est
faite, et il la trouve très-touchante. Il en écrit une
très-forte, et il se charge de la mienne. Ce n'est pas
tout , j'écris à madame de *Pompadour ,* et je lui fais
parler par M. de *Montmartel.*

J'écris à madame d'*Aiguillon*, et j'offre une chan-
delle à M. de *Maurepas.* J'intéresse la piété de la
duchesse de *Villars,* la bonté de madame de *Luynes ,*
la facilité bienfesante du président *Hénault* que je
vous prie d'encourager. Je presse M. le duc de *Fleuri ;*
je représente fortement et sans me commettre , à
M. le duc de *Gèvres* , des raisons sans réplique, et je
ne crains pas qu'il montre ma lettre qu'il montrera ;
je me sers de toutes les raisons, de tous les motifs ,
et je mets surtout ma confiance en vous. Je suis bien

K 4

sûr que vous échaufferez M. le duc d'*Aumont* ; qu'il ne souffrira pas que les scandales, qu'il a réprimés pendant six ans, se renouvellent contre moi, et qu'il soutiendra son autorité dans une cause si juste ; qu'il engagera M. le duc de *Fleuri* à ne pas abandonner la sienne, et à ne pas souffrir l'avilissement des beaux arts et d'un officier du roi, dans l'affront qu'on veut faire à un ouvrage honoré des bienfaits du roi même.

Mes anges, engagez M. l'abbé de *Bernis* à ne pas abandonner son confrère, à ne pas souffrir un opprobre qui avilit l'académie, à écrire fortement de son côté à madame de *Pompadour* ; c'est ce que j'espère de son cœur et de son esprit ; et ma reconnaissance sera aussi longue que ma vie. Au reste, je pense que peut-être une des meilleures réponses que je puisse employer, est dans les amples corrections que je vous envoie pour Sémiramis. J'en ai fait faire une copie générale pour mademoiselle *Duménil*, qu'elle donnera à *Minet*, et une copie particulière pour chaque acteur. Si vous êtes content, vous et votre aréopage, je me flatte que vous ajouterez à toutes vos bontés celle d'envoyer le paquet à mademoiselle *Duménil* à Fontainebleau. J'attends votre arrêt.

A l'égard de l'histoire de ma vie dont on me menace en Hollande, je vais faire les démarches nécessaires. Je ne laisse pas d'avoir des amis auprès du stathouder ; mais si je ne réussis pas, je mettrai ces deux beaux volumes à côté de *Frétillon*, et la canaille ne troublera pas mon bonheur. Des amis tels que vous font une belle consolation. Le bénéfice l'emporte

fur les charges. Mon cher ange, cultivons les lettres
jufqu'au tombeau, méritons l'envie et méprifons-la,
en fefant pourtant ce qu'il faut pour la réprimer.
Adieu, maifon charmante où habitent la vertu, l'efprit
et la bonté du cœur. Adieu, vous tous qui foupez;
moi, qui dîne, je fuis bien indigne de vous. Ah,
M. de *Pont-de-Vefle!* oubliez-vous mes moyeux?

O anges! j'ajoute que je ne doute pas que M. le
duc d'*Aumont* ne foit indigné qu'on vilipende un
ouvrage que j'ai donné pour lui comme pour vous,
que j'ai fait pour lui, pour le roi, et dans la fécurité
d'être à l'abri de l'infame parodie. Il faut qu'il com-
batte comme un lion, et qu'il l'emporte. Repréfentez-
lui tout cela avec cette éloquence perfuafive que
vous avez.

J'ai écrit à M. *Berrier.* Madame *du Châtelet* doit
vous écrire; elle vous fait les plus tendres complimens. Comme notre cour eft un peu voyageufe,
je vous prie d'adreffer vos ordres *à la cour du roi
de Pologne, en Lorraine.* On ne laiffera pas de la
trouver.

P. S. Je ferais très-fâché de paffer pour l'auteur
de Zadig, qu'on veut décrier par les interprétations
les plus odieufes, et qu'on ofe accufer de conténir
des dogmes téméraires contre notre fainte religion.
Voyez quelle apparence!

Mademoifelle *Quinault, Quinault*-comique, ne
ceffe de dire que j'en fuis l'auteur. Comme elle n'y
voit rien de mal, elle le dit fans croire me nuire;
mais les coquins, qui veulent y voir du mal, en

abuſent. Ne pourriez-vous pas étendre vos ailes d'ange gardien juſque ſur le bout de la langue de mademoiſelle *Quinault*, et lui dire ou lui faire dire que ces bruits ſont capables de me porter un très-grand préjudice ? Il faut que vous me défendiez à droite et à gauche. J'attends mille fois plus de vous et de vos amis que de tout ce que je pourrais faire à Fontainebleau. Ma préſence, encore une fois, irriterait l'envie qui aimerait bien mieux me bleſſer de près que de loin. Le mieux qu'on puiſſe faire, quand les hommes ſont déchaînés, c'eſt de ſe tenir à l'écart. Je vous reverrai avant Noël, aimables ſoupeurs et preneurs de lait. Conſervez-moi une amitié précieuſe, qui conſole de tous les chagrins, et qui augmente tous les plaiſirs.

LETTRE CV.

A M. LE COMTE D'ARGENTAL.

Ce 11 octobre.

BELLES ames, ces repréſentations ſi juſtes, jointes à la chaleur de vos bons offices et aux meſures que je prends, me donnent lieu d'eſpérer qu'on parviendra à prévenir l'infamie avec laquelle on veut déshonorer la ſcène françaiſe, la ſeule digne en Europe d'être protégée. Continuez, mon cher et reſpectable ami, à défendre ce que vous avez fait réuſſir; triomphez de la plus lâche cabale que l'on ait ſuſcitée depuis Phèdre. Vous ferez beaucoup plus que moi-même. Ma préfence animerait mes ennemis qui voudraient me rendre témoin de l'opprobre qu'ils ont machiné ; et, fi je ne réuffiffais pas à faire défendre leur malheureufe fatire , je ne ferais venu que pour réjouir leur malignité, et pour leur amener leur victime. Je me flatte toujours que M. l'abbé de *Bernis* ne vous refufera pas d'appuyer mes prières auprès de madame de *Pompadour* , et qu'il fe déclarera avec force contre les miférables parodies, qu'il regarde comme la honte de notre nation.

Encore une fois , le foin que je prends de rendre Sémiramis moins indigne du public éclairé, eft ma meilleure réponfe, eft ma meilleure manœuvre. Bien faire et être fecondé par vous , voilà mon évangile. Adieu, mes chers anges, qui préfidez à ma Babylone. L'envie a raifon de vouloir me perdre , votre amitié me rend trop heureux.

Ce 12 octobre.

Je fais une réflexion. Si la fureur de la cabale, et le plaifir malin attaché à l'humiliation de fon prochain, l'emportent fur tant de juftes raifons ; fi on s'obftine à jouer l'infamie à la cour, M. le duc d'*Aumont* , qui affurément doit en être mortifié , ne peut-il pas différer la repréfentation de Sémiramis ? Ne pouvez - vous pas même engager très - aifément mademoifelle *Duménil* à exiger de fes camarades un long délai fondé fur cent vers nouvellement corrigés, qu'il faut apprendre ? La difpofition nouvelle du théâtre de Fontainebleau, n'eft-elle pas encore un motif pour différer ? Ne peut - on pas pouffer ce

—— délai jusqu'au dernier jour , et s'il le faut même , ne
1748. pas jouer la pièce ? Alors on ne pourrait donner la
parodie ; et ce temps que nous aurions fervirait
non-feulement à prendre de nouvelles mefures, mais
encore à faire de nouveaux changemens pour l'hiver.
Alors la pièce ferait prefque nouvelle, et les *Slotz*,
qui font prêts à réparer leur honneur en rajuftant
leurs décorations , donneraient un nouveau cours
et un nouveau prix à notre guenille qui aurait un
plein triomphe , tandis que peut-être Catilina . . . .

Mandez-moi fi vous jugez à propos que j'écrive
à M. le duc d'*Aumont*, en conféquence. Conduifez
ma tête et ma main comme mon cœur.

LETTRE CVI.

A M. LE COMTE D'ARGENTAL, *à Paris.*

Octobre.

MADAME de *Pompadour* a plus fait que la reine.
Elle me fait dire, mon cher et refpectable ami , que
l'infamie ne fera certainement point jouée. Je me
flatte qu'étant défendue à la cour, elle ne fera pas
permife à la ville, et que M. le duc d'*Aumont* infiftera
fur une fuppreffion de cinq ou fix années, après
laquelle il ferait bien odieux de renouveler un
fcandale qu'on a eu tant de peine à déraciner. J'ai
écrit deux fois à M. le duc d'*Aumont* ; il s'agirait de
mettre M. de *Maurepas* dans nos intérêts. Empêchons
la parodie à Paris comme à la cour. Il faut affurément ôter à la cabale ce miférable fujet d'un fi

honteux triomphe. Pour réponse à toutes ces tracasseries, je vous enverrai incessamment un nouveau
cinquième acte (*); c'est là le point principal.

Quand mes anges parlent, l'auteur de Sémiramis
doit se taire. Je reçois dans ce moment un très-beau
mémoire de monsieur le coadjuteur contre les
parodies, appuyé d'un mot de M. d'*Argental*. Je ne
peux répondre à présent que par les plus tendres
remercîmens. Je n'épargnerai point assurément mes
peines pour mériter des bontés si continues, si vives
et si encourageantes. J'avais encore, par la dernière
poste, envoyé de la Malgrange quelques rogatons;
mais tenons tout cela pour non avenu, et attendons
qu'après avoir travaillé à tête reposée, je vienne
travailler sous vos yeux à Paris, vers le milieu de
décembre. Les travaux les plus difficiles deviennent
des plaisirs quand on a pour critiques des amis si
tendres et si éclairés.

Madame *du Châtelet* vous fait mille tendres complimens, et moi j'attends des moyeux. Cela est bien
autrement intéressant que Sémiramis. Or, dites-moi,
respectable ami, si vous êtes content de mon procédé avec M. l'abbé de *Bernis*? Daignez-vous faire
usage des mémoires dont je vous ai assassiné? Pardonnez-moi mes vers, mes mémoires, mes fati-
gantes importunités; je travaille à mériter d'être
toujours gardé par vous; je ne sais si j'en serai
digne. Adieu, tous les chers anges gardiens.

(*) De Sémiramis.

LETTRE CVII.

A M. LE COMTE D'ARGENTAL.

A Lunéville, le 23 octobre.

VOICI, mon cher et respectable ami, un gros paquet de Babylone; mais, à présent, le point essentiel est d'empêcher la parodie à la ville comme à la cour. J'ai lieu de penser que M. de *Montmartel* m'ayant écrit de la part de madame de *Pompadour*, et m'ayant redit ses propres paroles : ,, Que le roi était bien ,, éloigné de vouloir me faire la moindre peine, et ,, que la parodie ne serait certainement point jouée;,, j'ai lieu, dis-je, de me flatter que cette proscription d'un abus aussi pernicieux est pour Paris comme pour Versailles.

Je vais écrire dans cet esprit à M. *Berrier;* et l'ordre du roi, à Fontainebleau, sera pour lui un nouveau motif de me marquer sa bienveillance, et une nouvelle facilité de se faire entendre aux personnes qui pourraient favoriser encore la cabale qui s'est élevée contre moi. Je suis fâché que M. le duc d'*Aumont* soit le seul qui ne réponde point à mes lettres, mais je n'en compte pas moins sur sa fermeté et sur la chaleur de ses bons offices, animée par votre amitié. Je vous prie de m'instruire sur tout ce qui se passe de cette affaire qui m'est devenue très-essentielle.

La reine m'a fait écrire, par madame de *Luynes*,

que les parodies étaient d'ufage, et qu'on avait travefti *Virgile*. Je réponds que çe n'eft pas un compa-
triote de *Virgile* qui a fait l'Enéide traveftie, que les
Romains en étaient incapables; que fi on avait recité
une Enéide burlefque à *Augufte* et à *Octavie*, *Virgile*
en aurait été indigné; que cette fottife était réfervée
à notre nation long-temps groffière et toujours
frivole; qu'on a trompé la reine quand on lui a
dit que les parodies étaient encore d'ufage; qu'il y
a cinq ans qu'elles font défendues; que le théâtre
français entre dans l'éducation de tous les princes
de l'Europe, et que *Gilles* et *Pierrot* ne font pas faits
pour former l'efprit des defcendans de St *Louis*.

Au refte, fi j'ai écrit une capucinade, c'eft à une
capucine.

Voici, mon divin ange, une autre grâce que je
vous demande, c'eft de fçavoir au jufte et au plus
vîte de mademoifelle *Quinault* de quel remède elle
s'eft fervie pour faire paffer un énorme goître dont
elle s'eft défaite. Il y a ici une dame, beaucoup plus
jolie qu'elle, qui a un cou extrêmement affligé de
cette maladie, et vous rendriez un grand fervice à
elle et à fes amans de nous envoyer la joyeufe recette
de la demoifelle *Quinault*. Ajoutez cette grâce à tant
d'autres bontés. Et mes moyeux! ah, M. de *Pont-
de-Vefle*, mes moyeux!

Ce 24.

Le roi de Pologne, qui avait envoyé ma lettre à
la reine, et qui en était très-content, a été fort piqué
que nos adverfaires aient prévalu auprès de la reine,

1748.

—— et que ce ne foit pas elle à qui j'aye l'obligation de
1748. la fuppreffion de l'infamie. Les mêmes gens qui
avaient fait la calomnie fur Zadig, ont continué fous
main leurs bons offices, et le roi de Pologne en eft
très-inftruit. Dites cela à l'abbé de *Bernis*, et qu'il
écrive à madame de *Pompadour* pour la fuppreffion
de l'infamie, à la ville comme à la cour.

LETTRE CVIII.

A M. D'ARNAUD.

A Lunéville, 25 octobre.

MON cher ami, votre lettre fans date me dit
que vous m'aimez toujours, et cela ne m'apprend
rien : j'ai toujours compté fur un cœur comme le
vôtre. Elle m'apprend que meffeigneurs les princes
de *Virtemberg* m'honorent de leur fouvenir. Je vous
prie de leur préfenter mes profonds refpects et mes
tendres remercîmens, et de ne pas oublier M. de
Montaulieu.

Il eft vrai que je n'écris guère au roi de Pruffe.
J'attends que j'aye mis Sémiramis au point d'être
moins indigne de lui être envoyée; j'y ai fait plus
de deux cents vers à Lunéville. Il y a quelques années
que j'envoyai à fa Majefté l'efquiffe de cette pièce;
j'en fuis très-honteux et très-fâché. Ce n'eft pas un
homme à qui on doive préfenter des chofes informes; c'eft un juge qui me fait trembler. Perfonne
fur la terre n'a plus d'efprit et plus de goût, et c'eft

pour

pour lui principalement que je travaille. Je ne croyais pas pouvoir paſſer ma vie auprès d'un autre roi que lui, mais ma déplorable ſanté a encore plus beſoin des eaux de Plombières que de la cour de Lunéville. Je compte aller à Paris au mois de décembre, et vous y embraſſer. Si vous n'étiez pas auſſi pareſſeux qu'aimable, je vous prierais de me mander quelques nouvelles de notre pauvre littérature françaiſe. Je vous exhorterai toujours à faire uſage de votre eſprit pour établir votre fortune. Il n'y a rien que je ne faſſe pour vous prouver combien la douceur de vos mœurs, votre goût et vos premières productions m'ont donné d'eſpérances ſur vous. Je ſuis très-fâché de vous avoir été juſqu'ici bien inutile.

VOLTAIRE.

Sans compliment et ſans cérémonie.

LETTRE CIX.

A M. LE COMTE D'ARGENTAL.

A Lunéville, 3o octobre.

JE reçois la lettre de mon cher ange, du 18. Vous me dites, mon cher et reſpectable ami, que la prétention de M. de *Maurepas* eſt inſoutenable; mais ſavez-vous qu'en réponſe à la lettre la plus reſpectueuſe, la plus ſoumiſe et la plus tendre, il m'a mandé ſèchement et durement qu'on jouerait la parodie à Paris, et que tout ce qu'on pouvait faire pour moi, était *d'attendre la ſuite des premières repréſentations de ma pièce.* Or, cette ſuite de premières repréſentations

1748.

——— pouvant être regardée comme finie, on peut conclure de la lettre de M. de *Maurepas* que les italiens
font actuellement en droit de me bafouer; et s'ils
ne le font pas, c'est qu'ils infectent encore Fontainebleau de leurs misérables farces faites pour la cour
et pour la canaille.

M. le duc de *Gèvres* m'a mandé que les premiers
gentilshommes de la chambre ne se mêlaient pas
des pièces qu'on joue à Paris. En effet, la permission
de représenter tel ou tel ouvrage a toujours été
dévolue à la police; et peut-être tout ce que peut
faire un premier gentilhomme de la chambre, c'est
de faire servir son autorité à intimider des faquins
qui joueraient une pièce malgré eux, et à se faire
obéir plutôt par menace que par droit.

Cependant, ce que vous me mandez, et la confiance extrême que j'ai en vous, me font suspendre
mes démarches. J'allais envoyer une lettre très-forte
à madame de *Pompadour*, et même un placet au
roi qui n'est pas assurément content à présent de
celui qui me persécute. Je supprime tout cela, et
je ne m'adresserai au maître que quand je serai
abandonné d'ailleurs; mais j'ai besoin de savoir à
quoi je dois m'en tenir, et jusqu'à quel point
s'étendent les bontés et l'autorité de M. le duc de
Fleuri et de M. le duc d'*Aumont*. Je vous demande
en grâce d'écrire sur cela promptement à M. le duc
d'*Aumont*, et de me donner la réponse la plus posi-
tive, sur laquelle je prendrai mes mesures. Je serais
très-aise de ne pas importuner le roi pour de pareilles
sottises, et que la fermeté de M. d'*Aumont* m'épargnât
cet embarras; mais s'il y a la moindre indécision du

côté des premiers gentilshommes de la chambre, ———
vous fentez bien que je ne dois rien épargner, et que 1748.
je ne dois pas en avoir le démenti.

Vous devez avoir reçu un gros paquet par M. de
la Reynière. En voici un autre qui n'eft pas de la
même efpèce. Je vous prie de donner au digne coadjuteur un panégyrique ; je devrais faire le fien.

Il y en a un auffi pour l'abbé de *Bernis*. Je n'ai
point reçu la lettre dont vous m'aviez flatté de fa
part ; mais j'efpère que s'il eft néceffaire , vous
l'encouragerez à écrire bien pathétiquement à madame
de *Pompadour* , contre les parodies en général, et
contre celle de Sémiramis en particulier. Madame
de *Pompadour* eft très-difpofée à me favorifer, mais
il ne faut rien négliger.

Madame *du Châtelet* promet plus qu'elle ne peut,
en parlant d'un voyage prochain. Je le voudrais ,
mais je prévois qu'il faudra attendre près d'un mois.

Je travaille fous terre pour *Mouhi ;* je vous prie
de le lui dire. Grand merci des moyeux. Adieu ,
mes très-aimables anges.

LETTRE CX.

A M. LE COMTE D'ARGENTAL.

10 novembre.

MAIS mes anges font donc au diable? Que
deviendrai-je? Je n'ai point de leurs nouvelles. Il
eft trois heures après minuit ; je reprends Sémiramis
en fous œuvre; je corrige par-tout, felon que le
cœur m'en dit. *Spiritus flat ubi vult.*

J'ai été confondu d'une lettre par laquelle M. le
duc de *Fleuri* me marque qu'il a donné ordre qu'on
ne jouât la fottife italienne qu'après que Sémiramis
aurait été jouée à Fontainebleau. C'eft encore pis
que la lettre de M. de *Maurepas.* J'en rends compte
à M. le duc d'*Aumont*, et je lui demande qu'au
moins, fi on perfifte à renouveler contre moi le
fcandale des parodies, on attende, pour jouer la farce
des italiens, que les premières repréfentations des
français foient épuifées ; il me femble qu'on en
ufait ainfi quand les parodies avaient lieu, et il n'y
a rien de plus jufte. Les premières repréfentations
de Sémiramis n'ont été interrompues que par le
voyage de Fontainebleau, et ne doivent être cenfées
finies qu'après la reprife. Je vous prie d'appuyer ma
prière à M. le duc d'*Aumont.*

Je vous prie auffi d'écrire à mademoifelle *Duménil*
qu'elle retire tous les rôles, afin que j'y corrige
environ cent cinquante vers. Il faudra faire une
nouvelle copie et de nouveaux rôles, et je me flatte

qu'elle vous remettra les rôles et la pièce. Je vous promets bien que je ne la rendrai pas avant le retour de M. de *Richelieu*, et que je donnerai aux catilinistes tout le temps d'être sifflés.

Crébillon s'est conduit d'une manière indigne dans tout ceci, ou plutôt d'une manière très-digne de sa mauvaise pièce de Sémiramis, qui n'a pu même être honorée d'une parodie.

Au reste, mandez-moi, je vous en prie, si vous croyez que ce soit à présent le temps de présenter un placet au roi.

L'établissement de madame *du Châtelet* à Luné-ville ne lui permettra guère de partir avant le mois de décembre. J'attends de vos nouvelles pour me décider. Adieu, mes chers anges; vous êtes mes consolateurs.

LETTRE CXI.

A M. D'ARNAUD, *à Paris.*

Lunéville, 28 novembre.

COMMENT! vous savez à qui l'on a donné un paquet, et que c'est M. de *Montauli eu* qui l'a envoyé chez moi! et vous me le mandez exactement! Courage, mon cher ami, vous deviendrez un homme essentiel, un homme d'importance.

Voici quelque chose de peu important que vous pouvez envoyer au roi de Prusse; il aime ces gue-nilles-là. C'est une lettre au duc de *Richelieu*, qu'un homme de vos amis lui a écrite, sur la statue qu'on lui élève à Gènes (*). Cela ne vaut pas le Cu de *Manon*, mais je ne fuis plus dans l'âge des *Manon*. C'eft votre affaire, mais je vous affure que je vous aime plus folidement que toutes les *Manon* de Paris.

Vous êtes mal inftruit de l'hiftoire des hiftrions. *Crébillon* a retiré tous fes rôles ; les a corrigés, les a rendus, et *Grandval* attend encore fon quatrième et cinquième acte. Il aurait dû retirer auffi l'approbation qu'il a donnée à une plate parodie de Sémiramis que le roi a défendue à Fontainebleau. Je me flatte qu'en récompenfe *Arlequin* donnera fon approbation à Catilina. Le bon homme aurait dû fe fouvenir qu'on ne put pas feulement parodier fa Sémiramis. Je lui pardonne de ne pas aimer la mienne.

Adieu, mon cher ami ; il y a dans ce monde très-peu de bons vers et de bonnes gens. Je vous embraffe et je vous aime parce que vous faites de bons vers, et que vous êtes un bon cœur.

LETTRE CXII.

A M. MARMONTEL, *à Paris.*

A Lunéville, 15 décembre.

Mon cher ami, voici ce qui m'eft arrivé ; vous verrez que je ne fuis pas heureux. J'étais à la fuite du roi de Pologne, dans une de fes maifons de campagne ; un paquet, qui, dit-on, contenait des livres, arrive à Lunéville ; et comme il y avait ordre de renvoyer tous les gros paquets qui n'étaient

(*) Volume d'Epitres, page 158.

pas contrefignés, on renvoie le paquet à Paris. Je foupçonne que c'était Denis, et je fens tout ce que j'ai perdu. Heureufement nous avons ici ce Denis fi bien écrit, fi rempli de belles chofes, et fi approuvé de tous les gens de goût. Mon cher ami, j'ai été attendri jufqu'aux larmes de votre charmante épître. Elle me fait autant de plaifir que d'honneur ; c'eft un monument que vous érigez à l'amitié; c'eft un exemple que vous donnez aux gens de lettres ; c'eft le modèle ou la condamnation de leur conduite; jamais le cœur n'a parlé avec plus d'éloquence ; c'eft le chef-d'œuvre de l'efprit et de la vertu. L'amitié d'un cœur comme le vôtre confole de toutes les fureurs de l'envie, et ajoute au bonheur de mes jours. Ce que vous dites fur notre refpectable ami *Vauvenargues*, doit bien faire fouhaiter d'être de vos amis. Tout ce que je défire, c'eft d'hériter des fenti- mens que vous aviez pour lui. Donnez-moi la part qu'il avait dans votre cœur, et voilà ma fortune faite. Je compte vous revoir inceffamment, vous embraffer, vous dire à quel point je fuis pénétré de l'honneur que vous m'avez fait, et vous jurer une amitié qui durera autant que ma vie. Je parie que je trouverai votre nouvelle tragédie achevée. Je m'ima- gine que les plaifirs font chez vous les entr'actes un peu longs, et que vous quittez fouvent *Melpomène* pour quelque chofe de mieux; mais vous êtes comme les héros qui réuniffent les plaifirs et la gloire. Adieu, vous faites la mienne. Je vous embraffe mille fois. Madame *du Châtelet* eft charmée de vos talens, et vous fait fes complimens.

L 4

LETTRE CXIII.

A M. LE COMTE D'ARGENTAL.

16 décembre.

ENFIN, je ris aux anges en recevant leur lettre. Vos conseils sont suivis ou plutôt prévenus, et partout j'ai rendu raison de l'inaction forcée d'*Assur*.

Il me semble que le point dont il s'agit, c'est la clarté. On voit bien nettement qu'*Assur* est entré dans ce mausolée (fait en labyrinthe, selon l'usage des anciens,) par une issue secrète; et l'autre ange, M. de *Pont-de-Vesle*, doit aimer cette idée-là. On voit par là pourquoi cet *Assur* n'est pas parvenu plutôt à l'endroit du sacrifice. *Ninias* dit qu'il vient d'entendre quelqu'un qui précipitait ses pas loin derrière lui dans ce tombeau. Autre degré de lumière; *Azéma* répond : C'est peut-être *votre mère qui a été assez hardie pour envoyer à votre secours dans cet asile inabordable et sacré.* Ces mots préparent, ce me semble, la terreur, et fortifient le tragique de la catastrophe, loin de le diminuer, puisqu'il se trouve enfin que c'est la reine elle-même qui est venue au secours de son fils.

Assur est donc tout naturellement amené du tombeau sur la scène; et *Azéma*, se jetant au-devant du coup qu'*Assur* veut porter à *Ninias*, augmente la force de l'action, en rend le jeu noble et naturel. Il est absolument nécessaire que cette action se passe

fous les yeux et non en récit, et que *Ninias* commence à apprendre fon malheur de la bouche même
d'*Affur*. Si vous êtes contens, Madame et Meffieurs,
je le fuis auffi, et je me mets à l'ombre de vos
ailes.

LETTRE CXIV.

A M. LE COMTE D'ARGENTAL.

31 décembre.

Je ne fuis point étonné de la chute de Catilina :
l'auteur n'avait pas confulté mes anges. Ce n'eft pas
avec une cabale, c'eft avec des amis éclairés et févères
qu'on fait réuffir un ouvrage.

Ce que vous me dites, mon cher et refpectable
ami, me perfuade que Catilina ne durera pas long-
temps. La cabale veut bien crier, mais elle ne veut
pas s'ennuyer, et il n'y a perfonne qui aille bâiller
deux heures, pour avoir le plaifir de me rabaiffer.
Sémiramis eft entièrement à vos ordres; elle ne fe
remontrera que quand vous l'ordonnerez.

Je me conduis, je crois, un peu moins infolem-
ment que *Crébillon* : il méritait un peu fa chute par
tous les petits indignes procédés qu'il a eus avec
moi, par la fottife qu'il a faite de mettre fon nom
au bas des brochures de la canaille qui le louait à
mes dépens, par l'approbation qu'il a donnée à la
parodie, par la mauvaife grâce avec laquelle il voulait retrancher de mon ouvrage des vers que vous

approuviez. On ne peut pas abuser davantage de la misérable place qu'il a de censeur de la police. Sa conduite est cent fois plus mauvaise que celle de sa pièce ; mais je ne dis cela qu'à vous, mes anges.

Je suis bien fâché de l'état languissant où est encore madame d'*Argental* : je compte lui écrire quand je vous écris. Le digne coadjuteur devrait bien m'envoyer ses remarques sur Catilina. Un plan écrit de sa main, avec cette éloquence que je lui connais, amuserait bien madame *du Châtelet* dans sa solitude. Nous ne revenons qu'après les Rois ; nous aurons le temps de recevoir de vos nouvelles.

Bonsoir, mes chers anges ; je soupire après le moment de vous revoir.

M. de *Betz* ne marie-t-il pas incessamment sa seconde fille au fils du *Bon Dieu* ? (*)

LETTRE CXV.

A M. LE PRESIDENT HENAULT.

Décembre.

JE vous avais déjà mandé, Monsieur, que j'étais très-fâché qu'on se fût hâté d'envoyer, malgré moi, des copies informes de cette petite pièce (**), qui d'ailleurs a, ce me semble, l'approbation de tous les

---

(*) M. de *Choiseul Bon Dieu*, nom de société qu'on lui donnait à la cour de Lorraine.

(**) Voyez les variantes de l'Epître au président *Hénault*, du 28 novembre 1748, volume d'Epîtres.

gens de goût et de bon fens. Je fuis encore plus
fâché et moins furpris qu'il y ait des hommes affez
méchamment bêtes pour trouver à redire qu'on
mette , parmi les agrémens de la vie , de bons foupers qu'on donne à la bonne compagnie dont on eft
les délices et le modèle. La feconde leçon vaut certainement mieux ; mais , à votre place , j'aurais laiffé
fubfifter la première pour punir les fots. Les caillettes
et les imbécilles du bel air qu'il ne faut jamais écouter
ni en fait d'ouvrages d'efprit , ni en autre chofe ,
cherchent à mordre fur tout. Ces honnêtes gens-là
ont fait ce qu'ils ont pu pour que M. de *Richelieu*
trouvât mauvais que je lui écriviffe comme *Voiture*
écrivait au prince de *Condé* , mais il n'a pas été leur
dupe ; et , en vérité , plus je vais en avant , plus je
vois qu'il n'y a d'autre parti à prendre que de
méprifer les fots difcours qu'on ne peut jamais
empêcher. Pour moi , je me confole de toutes les
plates critiques par l'honneur de votre approbation ,
et de la haine des demi-beaux efprits , par l'honneur
de votre amitié. Madame *du Châtelet* penfe comme
moi. Elle vous fait mille complimens. Elle vient
d'achever une préface de Newton , qui eft un chef-
d'œuvre et qui fait honneur à fon fexe et à la France.
Elle a réfifté avec courage aux impertinences des
caillettes , et paffera , dans la poftérité , pour un
génie refpectable. Si elle n'avait pas méprifé les mauvaifes plaifanteries , elle n'aurait pas fait des chofes
admirables que les ricaneurs n'entendront pas.

1748.

LETTRE CXVI.

A M. LE COMTE D'ARGENTAL, *à Paris*.

A Cirey, le 21 janvier.

O anges! j'aimerais mieux me jeter dans ce tombeau que de faire tournoyer *Assur* à l'entour, que de faire donner de faux avis, que de replâtrer une conspiration et de la manquer, que de faire venir *Assur* enchaîné, que de prévenir la catastrophe et de la noyer dans un détail de faits, la plupart forcés, nullement intéressans, et dont l'exposé serait le comble de l'ennui. Un vraisemblable froid et glaçant ne vaut pas un colin-maillard vif et terrible. J'ai fait humainement tout ce que j'ai pu; et quand on est arrivé aux bornes de son talent, il faut s'en tenir là. Le public s'accoutumera bien vîte au colin-maillard du tombeau, quand il sera touché du reste. Voilà une très-petite partie de mes raisons; je remets le reste au bienheureux moment où je serai dans votre ciel.

Je ne sais pas quelles sont les choses essentielles dont il faut que je parle à M. de *Richelieu;* il nous mande qu'il a proscrit pour jamais les parodies. Je ne sais rien de plus essentiel que le bon goût. Je voudrais bien être arrivé avec la petite caisse de Bar, mais il faut que madame *du Châtelet* règle ses affaires avec son fermier, et que ses forges passent devant Sémiramis.

A l'égard des *Slotz*, il vaut mieux leur parler le

premier février que de leur envoyer des plans de
décorations ; et pour vous, mes anges, je voudrais   1749.
déjà être à vos pieds.

Madame *du Châtelet* vous fait les plus tendres
complimens. Elle vient d'achever une préface de
son Newton, qui est un chef-d'œuvre. Il n'y a
personne à l'académie des sciences qui eût pu faire
mieux. Cela fait honneur à son sexe et à la France.
En vérité, je suis saisi d'admiration.

Valete, angeli.

LETTRE CXVII.

A M. LE MARQUIS D'ARGENSON.

A Paris, le 18 mars.

JE vous envoie donc, Monsieur, la copie de la lettre
d'un prince qui a autant d'esprit que vous, et dont
je souhaite que le cœur vaille le vôtre. Je vous
demande en grâce de me la renvoyer et de n'en
laisser prendre aucune copie. Recommandez surtout
le secret à M. de *Valori :* il ne faut publier ni les
faveurs des femmes ni celles des rois.

Permettez-moi seulement de me vanter des vôtres,
et de m'honorer toute ma vie de vos bontés.

Les personnes qui vous ont ôté le ministère pro-
tégent Catilina ; cela est juste.

Brûlez ma lettre; et daignez continuer à m'aimer.

LETTRE CXVIII.

AU CARDINAL QUIRINI.

Parigi, 23 aprile.

O ricevuto l'onore della fua lettera, del 17 marte, coi belliffimi verfi che fono per me un nuovo cumulo di favore, di gloria, ed un nuovo ftimolo, che m'inftigarebbe à correre più allegramente nella ftrada della virtù, fe la mia debole falute non ritardaffe il mio corfo, e non foffe per infiacchire le mie piccole forze. Non poffo credere che cotali verfi fieno tutti compofti dà un giovane fuo parente, e mi viene un piccolo dubbio, che voftra Eminenza gli abbia dato un poco di ajuto. Dirò feriofamente, e con riverenza ed ammirazione, ciò che dice *Didone* dà fcherzo, o piuttofto con un amaro rimprovero:

Egregiam verò laudem, et fpolia ampla refertis,
Tuque, puerque tuus.

E dirò ancora al nipote:

Avunculus excitet Hector.

Sperò di ricevere frà pochi giorni il piego accennato nella di lei amabile lettera. In tanto le do avvijo, che ho prefa la libertà di mandargli un piego per la via di Venezia, non fapendo allora che voftra Eminenza foffe per andarfene à Roma: quefto piego contiene una piccola differtazione intorno l'opinione volgare, che pretende tutto il noftro globo effer ftato fpeffo —— rovefciato e fracaffato e che afferifce le balene aver nuotato durante molti fecoli fulla cima dell' Alpi. Credo io che la terra fia ftata fempre come fù creata (li 150 giorni del diluvio in fuori).

Gli efemplari che o mandati à voftra Eminenza le capitaranno in Roma , e le faranno rimandati dà Brefcia. O che commercio! Mi cumula ella di perle, e d'oro, e gli mando in contracambio chioccherie ; mà fe i miei tributi fono leggieri , non è così fralle il mio offequio , e la mia coftante ammirazione.

Sarò fempre coll' umiltà più rifpettofa, e colle più ardenti brame del mio cuore , &c.

LETTRE CXIX.

A M. MARMONTEL.

Vendredi au foir, mai.

JE fuis très-reconnaiffant de l'honneur que me veut faire M. Marmontel. Je ne crains que le nom qu'il veut mettre à la tête de fon ouvrage. On dit qu'il a eu le plus grand fuccès. Je vous en fais mon compliment à tous deux.

Ces paroles font tirées de l'épître de M. le maré-chal de Richelieu, libérateur de Gênes, et grand trompeur de femmes, mais effentiel pour les hommes, écrite aujourd'hui 'de Marly à votre ami Voltaire. Ayez la bonté, mon cher et aimable ami, de lui écrire un petit mot de douceur que vous enverrez

——— chez moi et que je lui ferai tenir. Il n'y a point de plaifirs purs dans la vie. Je ne pourrai voir demain le fecond jour de votre triomphe. Je fuis obligé d'accompagner madame *du Châtelet* toute la journée pour des affaires qui ne fouffrent aucun délai. Si vous recevez ma lettre ce foir, vous pourrez m'envoyer votre poulet pour M. de *Richelieu*, que je ferai partir fur le champ. *Te amo, tua tueor, te diligo, te plurimum, &c.*

LETTRE CXX.

A MADAME

LA COMTESSE D'ARGENTAL.

Ce vendredi, mai.

Cela n'eft pas vrai, Madame; vous ne pouvez pas être malade. On n'écrit point de fi jolis billets quand on fouffre. J'ai bien peur pourtant que cela ne foit trop vrai, et j'en fuis au défefpoir. Je viendrai ce foir, mort ou vif, favoir de vos nouvelles. Je travaille, mes chers et adorables anges, à mériter un peu tout ce que vous me dites de charmant.

Zaïre-Nanine-Gauffin fort de chez le moribond, qu'elle n'a point rappelé à la vie, toute jolie qu'elle eft. Elle jouera Zaïre et puis Bevildera; point de Sémiramis. J'attendrai, et j'aurai plus de temps pour y mettre la dernière main, fi jamais on peut mettre la dernière main à un ouvrage qu'on veut rendre digne des anges de ce monde.

J'ai fait cent vers à *Nanine*, mais je me meurs.

LETTRE

LETTRE CXXI.

A M. MARMONTEL.

Mercredi au foir, mai.

Voici votre fecond triomphe, mon cher ami, dans un art bien difficile. Vous en avez deux autres par-devers vous à l'académie. Je vous avertis que je quitte ma place, fi je n'ai pas, à la première occafion, le bonheur de vous avoir pour confrère. Je fuis arrivé à Paris trop tard pour être témoin de vos fuccès. La première chofe que j'ai faite, a été de m'en informer, et la feconde, de vous dire que j'y fuis auffi fenfible que vous-même. Quelle joie pour notre cher *Vauvenargues* s'il vivait! J'ai relu fon livre à Verfailles; c'était bien là le germe d'un grand-homme que les fots ne connaîtront pas. *Vale.*

LETTRE CXXII.

A M. MARMONTEL.

16 juin.

Il n'entre, Dieu merci, dans ma maifon, mon cher ami, aucune brochure fatirique; mais je n'ai pu empêcher qu'on fît ailleurs, devant moi, la lecture d'une feuille qu'on dit qui paraît toutes les femaines, dans laquelle votre tragédie d'Ariftomène eft déchirée d'un bout à l'autre. Je vous affure que cette feuille excita l'indignation de l'affemblée comme la mienne. Les critiques que l'auteur fait par fes feules lumières, ne valent rien; le public avait fait les autres. S'il y a des défauts dans votre pièce, ils n'avaient pas échappé; (et quel eft celui de nos ouvrages qui foit fans défauts?) mais ce public, qui eft toujours jufte, avait fenti encore mieux les beautés dont votre pièce eft pleine, et les reffources de génie avec lefquelles vous avez vaincu la difficulté du fujet. Il y a bien de l'injuftice et de la mal-adreffe à n'en point parler. Tout homme qui s'érige en critique, entend mal fon métier quand il ne découvre pas, dans un ouvrage qu'il examine, les raifons de fon fuccès. L'abbé *Desfontaines*, de très-odieufe mémoire, fit dix feuilles d'obfervations fur l'Inès de M. de *la Motte;* mais dans aucune il ne s'aperçut du véritable et tendre intérêt qui règne dans cette pièce. La fatire eft fans yeux pour tout ce qui eft bon. Qu'arrive-t-il? Les fatires paffent, comme dit le grand *Racine*, et les bons écrits qu'elle attaque, demeurent; mais il demeure auffi quelque chofe de ces fatires, c'eft la haine et le mépris que leurs auteurs accumulent fur leurs perfonnes. Quel indigne métier, mon cher ami! Il me femble que ce font des malheureux condamnés aux mines, qui rapportent de leur travail un peu de terre et de cailloux, fans découvrir l'or qu'il fallait chercher.

N'y a-t-il pas d'ailleurs une cruauté révoltante à vouloir décourager un jeune homme qui confacre fes talens et de très-grands talens au public, et qui n'attend fa fortune que d'un travail très-pénible et

souvent très-mal récompensé? C'est vouloir lui ôter
ses ressources, c'est vouloir le perdre ; c'est un procédé lâche et méchant que les magistrats devraient
réprimer. Consolez-vous avec les honnêtes gens qui
vous estiment ; méprisons, vous et moi, ces merce-
naires barbouilleurs de papier, qui s'érigent en juges
avec autant d'impudence que d'insuffisance, qui
louent à tort à travers quiconque passe pour avoir
un peu de crédit, et qui aboient contre ceux qui
passent pour n'en avoir point. Ils donnent au monde
un spectacle déshonorant pour l'humanité; mais il
est un spectacle plus noble encore que le leur n'est
avilissant; c'est celui des gens de lettres qui, en courant la même carrière, s'aiment et s'estiment réci-
proquement, qui sont rivaux et qui vivent en frères;
c'est ce que vous avez dit dans des vers admirables,
et c'est un exemple que j'espère donner long-temps
avec vous.

Votre véritable ami, &c.

LETTRE CXXIII.

A M. DIDEROT.

Juin.

JE vous remercie, Monsieur, du livre ingénieux
et profond que vous avez eu la bonté de m'envoyer;
je vous en présente un qui n'est ni l'un ni l'autre,
mais dans lequel vous verrez l'aventure de l'aveugle-
né plus détaillée dans cette nouvelle édition que

——— dans les précédentes. Je fuis entièrement de votre avis fur ce que vous dites des jugemens que forme-raient, en pareil cas, des hommes ordinaires qui n'auraient que du bon fens, et des philofophes. Je fuis fâché que, dans les exemples que vous citez, vous ayez oublié l'aveugle-né qui, en recevant le don de la vue, voyait les hommes comme des arbres.

J'ai lu avec un extrême plaifir votre livre qui dit beaucoup, et qui fait entendre davantage. Il y a long-temps que je vous eftime autant que je méprife les barbares ftupides qui condamnent ce qu'ils n'entendent point, et les méchans qui fe joignent aux imbécilles pour profcrire ce qui les éclaire.

Mais je vous avoue que je ne fuis point du tout de l'avis de *Sanderfon*, qui nie un Dieu, parce qu'il eft né aveugle. Je me trompe peut-être, mais j'aurais, à fa place, reconnu un être très-intelligent, qui m'aurait donné tant de fupplémens de la vue; et en apercevant, par la penfée, des rapports infinis dans toutes les chofes, j'aurais foupçonné un ouvrier infiniment habile. Il eft fort impertinent de pré-tendre deviner ce qu'il eft, et pourquoi il a fait tout ce qui exifte; mais il me paraît bien hardi de nier qu'il eft. Je défire paffionnément de m'entretenir avec vous, foit que vous penfiez être un de fes ouvrages, foit que vous penfiez être une portion néceffaire-ment organifée d'une matière éternelle et néceffaire. Quelque chofe que vous foyez, vous êtes une partie bien eftimable de ce grand tout que je ne connais pas. Je voudrais bien, avant mon départ pour Lunéville, obtenir de vous, Monfieur, que vous me fiffiez

l'honneur de faire un repas philofophique chez moi
avec quelques fages. Je n'ai pas l'honneur de l'être,
mais j'ai une grande paffion pour ceux qui le font à
la manière dont vous l'êtes. Comptez, Monfieur,
que je fens tout votre mérite, et c'eft pour lui rendre
encore plus de juftice que je défire de vous voir et
de vous affurer à quel point j'ai l'honneur d'être.

LETTRE CXXIV.

A M. LE COMTE D'ARGENTAL, *à Paris.*

Cirey, 28 juin.

Vous faurez, cher et refpectable ami, que nous
fommes à Cirey, et qu'il eft fort trifte de quitter des
appartemens délicieux, fes livres, fa liberté, pour
aller jouer à la comète. Si je pouvais refter trois
mois où je fuis, vous auriez de moi, au bout de ce
temps-là, d'étranges nouvelles.

Je vous prie d'ajouter à toutes vos bontés celle de
me renvoyer une certaine Nanine, quand on ne la
jouera plus. Le fieur *Minet*, homme fort dangereux
en fait de manufcrits, et à qui je ne donnerais jamais
ni pièces de vin ni pièces de théâtre à garder, doit
remettre cette pauvre Nanine entre les mains de
mademoifelle *Gauffin*, après la repréfentation; et
mademoifelle *Gauffin* doit la ferrer et vous la rendre
après fon enterrement. Cela fait, je vous fupplie de
me l'envoyer à la cour de Lorraine, fous l'enveloppe
de M. *Alliot*, confeiller aulique de fa Majefté, &c.

M 3

—— Comment va la santé de madame d'*Argental* ? Je
1749. crois qu'il fait affez chaud pour qu'elle foit à Auteuil.
M. de *Choifeul* digère-t-il ? M. de *Pont-de-Vefle* eft-
il toujours gras à lard ? M. l'abbé de *Chauvelin*
prend-il fon lait tous les foirs chez vous ? J'aimerais
mieux y être avec eux qu'à la cour des rois où je
vais aller avec madame *du Châtelet*. J'ai tant fait
parler ces meffieurs-là en ma vie ! Tout ce que je leur
fais dire et tout ce qu'ils difent, ne vaut pas affurément le charme de votre fociété.

Adieu, mes chers anges ; le parfait bonheur ferait
d'être à la fois à Cirey et à Paris.

LETTRE CXXV.

A MADAME

LA COMTESSE D'ARGENTAL.

A Lunéville, 21 juillet.

MAIS, ô anges, quel excès d'indifférence ! Je
n'entends point parler de vous, je ne revois point
ma Nanine. En vérité, Madame, je fuis confondu
d'étonnement, et navré de douleur. Il y a un mois
que j'ai écrit à M. d'*Argental*, et point de réponfe.
Paffe encore de ne me pas envoyer ma pièce ; mais
de ne me pas dire comment vous vous portez, cela
eft trop cruel. Vous ne fauriez croire dans quelles
inquiétudes fon filence me jette.

Madame *du Châtelet*, qui vous fait fes complimens,

compte accoucher ici d'un garçon , et moi d'une
tragédie; mais je crois que fon enfant fe portera 1749.
mieux que le mien. Je vous conjure, mes anges, de
ne pas oublier Sémiramis. Je vais écrire aux *Slotz*, et
leur recommander un beau maufolée. *Adam* en fait
ici un pour la reine de Pologne , qui eft digne de
Girardon. Pourquoi faut-il que *Ninus* foit enterré
comme un gredin ? Il faudra que le *Curi* faffe de fon
mieux, et qu'il y mette au moins la dixième partie
de l'activité avec laquelle il habilla ce magnifique
fénat de Catilina.

Ecrivez-moi donc , pareffeux anges.

LETTRE CXXVI.

A M. LE COMTE D'ARGENTAL.

A Lunéville , 24 juillet.

ENFIN je refpire ; j'ai des nouvelles de mes anges ;
je tremblais pour la fanté de madame d'*Argental* ; je
tremblais fur tout. Figurez-vous ce que c'eft que
d'être un mois entier fans recevoir un feul mot de
ceux qui font notre confolation et nos guides fur
la terre ! La lettre adreffée à Cirey ne m'eft jamais
parvenue. La fanté de madame d'*Argental* était lan-
guiffante, et je craignais auffi que M. d'*Argental* ne fût
malade ; je craignais encore qu'il ne fût fâché contre
moi pour quelque opiniâtreté que j'aurais eue fur
Nanine , pour quelques mauvais vers d'Adélaïde.
Je fefais mon examen de confcience ; j'étais au défefpoir. J'avais écrit à mademoifelle *Gauffin* , j'avais

M 4

—— écrit à ma nièce; je les avais priées d'envoyer chez
vous. Mon ange, ne me laissez jamais dans ces
tourmens-là, tant que la santé de madame d'*Argental*
ne sera pas raffermie.

Je reçois donc Nanine, et je la mets dans le fond
d'une armoire pour y travailler à loisir. Savez-vous
bien que je pourrais en faire cinq actes? Le sujet le
comporte. *La Chaussée* avait bien fait cinq actes de
sa Paméla, dans laquelle il n'y avait pas une scène.
Je n'interromprai point notre tragédie (*). Ce n'est pas
une pièce tout-à-fait nouvelle ; ce n'est pas non plus
Adélaïde; c'est quelque chose qui tient des deux ;
c'est une maison rebâtie sur d'anciens fondemens.
Vous aurez, dans un mois, cette esquisse, et vous y
donnerez cent coups de crayon à votre loisir.

Savez-vous bien que vous avez donné une furieuse
secousse à mes entrailles paternelles, en me fesant
entrevoir qu'on pourrait jouer Mahomet ? Je serais
bien content, surtout si *Roselli* jouait *Séide*.

Pourquoi permet-on que ce coquin de *Fréron* suc-
cède à ce maraud de *Desfontaines* ? Pourquoi souffrir
Rafiat après *Cartouche* ? Est-ce que bicêtre est plein ?

Adieu, divins anges ; mes tendres respects à tout
ce qui vous entoure. Madame *du Châtelet* vous fait
mille complimens. Je souhaite sa santé et son ventre
à madame d'*Argental*. Je suis inconsolable que vous
ne laissiez pas de votre race ; mais que madame
d'*Argental* se porte bien : il vaut mieux avoir de la
santé que des enfans.

(*) Le Duc de Foix.

LETTRE CXXVII.

A M. LE COMTE D'ARGENTAL, *à Paris.*

A Lunéville, 29 juillet.

ANGES, voici le cas de déployer vos ailes. M. de *la Reynière* doit vous envoyer une tragédie : ce n'eſt pas lui pourtant qui en eſt l'auteur, c'eſt moi. Cela pourra amuſer madame d'*Argental* dans ſon ſuperbe palais d'Auteuil. Je vous vois déjà aſſemblés, Meſſieurs, et me jugeant en petit comité.

Mais Nanine, mais Sémiramis, que deviendront-elles ? On m'a mandé que cet honnête homme, cet illuſtre poëte *Roi*, outré, comme de raiſon, de ce qu'à la comédie on avait préféré cette Nanine à une excellente pièce de ſa façon, m'avait honoré de la lettre du monde la plus polie et la plus affectueuſe. Il ne ferait pas mal, pour mortifier ce ſcorpion qu'on ne peut écraſer, de reprendre Nanine avant Fontaibleau, d'autant plus qu'il la faudra jouer à la cour, et qu'il y aura là des perſonnes qui, dans le fond du cœur, n'en feront pas mécontentes. Mais Sémiramis ! Sémiramis ! c'eſt là l'objet de mon ambition. *Ninus* fera-t-il toujours ſi meſquinement enterré ? J'écris à M. de *Richelieu*, premier gentilhomme de la chambre; j'envoie à M. de *Curi*, intendant des menus tombeaux, un petit mémoire, pour avoir une grande diable de porte qui ſe briſe avec fracas aux coups du tonnerre, et une trappe qui faſſe ſortir l'ombre du fond des abymes. Notre ami *le Grand* avait trop l'air

—— du portier du mausolée. Ce coquin-là sera-t-il tou-
1749. jours gras comme un moine ?

On ne m'a pas dit que les amazones aient fait une
grande fortune. J'en suis fâché pour madame *du
Bocage*, qui prenait la chose fort à cœur ; et j'en
suis fâché pour ma nièce, qui veut vîte réparer
l'honneur du sexe ; mais si elle se presse, cet honneur-
là restera comme il est : elle devrait bien avoir pour
vous autant de docilité que son oncle.

Bonsoir, mes divins anges. Quel barbare persécute
donc ce pauvre *Diderot* ? Je hais bien un pays où les
cagots font coffrer un philosophe.

P. S. Je vous avais parlé de mettre Nanine en
cinq actes ; mais ce projet me paraît souffrir bien
des difficultés, et il ferait tort à d'autres idées que
j'ai dans ma pauvre tête. En attendant que je puisse
l'exécuter, je vous supplie de faire donner, après
les chaleurs, cinq ou six représentations de Nanine,
quand ce ne serait que pour faire faire la grimace à
Roi, et enlaidir encore le vilain.

LETTRE CXXVIII.

A. M. LE COMTE D'ARGENTAL.

A Lunéville, le 12 d'auguste.

O ANGES!

J'OSERAI écrire pour ce brave meurtrier dont vous me parlez. Le service du roi de Prusse est un peu plus sévère que celui de nos partisans, mais aussi il aura le plaisir d'appartenir à un grand-homme.

Ah, vraiment, il est bien question de ce pauvre ouvrage, de cette tragédie dans le goût ordinaire! je n'y veux pas assurément songer. Lisez, lisez seulement ce que je vous envoie; vous allez être étonnés, et je le suis moi-même. Le 3 du présent mois, ne vous en déplaise, le diable s'empara de moi et me dit: Venge *Cicéron* et la France, lave la honte de ton pays. Il m'éclaira, il me fit imaginer l'épouse de *Catilina*, &c. Ce diable est un bon diable, mes anges; vous ne feriez pas mieux. Il me fit travailler jour et nuit. J'en ai pensé mourir; mais qu'importe? En huit jours, oui, en huit jours et non en neuf, Catilina a été fait, et tel à peu-près que les premières scènes que je vous envoie. Il est tout griffonné, et moi tout épuisé. Je vous l'enverrai, comme vous croyez bien, dès que j'y aurai mis la dernière main.

Vous n'y verrez point de *Tullie* amoureuse, point de *Cicéron* proxenate, mais vous y verrez un tableau terrible de Rome, et j'en frémis encore. *Fulvie* vous déchirera le cœur, vous adorerez *Cicéron*. Que vous aimerez *Céfar* ! que vous direz : voilà *Caton* ! et *Lucullus*, *Craffus*, qu'en dirons-nous ?

O mes chers anges ! Mérope eft à peine une tragédie en comparaifon ; mais mettons au moins huit femaines à corriger ce que nous avons fait en huit jours. Croyez-moi, croyez-moi, voilà la vraie tragédie. Nous en avions l'ombre ; mais il s'agit qu'elle foit auffi bonne que le fujet eft beau.

J'ai fait à peu-près ce que vous avez voulu pour Nanine ; c'eft l'affaire de deux minutes.

Adieu, adieu ; ma tendreffe pour vous eft l'affaire de ma vie. Madame *du Châtelet* vous fait mille complimens. Portez-vous comme elle, et perdez-moins à la comète qu'elle et moi.

P. S. Je fuis peu de votre avis, Meffieurs, fur bien des points qui concernent Adélaïde ; mais c'eft pour une autre fois. Réfervons-la comme un pâté froid ; on le mangera quand on aura faim.

LETTRE CXXIX.

A M. LE COMTE D'ARGENTAL, *à Paris.*

A Lunéville, le 16 d'augufte.

CET ordinaire doit apporter à mes divins anges une cargaifon des deux premiers actes de Catilina. Mais pourquoi intituler l'ouvrage Catilina ? C'eft *Cicéron* qui eft le héros ; c'eft lui dont j'ai voulu venger la gloire, lui qui m'a infpiré, que j'ai tâché

d'imiter , et qui occupe tout le cinquième acte. Je
vous en prie, intitulons la pièce : Cicéron et Catilina. **1749.**

Voilà une plaisante guerre qui va s'allumer !
J'aurai pour moi tous les colléges. Je devrais avoir
tous ceux qui aiment les grands-hommes ; *Cicéron*
l'était.

Je vous demande en grâce de lire le premier acte
au préfident *Hénault*. Voilà le cas où il faut des amis.
Il y a long-temps que je vous traite de conjurés :
mettez-vous tous de la confpiration. Cette aventure
eft plus guerre civile que Sémiramis. Courage,
coadjuteur ! Aux armes, M. de *Choifeul !* Animez-
vous, M. de *Pont-de-Vefle !* Soyez tous de vrais
Romains ; battez les barbares.

LETTRE CXXX.

A MADAME

DU BOCAGE, *à Paris.*

A Lunéville, ce 21 augufte.

Madame *du Châtelet*, Madame, a reçu votre
préfent. Vous êtes deux amazones qui, dans des
genres différens, êtes au-deffus des hommes. *Orithie*
fait mille remercîmens à *Antiope*. Pour moi qui ne
fuis qu'un homme, et un affez pauvre homme, je
fuis fier de vos bontés, comme fi j'étais un *Théfée*.
Vous devez être excédée d'éloges, Madame ; et les
miens font bien faibles après tous ceux que vous
avez reçus. Vous avez mis la fontaine d'Hipocrène

—— au Thermodon. Vous vous êtes couronnée de rofes,
de myrtes, de lauriers; vous joignez l'empire de
la beauté à celui de l'efprit et des talens. Les femmes
n'ofent pas être jaloufes de vous, les hommes vous
aiment et vous admirent. Vous devez entendre ce
langage-là foir et matin; et fi vous n'en êtes pas
excédée, fi vous voulez que ma voix fe mette de
concert, vous effuierez de moi quelque grande
diable d'ode fort ennuyeufe où je mettrai à vos pieds
les *Sapho*, les *Milton* et les Amours. C'eft une terrible
affaire qu'une ode, mais on m'avouera que le fujet
eft beau, et que ce fera bien ma faute fi elle ne vaut
rien. Je fuis actuellement à courir comme un fou
dans la carrière que vous venez d'embellir. Je me
fuis avifé, Madame, de faire une tragédie de Catilina,
et même de l'avoir faite prodigieufement vîte; ce
qui m'obligera à la corriger long-temps. Ce n'eft pas
que j'aye voulu rien difputer à mon confrère et à
mon maître, M. de *Crébillon;* mais fa tragédie étant
toute de fiction, j'ai fait la mienne en qualité d'hiftoriographe. J'ai voulu peindre *Cicéron* tel qu'il était
en effet. Figurez-vous le François II de M. le préfident *Hénault;* voilà à peu-près mon Catilina. J'ai
fuivi l'hiftoire autant que je l'ai pu, du moins quant
aux mœurs.

Je laiffe à mon confrère les idées audacieufes, les
jaloufies de l'amour, l'heureufe invention de rendre
la fille de *Cicéron* amoureufe de *Catilina*, enfin tout
ce qui eft en poffeffion d'orner notre fcène; ainfi,
nous ne nous rencontrons en rien. Dès que j'aurai
achevé de limer un peu cet ouvrage, et que j'aurai
vaincu cette prodigieufe difficulté de parler français

en vers , difficulté que vous avez fi bien furmontée , je remonterai ma lyre pour vous, et je vous en confacrerai les fredons; mais je vous fupplie, en attendant, de croire que je fuis en profe un de vos plus fincères admirateurs. Je vous remercie très-férieufement de l'honneur que vous faites aux lettres. Permettez-moi de faire mes complimens à M. *du Bocage.* J'ai l'honneur d'être , Madame , avec une reconnaiffance refpectueufe, &c.

1749.

LETTRE CXXXI.

A M. LE COMTE D'ARGENTAL.

A Lunéville, 21 d'augufte.

Je reçus hier la confolation angélique, et j'envoie aujourd'hui le refte de mon grimoire.

Je commence par vous fupplier de le lire dans le même efprit que je l'ai fait. Dépouillez-moi le vieil homme, mes anges, et jetez jufqu'à la dernière goutte de l'eau rofe qu'on a mife jufqu'à préfent dans la tragédie françaife. C'eft Rome ici qui eft le principal perfonnage ; c'eft elle qui eft l'amoureufe ; c'eft pour elle que je veux qu'on s'intéreffe , même à Paris. Point d'autre intrigue, s'il vous plaît, que fon danger ; point d'autre nœud que les fureurs artificieufes de *Catilina*, la véhémence , la vertu agiffante de *Cicéron*, la jaloufie du fénat, le développement du caractère de *Céfar.* Point d'autre femme qu'une infortunée d'autant plus naturellement féduite par

—— *Catilina*, qu'on dit, dans l'hiftoire et dans la pièce, que ce monftre était aimable.

Je ne fais pas fi vous frémirez au quatrième acte, mais moi j'y frémis. La pièce n'a aucun modèle ; ne lui en cherchez pas : *In nova fert animus*. Je fais que c'eft un préjugé dangereux que la précipitation de mon travail. Il eft vrai que j'ai fait l'ouvrage en huit jours, mais il y avait fix mois que je roulais le plan dans ma tête, et que toutes ces idées fe préfentaient en foule pour fortir. Quand j'ai ouvert le robinet, le baffin s'eft rempli tout d'un coup.

Ah, que madame d'*Argental* a dit un beau mot ! qu'il faut ne fonger qu'à bien faire, et ne pas craindre les cabales. Ce que je crains, ce font les acteurs ; et je prendrai plutôt le parti de faire imprimer l'ouvrage que de le faire eftropier ; mais avec vos bontés, les acteurs pourraient devenir romains. *Sarrazin* romain ! quel conte ! Et *Céfar*, où eft-il ? Du fecret : vraiment oui ; c'eft bien cela fur quoi il faut compter ! Une bonne pièce, bien neuve, bien forte, des vers pleins de grandeur d'ame d'un bout à l'autre, et point de fecret. La première démarche que j'ai faite a été d'écrire à madame de *Pompadour ;* car il ne faut pas braver les Grâces, et c'eft un point indifpenfable. Que de gens d'ailleurs qui aiment *Cicéron*, et qui feront de mon parti. Ah ! fi *Sarrazin* jouait ce rôle, comme *Cicéron* déclamait fes Catilinaires, je vous répondrais bien d'une efpèce de plaifir que nos Français mufqués ne connaiffent pas, et que l'*amoureux* et l'*amoureufe* ne donnent point. Il eft temps de tirer la tragédie de la fadeur. Je pétille d'indignation, quand je vois une partie carrée dans Electre.

Que

Que diable eſt donc devenue la lettre du coadju- —————
teur ? s'il l'a adreſſée à Cirey, tout eſt perdu. Coadjuteur, voyez ſi j'ai peint les chambres aſſemblées.

Bonſoir, vous tous que j'aime, que je reſpecte, à
qui je veux plaire. Bonſoir, mon public. Madame *du
Châtelet* plus groſſe que jamais.

LETTRE CXXXII.

A M. LE COMTE D'ARGENTAL, *à Paris.*

A Lunéville, 23 d'auguſte.

JE reçois, ô anges, votre foudroyante lettre du 17 ;
ne contriſtez pas votre créature, et ne me demandez
pas un ſecret qui m'aurait fait une affaire très-
ſérieuſe avec une perſonne très-aimable et très-puiſ-
ſante. Il était impoſſible de faire ſecrétement Catilina
dans cette cour-ci, et il eût été fort mal à moi de
n'en pas inſtruire madame de *Pompadour.* C'eſt un
devoir indiſpenſable que j'ai rempli avec l'approbation de tout ce qui eſt ici.

Je ſais bien tout ce que j'aurai à eſſuyer ; je ſais
bien que je fais la guerre, et je la veux faire ouver-
tement. Loin donc de me propoſer des embuſcades
de nuit, armez-vous, je vous en prie, pour des
batailles rangées, et faites-moi des troupes ; enrôlez-
moi des ſoldats, créez des officiers. Le préſident
Hénault eſt l'homme de France qui m'eſt le plus
néceſſaire. Je vous prie très-inſtamment de le mettre
dans mon parti. Il eſt aſſurément bien diſpoſé ; il eſt

indigné de la monſtrueuſe farce dans laquelle *Cicéron*
a été repréſenté comme le plus imbécille des hommes.
Il m'en écrit encore avec émotion. Je lui ai promis
un premier acte ; dégagez ma parole, mon reſpectable
ami.

1749.

Comptez que la ſcène de *Céſar* et de *Catilina* ſera
plaiſir à tout le monde, et ſurtout au préſident *Hénault*.
Soyez ſûr que tous ceux qui ont un peu de teinture
de l'Hiſtoire romaine ne ſeront pas fâchés d'en voir
un tableau fidelle. J'avais oublié de vous dire que le
ſujet de cette tragédie eſt encore moins Catilina que
Rome ſauvée. C'eſt-là, je crois, ſon vrai nom, ſi on
n'aime mieux l'appeler Cicéron et Catilina.

Ces miſérables comédiens allaient jouer tranquillement l'Amant précepteur (*), où il y avait cinquante vers contre moi que ce bon *Crébillon* avait
autoriſés gracieuſement du ſceau de la police. Ma
nièce les a fait retrancher. C'eſt une obligation que
j'ai aux attentions de mademoiſelle *Gauſſin*, malgré
ſes infames confrères qui ne ſongeaient qu'à gagner
de l'argent avec la boue qu'on me jette.

Me voilà comme *Cicéron*, je combats la canaille ;
j'eſpère ne point trouver de *Marc-Antoine*, mais j'ai
trouvé en vous un *Atticus*.

Madame *du Châtelet* joue la comédie, et travaille
à Newton ſur le point d'accoucher.

Pas un mot de lettre de monſieur le coadjuteur.

(*) Ou le Faux ſavant, et enſuite l'Amour précepteur, par *du Vaure*.

LETTRE CXXXIII.

A M. LE COMTE D'ARGENTAL.

A Lunéville, 28 d'augufte.

J'ATTENDS la décifion de mes oracles; mais je les fupplie de fe rendre à mes juftes raifons. Je viens de recevoir une lettre de madame de *Pompadour*, pleine de bontés; mais, dans ces bontés mêmes qui m'infpirent la reconnaiffance, je vois que je lui dois écrire encore, et ne laiffer aucune trace dans fon efprit des fauffes idées que des perfonnes, qui ne cherchent qu'à me nuire, ont pu lui donner.

Soyez très-convaincu, mon cher et refpectable ami, que j'aurais commis la plus lourde faute et la plus irréparable, fi je ne m'étais pas hâté d'informer madame de *Pompadour* de mon travail, et d'intéreffer la juftice et la candeur de fon ame à tenir la balance égale, et à ne pas fouffrir qu'une cabale envenimée, capable des plus noires calomnies, fe vantât d'avoir à fa tête les grâces et la beauté. C'était, en un mot, une démarche dont dépendait entièrement la tranquillité de ma vie.

M'étant ainfi mis à l'abri de l'orage qui me menaçait, et m'étant abandonné, avec une confiance néceffaire, à l'équité et à la protection de madame de *Pompadour*, vous fentez bien que je n'ai pu me difpenfer d'inftruire madame la ducheffe *du Maine* que j'ai fait ce Catilina qu'elle m'avait tant recommandé. C'était elle qui m'en avait donné la première idée long-temps rejetée, et je lui dois au moins

——— l'hommage de la confidence. J'aurai befoin de fa
1749. protection ; elle n'eft pas à négliger. Madame la
ducheffe *du Maine*, tant qu'elle vivra, difpofera de
bien des voix, et fera retentir la fienne.

Je vous recommande plus que jamais le préfident *Hénault*. J'ai lieu de compter fur fon amitié et
fur fes bons offices. Des amis qui ont quelque poids,
et qu'on met dans le fecret, font autant de bien
qu'une lecture publique chez une caillette fait de
mal. Je ne fais pas fi je me trompe, mais je trouve
Rome fauvée fort au-deffus de Sémiramis. Tout le
monde, fans exception, eft ici de cet avis. J'attends
le vôtre pour favoir ce que j'en dois penfer.

J'ai vu aujourd'hui une centaine de vers du poëme
des Saifons de M. de *Saint-Lambert*. Il fait des vers
auffi difficilement que *Defpréaux* ; il les fait auffi
bien, et à mon gré beaucoup plus agréables. J'ai là
un terrible élève. J'efpère que la poftérité m'en
remerciera ; car, pour mon fiècle, je n'en attends que
des veffies de cochon par le nez. *Saint-Lambert*, par
parenthèfe, ne met pas de comparaifon entre Rome
fauvée et Sémiramis. Savez-vous que c'eft un homme
qui trouve Electre déteftable ? Il penfe comme
Boileau, s'il écrit comme lui. *Electre* amoureufe ! et
une *Iphianaffe*, et un plat tyran, et une *Clytemneftre*
qui n'eft bonne qu'à tuer ! et des vers durs, et des
vers d'églogue après de l'emphafe ! et, pour tout
mérite, un *Palamède*, homme inconnu dans la fable,
et guère plus connu dans la pièce ! Ma foi, *Saint-
Lambert* a raifon : cela ne vaut rien du tout. Si je
peux réuffir à venger *Cicéron*, mordieu, je vengerai
Sophocle.

Madame *du Châtelet* n'accouche encore que de problèmes.

Bonſoir, bonſoir, anges charmans. Comment ſe porte madame d'*Argental* ? Ma nièce doit vous prier de lui faire lire Catilina ; ma nièce eſt du métier ; elle mérite vos bontés.

LETTRE CXXXIV.

A M. LE COMTE D'ARGENTAL.

A Lunéville, 1 ſeptembre.

IL y a bien long-temps qu'on me fait attendre le décret céleſte ; je ne ſais encore ce que je dois penſer, de Rome ſauvée. J'attends vos ordres pour avoir une opinion.

Madame *du Châtelet* n'eſt point encore accouchée, mais *Fulvie* l'eſt. Je lui ai donné un enfant tout venu, au lieu de la préſenter avec un gros ventre qui ne ferait qu'un ſujet de plaiſanterie pour nos petits-maîtres.

En attendant, je vous envoie Nanine telle que vous avez voulu qu'elle fût. Je ſuis à l'ébauche du cinquième acte d'Electre, et d'Electre ſans amour. Je tâche d'en faire une pièce dans le goût de Mérope ; mais j'eſpère qu'elle ſera d'un tragique ſupérieur. Je peux perdre mon temps, mais vous m'avouerez que je l'emploie.

M. de *Curi* m'a écrit qu'on avait ordonné un beau tombeau pour très-haut et très-puiſſant prince

N 3

—— *Ninus*, roi d'Affyrie. Détachez, je vous en prie,
1749. M. de *Bachaumont* aux fieurs *Slotz*; *Slotz* fignifie
pareffeux en anglais.

Il y a quelques vers bifcornus dans le commencement du Catilina; mais croyez qu'ils font tous
corrigés, et j'ofe dire embellis. Si j'avais des copiftes,
vous auriez déjà la fuite. Je vous le répète, mes
chers et refpectables amis, Catilina eft ce que j'ai
fait de moins indigne de vos foins. J'ai Sémiramis à
cœur. Quand jouera-t-on cette Sémiramis? quand
viendra Catilina? Vous ordonnerez de fa deftinée. Je
dois écrire à madame de *Pompadour*. Il faut en être
protégé, ou du moins fouffert. Je lui rappellerai
l'exemple de Madame, qui fit travailler *Racine* et
Corneille à Bérénice.

Votre maudite grand'chambre vient de me faire
perdre un procès de trente mille livres, malgré la
loi précife; et cela, parce que le rapporteur (je ne
fais quel eft ce bon homme) s'eft imaginé que mon
acquifition n'était pas férieufe, et que je n'étais pas
affez riche pour avoir fait un marché de trente mille
livres.

Je ne fuis pas en train de dire du bien des fénats.

Adieu, confolation de ma vie.

LETTRE CXXXV.

A M. LE COMTE D'ARGENTAL, *à Paris.*

A Lunéville, 4 septembre.

GRACES vous foient rendues; mais je fuis bien plus inquiet de la fanté de madame d'*Argental* que du fort de Rome. Je vous prie, mon cher et refpectable ami, de me mander de fes nouvelles, car je ne travaillerai ni à Catilina, ni à Electre que je n'aye l'efprit en repos.

Madame *du Châtelet*, cette nuit, en griffonnant fon Newton, s'eft fenti un petit befoin ; elle a appelé une femme de chambre qui n'a eu que le temps de tendre fon tablier, et de recevoir une petite fille qu'on a portée dans fon berceau. La mère a arrangé fes papiers, s'eft remife au lit; et tout cela dort comme un liron, à l'heure que je vous parle.

J'accoucherai plus difficilement de mon Catilina. Il faudra au moins quinze jours pour oublier cet ouvrage, et le revoir avec des yeux frais. Si madame d'*Argental* fe porte bien, j'emploierai ce long efpace de temps à achever l'efquiffe d'Electre, avant d'achever de fauver Rome. Je vous demande en grâce de faire au préfident *Hénault* la galanterie de lui montrer le premier acte. Qu'importe que l'épée de *Catilina* foit mal placée fur une table? otez-la de là. Et qu'importe une lettre dont on fera avec le temps un autre ufage? L'objet de ce premier acte eft de donner une grande idée de *Cicéron*, et de peindre

N 4

—— *Céfar*. Voilà , entre nous, ce dont je me pique. Je
1749. fuis fûr que le préfident *Hénault* en fera très-content.

Je veux qu'on fache que la pièce eft faite , mais je
veux que le public la défire , et je ne la donnerai que
quand on me la demandera.

Je vous fupplie de m'envoyer , par le moyen de
M. de *la Reynière*, l'ouvrage du docteur *Smith.*
C'eft un excellent homme que ce *Smith.* Nous
n'avons en France rien à mettre à côté, et j'en fuis
fâché pour mes chers compatriotes.

Je vous embraffe tendrement , mon cher et refpectable ami. Eft-il bien vrai que les échevins vont
devenir connaiffeurs, et que la ville a l'opéra ? Eft-
il bien vrai que la façade de *Perrault* , tant bernée
par *Boileau* , fera découverte? qu'on fait une belle
place devers la comédie ? Dites-moi , je vous en
prie , quel eft l'architecte ?

On dit auffi qu'on doit loger le roi à Verfailles,
et lui ôter cet œil de bœuf. Comment le faftueux
Louis XIV avait-il pu fe loger fi mal ? Voilà bien
des chofes à la fois. On n'en faurait trop faire : la
vie eft courte. Si on employait bien fon temps , on
en ferait cent fois davantage.

Chers conjurés , mille tendres refpects.

LETTRE CXXXVI.

A M. L'ABBÉ DE VOISENON.

A Lunéville, 4 septembre.

Mon cher abbé *Greluchon* saura que madame *du Châtelet* étant, cette nuit, à son secrétaire, selon sa louable coutume, a dit : *Mais je sens quelque chose !* Ce quelque chose était une petite fille qui est venue au monde sur le champ. On l'a mise sur un livre de géométrie qui s'est trouvé là, et la mère est allée se coucher. Moi qui, dans les derniers temps de sa grossesse, ne savais que faire, je me suis mis à faire un enfant tout seul ; j'ai accouché en huit jours de Catilina. C'est une plaisanterie de la nature qui a voulu que je fisse, en une semaine, ce que *Crébillon* avait été trente ans à faire. Je suis émerveillé des couches de madame *du Châtelet*, et épouvanté des miennes.

Je ne sais si madame *du Châtelet* m'imitera, si elle sera grosse encore ; mais, pour moi, dès que j'ai été délivré de Catilina, j'ai eu une nouvelle grossesse, et j'ai fait sur le champ Electre. Me voilà avec la charge de raccommodeur de moules dans la maison de *Crébillon*.

Il y a vingt ans que je suis indigné de voir le plus beau sujet de l'antiquité avili par un misérable amour, par une partie carrée, et par des vers ostrogoths. L'injustice cruelle qu'on a faite à *Cicéron* ne m'a pas moins affligé. En un mot, j'ai cru que

—— ma vocation m'appelait à venger *Cicéron* et *Sophocle*, Rome et la Gréce, des attentats d'un barbare. Et vous, que faites-vous ?

Mille refpects, je vous en prie, à madame de *Voifenon*.

LETTRE CXXXVII.

A MADAME

LA MARQUISE DU DEFFANT.

10 feptembre.

JE viens de voir mourir, Madame, une amie de vingt ans (*) qui vous aimait véritablement, et qui me parlait, deux jours avant cette mort funefte, du plaifir qu'elle aurait de vous voir à Paris à fon premier voyage. J'avais prié M. le préfident *Hénault* de vous inftruire d'un accouchement qui avait paru fi fingulier et fi heureux : il y avait un grand article pour vous dans ma lettre ; madame *du Châtelet* m'avait recommandé de vous écrire, et j'avais cru remplir mon devoir en écrivant à M. le préfident *Hénault*. Cette malheureufe petite fille dont elle était accouchée, et qui a caufé fa mort, ne m'intéreffait pas affez. Hélas ! Madame, nous avions tourné cet événement en plaifanterie ; et c'eft fur ce malheureux ton que j'avais écrit par fon ordre à fes amis. Si quelque chofe pouvait augmenter l'état horrible où je fuis, ce ferait d'avoir pris avec gaieté une aventure

(*) Madame la marquife *du Châtelet*.

dont la fuite empoifonne le refte de ma vie miférable.
Je ne vous ai point écrit pour fes couches, et je vous
annonce fa mort. C'eft à la fenfibilité de votre cœur
que j'ai recours dans le défefpoir où je fuis. On
m'entraîne à Cirey avec M. *du Châtelet*. De là je
reviens à Paris fans favoir ce que je deviendrai, et
efpérant bientôt la rejoindre. Souffrez qu'en arrivant
j'aye la douloureufe confolation de vous parler
d'elle, et de pleurer à vos pieds une femme qui,
avec fes faibleffes, avait une ame refpectable.

LETTRE CXXXVIII.

A M. L'ABBÉ DE VOISENON.

Auprès de Bar, ce 14 feptembre.

MON cher abbé, mon cher ami, que vous avais-je
écrit! Quelle joie malheureufe! Quelle fuite funefte!
Quelle complication de malheurs, qui rendraient
encore mon état plus affreux, s'il pouvait l'être!
Confervez-vous, vivez; et fi je fuis en vie, je viendrai bientôt verfer dans votre fein des larmes qui ne
tariront jamais.

Je n'abandonne pas M. *du Châtelet*; je vais à
Cirey avec lui. Il faut y aller, il faut remplir ce
cruel devoir. Je reverrai donc ce château que l'amitié
avait embelli, et où j'efpérais mourir dans les bras
de votre amie! Il faudra bien revenir à Paris; je
compte vous y voir. J'ai une répugnance horrible à
être enterré à Paris; je vous en dirai les raifons. Ah,
cher abbé, quelle perte!

LETTRE CXXXIX.

A M. LE COMTE D'ARGENTAL, *à Paris.*

A Cirey, 21 septembre.

JE ne fais, mon adorable ami, combien de jours nous refterons encore dans cette maifon que l'amitié avait embellie, et qui eft devenue pour moi un objet d'horreur. Je remplis un devoir bien trifte, et j'ai vu des chofes bien funeftes. Je ne trouverai ma confolation qu'auprès de vous. Vous m'avez écrit des lettres qui, en me fefant fondre en larmes, ont porté le foulagement dans mon cœur. Je partirai dans trois ou quatre jours, fi ma malheureufe fanté me le permet.

Je meurs dans ce château : une ancienne amie de cette infortunée femme y pleure avec moi ; j'y remplis mon devoir avec le mari et avec le fils. Il n'y a rien de fi douloureux que ce que j'ai vu depuis trois mois, et qui s'eft terminé par la mort. Mon état eft horrible; vous en fentez toute l'amertume, et vos ames charmantes l'adouciffent.

Que deviendrai-je donc, mes chers anges gardiens ! Je n'en fais rien. Tout ce que je fais, c'eft que je vous aime tous deux affurément autant que je l'aimais. Vous portez l'attention de votre amitié jufqu'à chercher à me loger. Pourriez-vous difpofer de ce devant de maifon ? J'en donnerai aux locataires tout ce qu'ils voudront ; je leur ferai un pont d'or. J'aimerais mieux cela que le palais Bourbon ou le palais Bacquencourt. Voyez

fi vous pouvez me procurer la plus chère des confo- ——
lations, celle de m'approcher de vous.

J'attends avec impatience le moment de vous
embraffer; mais que je retrouve donc madame d'*Argental* en bonne fanté, je me flatte que M. de *Pont-
de-Vefle* et vos amis daignent prendre quelque part à
mon cruel état.

LETTRE CXL.

A M. LE COMTE D'ARGENTAL.

A Cirey, 23 feptembre.

Mon adorable ami, je fuis encore pour deux
jours à Cirey. De là je vais paffer encore deux jours
chez une amie de ce grand-homme et de cette malheureufe femme, et je reviens à petites journées par
la route de Saint-Dizier et de Meaux. Enfin, je n'aurai
la confolation de vous revoir que les premiers jours
d'octobre. J'ai relu plus d'une fois votre dernière
lettre, et celle de madame d'*Argental*. Vous faites ma
confolation, mes chers anges; vous me faites aimer
les malheureux reftes de ma vie. Il n'y a guère d'apparence que je puiffe, en arrivant, jouir de ce petit
bouge qui ferait un palais. Je prévois bien qu'on
ne pourra pas faire déloger fur le champ des locataires, et que je ferai obligé de loger chez moi. Je
vous avouerai même qu'une maifon qu'elle habitait,
en m'accablant de douleur, ne m'eft point défagréable. Je ne crains point mon affliction, je ne fuis point

ce qui me parle d'elle. J'aime Cirey ; je ne pourrais pas supporter Lunéville où je l'ai perdue d'une manière plus funeste que vous ne pensez ; mais les lieux qu'elle embelliffait me font chers. Je n'ai point perdu une maîtreffe ; j'ai perdu la moitié de moi-même, une ame pour qui la mienne était faite, une amie de vingt ans que j'avais vue naître. Le père le plus tendre n'aime pas autrement fa fille unique. J'aime à en retrouver par-tout l'idée ; j'aime à parler à fon mari, à fon fils. Enfin, les douleurs ne fe reffemblent point, et voilà comme la mienne eft faite. Comptez que mon état eft bien étrange. Enfin donc, mon adorable ami, je ne vous verrai que dans huit ou dix jours ; c'eft un furcroît d'affliction. Ayez la bonté, je vous en prie, de m'écrire à Saint-Dizier. Que je puiffe, en arrivant, trouver madame d'*Argental* en bonne fanté, et je me croirai capable de quelque plaifir. Adieu, le plus aimable et le plus digne des hommes.

LETTRE CXLI.

A M. LE COMTE D'ARGENTAL.

A Châlons, 3 octobre.

JE vous avais bien dit, mes adorables anges, que je voyagerais à petites journées ; me voici à Châlons ; j'irai paffer deux ou trois jours à Reims chez M. de *Pouilli* ; c'eft une ame comme la vôtre, et un efprit bien philofophique ; c'eft la feule fociété qui puiffe me confoler quelque temps, et me tenir un peu lieu

de la vôtre, s'il eft poffible. Je viens de relire des
matériaux immenfes de métaphyfique que madame
du Châtelet avait affemblés avec une patience et une
fagacité qui m'effraie. Comment pouvait-elle pleurer
avec cela à nos tragédies? C'était le génie de *Leibnitz*
avec de la fenfibilité. Ah, mon cher ami, on ne fait
pas quelle perte on a faite!

Madame *Denis* m'a mandé que vous aviez lu fa
pièce, et que vous en étiez plus content qu'autrefois;
mais ce n'eft pas là mon compte. Si elle n'eft que
mieux, ce n'eft pas affez. Je voudrais qu'elle fût
bonne, ou qu'elle ne la donnât point. Le bel honneur
d'avoir le fuccès de madame *du Bocage*! Je l'ai con-
jurée d'avoir en vous autant de confiance que j'en ai,
et je vous fupplie de lui dire la vérité fur fon ouvrage,
comme vous me la dites fur les miens. Mandez-moi
du moins ce que vous en penfez. Il me femble qu'une
femme ne doit point fortir de fa fphère pour s'étaler
en public, et hafarder une pièce médiocre. Ayez la
bonté de m'écrire à Reims chez M. de *Pouilli*. Les
lettres arrivent en moins de deux jours, et je vous
avertis que j'y attendrai la vôtre, et que je n'en
partirai qu'après l'avoir reçue. Vous me direz comment fe porte madame d'*Argental*, monfieur votre
frère, M. de *Choifeul* et notre coadjuteur. Dans la
longueur de mes journées folitaires, j'ai achevé une
feconde leçon de ce Catilina dont je vous avais
envoyé l'efquiffe au milieu du mois d'augufte. Depuis
le 15 d'augufte jufqu'au premier de feptembre, j'avais
travaillé à Electre, et je l'avais même entièrement
achevée, afin de perdre toutes les idées de Catilina,
afin de revoir ce premier ouvrage avec des yeux plus

——   frais, et de le juger moi-même avec plus de févérité.

1749.   J'en avais ufé de même avec Electre que j'avais laiffée là après l'avoir faite, et j'avais repris Catilina avec beaucoup d'ardeur, lorfque cet accident funefte abattit entièrement mon ame, et ne me laiffa plus d'autre idée que celle du défefpoir. J'ai revu enfin Catilina dans ma route ; mais qu'il s'en faut que je puiffe travailler avec cette ardeur que j'avais quand je lui apportais un acte tous les deux jours ! Les idées s'enfuient de moi. Je me furprends des heures entières fans pouvoir travailler, fans avoir d'idée de mon ouvrage. Il n'y en a qu'une qui m'occupe jour et nuit. Vous ferez bien mécontent de moi, et fans doute vous me pardonnerez. Ah ! mon divin ami, je ne recommencerai à penfer que quand je vous verrai. Adieu, la plus aimable et la plus refpectable fociété qui foit au monde.

LETTRE CXLII.

A M. LE COMTE D'ARGENTAL.

A Reims, 5 au foir, en arrivant.

S'IL n'y avait à Paris que votre maifon, j'aurais volé, mon cher et refpectable ami, et ma mauvaife fanté ne m'aurait pas retenu ; mais je vous avoue que j'ai craint la curiofité de bien des perfonnes qui aiment à empoifonner les plaies des malheureux, et que j'ai beaucoup redouté Paris. Il fallait abfolument, mes chers anges, mettre un temps entre le coup qui m'a

frappé

frappé et mon retour. Permettez-moi de ne partir que mercredi prochain, et d'arriver à très-petites journées. Je ne peux guère faire autrement, parce que je voyage avec mon équipage. Mais, mon Dieu, que la fanté de madame d'*Argental* m'inquiéte! cela eft bien long! J'admire fon courage, mais fon état me défefpère. Me voici à Reims; mais mon cœur, qui va un autre train que moi, eft avec vous; il eft dans votre petite maifon d'Auteuil. Je fuis bien content que vous le foyez un peu plus de l'ouvrage de ma nièce; mais je ferais défolé qu'elle fe mît dans le train de donner au public des pièces médiocres. C'eft le dernier des métiers pour un homme, et le comble de l'avilifement pour une femme. Adieu, encore une fois, la confolation de ma vie. Mille tendres refpects à toute votre fociété; mais que madame d'*Argental*, qui en fait le charme, fe porte donc mieux!

LETTRE CXLIII.

A M. LE COMTE D'ARGENTAL.

A Reims; 8 octobre.

J'AI cru pouvoir, mes chers anges, adoucir un peu mon état en fongeant à vous plaire. J'ai fait copier à Reims Catilina, qui était trop plein de ratures pour pouvoir vous être montré à Paris. Je ne peux me refufer au petit plaifir de vous dire que j'ai trouvé dans Reims un copifte qui a voulu d'abord lire l'ouvrage avant de fe hafarder à le tranfcrire, et voici ce

—— que mon écrivain m'a envoyé après avoir lu la
1749. pièce (*). Ce n'eft pas que je prétende captiver votre
fuffrage par le fien; mais vous m'avoucrez qu'il eft
fingulier qu'un copifte ait fenti fi bien, et ait fi bien
écrit. M. de *Pouilli* penfe comme le copifte; mais je
ne tiens rien fans vous. Ce M. de *Pouilli*, au refte, eft
peut-être l'homme de France qui a le plus le vrai goût de
l'antiquité. Il adore *Cicéron*, et il trouve que je ne
l'ai pas mal peint. C'eft un homme que vous aimeriez
bien que ce *Pouilli*; il a votre candeur, et il aime les
belles-lettres comme vous. Il y avait ici un chanoine
qui, pour s'être connu en vin, avait gagné un
million; il a mis ce million en bienfaits; il vient de

(*) Ce font les vers fuivans que nous imprimons fur le manufcrit
original de M. *Tindis*

A M. DE VOLTAIRE,

Sur fa tragédie de Catilina.

Enfin, le vrai Catilina
Sur notre fcène va paraître;
Tout Paris dira : Le voilà;
Nul ne pourra le méconnaître.
Ce fcélérat par fa fierté,
Céfar par fa valeur altière,
Cicéron par fa fermeté,
Montreront leur vrai caractère;
Et, dans ce chef-d'œuvre nouveau,
Chacun reconnaîtra, par les coups du pinceau,
Céfar, Catilina, Cicéron et Voltaire.

Par fon très-humble et très-obéiffaut
ferviteur,

TINDIS, de Reims.

mourir. Mon *Pouilli*, qui eft à Reims ce que vous ——
devriez être à Paris, à la tête de la ville, a fait l'oraifon   **1749.**
funèbre de ce chanoine qu'il doit prononcer. Je vous
affure qu'il a raifon d'aimer *Cicéron*, car il l'imite
bien heureufement. Je pars, mes adorables anges ;
car, quoique je détefte Paris, je vous aime beaucoup
plus que je ne hais cette grande, vilaine, turbulente,
frivole et injufte ville. Je me flatte de retrouver
madame d'*Argental* dans une meilleure fanté. C'eft-là
l'idée qui m'occupe, et je vous affure que j'ai des
remords de n'être pas venu plutôt.

Adieu, vous tous qui compofez une fociété fi délicieufe.

LETTRE CXLIV.

A MADAME DU BOCAGE.

A Paris, ce 12 octobre.

J'ARRIVE à Paris ; Madame, l'excès de ma douleur et
de ma mauvaife fanté ne m'empêche pas de vous dire
à quel point je fuis fenfible à vos bontés. Il eft d'une
ame auffi belle que la vôtre de regretter une femme
telle que madame *du Châtelet*. Elle fefait, comme vous,
la gloire de fon fexe et de la France. Elle était en
philofophie ce que vous êtes dans les belles-lettres ; et
cette même perfonne qui venait de traduire et d'éclaircir *Newton*, c'eft-à-dire, de faire ce que trois ou
quatre hommes au plus, en France, auraient pu
entreprendre, cultivait fans ceffe, par la lecture des

ouvrages de goût, cet esprit sublime que la nature lui avait donné. Hélas! Madame, il n'y avait pas quatre jours que j'avais relu votre tragédie avec elle. Nous avions lu ensemble votre Milton avec l'anglais. Vous la regretteriez bien davantage, si vous aviez été témoin de cette lecture. Elle vous rendait bien justice; vous n'aviez point de partisane plus sincère. Il a couru, après sa mort, quatre vers assez médiocres à sa louange. Des gens qui n'ont ni goût ni ame, me les ont attribués. Il faut être bien indigne de l'amitié, et avoir un cœur bien frivole, pour penser que, dans l'état horrible où je suis, mon esprit eût la malheureuse liberté de faire des vers pour elle; mais ce qu'il y a d'affreux et de punissable, c'est que ce monstre, nommé *Roi*, en a fait contre sa mémoire.

Je ne vous connais, Madame, qu'une tache dans votre vie, c'est d'avoir été louée par ce misérable que la société devrait exterminer à frais communs. Faut-il qu'une telle horreur soit ajoutée à mon affliction! Adieu, Madame; si je peux avoir quelque consolation sur la terre, ce sera de vous faire ma cour à Paris, et de vous dire à quel point je vous respecte et vous admire. Ce ne sont pas là les sentimens où l'on se borne, quand on a l'honneur de vous connaître. Permettez mes complimens à M. du *Bocage*.

LETTRE CXLV. 1749.

A M. D'ARNAUD.

Ce 14 octobre.

Mon cher enfant, une femme qui a traduit et éclairci *Newton*, et qui avait fait une traduction de *Virgile*, fans laiffer foupçonner dans la converfation qu'elle avait fait ces prodiges ; une femme qui n'a jamais dit du mal de perfonne, et qui n'a jamais proféré un menfonge ; une amie attentive et courageufe dans l'amitié ; en un mot, un très-grand-homme que les femmes ordinaires ne connaiffaient que par fes diamans et le cavagnole : voilà ce que vous ne m'empêcherez pas de pleurer toute ma vie. Je fuis fort loin d'aller en Pruffe ; je peux à peine fortir de chez moi. Je fuis très-touché de votre fenfibilité, vous avez un cœur comme il me le faut ; auffi vous pouvez compter que je vous aime bien véritablement. Je vous prie de faire mes complimens à M. *Morand*.

Adieu, mon cher d'*Arnaud*; je vous embraffe.

LETTRE CXLVI.

A M. D'AIGUEBERE,

CONSEILLER AU PARLEMENT DE TOULOUSE.

Paris, 26 octobre.

Mon cher ami, c'était vous qui m'aviez fait renouveler connaiffance, il y a plus de vingt ans, avec cette femme infortunée qui vient de mourir de la manière la plus funefte, et qui me laiffe feul dans le monde. Je l'avais vue naître. Vous favez tout ce qui m'attachait à elle. Peu de gens connaiffaient fon extrême mérite, et on ne lui avait pas affez rendu juftice; car, mon cher ami, à qui la rend-on? Il faut être mort pour que les hommes difent enfin de nous un peu de bien qui eft très-inutile à notre cendre. Elle a laiffé des monumens qui forceront l'envie et la frivolité maligne de notre nation à reconnaître en elle ce génie fupérieur que l'on confondait avec le goût des pompons, et des diamans, et du cavagnole. Les bons efprits l'admireront; mais tous ceux qui connaiffent le prix de l'amitié doivent la regretter. Elle était furtout moins pareffeufe que vous, mon cher d'*Aiguebère;* et fon exemple devrait bien vous corriger. J'impute votre long filence à vos procès; mais à préfent qu'ils font finis, je me flatte que vous donnerez à l'amitié ce que vous avez donné à la chicane. Vous revenez, dites - vous, à Paris; Dieu le veuille. Si vous faites cas d'une vie douce

avec d'anciens amis et des philofophes, je pourrais
bien faire votre affaire. J'ai été obligé de prendre à
moi feul la maifon que je partageais avec madame
du Châtelet. Les lieux qu'elle a habités nourriffent
une douleur qui m'eft chère, et me parleront continuellement d'elle. Je loge ma nièce, madame *Denis*,
qui penfe auffi philofophiquement que celle que nous
regrettons, qui cultive les belles-lettres, qui a beaucoup de goût, et qui, par-deffus tout cela, a beaucoup d'amis, et eft dans le monde fur un fort bon
ton. Vous pourriez prendre le fecond appartement
où vous feriez très à votre aife; vous pourriez vivre
avec nous, et vous feriez le maître des arrangemens.
Je vous avertis que nous tiendrons une affez bonne
maifon. Elle y entre à Noël; et même, fi vous voulez,
nous nous chargerons de vous acheter des meubles
pour votre appartement; il me femble que vous êtes
fait pour qu'on ait foin de vous. Je vous avoue que
ce ferait pour moi une confolation bien chère de
paffer avec vous le refte de mes jours. Songez-y et
faites-moi réponfe; je vous embraffe tendrement.

LETTRE CXLVII.

AU PERE VIONNET,

Jésuite, qui lui avait envoyé sa tragédie de Xerxès.

Paris, 14 décembre.

J'AI l'honneur, mon révérend père, de vous marquer ma très-faible reconnaissance d'un fort beau présent (*). Vos manufactures de Lyon valent mieux que les nôtres; mais j'offre ce que j'ai. Il me paraît que vous êtes un plus grand ennemi de *Crébillon* que moi. Vous avez fait plus de tort à son Xerxès que je n'en ai fait à sa Sémiramis. Vous et moi nous combattons contre lui. Il y a long-temps que je suis sous les étendards de votre société. Vous n'avez guère de plus mince soldat, mais aussi il n'y en a point de plus fidelle. Vous augmentez encore en moi cet attachement, par les sentimens particuliers que vous m'inspirez pour vous, et avec lesquels j'ai l'honneur d'être, &c.

(*) Il lui envoyait un exemplaire de sa tragédie de Sémiramis.

LETTRE CXLVIII.

A M. LE COMTE D'ARGENTAL, *à Paris.*

A Verfailles, janvier.

VOUS faurez, mes anges, que votre créature s'eft trouvée un peu mal à Verfailles. Que dites-vous de madame *Denis* qui l'a fu, je ne fais comment, et qui eft partie fur le champ pour venir me fervir de garde? Je fouhaite qu'Orefte fe porte mieux que moi; vous jugez bien que je n'ai guère pu travailler, pas même à Catilina.

Il n'y a point de vraie tragédie d'Orefte fans les cris de *Clytemneftre.* Si cette viande grecque eft trop dure pour les eftomacs des petits-maîtres de Paris, j'avoue qu'il ne faut pas d'abord la leur donner.

Que *Clytemneftre* s'en aille et laiffe là fon mari, l'urne, le meurtrier, et aille bouder chez elle, cela me paraît abominable. Il y a quelques longueurs, je l'avoue, entre les fœurs; furtout quand une *Gauffin* parle, il faut élaguer.

Ce malheureux lieu commun des fureurs eft une tâche rude. Vous en jugerez à l'heure qu'il vous plaira. Je n'ai certainement pas donné affez d'étendue à la fcène de l'urne; elle eft étranglée à la lecture; il femble que tous les perfonnages foient hâtés d'aller: mais vous verrez les petites corrections que j'ai faites. Nous ne pourrons revenir que vendredi.

Je vous demande en grâce de me ménager les bontés de M. le duc d'*Aumont.* On répète Orefte

———— dimanche. Je veux vivre pour avoir le plaifir de venger *Sophocle*, mais furtout pour vous faire ma cour ; car ce n'eft qu'à vous que je la veux faire, et je ne fuis ici qu'en retraite.

LETTRE CXLIX.

A MADEMOISELLE CLAIRON.

Janvier.

VOTRE courage réfifte-t-il à l'affaut que la nature vous livre à préfent, comme il a réfifté aux mauvaifes critiques, à la cabale et à la fatigue ? Comment vous portez - vous, belle *Electre* ? Gardez - vous d'écrire jamais votre rôle fi drù avec moi ; ce n'eft pas là mon compte ; il me faut des efpaces terribles. Vous demandez qu'on accourcisse la fcène des deux fœurs au fecond acte ; cela eft fait, fans qu'il vous en coûte rien. J'ai coupé les cotillons d'*Iphife*, et n'ai point touché à la jupe d'*Electre*.

Je prie la divine *Electre*, dont je me confesse très-indigne, de ne point trouver mauvais que j'aye chargé fon rôle de quelques avis. Je n'ai point prétendu noter fon rôle, mais j'ai prétendu indiquer la variété des fentimens qui doivent y régner, et les nuances des fentimens qu'elle doit exprimer. C'eft l'*allegro* et le *piano* des muficiens. J'en ufe ainfi depuis trente ans avec tous les acteurs, qui ne l'ont jamais trouvé mauvais ; et je n'en ai pas certainement moins de confiance dans fes grands talens dont j'ai été toujours le partifan le plus zélé.

J'oferai en aller raifonner vers les cinq heures avec
vous. C'eft tout ce qui me refte que de raifonner, et
j'en fuis bien fâché. Je fens pourtant ce que vous
valez tout comme un autre, et vous fuis dévoué plus
qu'un autre.

LETTRE CL.

A MADEMOISELLE CLAIRON,

Sur la tragédie d'Orefte.

Janvier.

Vous avez dû recevoir, Mademoifelle, un change-
ment très-léger, maïs qui eft très-important. Je ne
crois pas m'aveugler; je vois que tous les véritables
gens de lettres rendent juftice à cet ouvrage, comme
on la rend à vos talens. Ce n'eft que par un examen
continuel et févère de moi-même, ce n'eft que par
une extrême docilité pour de fages confeils, que je
parviens chaque jour à rendre la pièce moins indigne
des charmes que vous lui prêtez.

Si vous aviez le quart de la docilité dont je fais
gloire, vous ajouteriez des perfections bien fingulières
à celles dont vous ornez votre rôle. Vous vous diriez
à vous-même quel effet prodigieux font les con-
traftes, les inflexions de voix, les paffages du débit
rapide à la déclamation douloureufe, les filences
après la rapidité, l'abattement morne et s'exprimant
d'une voix baffe après les éclats que donne l'efpérance,

1750.

——"ou qu'a fournis l'emportement. Vous auriez l'air abattu, consterné, les bras collés, la tête un peu baissée, la parole basse, sombre, entrecoupée. Quand *Iphise* vous dit :

> Pammène vous conjure
> De ne point approcher de sa retraite obscure;
> Il y va de ses jours. . . . .

vous lui répondriez, non pas avec un ton ordinaire, mais avec tous ces symptômes du découragement, après un *ah* très-douloureux,

> Ah !. . . que m'avez-vous dit !
> Vous vous êtes trompée. . .

En observant ces petits artifices de l'art, en parlant quelquefois sans déclamer, en nuançant ainsi les belles couleurs que vous jetez sur le personnage d'*Electre*, vous arriveriez à cette perfection à laquelle vous touchez, et qui doit être l'objet d'une ame noble et sensible. La mienne se sent faite pour vous admirer et pour vous conseiller ; mais, si vous voulez être parfaite, songez que personne ne l'a jamais été sans écouter des avis, et qu'on doit être docile à proportion de ses grands talens (1).

(1) Mademoiselle *Clairon*, en nous communiquant ces lettres, nous dit qu'elle s'honorait des leçons que M. de *Voltaire* lui avait données sur son art, bien loin d'en rougir : tant il est vrai que la modestie est le partage des talens supérieurs, tandis que l'orgueil est si souvent celui des talens médiocres. Ce sont toujours ceux qui ont le moins besoin d'avis et de conseils qui les reçoivent avec le plus de docilité.

LETTRE CLI.

A MADEMOISELLE CLAIRON.

Janvier.

On a un peu forcé nature pour mériter les bontés de mademoiselle *Clairon*, et cela eft bien jufte. Elle trouvera dans fon rôle plufieurs changemens. On a fait d'ailleurs un cinquième acte tout nouveau; il eft copié et porté fur les rôles. Mademoifelle *Clairon* eft fuppliée de vouloir bien fe trouver demain aux foyers. Elle fera le foutien d'Orefte, fi Orefte peut fe foutenir. Madame *Denis* lui fait les plus tendres complimens, et *Voltaire* eft à fes pieds. Il lui demande pardon à genoux des infolences dont il a chargé fon rôle. Il eft fi docile qu'il fe flatte que des talens fupérieurs aux fiens ne dédaigneront pas à leur tour les obfervations que fon admiration pour mademoifelle *Clairon* lui a arrachées. Il eft moins attaché à fa propre gloire (fi gloire y a) qu'à celle de mademoifelle *Clairon*.

En général, je fuis perfuadé que fi la pièce peut réuffir chez des français, toute grecque qu'elle eft, votre rôle vous fera un honneur infini, et forcera la cour à vous rendre toute la juftice que vous méritez. M. le maréchal de *Richelieu* dit que vous avez joué fupérieurement, et que jamais actrice ne lui a fait plus d'impreffion; mais il trouve auffi que vous avez un peu trop mis d'adagio. Il ne faut pas aller à bride abattue ; mais toute tirade demande à être un peu preffée : c'eft un point effentiel.

Il y en a deux qui exigent une efpèce de déclamation qui n'appartient qu'à vous, et qu'aucune actrice ne pourrait imiter. Ces deux couplets demandent que la voix fe déploye d'une manière pompeufe et terrible, s'élevant par degrés, et finiffant par des éclats qui portent l'horreur dans l'ame. Le premier, eft celui des furies : *Euménides, venez ;* le fecond :

Que font tous ces amis dont fe vantait Pammène ?

Tout le fublime de la déclamation dans ces deux morceaux, les paffages que vous faites fi admirablement dans les autres de l'accablement de la douleur à l'emportement de la vengeance ; ici du débit, là les mouvemens entrecoupés de curiofité, d'efpérance, de crainte ; les reproches, les fanglots, l'abandonnement du défefpoir, et ce défefpoir même tantôt tendre, tantôt terrible. Voilà ce que vous mettez dans votre rôle ; mais furtout je vous demande de ne le jamais rallentir en vous appefantiffant trop fur une prononciation qui en eft plus majeftueufe, mais qui ceffe alors d'être touchante, et qui eft un fecret fûr pour fécher les larmes.

On ne pleure tant à Mérope que par la raifon contraire.

Pour le coup, voilà mon dernier mot ; mais ce ne fera pas la dernière de mes actions de grâce.

LETTRE CLII.

A MADEMOISELLE CLAIRON.

Le 12 janvier, au foir, (après la première repréfentation d'Orefte.)

Vous avez été admirable, vous avez montré dans vingt morceaux ce que c'eft que la perfection de l'art, et le rôle d'*Electre* eft certainement votre triomphe ; mais je fuis père, et, dans le plaifir extrême que je reffens des complimens que tout un public enchanté fait à ma fille, je lui ferai encore quelques petites obfervations pardonnables à l'amitié paternelle.

Preffez, fans déclamer, quelques endroits comme :

Sans trouble, fans remords, Egifte renouvelle
De fon hymen affreux la pompe criminelle...
Vous vous trompiez, ma fœur, hélas ! tout nous trahit, &c.

Vous ne fauriez croire combien cette adreffe met de variété dans le jeu, et accroît l'intérêt.

Dans votre imprécation contre le tyran :

L'innocent doit périr, le crime eft trop heureux.

vous n'appuyez pas affez. Vous dites l'*innocent doit périr* trop lentement, trop langoureufement. L'impétueufe *Electre* ne doit avoir, en cet endroit, qu'un défefpoir furieux, précipité et éclatant. Au dernier hémiftiche pefez fur *cri*, le CRIme *eft trop heureux* ; c'eft fur CRI que doit être l'éclat. Mademoifelle *Gauffin* m'a remer- cié de lui avoir mis le doigt fur FOU ; *la foudre va partir.* Ah ! que ce FOU eft favorable, m'a-t-elle dit !

La nature en tout temps eft funefte en ces lieux.

Vous avez mis l'accent fur *fu*, comme mademoifelle *Gauffin* fur *fou* ; auffi a t-on applaudi : mais vous n'avez pas encore fait affez réfonner cette corde.

Vous ne fauriez trop déployer les deux morceaux du quatrième et du cinquième acte. Ces Euménides demandent une voix plus qu'humaine, des éclats terribles.

Encore une fois, débridez, avalez des détails, afin de n'être pas uniforme dans les récits douloureux. Il ne faut fe négliger fur rien, et ce que je vous dis là n'eft pas un rien.

Voilà bien des critiques. Il faut être bien dur pour s'apercevoir de ces nuances dans l'excès de mon admiration et de ma reconnaiffance. Bonfoir, *Melpomène ;* portez-vous bien.

LETTRE CLIII.

A M. LE MARQUIS D'ARGENSON,

A Paris, le 13 mars.

J'ARRIVE; je fuis affurément toute ma vie aux ordres de M. le marquis d'*Argenfon*. Il y a bien long-temps que j'ai befoin de la confolation de paffer quelques heures auprès de lui ; mais j'arrive malin-gre ; je fuis à pied : s'il a beaucoup d'équipages, veut-il m'envoyer chercher après fon dîner ? ou aura-t-il le courage de venir dans la maifon que j'ai le courage d'habiter, et où je nourris autant de douleurs et de

regrets

regrets que de fentimens inviolables de refpect et
d'attachement pour le meilleur citoyen qui ait jamais   1750.
tâté du miniftère.

LETTRE CLIV.

À M. LE COMTE D'ARGENTAL, *à Paris*.

A Compiegne, ce 26 juin.

POURQUOI fuis-je ici ? pourquoi vais-je plus loin ?
pourquoi vous ai-je quittés, mes chers anges ? Vous
n'êtes point mes gardiens, puifque me voilà livré au
démon des voyages : *video meliora proboque, deteriora
fequor.*

M. le duc d'*Aumont* vous écrit, fans doute, aujour-
d'hui que *le Kain* aura fon ordre quand il voudra.
Je confeille à madame *Denis* de lui faire réciter
Hérode, Titus et *Zamore*, de le faire crier à tue tête
dans les endroits de débit où fa voix eft toujours
jufqu'à préfent faible et fourde. C'eft peut-être le
feul défaut qu'il ait, mais c'eft le défaut le plus effentiel et le plus difficile à corriger. Je voudrais bien
qu'il jouât un jour Cicéron. J'efpère que je ferai
quelque chofe d'*Aurélie;* mais je me faurai toujours bon gré de n'en avoir pas fait un perfonnage
auffi important que le Conful, *Catilina* et *Céfar.* Elle
ne peut avoir que la quatrième place. Les femmes
trouveront cela bien mauvais; mais ma pièce n'eft
guère françaife; elle eft romaine. Vous me jugerez à
mon retour. Condamnez fi vous voulez mon travail,

mais pardonnez à mon voyage, et obtenez-moi l'indulgence de M. de *Choiseul* et de M. l'abbé de *Chauvelin*.
Mes chers anges, ne me grondez point; il me fuffit
de mes remords. Si vous avez des ordres à me donner, envoyez-les chez moi. On les fera tenir à votre
errante créature.

LETTRE CLV.

A MADAME

DE FONTAINE, *à Paris*.

A Potfdam, 7 augufte.

JE vous jure, ma chère *Atide* (*), que vous n'avez
été oubliée ni dans mes lettres ni dans mon cœur.
J'ai fouvent recommandé *Atide* à *Zulime*, et je fuis
aufli fâché que *Ramire* le ferait d'être parti fans vous.
Le hafard, dont je reconnais de plus en plus l'empire,
nous a bien foudainement difperfés. Je vous ai quittée
dans le temps que je vous aimais le mieux : vous êtes
affurément aufli aimable dans la fociété que dans le
rôle d'*Atide* ou de madame la comtefle de *Pimbefche*.
Vous m'affligez de me dire que vos beaux yeux noirs
ne font pas accompagnés de joues rebondies, et que
le lait ne vous a pas engraiffée. Si un régime aufli
auftère que le vôtre ne vous a pas rendu la fanté,
que faire donc ? Nous fommes donc deftinés, vous et
moi, à fouffrir ! Je n'ai rien à dire à la Providence,

(*) Rôle que madame de *Fontaine* avait joué plufieurs fois dans
Zulime.

quand elle fait naître des arbres rabougris, et qu'elle ——
fait périr les boutons à fruit. Qu'elle traite comme 1750.
elle voudra les êtres insensibles ; mais nous donner à
nous, êtres sensibles, le sentiment de la douleur
pendant toute notre vie, en vérité, cela est trop
fort.

Le palais de Sans-souci a beau être aussi joli que
Trianon, le héros de l'Allemagne a beau être aussi
charmant que vous dans la société, me combler des
attentions les plus touchantes, cultiver avec moi les
beaux arts qu'il idolâtre, et descendre vers moi
chétif d'un assez beau trône, en ai-je moins la colique tous les matins ? J'ai passé ici des jours délicieux ;
et l'on va donner à Berlin des fêtes qui pourront
bien égaler les plus belles de *Louis XIV;* mais il n'y
a que les gens bien sains qui jouissent de tout cela.
Nous autres, ma chère nièce, nous n'avons que les
ombres du plaisir.

Mandez-moi, je vous en prie, si votre santé va un
peu mieux à présent, et si d'ailleurs vous êtes heureuse autant qu'on peut l'être avec un mauvais
estomac. Embrassez pour moi votre frère. Je songe à
lui plus qu'il ne pense. Mes complimens à M. de
Fontaine, et ne m'oubliez pas avec vos amis.

LETTRE CLVI.

A M. LE COMTE D'ARGENTAL.

A Potsdam, ce 7 augufte.

MES divins anges, votre Sans-fouci eft donc à
Neuilly ! vous avez moins de colonnes de marbres,
moins de baluftrades de cuivre doré ; votre falon,
quelque beau qu'il foit, n'a pas une coupole magnifique ; le roi très-chrétien ne vous a pas envoyé des
ftatues dignes d'*Athènes*, et vous n'avez pas même
encore pu réuffir à vous défaire de vos buftes ; avec
tout cela, je tiens que Neuilly vaut encore Sans-
fouci ; mais je détefterai et Neuilly et votre bois de
Boulogne fi madame d'*Argental* n'y retrouve pas la
fanté, fi M. de *Choifeul* ne foupe pas à fond, fi monfieur le coadjuteur a mal à la poitrine. Je vous paffe
à vous une indigeftion. Heureux les gens qui ne font
malades que quand ils le veulent !

Tout ce que j'apprends des fpectacles de Paris, fait
que je ne regrette que Neuilly et mon petit théâtre.
Le mauvais goût a levé l'étendard dans Paris. Vous
en avez encore pour quelques années ; c'eft une
maladie épidémique qui doit avoir fon cours, et
l'on ne reviendra au bon que quand vous ferez fati-
gués du mauvais. La profufion vous a perdus ; l'excès
de l'efprit a égaré, dans prefque tous les genres, le
talent et le génie, et la protection donnée à Catilina a
achevé de tout perdre. J'avoue que les Pruffiens ne
font pas de meilleures tragédies que nous ; mais vous

aurez bien de la peine à donner, pour les couches de
madame la dauphine, un fpectacle auffi noble et auffi
galant que celui qu'on prépare à Berlin. Un carroufel
compofé de quatre quadrilles nombreufes, carthagi-
noifes, perfanes, grecques et romaines, conduites par
quatre princes qui y mettent l'émulation de la magnificence, le tout à la clarté de vingt mille lampions
qui changeront la nuit en jour. Les prix diftribués par
une belle princeffe, une foule d'étrangers qui accou-
rent à ce fpectacle, tout cela n'eft-il pas le temps
brillant de *Louis XIV*, qui renaît fur les bords de la
Sprée? Joignez à cela une liberté entière que je goûte
ici, les attentions et les bontés inexprimables du
vainqueur de la Siléfie, qui porte tout fon fardeau de
roi depuis cinq heures du matin jufqu'à dîner, qui
donne abfolument le refte de la journée aux belles-
lettres, qui daigne travailler avec moi trois heures de
fuite, qui foumet à la critique fon grand génie, et qui
eft à fouper le plus aimable des hommes, le lien et le
charme de la fociété? Après cela, mes anges, rendez-
moi juftice. Qu'ai-je à regretter que vous feuls? J'y
mets auffi madame *Denis*. Vous feuls êtes pour moi
au-deffus de ce que je vois ici. Je ne vous parlerai
point aujourd'hui d'*Aurélie*, et des éditions de mes
œuvres dont on me menace encore de tous côtés.
J'apprends du roi de Pruffe à corriger mes fautes. Le
temps que je ne paffe pas auprès de lui, je le mets à
travailler fans relâche autant que ma fanté le permet.
O fages habitans de Neuilly, confervez-moi une
amitié plus précieufe pour moi que toute la grandeur
d'un roi plein de mérite. Mon ame fe partage entre
vous et *Fédéric le grand*.

P 3

LETTRE CLVII.

A MADAME DENIS, *à Paris.*

A Potſdam, 11 auguſte.

JE ne ſuis point du tout de votre avis, ma chère enfant, ni de celui de MM. d'*Argental* et de *Thibouville*. Rome ſauvée ne me paraît point faite pour les jeunes et belles dames qui viennent parer vos premières loges. Je crois que notre élève *le Kain* jouerait très-bien; mais la conjuration de *Catilina* n'eſt bonne que pour meſſieurs de l'univerſité qui ont leur Cicéron dans la tête, et peu de galanterie dans le cœur. Contentons-nous de l'avoir vu jouer à Paris ſur le théâtre de mon grénier, devant de graves profeſſeurs, des moines et des juriſconſultes. D'ailleurs, il faudrait que je fuſſe à Paris pour arranger tout ce ſénat romain, et ſi j'étais là, l'envie y ſerait auſſi avec ſes ſifflets.

Le Catilina de *Crébillon* a eu une vingtaine de repréſentations, dites-vous; c'eſt préciſément par cette raiſon que le mien n'en aurait guère. Votre parterre aime la nouveauté. On irait deux ou trois fois pour comparer et pour juger, et puis on ſerait las de *Cicéron* et de ſa république romaine. Les vers bien faits ne ſont guère ſentis par le parterre. Mon enfant, croyez-moi, il s'en faut bien que le goût ſoit général chez notre nation; il y a toujours un petit reſte de barbarie que le beau ſiècle de *Louis XIV* n'a pu déraciner. On a ſouffert les vers énigmatiques et viſigoths du Catilina de *Crébillon*. Ils ſont ſifflés aujourd'hui, oui ; mais au théâtre ils ont paffé. Les jours d'une première repréfentation font de vraies affemblées de peuple : on ne fait jamais fi on couronnera fon homme ou fi on le lapidera.

Dites au marquis d'*Adhémar* que je penfe efficacement à lui et à fes deffeins. Il aura bientôt de mes nouvelles. J'ai oublié de vous dire que quand je pris congé de madame de *Pompadour* à Compiegne, elle me chargea de préfenter fes refpects au roi de Pruffe. On ne peut donner une commiffion plus agréable et avec plus de grâces ; elle y mit toute la modeftie, et des *fi j'ofais*, et des *pardons* au roi de Pruffe, de prendre cette liberté. Il faut apparemment que je me fois mal acquitté de ma commiffion. Je croyais, en homme tout plein de la cour de France, que le compliment ferait bien reçu ; il me répondit fèchement : *Je ne la connaîs pas.* Ce n'eft pas ici le pays du Lignon. J'en'en mande pas moins à madame de *Pompadour* que *Mars* a reçu, comme il le devait, les complimens de *Vénus.* (*)

Madame la margrave de *Bareith* eft ici ; tout eft en fêtes. On croirait prefque, aux apparences, qu'on n'eft ici que pour fe réjouir.

(*) Voyez les Lettres en vers, 1750.

LETTRE CLVIII.

A MADAME DENIS, *à Paris.*

A Charlotembourg, 14 auguſte.

Voici le fait, ma chère enfant. Le roi de Pruſſe me fait ſon chambellan, me donne un de ſes ordres, vingt mille francs de penſion, et à vous quatre mille aſſurés pour toute votre vie, ſi vous voulez venir tenir ma maiſon à Berlin, comme vous la tenez à Paris. Vous avez bien vécu à Landau avec votre mari; je vous jure que Berlin vaut mieux que Landau, et qu'il y a de meilleurs opéra. Voyez, conſultez votre cœur. Vous me direz qu'il faut que le roi de Pruſſe aime bien les vers. Il eſt vrai que c'eſt un auteur français né à Berlin. Il a cru, toutes réflexions faites, que je lui ſerais plus utile que d'*Arnaud.* Je lui ai pardonné, comme à *Heurtaud*, les petits vers galans que ſa Majeſté pruſſienne avait faits pour mon jeune élève, dans leſquels il le traitait de *ſoleil levant* fort lumineux, et moi de *ſoleil couchant* aſſez pâle. Il égratigne encore quelquefois d'une main, quand il careſſe de l'autre; mais il n'y faut pas prendre garde de ſi près. Il aura le levant et le couchant auprès de lui, ſi vous y conſentez; et il ſera, lui, dans ſon midi, feſant de la proſe et des vers tant qu'il voudra, puiſqu'il n'a point de batailles à donner. J'ai peu de temps à vivre. Peut-être eſt-il plus doux de mourir à ſa mode à Potſdam que de la façon d'un habitué de paroiſſe à Paris. Vous vous en retournerez après cela avec vos

quatre mille livres de douaire. Si ces propofitions
vous convenaient, vous feriez vos paquets au printemps ; et moi j'irais, fur la fin de cette automne,
faire mon pélerinage d'Italie, voir Saint-Pierre de
Rome, le pape, la Vénus de *Médicis*, et la ville fouterraine. J'ai toujours fur le cœur de mourir fans voir
l'Italie. Nous nous rejoindrions au mois de mai. J'ai
quatre vers du roi de Pruffe pour fa fainteté. Il ferait
plaifant d'apporter au pape quatre vers français d'un
monarque allemand et hérétique, et de rapporter à
Potfdam des indulgences. Vous voyez qu'il traite
mieux les papes que les belles. Il ne fera point de
vers pour vous ; mais vous trouverez ici bonne
compagnie ; vous auriez une bonne maifon. Il faut
d'abord que le roi notre maître y confente. Cela
lui fera, je penfe, fort indifférent. Il importe peu à
un roi de France en quel lieu le plus inutile de fes
vingt-deux ou vingt-trois millions de fujets paffe fa
vie ; mais il ferait affreux de vivre fans vous.

1750.

LETTRE CLIX.

A M. LE COMTE D'ARGENTAL.

A Charlotembourg, 20 augufte.

MES chers angés, fi je vous difais que nous avons
eu ici un feu d'artifice dans le goût de celui du Pont-
neuf, que nous allons aujourd'hui à Berlin voir
Phaéton dont les décorations feront de glaces, que
tous les jours font des fêtes, que d'*Arnaud* a fait jouer
fon Mauvais riche, et qu'il a été jugé ici pour le fond

——— et pour les détails tout comme à Paris, vous ne vous
en foucieriez peut-être que très-médiocrement. J'ai
d'ailleurs le cœur plus rempli et plus déchiré de ma
réfolution, que je ne fuis ébloui de nos fêtes; et je fens
bien que le refte de mes jours fera empoifonné, malgré
la liberté, malgré la douceur d'une vie tranquille,
malgré les exceffives bontés d'un roi qui me paraît
reffembler en tout à *Marc-Aurèle*, à cela près que
Marc-Aurèle ne fefait point de vers, et que celui-ci
en fait d'excellens quand il fe donne la peine de les
corriger. Il a plus d'imagination que moi, mais j'ai
plus de routine que lui. Je profite de là confiance
qu'il a en moi, pour lui dire la vérité plus hardiment
que je ne la dirais à *Marmontel*, ou à d'*Arnaud*, ou à
ma nièce. Il ne m'envoie point aux Carrières pour
avoir critiqué fes vers; il me remercie, il les corrige,
et toujours en mieux. Il en a fait d'admirables. Sa
profe vaut fes vers, pour le moins; mais dans tout
cela il allait trop vîte. Il y avait de bons courtifans
qui lui difaient que tout était parfait; mais ce qui
eft parfait, c'eft qu'il me croit plus que fes flatteurs,
c'eft qu'il aime, c'eft qu'il fent la vérité. Il faut qu'il
foit parfait en tout. Il ne faut pas dire *Céfar eft fupra
grammaticam*. *Céfar* écrivait comme il combattait.
Frédéric joue de la flûte comme *Blavet*, pourquoi
n'écrirait-il pas comme nos meilleurs auteurs? Cette
occupation vaut bien le jeu et la chaffe. Son Hiftoire
de Brandebourg fera un chef-d'œuvre quand il l'aura
revue avec foin; mais un roi a-t-il le temps de prendre ce foin? un roi qui gouverne feul une vafte
monarchie? oui: voilà ce qui me confond; je ne fors
point de furprife. Sachez encore que c'eft le meilleur

de tous les hommes, ou bien je fuis le plus fot. La philofophie a encore perfectionné fon caractère. Il s'eft corrigé, comme il corrige fes ouvrages. Voilà précifément, mes anges, pourquoi j'ai le cœur déchiré; voilà pourquoi je ne vous reverrai qu'au mois de mars. Comptez qu'enfuite, quand je reviendrai en France, je n'y reviendrai que pour vous feuls, pour vous, mes anges, qui faites toute ma patrie. Je vous demande en grâce d'encourager madame *Denis* à venir avec moi s'établir au mois de mars à Berlin dans une bonne maifon où elle vivra dans la plus grande opulence. Le roi de Pruffe lui affure à Paris une penfion après ma mort. Il m'a promis que les reines (qui ne favent encore rien de nos petits def-feins) l'honoreront des diftinctions et des bontés les plus flatteufes. Elle fera ma confolation dans ma vieilleffe. Difpofez-la à cette bonne œuvre. Il n'y a plus à reculer. Le roi de Pruffe m'a fait demander au roi, et je ne fuis pas un objet affez important pour qu'on veuille me garder en France. Je fervirai le roi dans la perfonne du roi de Pruffe, fon allié et fon ami. Ce fera une chofe honorable pour notre patrie qu'on foit obligé de nous appeler quand on veut faire fleurir les arts. Enfin, je ne crois pas qu'on refufe le roi de Pruffe; et fi, par un hafard que je ne prévois pas, on le refufait, vous fentez bien que la première démarche étant faite, il la faudrait foutenir, et obtenir, par des follicitations preffantes, ce qu'on n'aurait pas accordé d'abord à fes prières, et que je ne peux plus vivre en France après avoir voulu la quitter. Il y a un mois que je fuis à la torture, j'en ai été malade; un tel parti coûte fans doute. Vous êtes bien

1750.

sûr que c'eft vous qui déchirez mon ame ; mais, encore une fois, quand je vous parlerai, vous m'approüverez. Ne me condamnez point avant de m'entendre ; confervez-moi des bontés qui me font auffi précieufes pour le moins que celles du roi de Pruffe. J'ai les yeux mouillés de larmes en vous écrivant. Adieu.

LETTRE CLX.

A MADAME DENIS.

A Berlin, 22 augufte.

JE reçois votre lettre du 8, en fortant de Phaéton ; c'eft un peu *Phaéton* travefti. Le roi a un poëte italien, nommé *Villati*, à quatre cents écus de gages. Il lui donne des vers pour fon argent, qui ne coûtent pas grand'chofe ni au poëte ni au roi. Cet *Orphée* prend le matin un flacon d'eau de vie au lieu d'eau d'Hippocrène, et dès qu'il eft un peu ivre, les mauvais vers coulent de fource. Je n'ai jamais vu rien de fi plat dans une fi belle falle. Cela reffemble à un temple de la Gréce, et on y joue des ouvrages tartares.

Pour la mufique, on dit qu'elle eft bonne. Je ne m'y connais guère ; je n'ai jamais trop fenti l'extrême mérite des doubles croches. Je fens feulement que la fignora *Aftrua* et *i fignori caftrati* ont de plus belles voix que vos actrices, et que les airs italiens ont plus de brillant que vos Pont-neuf que vous nommez ariettes. J'ai toujours comparé la mufique françaife au jeu de dames, et l'italienne au jeu des échecs, Le mérite de la difficulté furmontée eſt quelque chofe. Votre difpute contre la mufique italienne eſt comme la guerre de 1701; vous êtes feuls contre toute l'Europe.

Madame la margrave de *Bareith* voudrait bien attirer auprès d'elle madame de *Grafigni*, et je lui propofe auſſi le marquis d'*Adhémar*. Il n'y a point ici de place pour lui dans le militaire. Il faut de plus favoir bien l'allemand, et c'eſt le moindre des obſta- cles. Je crois que, pendant la paix, il n'a rien de mieux à faire qu'à fe mettre à la cour de Bareith. La plupart des cours d'Allemagne font actuellement comme celles des anciens paladins, aux tournois près; ce font de vieux châteaux où l'on cherche l'amufement. Il y a là de belles filles d'honneur, de beaux bacheliers; on y fait venir des jongleurs. Il y a dans Bareith opéra italien et comédie françaife, avec une jolie bibliothèque dont la princeſſe fait un très-bon ufage. Je crois, en vérité, que ce fera un excellent marché dont ils me remercieront tous deux.

Pour madame la péruvienne, elle eſt plus difficile à tranfplanter. La voilà établie à Paris, avec une con- fidération et des amis qu'on ne quitte guère à fon âge. Je me fais là mon procès; mais, ma chère enfant, les mauvais auteurs ne pourfuivent point une femme; ils font pour elle de plats madrigaux, mais ils feront éternellement la guerre à leur confrère l'auteur de la Henriade. Les inimitiés, les calomnies, les libelles de toute efpèce, les perfécutions font la fûre récom- penfe d'un pauvre homme affez mal-avifé pour faire des poëmes épiques et des tragédies. Je veux effayer

—— fi je trouverai plus de repos auprès d'un poëte couronné qui a cent cinquante mille hommes, qu'avec les poëtes des cafés de Paris. Je vais me coucher dans cette idée.

LETTRE CLXI.

A MADAME DENIS.

A Berlin, 24 augufte.

Pardonnez-moi d'égàyer un peu la noirceur que ma tranfplantation répand dans mon ame, et comptez que je n'en ai pas le cœur moins déchiré en vous parlant de l'aventure d'un cu, à laquelle j'ai part malgré moi. Ne vous fcandalifez pas; il ne s'agit point ici de paffions mal-honnêtes.

Un marquis de *Montperni*, attaché à madame la margrave de *Bareith*, et qui eft venu avec elle, tombe très-dangereufement malade. Il eft catholique; car on eft ici ce que l'on veut. Un domeftique, encore meilleur catholique, a été caufe d'un affez fingulier quiproquo. Le malade, tourmenté d'une colique violente, envoie chercher l'apothicaire; le valet, occupé du falut de fon maître, va chercher le viatique; un prêtre arrive; *Montperni*, qui ne fonge qu'à fa colique, et qui a la vue fort mauvaife, ne doute point que ce ne foit un lavement qu'on lui apporte, il tourne le derrière; le prêtre étonné veut une pofture plus décente; il lui parle des quatre fins de l'homme; *Montperni* lui parle de feringue; le prêtre fe fâche; *Montperni* l'appelle

toujours monfieur l'apothiçaire. Vous croyez bien que
cette fcène a été un peu commentée dans un pays où
on refpecte fort peu ce que M. de *Montperni* prenait
pour un lavement. J'ai un fecrétaire champenois qui
eft une efpèce de poëte d'antichambre; il a mis
l'aventure en vers d'antichambre; mais on me les
attribue, et ils paffent dans tous les cabinets de l'Allemagne, et ils feront bientôt dans ceux de Paris.

Mon deftin me fuit par-tout. D'*Arnaud* fait des
ftances à la glace pour des beautés qu'on prétend être
à la glace auffi, et auffitôt les gazettes les débitent
fous mon nom. C'eft bien pis ici que dans le fond
d'une province de France. Les Berlinois veulent avoir
de l'efprit parce que le roi en a. Qui aurait dit qu'on
fe piquerait un jour de fe connaître en vers dans le pays
des Vandales? On y prend pour du vin de Beaune,
le vinaigre que les marchands de Liége vendent fort
cher; et, en vérité, c'eft ainfi qu'en général le gros
du public juge de tout. Le goût eft un don de DIEU
fort rare. Si toutes ces fottifes viennent à Paris, je
vous prie de me défendre contre les Vandales de
notre patrie, car il y en a toujours. Nous nous pré-
parons à jouer Rome fauvée. Vous ne vous doute-
riez pas que nous trouvaffions ici des acteurs. Ce
qui vous étonnera, c'eft que le prince *Henri*, frère
du roi, et la princeffe *Amélie* fa fœur, récitent très-
bien des vers, et fans le moindre accent. La langue
qu'on parle le moins à la cour, c'eft l'allemand. Je
n'en ai pas encore entendu prononcer un mot. Notre
langue et nos belles-lettres ont fait plus de conquêtes
que *Charlemagne*. Je fais, comme vous voyez, ce que
je peux pour me juftifier; mais je n'en ai pas moins

—— de remords de vous avoir quittée. La deſtinée ſe joue de nous. Je cherche la gaieté aux ſoupers des reines, et, quand je ſuis rentré chez moi, je trouve la triſteſſe. Mon inquiétude m'ôte le ſommeil. J'attends votre première lettre pour fixer mon ame qui ne ſait plus où elle en eſt.

LETTRE CLXII.

A M. LE COMTE D'ARGENTAL.

A Berlin, ce 28 auguſte.

Jugez en partie, mes très-chers anges, ſi je ſuis excu- ſable. Jugez-en par la lettre que le roi de Pruſſe m'a écrite de ſon appartement au mien, lettre qui répond aux très-ſages, très-éloquentes et très-fortes raiſons que ma nièce alléguait ſur un ſimple preſſentiment. Je lui envoie cette lettre (*) ; qu'elle vous la montre, je vous en prie, et vous croirez lire une lettre de *Trajan* ou de *Marc-Aurèle*. Je n'en ai pas moins le cœur déchiré. Je me livre à ma deſtinée, et je me jette, la tête la première, dans l'abyme de la fatalité qui nous conduit tous. Ah, mes chers anges ! ayez pitié des combats que j'éprouve, et de la douleur mortelle avec laquelle je m'arrache à vous. J'en ai preſque toujours vécu ſéparé ; mais autrefois c'était la perſécution la plus injuſte, la plus cruelle, la plus acharnée. Aujourd'hui c'eſt le premier homme de l'univers, c'eſt un philo- ſophe couronné qui m'enlève. Comment voulez-vous que je réſiſte ? comment voulez-vous que j'oublie la

(*) Mélanges littéraires, tome II, page 147.

manière

1750.

manière barbare dont j'ai été traité dans mon pays ?
Songez-vous bien qu'on a pris le prétexte du Mondain, c'eft-à-dire du badinage le plus innocent (que
je lirais à Rome au pape); que d'indignes ennemis et d'infames fuperftitieux ont pris, dis-je,
ce prétexte pour me faire exiler. Il y a quinze
ans, direz-vous, que cela eft paffé. Non, mes anges,
il y a un jour, et ces injuftices atroces font toujours
des bleffures récentes. Je fuis, je l'avoue, comblé
des bienfaits de mon roi. Je lui demande, le cœur
pénétré, la permiffion de le fervir en fervant le roi
de Pruffe, fon allié et fon ami. Je ferai toujours fon
fujet; mais puis-je regretter les cabales d'un pays où
j'ai été fi maltraité ? Tout cela ne m'empêcherait
pas de fonger à Zulime, à Adélaïde, à Aurélie; mais
je n'ai point ici les deux premières. Je comptais, en
partant, n'être auprès du roi de Pruffe que fix femaines. Je vois bien que je mourrai à fes pieds. Sans
vous, que je ferais heureux de paffer dans le fein de
la philofophie et de la liberté auprès de mon *Marc-
Aurèle* le peu de jours qui me reftent! Mais on ne
peut être heureux. Adieu; je ne vous parlerai ni de
l'opéra, ni de Phaéton, ni du fpectacle d'un combat
de dix mille hommes, ni de tous les plaifirs qui
ont fuccédé ici aux victoires. Je ne fuis rempli que
de la douleur de m'arracher à vous. Que madame
d'*Argental* conferve fa fanté; que M. de *Choifeul*,
M. l'abbé de *Chauvelin* faffent à Neuilly des foupers
délicieux; que M. de *Pont-de-Vefle* fe fouvienne de
moi avec bonté. Adieu, divins anges, adieu.

Il n'y a pas moyen de tenir au carroufel que je
viens de voir : c'était à la fois le carroufel de

—— *Louis XIV*, et la fête des lanternes de la Chine.
1750. Quarante-fix mille petites lanternes de verre éclai-
raient la place, et formaient, dans les carrières où
l'on courait, une illumination bien deffinée. Trois
mille foldats fous les armes bordaient toutes les
avenues, quatre échafauds immenfes fermaient de
tous côtés la place. Pas la moindre confufion, nul
bruit, tout le monde affis à l'aife, et attentif en
filence comme à Paris à une fcène touchante de ces
tragédies que je ne verrai plus, grâce à . . . Quatre
quadrilles ou plutôt quatre petites armées de Romains,
de Carthaginois, de Perfans et de Grecs, entrant
dans la lice, et en fefant le tour au bruit de leur
mufique guerrière, la princeffe *Amélie* entourée des
juges du camp, et donnant le prix. C'était *Vénus* qui
donnait la pomme. Le Prince royal a eu le premier
prix. Il avait l'air d'un héros des Amadis. On ne peut
pas fe faire une jufte idée de la beauté, de la fingu-
larité de ce fpectacle ; le tout terminé par un fouper
à dix tables, et par un bal. C'eft le pays des fées.
Voilà ce que fait un feul homme. Ses cinq victoires
et la paix de Drefde étaient un bel ornement à ce
fpectacle. Ajoutez à cela que nous allons avoir une
compagnie des Indes. J'en fuis bien aife pour nos
bons amis les Hollandais. Je crois que M. de *Pont-
dé-Vefle* avouera fans peine que *Frédéric le grand* eft
plus grand que *Louis XIV*. Il ferait cent fois plus
grand que je n'en aurais pas moins le cœur percé
d'être loin de vous.

LETTRE CLXIII.

A M. LE MARÉCHAL DUC DE RICHELIEU.

Auguste.

Mon héros, cette lettre partira quand il plaira à DIEU; mais il faut que je me livre au plaisir de vous dire combien mon cœur vous donne la préférence sur tous les rois de la terre. Je ne vous parlerai cette fois-ci ni de l'ancienne Rome, ni de *Cicéron*, ni de *Louis XIV;* mais, puisque vous avez daigné entrer avec tant de bonté dans ma situation, je crois remplir un devoir en vous rendant un compte fidelle de tout.

Votre élévation ne vous permet guère d'être instruit de tout ce qu'un homme, qui s'est consacré aux lettres, a à essuyer en France; mais vous savez en général que j'ai souffert des persécutions de toute espèce. Je fus poursuivi jusque dans la retraite de Cirey, et le théatin *Boyer* m'obligea, en 1736, de me réfugier en Hollande.

Quel était le prétexte de cette tempête excitée par des prêtres, et à laquelle se prêtait *la vieille mie* qu'on appelait le cardinal de *Fleuri?* C'était la plaisanterie très-innocente du Mondain, l'ouvrage du monde le moins digne d'attirer des persécutions à son auteur. Le garde des sceaux *Chauvelin* me poursuivit avec acharnement.

Je pouvais alors trouver auprès du roi de Prusse un asile honorable, mais j'avais promis à madame *du Châtelet*, votre amie, de ne l'abandonner jamais.

Q 2

1750. Je lui tins parole, je revins auprès d'elle, et la mort seule nous a féparés. Vos bontés me firent obtenir les places de gentilhomme ordinaire du roi et de fon hiftoriographe. Vous favez fi j'en conferve une jufte reconnaiffance. J'aurais voulu paffer auprès de vous ma vie, et je vous protefte que fi quelque hafard heureux ou malheureux vous avait fait prendre le parti de paffer à Richelieu une partie de l'année, je vous aurais demandé la permiffion de vous y fuivre toujours, et j'aurais voulu cultiver l'efprit de M. le duc de *Fronfac*. C'était-là de mes châteaux en Efpa-pagne ; mais je me fuis trouvé à Paris un objet de jaloufie pour tous ceux qui fe mêlent d'écrire, et un objet de perfécution pour les dévots.

Lorfque j'étais à Lunéville, le roi *Staniflas* s'avifa de compofer un affez médiocre ouvrage, intitulé le Philofophe chrétien ; il en fit corriger les fautes de français par fon fecrétaire *Solignac*, et envoya le manufcrit à la reine fa fille, la priant de lui en dire fon avis. Je foupçonne fort celui que la reine confulta ; mais n'ayant pas de certitude, je me conten-terai de vous dire que la reine manda au roi fon père, que le manufcrit était l'ouvrage d'un athée, qu'on voyait bien que j'en étais l'auteur, et que madame *du Châtelet* et moi nous le pervertiffions. La reine s'imagina que nous étions les confidens du goût du roi *Staniflas* pour madame de *Boufflers*, que nous l'entraînions dans l'irréligion pour lui ôter fes remords. Jugez de là quelles impreffions elle a données de moi à monfieur le dauphin et à fes filles. Le théatin *Boyer* a donné encore de moi à monfieur le dauphin et à madame la dauphine des idées plus funeftes.

Je n'avais donc de reſſource que dans madame de *Pompadour ;* mais tous les gens de lettres feſaient ce qu'ils pouvaient pour l'éloigner de moi, et le roi ne me témoignait jamais la moindre bonté. Je fongeai alors à me faire une eſpèce de rempart des académies, contre les perſécutions qu'un homme qui a écrit avec liberté doit toujours craindre en France. Je m'adreſſai à M. d'*Argenſon*, lorſqu'il eut ce département. Je demandais qu'il fît, pour fon ancien camarade de collége, ce que M. de *Maurepas* m'avait promis avant qu'il lui plût de me perſécuter : c'était de me faire entrer dans l'académie des fciences et dans celle des belles-lettres, comme aſſocié libre ou furnuméraire. La grâce était petite, je devais l'attendre de lui, et je ne l'obtins point. Je reſtai en butte à des ennemis toujours acharnés. La place d'hiſtoriographe n'était qu'un vain titre ; je voulus la rendre réelle en travaillant à l'hiſtoire de la guerre de 1741 ; mais, malgré mes travaux, *Moncrif* eut ſes entrées chez le roi, et moi je ne les eus pas.

Dans ces circonſtances le roi de Pruſſe, après une correſpondance fuivie de feize années, m'appelle à fa cour, me preſſe de le venir voir. Je me rends, j'arrive au milieu des fêtes, des carrouſels et des plaiſirs. Je connaiſſais toute cette cour depuis long-temps. Le roi de Pruſſe me traite auſſi bien qu'on me traitait chez moi. Il me promet de me faire paſſer le reſte de ma vie heureuſement. Il m'écrit même une lettre que ma nièce a entre les mains, lettre qui lui ferait tort dans la poſtérité s'il manquait à fa parole. Ma nièce veut bien alors venir paſſer auprès de moi une partie du temps qui me reſte à vivre. Je lui fais aſſurer une penfion de quatre mille livres, payable à Paris après ma mort, par le roi. Mais m'apercevant que la vie de Potfdam, qui me plaît beaucoup, défefpérerait une femme, je confens à me priver de ma nièce; je lui laiffe à Paris ma maifon, ma vaiffelle d'argent, mes chevaux, j'augmente fa fortune.

Il fallait bien que j'acceptaffe une penfion du roi, parce que les autres en ont, parce que les déplace-mens coûtent cher, parce que, lorfque je la rendrai, il y aura beaucoup plus de nobleffe à la remettre que de honte à la recevoir, s'il peut être honteux de recevoir une penfion d'un grand roi qui en fait à tant de princes.

Au refte, le roi de Pruffe m'a tenu parole, et a été même au-delà de ce qu'il m'a promis. J'ai eu un petit moment de bouderie; mais l'explication a bientôt tout raccommodé. Je jouis d'une liberté entière, je jouis furtout de mon temps; je ne fuis gêné en rien. Croiriez-vous bien, Monfeigneur, que les reines m'ont dit de venir dîner ou fouper chez elles, quand je voudrais, et trouvent encore bon que j'y aille très-rarement? Les foupers avec le roi font très-agréables; je m'y amufe; cela tient l'efprit en haleine. La con-verfation eft fouvent très-inftructive et nourrit l'ame. Je m'en difpenfe quand ma mauvaife fanté l'ordonne. Si vous voyez milord *Maréchal*, il peut vous dire comment tout cela fe paffe, et vous avouerez que la vie philofophique de Potfdam eft auffi heureufe que fingulière. Elle convient furtout à une fanté auffi délabrée que la mienne.

Maupertuis eft devenu à la vérité infociable, mais *Algarotti* et d'autres font des gens de la meilleure

compagnie. Que faut-il de plus à mon âge? et quelle
retraite plus honorable et plus douce peut-on imaginer
fur la terre? Elle l'eft au point que la confidération,
néceffairement attachée à ceux qui vivent avec le
fouverain, eft comptée pour rien dans mon calcul.
Je ne fais pas plus de cas des petits honneurs qu'il
faut avoir, feulement afin que les fentinelles vous
laiffent paffer. J'abandonnerais volontiers et les clefs
d'or, et les croix et les vingt mille francs que vous
me reprochez, penfion fi rare en France; j'abandonnerais tout pour avoir l'honneur de vivre avec
vous, et pour retrouver ma nièce et mes amis. Il y a
vingt ans que je vous ai dit que ma paffion était
d'achever auprès de vous ma vie.

Mais vous m'avouerez qu'il faut au moins être
moralement fûr d'être bien reçu dans fa patrie pour
faire un tel facrifice. Je n'ai achevé le Siècle de
Louis XIV que pour me préparer les voies en méri-
tant l'eftime des honnêtes gens. La matière eft fi
délicate que j'ai cru ne la devoir traiter que de loin.
J'ai tâché d'écrire en fage, je crains que des foux ne
me jugent. L'hiftoire d'ailleurs exige une vérité fi
libre, qu'un hiftoriographe de France ne peut écrire
que hors de France. Au refte, rendez-moi la juftice
de croire que je n'ai point fait le parallèle de *Louis XIV*
avec un électeur de Brandebourg. Ce ne font pas
chofes de même genre. Il faut pardonner au roi de
Pruffe cette petite complaifance pour fon grand-père.
J'ai corrigé fon ouvrage, mais je me fuis bien donné
de garde de lui faire la moindre remontrance fur cet
endroit, et d'ailleurs je n'ai pas pu tout corriger.

Il a fait cet ouvrage pour lui; et moi j'ai fait le

Q 4

Siècle de *Louis XIV* pour la France. Vous me rendez sans doute affez de juftice, vous êtes affez au fait de tout, pour ne pas trouver mauvais que je ne vienne en France que quand je faurai comment une hiftoire qui intéreffe tous les ordres de l'Etat, la religion, le gouvernement, aura été reçue. Je vous avais promis, Monfeigneur, au commencement de ma lettre, de ne vous point parler de *Louis XIV;* mais on va toujours un peu plus loin qu'on ne croyait d'abord, quand on ouvre fon cœur : j'abufe à l'excès de votre indulgence.

Je vous ai expofé ma fituation, mes raifons, ma fortune et mes défirs. Ces défirs feront toujours de vous faire ma cour, de vivre avec mes amis; mais, en vérité, ferait-il prudent de revenir en France dans les circonftances où je fuis, et de quitter une vie honorable et tranquille, pour m'expofer à des humiliations et à des orages?

Vous m'avez fait l'honneur de me mander que le roi et madame de *Pompadour*, qui ne me regardaient pas quand j'étais en France, ont été choqués que j'en fuffe forti. Comment ferai-je donc traité fi je reviens? Madame de *Pompadour*, en dernier lieu, femblait s'être éloignée de moi. Renoncerai-je à la faveur, à la familiarité d'un des plus grands rois de la terre, d'un homme qui ira à la poftérité, pour aller briguer à une toilette un mot que je n'obtiendrai pas? pour folliciter auprès de M. *d'Argenfon*, dans ma vieilleffe, la permiffion de paffer une heure quelquefois aux affemblées de l'académie des fciences et des infcriptions? après qu'il aurait dû m'offrir lui-même cette confolation.

1750.

Je sais qu'avec un peu de philosophie et une très-mauvaise santé, on peut fort bien rester chez soi à Paris, et c'est le parti que probablement mes maladies et la caducité avancée où je touche me feront prendre. Mais alors quel triste rôle ! quelle condition équivoque! quelle dépendance de ceux qui pourront me faire sentir que j'ai eu tort de m'en aller, et tort de revenir ! Ma vieillesse ne serait-elle pas empoisonnée, et par les gens de lettres, et par ceux qui ont donné de moi à monsieur le dauphin des impressions si dangereuses sur mon compte?

Daignez donc, Monseigneur, je vous en conjure, peser toutes ces raisons; puisque vous conservez pour moi tant de bontés, ayez celle de ne me point exposer. Serait-il mal à propos que vous poussassiez vos bons offices jusqu'à montrer naturellement à madame de *Pompadour* ma situation et mes raisons? Ne pourriez-vous pas lui dire qu'en quittant la France, je n'ai fait que me soustraire à la mauvaise volonté des gens qui ne l'aiment pas? L'ancien évêque de Mirepoix a éclaté contre moi au sujet d'un petit écrit qu'on m'imputait, intitulé la Voix du peuple et du sage : écrit qui en a fait éclore tant d'autres, comme la Voix du pape, la Voix du prêtre, la Voix du laïque, la Voix du capucin, &c.

Celui qu'on m'imputait, soutenait les droits du roi. Mais le roi ne se soucie guère qu'on soutienne ses droits ; et ceux qui les usurpent, persécutent tant qu'ils peuvent ceux qui les défendent. Mais, au moins, madame de *Pompadour* et les ministres devraient m'en savoir quelque gré.

Voici enfin, si vous n'êtes pas lassé de mes remon-

—— trances, voici, je crois, le point où tout fe ter-
mine.

Ne pourriez-vous pas avoir la bonté de repréfenter
à madame de *Pompadour* que j'ai précifément les
mêmes ennemis qu'elle. Si elle eft piquée de ma
défertion, et fi elle ne me regarde que comme un
transfuge, il faut refter où je fuis fi bien; mais fi elle
croit que je puis être compté parmi ceux qui, dans
la littérature, peuvent être de quelque utilité; fi elle
fouhaite que je revienne, ne pourrez-vous pas lui dire
que vous connaiffez mon attachement pour elle;
qu'elle feule pourrait me faire quitter le roi de Pruffe;
que je n'ai quitté la France que parce que j'y ai été perfécuté par ceux qui la haïffent? Il me femble que de
telles infinuations employées à propos, et avec cet
afcendant que votre efprit doit avoir fur le fien, ne
feraient pas fans effet; et fi elle ne les goûtait pas, ce ferait
m'avertir que je dois me tenir auprès du roi de Pruffe.

Ce ne font pas des conditions que je propofe, ce
font feulement des effais que je vous fupplierais de
faire fans vous compromettre, et fans préjudice du
voyage que je prétends faire. Je ne fuis point un exilé
qui demande fon rappel, je ne fuis point un homme
néceffaire qui veut fe faire acheter; je fuis votre
ancien ferviteur, votre attaché, qui défire paffionnément de vivre auprès de vous d'une manière convenable et également honorable pour vous qui me
protégez, et pour moi qui quitterais une cour où je
n'ai befoin de perfonne, et où je n'ai rien à craindre
ni des prêtres ni des miniftres. Je ne fuis point ici
dans l'antichambre d'un fecrétaire d'Etat, mais dans
la chambre de fon maître.

Je renoncerai à tout, Monseigneur, quand il le
faudra. Je vous aime, j'aime ma patrie, j'aime les 1750.
lettres plus que jamais, et je vais vous parler encore
de Rome fauvée, malgré mes fermens.

J'ai fait à cette Rome tout ce que j'ai pu; je vous
demande en grâce de la protéger, de la faire jouer.
Vous avez été le parrain de cet enfant-là, ne l'aban-
donnez pas. Elle réuffira fi elle eft bien jouée, autant
qu'un ouvrage un peu auftère peut réuffir chez des
français. Il eft bon que vous faffiez voir à madame
de *Pompadour* qu'il y a du moins quelque différence
entre un ouvrage bien conduit et bien écrit, et la
farce allobroge qu'elle a protégée.

Enfin, je mets ma deftinée entre vos mains. Ma
nièce viendra recevoir vos ordres; elle a avec moi un
petit chiffre d'autant plus indéchiffrable qu'il n'a
point du tout l'air de myftère. Elle m'inftruira avec
fureté de vos volontés. Elle vous fera tenir ce que je
pourrai du Siècle de *Louis XIV*. Je fuis enchanté que
fon caractère ait eu le bonheur de vous plaire. Je la
regarde comme ma fille. Ma tendreffe pour elle, et
mon extrême attachement pour vous font les feules
raifons qui puiffent me rappeler en France. J'aurai
facrifié quelque temps à la cour d'un grand roi à la
néceffité d'amortir l'envie; je donnerai le refte à
l'amitié, fi pourtant ce refte peut encore être quelque
chofe, fi mes maux ne me jettent pas enfin dans un
état abfolument inutile à la fociété. Je fuis menacé
d'une vieilleffe bien cruelle ou d'une mort prompte.
En ce cas, je fouffrirai mes maux très-patiemment, et
je mourrai en vous aimant.

Vivez, Monseigneur; jouiffez long-temps de votre

réputation, de vos amis, de votre confidération per-
fonnelle. Soyez père heureux et heureux grand-père.
La philofophie et les belles-lettres amuferont les
momens que vous ne donnerez pas aux affaires. Vous
aurez long-temps des plaifirs, et vous ferez toujours
ceux de la fociété. Vous ferez le feul homme de
France dont on parlera dans les pays étrangers. Vous
avez des égaux dans les places, vous n'en avez point
dans l'eftime du monde. Vous avez été à la gloire par
tous les chemins.

Adieu, Monfeigneur; je ne fais fi je vaux *Saint-*
Evremont, mais quel plaifant héros que fon comte
de *Grammont* ! et que font les d'*Epernon* et les *Candale*
au prix de vous ! Adieu, mon héros, pour qui je fuis
pénétré de la plus vive tendreffe.

P. S. Je n'ai point à Potfdam les rogatons de
la Métrie, j'aurai l'honneur de vous les envoyer avec
l'Hiftoire de Brandebourg, non pas celle qui eft
imprimée en Hollande, et où il manque la vie du
feu roi, mais celle que le roi m'a donnée, et dont
je crois qu'il n'y a plus d'exemplaires. Je vous demanderai le fecret fur ce petit envoi. Le volume eft trop
gros pour en charger le courier. Cela vaut un peu
mieux que les folies incohérentes de *la Métrie*. Au
refte, il demande s'il peut revenir en France, s'il peut
y paffer une année fans être recherché. Il prétend que
quand on y a paffé une année, on peut y refter
toute fa vie. Je vous fupplie, Monfeigneur, de vouloir
bien me mander, fi *le vin de Hongrie fe gâte fur mer;*
s'il ne fe gâte pas, *la Métrie* partira; s'il fe gâte, *la*
Métrie reftera. Il ne vous en coûtera qu'un mot pour
décider de fa fortune.

Pardon de ce volume, dont je vous ennuie ; que
ne puis-je vous ennuyer tête à tête, et vous dire 1750.
combien je vous fuis attaché !

LETTRE CLXIV.

A M. LE COMTE D'ARGENTAL.

A Berlin, ce 1 feptembre.

Ne m'écrivez jamais, mon divin ange, une lettre
auffi cruelle que celle du 20 d'augufte. Vous me
rendriez malade de chagrin, vous feriez mon malheur pour ma vie. Je vous écrivis, je vous rendis
compte à peu-près de tout dans le temps que j'écrivis
à ma nièce ; mais dans le tumulte de tant de fêtes,
dans un déplacement continuel, il arrive trop aifément qu'on vient vous enlever au milieu d'une lettre
commencée et prête à cacheter ; on remet à la pofte
fuivante, et il n'y a ici que deux poftes par femaine:
fouvent même les lettres d'une pofte attendent à
Véfel celles de l'autre, afin de faire un paquet plus
fort. Ainfi, il ne faut pas s'étonner de recevoir des
nouvelles tantôt de dix, tantôt de vingt jours. Vous
devez à préfent être au fait ; vous devez favoir tout
ce que j'ai mandé à ma nièce pour vous, comme
vous aurez eu la bonté de lui communiquer ce que
je vous ai écrit pour elle. Vous m'accufez de faibleffe ; comptez qu'il a fallu une étrange force pour
me réfoudre à achever mes jours loin de vous, et
que j'ai été plus long-temps que vous ne penfez à

me déterminer. Il n'y a pas d'apparence qu'après la lettre du roi de Pruffe que vous avez vue, je puiffe jamais me repentir de m'être attaché à lui ; mais certainement je me repentirai toute ma vie de m'être arraché à vous et à vos amis. Il eft vrai que je n'aurai pas beaucoup d'autres regrets à dévorer. L'égarement et le goût déteftable où le public femble plongé aujourd'hui, ne doit pas avoir pour moi de grands charmes. Vous favez d'ailleurs tout ce que j'ai effuyé. Je trouve un port après trente ans d'orages. Je trouve la protection d'un roi, la converfation d'un philofophe, les agrémens d'un homme aimable, tout cela réuni dans un homme qui veut depuis feize ans me confoler de mes malheurs, et me mettre à l'abri de mes ennemis. Tout eft à craindre pour moi dans Paris, tant que je vivrai, malgré les protections que j'y ai, malgré mes places et la bonté même du roi. Ici je fuis fûr d'un fort à jamais tranquille. Si l'on peut répondre de quelque chofe, c'eft du caractère du roi de Pruffe. J'avais été autrefois fort fâché contre lui, au fujet d'un officier français, condamné cruellement par fon père, et dont j'avais demandé la grâce. Je ne favais pas que cette grâce avait été accordée. Le roi de Pruffe fait de très-belles actions fans en avertir fon monde. Il vient d'envoyer cinquante mille francs, dans une petite caffette fort jolie, à une vieille dame de la cour que fon père avait condamnée à l'amende autrefois d'une manière tout-à-fait turque. On reparla, il y a quelque temps, de cette ancienne injuftice defpotique du feu roi. Il ne voulut ni flétrir la mémoire de fon père, ni laiffer fubfifter le tort. Il

choifit exprès une terre de cette dame, pour y donner
ce beau fpectacle d'un combat de dix mille hommes,
efpèce de fpectacle digne du vainqueur de l'Autriche;
il prétendit que, pendant la pièce, on avait coupé
une haie dans la terre de la dame en queftion. On
ne lui avait pas abattu une branche, mais il s'obftina à
dire qu'il y avait eu du dégât, et envoya les cinquante
mille francs pour le réparer. Mon cher et refpectable
ami, comment font donc faits les grands-hommes,
fi celui-là n'en eft pas un? Je ne vous en regrette
pas moins, je ne fuis pas moins affligé, je ne viendrai en France que pour vous y voir. Mon cœur ne
donnera jamais la préférence au roi de Pruffe; et fi
je fuis obligé de vivre davantage auprès de lui, vous
ferez toujours les premiers dans mon fouvenir. Il
part pour la Siléfie; je refterai chez lui pendant fon
abfence pour quelques arrangemens littéraires. Je
ne fais plus quand je contenterai ma fantaifie de
voir Venife, Herculanum, Saint-Pierre et le pape;
mais fi je vais voir ces raretés, ce fera en poftillon.
Rien n'eft meilleur pour la fanté. Je vous jure que
vous accourcirez mon voyage. Ecrivez-moi, je vous
en prie, à Berlin, jufqu'à ce que je vous informe de
mon départ. Je vous ai déjà mandé que je n'avais
ici ni Zulime, ni Adélaïde, mais j'ai Aurélie. Le
roi de Pruffe eft de votre avis; il trouve que Rome
fauvée eft ce que j'ai fait de plus fort. Ce ferait une
raifon pour faire tomber à Paris cette pièce, et pour
faire dire à la cour que cela n'approche pas de la
belle pièce de Catilina, imprimée au Louvre. Mille
tendres refpects à madame d'*Argental*, à votre
famille, à vos amis. Soit que je voye Rome ou

non, je vous embrafferai furement cet hiver, avant de repartir pour Berlin. Donnez-moi, je vous en conjure, des nouvelles de madame d'*Argental*. Adieu, encore une fois ; quand je vous parlerai, vous me direz que j'ai raifon.

A propos , vous me reprochez de faire avec joie des portraits flatteurs à ma nièce ; voudriez-vous que je la dégoûtaffe et que je me privaffe de la confolation de vivre à Berlin avec elle, et d'y parler de vous ? voudriez-vous que je fuffe infenfible aux fêtes de *Lucullus* , et aux vertus de *Marc-Aurèle* ?

LETTRE CLXV.

A MADAME DENIS.

Berlin , 12 feptembre.

Qui donc peut vous dire que Berlin eft ce qu'était Paris du temps de *Hugues-Capet* ? Je vous prie feulement, ma chère enfant , d'aller voir votre ancienne paroiffe l'églife de Saint-Barthelemi , où vous n'avez, je crois, jamais été. C'était là le palais de ce *Hugues*. Le portail fubfifte encore dans toute fa barbarie. Venez , après cela , voir la falle d'opéra de Berlin.

Je voudrais que vous euffiez été au carroufel dont je vous ai déjà dit un petit mot ; remarquez en paffant, qu'on ne donne plus de carroufels à préfent ailleurs qu'ici. Si vous aviez vu le Prince royal de Pruffe, avec fa mine noble et douce, habillé en conful-romain, couper des têtes de maure, et enfiler

des

des bagues, vous l'auriez pris pour le jeune *Scipion*.
Il eſt ſûr que les peintres qui s'aviſent de peindre la
continence de *Scipion*, ne le prendront pas pour
modèle ; vous l'auriez peut-être prié de vous faire
violence, ſi vous l'aviez vu dans ce bel équipage.
Nous avons eu deux fois ce carrouſel, une aux
flambeaux, et l'autre en plein jour ; enſuite nous
avons joué Rome ſauvée ſur un petit théâtre aſſez
joli, que j'ai fait conſtruire dans l'antichambre
de la princeſſe *Amélie*. Moi qui vous parle, j'ai
joué *Cicéron*. J'aurais bien voulu que le marquis d'*Adhémar* eût été là en *Céſar*, et que M. de
Thibouville eût joué ſon rôle de *Catilina ;* mais on ne
peut pas tout avoir.

Nous avons eu l'opéra d'Iphigénie en Aulide.
Quinault n'a plus à ſe plaindre ; *Racine* a été encore
plus maltraité que lui. Je vous avouerai, ſi vous
voulez, que les vers des opéra qu'on donne ici,
ſont dignes du temps de *Hugues-Capet ;* mais, en vérité,
Berlin eſt un petit Paris. Il y a de la médiſance, de
la tracaſſerie, des jalouſies de femmes, des jalouſies
d'auteurs, et juſqu'à des brochures. J'attends avec
impatience ce que vous et Verſailles vous déciderez
ſur ma deſtinée, et ce que vous direz de la lettre du
roi de Pruſſe.

J'ai écrit à notre chèr d'*Argental*. J'ai dit à *Algarotti*
que nous avions lu enſemble à Paris ſon *congreſſo di
Citera*. Il en eſt flatté. Vous ſavez que les Italiens
ont été les premiers maîtres en amour, quand ils
ont fait revivre les beaux arts ; mais nous le leur
avons bien rendu. Adieu ; je n'ai pas un moment,
et je vous embraſſe en courant.

LETTRE CLXVI.

A M. LE COMTE D'ARGENTAL.

A Berlin, ce 14 septembre.

Vous devez, mon cher et respectable ami, avoir reçu plusieurs lettres de moi, et madame *Denis* doit vous en avoir rendu une; elle doit vous avoir dit que je vous sacrifie le pape, mais pour le roi de Prusse cela est impossible. Je n'irai point en Italie cette automne, comme je l'avais projeté. Je viendrai vous voir au mois de novembre, j'aurai la consolation de passer l'hiver avec vous, et je reverrai souvent ma patrie, parce que vous y demeurez. J'ai remis mon voyage d'Italie à un an, et je vous embrasserai par conséquent dans un an. Ces points de vue-là sont bien agréables, et les voyages sont charmans quand on vous retrouve au bout. L'Italie et le roi de Prusse sont chez moi deux vieilles passions qu'il faut satisfaire; mais je ne peux traiter *Frédéric le grand* comme le saint-père. Je ne peux le voir en passant. Je vous répète encore que vous approuverez mes raisons; oui, vous me plaindrez de m'être séparé de vous, et vous ne pourrez me condamner. Je ne sais comment vont les tracasseries de *le Kain*. Pour nous, nous jouons ici Rome sauvée sans tracasserie; je gronde comme je fesais à Paris, et tout va bien. Nous avons déjà fait trois répétitions; j'essayerai le rôle d'*Aurélie*, et au mois de novembre vous en jugerez. Je retrouverai mon petit théâtre; nous

tâcherons d'amufer madame d'*Argental*. Tout ce ——
tracas-là fait du bien à la fanté. Voyager et jouer la 1750.
comédie vaut prefque les pillules de *Sthal*. Qu'eft-ce
que trois ou quatre cents lieues? bagatelle. Voyez
les Romains, ces anciens maîtres de nous autres
barbares, ils couraient de Rome en Afrique, au
fond des Gaules, dans l'Afie; c'était une promenade.
Nous nous effrayons d'aller à dix lieues. Les Parifiens
font de francs fibarites. Vive le roi de Pruffe, il va
à Konisberg comme vous allez à Neuilly; mais, mes
anges, de tous ces voyages, les plus gais feront
ceux que je ferai pour vous. Meffieurs de Neuilly, je
fuis à vous pour la vie. Mandez-moi donc des nouvelles de la fanté de madame d'*Argental*.

Adieu, adieu; aimez-moi toujours, je vous en
prie.

LETTRE CLXVII.

A M. LE COMTE D'ARGENTAL.

A Berlin, ce 23 feptembre.

MON cher et refpectable ami, vous m'écrivez des
lettres qui percent l'ame et qui l'éclairent. Vous dites
tout ce qu'un fage peut dire fur des rois; mais je
maintiens mon roi une efpèce de fage. Il n'eft pas un
d'*Argental*, mais, après vous, il eft ce que j'ai vu de
plus aimable. Pourquoi donc, me dira-t-on, quittez-
vous M. d'*Argental* pour lui? Ah! mon cher ami, ce
n'eft pas vous que je quitte, ce font les petites cabales et
les grandes haines, les calomnies, les injuftices, tout

R 2

—— ce qui perfécute un homme de lettres dans fa patrie.

Je la regrette fans doute cette patrie, et je la reverrai bientôt. Vous me la ferez toujours aimer ; et d'ailleurs je me regarderai toujours comme le fujet et comme le ferviteur du roi. Si j'étais bon français à Paris, à plus forte raifon le fuis-je dans les pays étrangers. Comptez que j'ai bien prévenu vos confeils, et que jamais je n'ai mieux mérité votre amitié ; mais je fuis un peu comme *Chiantpot-la-perruque*. Vous ne favez peut-être pas fon hiftoire : c'était un homme qui quitta Paris, parce que les petits garçons couraient après lui. Il alla à Lyon par la diligence, et en defcendant, il fut falué d'une huée de poliffons. Voilà à peu-près mon cas. D'*Arnaud* fait ici des chanfons pour les filles, et on imprime dans les gazettes : *Chanfon de l'illuftre Voltaire pour l'augufte princeffe Amélie.* Un chambellan de la princeffe de *Bareith*, bon catholique, ayant la fièvre et le tranfport au cerveau, croit demander un lavement, on lui apporte le viatique et l'extrême-onction ; il prend le prêtre pour un apothicaire, tourne le cu : et de rire. Une façon de fecrétaire que j'ai amené avec moi, efpèce de rimailleur, fait des vers fur cette aventure, et on imprime : Vers de l'illuftre *Voltaire*, fur le cu d'un chambellan de Bareith, et fur fon extrême-onction. Ainfi, je porte glorieufement les péchés de d'*Arnaud* et de *Tinois* ; mais malheureufement j'ai peur que les mauvais vers de *Tinois*, portés par la beauté du fujet, ne parviennent à Paris, et ne caufent du fcandale. J'ai grondé vivement le poëte, et je vous prie, fi cette fottife parvient dans le pays natal de ces fadaifes, de détruire la calomnie ; car, quoique les vers aient

l'air à peu-près d'être faits par un laquais, il y a
d'honnêtes gens qui pourraient bien me les imputer,
et cela n'eft pas jufte. Il faut que chacun jouiffe de
fon bien. Franchement, il y aurait de la cruauté à
m'imputer des vers fcandaleux, à moi qui fuis, à mon
corps défendant, un exemple de fageffe dans ce pays-
ci. Proteftez donc, je vous en prie, dans le grand
livre de madame *Doublet*, contre les impertinens qui
m'attribueraient ces impertinences. Je vous écris un
peu moins férieufement qu'à mon ordinaire, c'eft que
je fuis plus gai. Je vous reverrai bientôt, et je compte
paffer ma vie entre *Frédéric*, le modèle des rois, et
vous, le modèle des hommes. On eft à Paris en trois
femaines, et on travaille chemin fefant; on ne perd
point fon temps. Qu'eft-ce que trois femaines dans
une année? Rien n'eft plus fain que d'aller. Vous
m'allez dire que c'eft une chimère; non, croyez tout
d'un homme qui vous a facrifié le pape.

Nous jouâmes avant-hier Rome fauvée, le roi était
encore en Siléfie. Nous avions une compagnie choifie;
nous jouâmes pour nous réjouir. Il y a ici un ambaffadeur anglais qui fait par cœur les Catilinaires. Ce
n'eft pas milord *Tirconel*, c'eft l'envoyé d'Angleterre.
Il m'a fait de très-beaux vers anglais fur Rome fauvée;
il dit que c'eft mon meilleur ouvrage. C'eft une
vraie pièce pour des miniftres; madame la chance-
lière en eft fort contente. Nos d'*Agueffeau* aiment ici
la comédie en réformant les lois. Adieu; je fuis un
bavard, je vous aime de tout mon cœur.

LETTRE CLXVIII.

A MADAME DE FONTAINE, *à Paris*.

A Berlin, 23 septembre.

QUAND vous vous y mettez, ma chère nièce, vous écrivez des lettres charmantes, et vous êtes, en vérité, une des plus aimables femmes qui soient au monde. Vous augmentez mes regrets; vous me faites sentir toute l'étendue de mes pertes. J'aurais joui avec vous d'une société délicieuse; mais enfin, j'espère que malheur sera bon à quelque chose. Je pourrai être plus utile à votre frère ici qu'à Paris. Peut-être qu'un roi hérétique protégera un prédica- teur catholique. Tous chemins mènent à Rome; et puisque *Mahomet* m'a si bien mis avec le pape, je ne désespère pas qu'un huguenot ne fasse du bien au prédicateur des carmélites.

Quand je vous dis, mon aimable nièce, que tous chemins mènent à Rome, ce n'est pas qu'ils m'y mènent. J'avais la rage de voir cette Rome et ce bon pape que nous avons, mais vous et votre sœur vous me rappelez en France : je vous sacrifie le saint-père. Je voudrais de même pouvoir vous faire le sacrifice du roi de Prusse; mais il n'y a pas moyen. Il est aussi aimable que vous; il est roi, mais c'est une passion de seize ans : il m'a tourné la tête. J'ai eu l'insolence de penser que la nature m'avait fait pour lui. J'ai trouvé une conformité si singulière entre tous ses goûts et les miens, que j'ai oublié qu'il était fouverain de la moitié de l'Allemagne, que l'autre tremblait à fon nom, qu'il avait gagné cinq batailles, qu'il était le plus grand général de l'Europe, qu'il était entouré de grands diables de héros hauts de fix pieds : tout cela m'aurait fait fuir mille lieues ; mais le philofophe m'a apprivoifé avec le monarque, et je n'ai vu en lui qu'un grand-homme bon et fociable. Tout le monde me reproche qu'il a fait pour d'*Arnaud* des vers qui ne font pas ce qu'il a fait de mieux ; mais fongez qu'à quatre cents lieues de Paris, il eft bien difficile de favoir fi un homme qu'on lui recommande a du mérite ou non : de plus, c'eft toujours des vers ; et, bien ou mal appliqués, ils prouvent que le vainqueur de l'Autriche aime les belles-lettres que j'aime de tout mon cœur. D'ailleurs, d'*Arnaud* eft un bon diable qui, par-ci par-là, ne laiffe pas de rencontrer de bonnes tirades. Il a du goût, il fe forme ; et s'il arrive qu'il fe déforme, il n'y a pas grand mal. En un mot, la petite méprife du roi de Pruffe n'empêché pas qu'il ne foit le plus aimable et le plus fingulier de tous les hommes.

Le climat n'eft point fi dur qu'on fe l'imagine. Vous autres parifiennes, vous penfez que je fuis en Laponie : fachez que nous avons eu un été auffi chaud que le vôtre, que nous avons mangé de bonnes pêches et de bons mufcats, et que, pour trois ou quatre degrés du foleil de plus ou de moins, il ne faut pas traiter les gens de haut en bas.

Vous voyez jouer chez moi à Paris des Mahomet, mais moi je joue à Berlin des Rome fauvée, et je fuis le plus enroué *Cicéron* que vous ayez vu. D'ailleurs, mon aimable enfant, digérons ; voilà le

R 4

—— grand point. Ma fanté eft à peu-près comme elle était à Paris ; et quand j'ai la colique, j'envoie pro-mener tous les rois de l'univers. J'ai renoncé à ces divins foupers, et je m'en trouve un peu mieux. J'ai une grande obligation au roi de Pruffe ; il m'a donné l'exemple de la fobriété. Quoi ! ai-je dit, voilà un roi né gourmand, qui fe met à table fans manger, et qui y eft de bonne compagnie, et moi je me donnerais des indigeftions comme un fot !

Que je vous plains, vous qui êtes au lait, qui quittez votre âneffe pour Forges, qui mangez comme un moineau, et qui avec cela n'avez point de fanté ! Dédommagez-vous donc ailleurs. On dit qu'il y a d'autres plaifirs.

Adieu ; mes complimens à tout le monde. J'efpère, au mois de novembre, vous embraffer très-tendre-ment. J'écris à votre fœur ; mais je veux que vous lui difiez que je l'aimerai toute ma vie, et même plus que mon nouveau maître.

LETTRE CLXIX.

A M. DEVAUX, à Nànci.

A Potfdam, le 7 octobre.

Ce n'eft point ma pareffe, Monfieur, mais ma mau-vaife fanté qui a retardé ma réponfe, et qui m'em-pêche même de vous écrire de ma main. Je crois que j'aurais grand befoin d'aller faire un tour aux eaux de Plombières, dans votre voifinage. Le défir de faire encore ma cour au roi de Pologne, et de

vous revoir, fera mon principal motif. Je voudrais
bien, en attendant, pouvoir faire ce que vous me
demandez pour votre ami; mais les places font ici
bien rares. Il eft vrai qu'il y a un petit nombre
d'élus, mais il n'y a auffi qu'un petit nombre d'ap-
pelés. Ma mauvaife fanté ne me permet guère d'être
à portée de chercher ailleurs. Il y a huit mois entiers
que je ne fuis forti de ma chambre que pour aller
dans celle du roi. Je fuis fon malade, comme *Scarron*
était celui de la reine.

Je vous remercie, avec bien de la fenfibilité, des
offres obligeantes que vous me faites au fujet du
manufcrit que j'ai perdu. La copie qui eft entre les
mains du valet de chambre de monfeigneur le prince
Charles de Lorraine, n'eft point ce que je cherche.
Il n'a et ne peut avoir que la partie du manufcrit qui
eft entre les mains de plus de trente perfonnes.
L'Hiftoire univerfelle, depuis *Charlemagne* jufqu'à
Charles-Quint, a été copiée plufieurs fois; mais ce
qui m'a été volé, ce font des matériaux pour l'hiftoire des temps fuivans jufqu'au fiècle de *Louis XIV.*
Je regrette furtout ce que j'avais raffemblé fur les
progrès des fciences et des arts dans différens pays,
et les traductions en vers que j'avais faites de plufieurs poëtes italiens, efpagnols et orientaux. Le
manufcrit m'a été volé à Paris; c'eft une perte que je
ne puis réparer, et dont il faut que je me confole. Il
arrive de plus grands malheurs dans la vie.

Adieu, mon cher et ancien ami; je vous embraffe
du meilleur de mon ame.

LETTRE CLXX.

A MADAME DENIS, *à Paris.*

A Potſdam, 13 octobre.

Nous voilà dans la retraite de Potſdam : le tumulte des fêtes eſt paſſé, mon ame en eſt plus à ſon aiſe. Je ne ſuis pas fâché de me trouver auprès d'un roi qui n'a ni cour ni conſeil. Il eſt vrai que Potſdam eſt habité par des mouſtaches et des bonnets de grenadier ; mais, Dieu merci, je ne les vois point. Je travaille paiſiblement dans mon appartement au ſon du tambour. Je me ſuis retranché les dîners du roi ; il y a trop de généraux et trop de princes. Je ne pouvais m'accoutumer à être toujours vis-à-vis d'un roi en cérémonie, et à parler en public. Je ſoupe avec lui en plus petite compagnie. Le ſouper eſt plus court, plus gai et plus ſain. Je mourrais au bout de trois mois, de chagrin et d'indigeſtion, s'il fallait dîner tous les jours avec un roi en public.

On m'a cédé, ma chère enfant, en bonne forme, au roi de Pruſſe. Mon mariage eſt donc fait ; ſera-t-il heureux ? je n'en ſais rien. Je n'ai pas pu m'empêcher de dire *oui.* Il fallait bien finir par ce mariage, après des coquetteries de tant d'années. Le cœur m'a palpité à l'autel. Je compte venir, cet hiver prochain, vous rendre compte de tout, et peut-être vous enlever. Il n'eſt plus queſtion de mon voyage d'Italie. Je vous ai ſacrifié ſans remords le ſaint-père et la ville ſouterraine ; j'aurais dû peut-être vous ſacrifier Potſdam.

Qui m'aurait dit, il y a sept ou huit mois, quand
j'arrangeais ma maison avec vous à Paris, que je 1750.
m'établirais à trois cents lieues dans la maison d'un
autre? et cet autre est un maître. Il m'a bien juré
que je ne m'en repentirais pas; il vous a comprise,
ma chère enfant, dans une espèce de contrat qu'il a
signé avec moi, et que je vous enverrai; mais vien-
drez-vous gagner votre douaire de quatre mille
livres ?

J'ai bien peur que vous ne fassiez comme madame
de *Rotembourg*, qui a toujours préféré les opéra de
Paris à ceux de Berlin. O destinée , comme vous
arrangez les événemens , et comme vous gouvernez
les pauvres humains!

Il est plaisant que les mêmes gens de lettres de
Paris, qui auraient voulu m'*exterminer*, il y a un an,
crient actuellement contre mon éloignement , et
l'appellent désertion. Il semble qu'on soit fâché
d'avoir perdu sa victime. J'ai très-mal fait de vous
quitter; mon cœur me le dit tous les jours plus que
vous ne pensez ; mais j'ai très-bien fait de m'éloigner
de ces messieurs-là.

Je vous embrasse avec tendresse et avec douleur.

LETTRE CLXXI.

A M. LE COMTE D'ARGENTAL.

A Potsdam, 15 octobre.

Mon cher ange, il faut que je faffe ici une petite
réflexion. Vous me battez en ruine fur trois cents
lieues, et je vous ai vu fur le point d'en faire deux
mille; et affurément vous n'auriez pas trouvé, au
bout de vos deux mille, ce que je trouve au bout
de mes trois cents. Vous ne feriez pas revenu fur une
de mes lettres, comme je reviens fur les vôtres; vous
n'auriez pas voyagé de l'autre monde à Paris, comme
je voyagerai pour vous. Croyez, mes anges, qu'il
me fera plus aifé de venir vous voir, qu'il ne me l'a
été de me tranfplanter. Je me tiens en haleine pour
vous. Je viens de jouer la Mort de Céfar. Nous avons
déterré un très-bon acteur dans le prince *Henri*, l'un
des frères du roi. Nous bâtiffons ici des théâtres auffi
aifément que leur frère aîné gagne des batailles et
fait des vers. *Chiantpot-la-perruque* eft ici plus content, plus fêté, plus accueilli, plus honoré, plus
careffé qu'il ne le mérite:

. . . *Nifi quod non fimul effes, cætera lætus.*

Il vous apportera bientôt des gouttes d'*Hoffman*,
des pillules de *Sthal*. Si mon voyage contribuait à
la fanté de madame d'*Argental* et de vos amis, ne
ferais-je pas le plus heureux des hommes? L'aventure
de *le Kain* et des évêques ne contribue pas peu à me

faire aimer la France. Je vous réponds que le roi mon maître approuve infiniment le roi mon maître. On ne fait guère dans mon nouveau pays ce que c'eſt que des évêques; mais on y eſt charmé d'apprendre que, dans mon ancien pays, on met à la raiſon des perſonnes aſſez ſacrées pour croire ne devoir rien à l'Etat dont elles ont tout reçu, et mon ancienne cour ſait combien elle eſt approuvée de ma nouvelle cour. Je ne ſais pas, mon cher et reſpectable ami, d'où peut venir le bruit qui s'eſt répandu qu'il était entré un peu de dépit dans ma tranſmigration. Il s'en faut bien que j'y aye donné le moindre ſujet : le contraire reſpire dans toutes les lettres que j'ai écrites à ceux qui pouvaient en abuſer.

J'ai cru avoir des raiſons bien fortes de me tranſplanter. Je mène d'ailleurs ici une vie ſolitaire et occupée, qui convient à la fois à ma ſanté et à mes études. De mon cabinet je n'ai que trois pas à faire pour ſouper avec un homme plein d'eſprit, de grâces, d'imagination, qui eſt le lien de la ſociété, et qui n'a d'autre malheur que d'être un très-grand et très-puiſſant roi. Je goûte le plaiſir de lui être utile dans ſes études, et j'en prends de nouvelles forces pour diriger les miennes. J'apprends, en le corrigeant, à me corriger moi-même. Il ſemble que la nature l'ait fait exprès pour moi; enfin, toutes mes heures ſont délicieuſes. Je n'ai pas trouvé ici le moindre bout d'épine dans mes roſes. Eh bien, mon cher ami, avec tout cela je ne ſuis point heureux, et je ne le ferai point; non je ne le ferai point, et vous en êtes cauſe. J'ai bien encore un autre chagrin, mais ce ſera pour notre entrevue : le bonheur de vous revoir l'adoucira. Si je vous en parlais à préſent, je m'attriſterais ſans conſolation. Je ne veux vous montrer mes bleſſures que quand vous y verſerez du baume.

Préparez-vous à voir encore Rome ſauvée ſur notre petit théâtre du grenier. Je me ſoucie fort peu de celui du faubourg Saint-Germain. Adieu, vous qui me tenez lieu de public, vous que j'aimerai tendrement toute ma vie. Adieu, vous que je n'ai pu quitter que pour *Frédéric le grand*. Mille tendres reſpects au bois de Boulogne.

LETTRE CLXXII.

A M. LE COMTE D'ARGENTAL.

A Potſdam, ce 27 octobre.

Mon hiſtoriographerie eſt donnée, mes anges; madame de *Pompadour*, qui me l'écrit, me mande en même-temps que le roi a la bonté de me conſerver une ancienne penſion de deux mille livres. Je n'ai que des grâces à rendre. Le bien que je dis de ma patrie, en ſera moins ſuſpect; n'étant plus hiſtoriographe, je n'en ſerai que meilleur hiſtorien. Les éloges que le chambellan du roi de Pruſſe donnera au roi de France, ne ſeront que la voix de la vérité. Mon cher et reſpectable ami, voici le temps où il ne faut plus faire que de la proſe. Un vieux poëte, un vieil amant, un vieux chanteur et un vieux cheval, ne valent rien. Il vous reviendra Rome ſauvée, Zulime, Adélaïde. Cela eſt bien honnête, et je

viendrai prendre congé fur le théâtre de mon grenier. ——
J'efpère que madame d'*Argental* viendra nous enten- 1750.
dre. Mes derniers travaux feront pour mes anges. Je
voudrais déjà être auprès de vous ; je voudrais me
confoler avec vous de mon bonheur. Pourquoi faut-
il que je fois fi heureux à Potfdam, quand vous
êtes à Paris ? Pourquoi tous les êtres penfans et bien
penfans, les gens de goût, les bons cœurs ne font-ils
pas un petit peloton dans quelque coin de ce monde ?
Quand vous reverrai-je ? Il n'y a pas moyen de fe
mettre en route dans le terrain fangeux de l'Allemagne. On ne fe tire point des boues dans ce temps-
ci, furtout dans les abominables campagnes de la
Veftphalie ; il faudra abfolument attendre les gelées,
alors on va comme le vent du Nord, et on n'a
jamais froid ; car on eft tout fourré dans fon carroffe,
et on ne defcend que dans des étuves. Il ne fait froid
qu'en France en hiver, parce qu'on y oublie au mois
de juin, qu'il y aura un mois de décembre.

Je ne vous oublierai jamais, mes anges, dans aucun
mois de l'année, dans aucun lieu de la terre ; mais,
encore une fois et cent fois, je n'ai pu ni dû refufer
les bontés du roi de Pruffe. Je vois tous les jours
des gens qui s'en vont au diable pour de bien moins
fortes raifons. Non-feulement on les approuve, mais
on les regarde comme des gens favorifés de la fortune.
Or, je vous jure qu'il n'y a aucune comparaifon à
faire de mon état à celui de tous ceux qui s'expa-
trient pour aller dire le roi mon maître. Comptez
que j'ai toutes fortes de raifons, et que je n'ai qu'un
feul chagrin ; je n'ai auffi qu'un feul défir. Tout cela
fera tiré au clair au mois de décembre ; et s'il gelait

plutôt, je partirais plutôt. Moi qui redoutais tant le vent du Nord, je l'invoque à préfent, comme les poëtes grecs invoquaient le zéphir ? Que faites-vous cependant ? avez-vous reçu *le Kain*? y a-t-il bien des tracafferies à la comédie ? applaudit-on toujours des fottifes qui ont l'air de l'efprit? joue-t-on des opéra déteftables? fait-on de mauvaifes chanfons? qui eft-ce qui fait un plat difcours à l'académie, en fuccédant à *Gilles* le philofophe ? *Duclos* n'eft-il pas hiftoriographe? Mademoifelle *Duménil* boit-elle toujours pinte ? en perd-elle fa fanté et fon talent? Mademoifelle *Gauffin* croit-elle toujours être grande tragique? a-t-elle quelque notaire ou quelque prince? Adieu, adieu, mes anges; aimez-moi toujours un peu.

LETTRE CLXXIII.

A MADAME DENIS.

A Potfdam, 28 octobre.

JE ne fais pas pourquoi le roi me prive de la place d'hiftoriographe de France, et qu'il daigne me conferver le brévet de fon gentilhomme ordinaire ; c'eft précifément parce que je fuis en pays étranger que je fuis plus propre à être hiftorien ; j'aurais moins l'air de la flatterie; la liberté dont je jouis donnerait plus de poids à la vérité. Ma chère enfant, pour écrire l'hiftoire de fon pays, il faut être hors de fon pays.

Me

Me voilà donc à préfent à deux maîtres. Celui qui a dit qu'on ne peut fervir deux maîtres à la fois, avait affurément bien raifon; auffi, pour ne point le contredire, je n'en fers aucun. Je vous jure que je m'enfuirais, s'il me fallait remplir les fonctions de chambellan, comme dans les autres cours. Ma fonction eft de ne rien faire. Je jouis de mon loifir. Je donne une heure par jour au roi de Pruffe pour arrondir un peu fes ouvrages de profe et de vers. Je fuis fon grammairien et point fon chambellan. Le refte du jour eft à moi, et la foirée finit par un fouper agréable. Il arrivera qu'en dépit des titres dont je ne fais nul cas, je n'exercerai point du tout la chambellanie, et que j'écrirai l'hiftoire.

J'ai apporté ici heureufement tous mes extraits fur *Louis XIV*. Je ferai venir de Leipfick les livres dont j'aurai befoin, et je finirai ici ce Siècle de *Louis XIV*, que peut-être je n'aurais jamais fini à Paris. Les pierres dont j'élevais ce monument à l'honneur de ma patrie, auraient fervi à m'écrafer. Un mot hardi eût paru une licence effrénée; on aurait interprété les chofes les plus innocentes avec cette charité qui empoifonne tout. Voyez ce qui eft arrivé à *Duclos* après fon Hiftoire de *Louis XI*. S'il eft mon fucceffeur en hiftoriographerie, comme on le dit, je lui confeille de n'écrire que quand il fera, comme moi, un petit voyage hors de France.

Je corrige à préfent la feconde édition que le roi de Pruffe va faire de l'hiftoire de fon pays. Un auteur comme celui-là peut dire ce qu'il veut fans fortir de fa patrie. Il ufe de ce droit dans toute fon étendue. Figurez-vous que, pour avoir l'air plus impartial, il

1750. tombe fur fon grand-père de toutes fes forces. J'ai rabattu les coups tant que j'ai pu. J'aime un peu ce grand-père, parce qu'il était magnifique et qu'il a laiffé de beaux monumens. J'ai eu bien de la peine à faire adoucir les termes dans lefquels le petit-fils reproche à fon aïeul la vanité de s'être fait roi; c'eft une vanité dont fes defcendans retirent des avantages affez folides, et le titre n'en eft point du tout défa-gréable. Enfin, je lui ai dit : C'eft votre grand-père, ce n'eft pas le mien, faites-en tout ce que vous vou-drez; et je me fuis réduit à éplucher des phrafes. Tout cela amufe et rend la journée pleine ; mais, ma chère enfant, ces journées fe paffent loin de vous. Je ne vous écris jamais fans regrets, fans remords et fans amertume.

LETTRE CLXXIV.

A MADAME DENIS,

A Potfdam, 6 novembre.

ON fait donc à Paris, ma chère enfant, que nous avons joué à Potfdam la Mort de Céfar, que le prince *Henri* eft bon acteur, n'a point d'accent et eft très-aimable, et qu'il y a ici du plaifir? Tout cela eft vrai ;.. mais . . . les foupers du roi font déli-cieux; on y parle raifon, efprit, fcience; la liberté y règne : il eft l'ame de tout cela ; point de mauvaife humeur, point de nuage, du moins point d'orages. Ma vie eft libre et occupée ; mais... mais... opéra,

1750.

comédies, carroufels, foupers à Sans-fouci, manœuvres de guerres, concerts, études, lectures; mais...
mais... la ville de Berlin grande, bien mieux percée
que Paris, palais, falles de fpectacles, reines affables,
princeffes charmantes, filles d'honneur belles et bien
faites, la maifon de madame de *Tirconel* toujours
pleine et fouvent trop; ... mais ... mais..., ma
chère enfant, le temps commence à fe mettre à un
beau froid.

Je fuis en train de dire des *mais*, et je vous dirai,
mais il eft impoffible que je parte avant le 15 de
décembre. Vous ne doutez pas que je ne brûle
d'envie de vous voir, de vous embraffer, de vous
parler. Ma rage de voir l'Italie n'approche pas des
fentimens qui me rappellent à vous; mais, mon
enfant, accordez-moi encore un mois, demandez
cette grâce pour moi à M. d'*Argental;* car je dis toujours au roi de Pruffe que, quoique je fois fon
chambellan, je n'en appartiens pas moins à vous
et à ce M. d'*Argental*. Mais eft-il vrai que notre *Ifaac
d'Argens* eft allé fe confiner à Monaco avec fa femme
qui eft grande virtuofe? Il y a là un petit grain de
folie ou une grande dofe de philofophie. Il ferait
bien de venir ici augmenter notre colonie.

Maupertuis n'a pas les refforts bien lians; il prend
mes dimenfions durement avec fon quart de cercle.
On dit qu'il entre un peu d'envie dans fes problèmes.
Il y a ici, en récompenfe, un homme trop gai;
c'eft *la Métrie*. Ses idées font un feu d'artifice toujours en fufées volantes. Ce fracas amufe un demi-
quart d'heure, et fatigue mortellement à la longue.
Il vient de faire, fans le favoir, un mauvais livre

imprimé à Potfdam, dans lequel il profcrit la vertu et les remords, fait l'éloge des vices, invite fon lecteur à tous les défordres, le tout fans mauvaife intention. Il y a dans fon ouvrage mille traits de feu, et pas une demi-page de raifon ; ce font des éclairs dans une nuit. Des gens fenfés fe font avifés de lui remontrer l'énormité de fa morale. Il a été tout étonné ; il ne favait pas ce qu'il avait écrit ; il écrira demain le contraire fi on veut. Dieu me garde de le prendre pour mon médecin ; il me donnerait du fublimé cor-rofif au lieu de rhubarbe, très-innocemment, et puis fe mettrait à rire. Cet étrange médecin eft lecteur du roi ; et ce qu'il y a de bon, c'eft qu'il lui lit à préfent l'Hiftoire de l'Eglife. Il en paffe des centaines de pages, et il y a des endroits où le monarque et le lecteur font prêts à étouffer de rire.

Adieu, ma chère enfant ; on veut donc jouer à Paris Rome fauvée ? mais ... mais.... Adieu ; je vous embraffe de tout mon cœur.

LETTRE CLXXV.

A M. LE COMTE D'ARGENTAL.

A Potfdam, ce 14 novembre.

C HIANTPOT-LA-PERRUQUE a été fidelle à fa deftinée, et il eft jufte qu'il vous dife que les petits garçons courent toujours après lui. Vous faurez, mon cher ange, que j'ai eu le malheur d'infpirer à mon élève d'*Arnaud* la plus noble jaloufie. Cet illuftre rival était arrivé ici recommandé par le fage d'*Argens*, et attendu comme celui qui confolait Paris de ma décadence. Il arriva donc par le coche, tout feul de fa bande, et fe donna pour un feigneur qui avait perdu fur les chemins fes titres de nobleffe, fes poëfies et les portraits de fes maîtreffes, le tout enfermé dans un bonnet de nuit.

Il fut un peu fâché de n'avoir que quatre mille huit cents livres d'appointemens, de ne point fouper avec le roi, de ne point coucher avec les filles d'honneur ; et enfin, quand il me vit arrivé, il fut défefpéré, quoique, en vérité, je n'aye pas plus les bonnes grâces des filles d'honneur que lui ; mais le roi me traite avec des bontés diftinguées ; mais Rome fauvée a été très-bien reçue, et fon Mauvais riche affez mal. Il a fait de mauvais vers pour des filles ; et comme les gazetiers, qui ont du goût, les avaient imprimés comme de beaux vers de ma façon, adreffés à la princeffe *Amélie*, quel parti a pris mon *Baculard* d'*Arnaud*? mon *Baculard* a voulu auffi défavouer une mauvaife préface qu'il avait voulu mettre au-devant d'une mauvaife édition qu'on a faite à Roüen de mes ouvrages. Il ne favait pas que j'avais expreffément défendu qu'on fît ufage de cette rapfodie dont, par parenthèfe, j'ai l'original écrit et figné de fa main. Il s'adreffe donc à mon cher ami *Fréron*, il lui mande que je l'ai perdu à la cour, que j'ai mis en ufage une politique profonde pour le perdre dans l'efprit du roi, que j'ai ajouté à fa préface des chofes horribles contre la France, et qu'en un mot, il prie l'illuftre *Fréron* d'annoncer au public, qui a les yeux fur *Baculard*, qu'il fe lave les mains de cet ouvrage. Les regrattiers de nouvelles littéraires, qui écrivent ici les fottifes de Paris, mandent ce beau défaveu. Par hazard le roi avait vu une ancienne épreuve de cette belle préface. Il l'a relue, et il a vu qu'il n'y avait pas un feul mot contre la France, que par conféquent *Baculard* eft un peu menteur. Il a été un peu courroucé du procédé, et il avait quelque envie de renvoyer ce beau fils comme il était venu. J'ai cru qu'il était des règles du théâtre de parler en fa faveur, et des règles de la prudence de ne faire aucun éclat. *Baculard d'Arnaud* ne fait pas que fon petit crime eft découvert ; je le mets à fon aife, je ne lui parle de rien. Cependant le roi veut être inftruit, il veut favoir s'il eft vrai que d'*Arnaud* ait écrit à *Fréron* que je l'avais deffervi dans l'efprit de fa Majefté, &c. Il eft bien aife d'être au fait. On m'a mandé cependant que cette affaire avait fait du bruit à Paris, que M. *Berrier* avait voulu voir la lettre de d'*Arnaud* à *Fréron*, que cette lettre était publique. Franchement vous me rendrez, mon cher ange, un fervice effentiel, en me mettant au fait de toute cette impertinence. Et favez-vous bien quel fervice vous me rendrez ? celui de me procurer plutôt le bonheur de vous embraffer ; car je ne puis partir d'ici que cette affaire ne foit éclaircie. Vous me direz : Voilà ces épines que j'avais prédites ; pourquoi aller chercher des tracafferies à Berlin ? n'en aviez-vous pas affez à Paris ? que ne laiffiez-vous *Baculard* briller feul fur les bords de la Sprée ? Mais, mon cher ami, pouvais-je deviner qu'un homme que j'ai élevé, et qui me doit tout, me jouât un tour fi perfide ? Qu'on mette au bout du monde deux auteurs, deux femmes, ou deux dévots, il y en aura un qui fera quelque niche à l'autre. L'espèce humaine étant faite ainsi, il n'y a d'autre parti à prendre que celui de se tirer d'affaire le plus prudemment et le plus honnêtement qu'il se pourra. Je vous supplie donc de me mander tout ce que vous savez. Ne pourrait-on pas avoir une copie de la lettre de d'*Arnaud* à *Fréron* ? je ne dis pas de la lettre contenue dans les feuilles fréroniques, dans laquelle d'*Arnaud* désavoue la préface en question ; je parle de la lettre particulière dans laquelle il se déchaîne, lettre que *Fréron* aura sans doute communiquée.

A l'égard de cette préface que j'ai proscrite, il y a long-temps, j'ignore si le libraire de Rouen m'a tenu parole. J'ai fait ce que j'ai pu ; mais, à trois cents lieues, on court risque d'être mal servi. Je voudrais que la préface, et l'édition, et d'*Arnaud*, fussent à tous les diables. Je vous demande très-humblement pardon de vous entretenir de ces niaiseries ; mais ne me suis-je pas fait un devoir de vous rendre toujours compte de ma conduite et de mes petites peines ? Chacun a les siennes, rois, bergers et moutons. J'attends tout de votre amitié. Communiquez ma lettre au coadjuteur qui est si paresseux d'écrire, et qui ne l'est jamais d'être bienfesant.

P. S. J'écris à M. *Berrier*. Je lui envoie cette préface, afin qu'il soit convaincu par ses yeux de l'imposture, qu'il impose silence à *Fréron*, ou qu'il l'oblige à se rétracter.

LETTRE CLXXVI.

A MADAME DENIS, *à Paris.*

A Potſdam, 17 novèmbre.

JE ſais, ma chère enfant, tout ce qu'on dit de Potſdam dans l'Europe. Les femmes ſurtout ſont déchaînées, comme elles l'étaient à Montpellier contre M. d'*Aſſouci;* mais tout cela ne me regarde pas.

> J'ai paſſé l'âge heureux des honnêtes amours,
> Et n'ai point l'honneur d'être page :
> Ce qu'on fait à Paphos et dans le voiſinage
> M'eſt indifférent pour toujours.

Je ne me mêle ici que de mon métier de raccommoder la proſe et les vers du maître de la maiſon. *Algarotti* me diſait, il y a quelque temps, qu'il avait vu à Dreſde un prêtre italien fort aſſidu à la cour. Vous noterez qu'à Dreſde preſque tout le monde eſt luthérien, hors le roi. On demandait à cet abbate ce qu'il feſait : *Io ſono,* répondit-il, *il cattolico di ſua maeſtà;* pour moi je ſuis *il pedagogo di ſua maeſtà.* Je me flatte qu'en me renfermant dans mes bornes, je vivrai tranquille.

J'ignore parfaitement tout ce qui ſe fait ici. Si j'avais été dans le palais de *Paſiphaé,* je l'aurais laiſſé faire avec ſon taureau, et j'aurais dit comme cet anglais à peu-près en pareil cas : *Je ne me mêle pas de leurs amours.* Les *mais*, ces éternels *mais* qui font dans ma dernière lettre, ne tombent point du tout fur ce qu'on dit dans le monde, ni fur les reproches qu'on me fait en France d'être ici. Je vous expliquerai mon énigme quand nous nous verrons.

En attendant, je vous envoie Rome par le cou- rier de milord *Tirconel.* Faites de la république romaine tout ce qui vous plaira. Je fuis toujours d'avis que cela eft bon à jouer dans la grand'falle du palais devant meffieurs des enquêtes ou devant l'univerfité. J'aime mieux, à la vérité, une fcène de Céfar et de Catilina, que tout Zaïre; mais cette Zaïre fait pleurer les faintes ames et les ames tendres. Il y en a beaucoup, et à Paris il y a bien peu de romains.

Puifque le courier me donne du temps, je ne peux m'empêcher de vous donner la clef d'un de ces *mais*, de peur que votre imagination ne faffe de fauffes clefs. J'ai bien peur de dire au roi de Pruffe comme *Jafmin : Vous n'êtes pas trop corrigé, mon maître.* J'avais vu une lettre touchante, pathétique, et même fort chrétienne que le roi avait daigné écrire à d'*Arget* fur la mort de fa femme. J'ai appris que le même jour fa Majefté avait fait une épigramme contre la défunte; cela ne laiffe pas de donner à penfer. Nous fommes ici trois ou quatre étrangers comme des moines dans une abbaye. Dieu veuille que le père abbé fe contente de fe moquer de nous. Cependant, il y a ici une dofe affez honnête *di quefta rabbia detta gelofia.* Où l'envie ne fe fourre-t-elle pas, puifqu'elle eft ici? Ah! je vous jure qu'il n'y a rien à envier.

—— Il n'y aurait qu'à vivre paifiblement ; mais les rois
1750. font comme les coquettes ; leurs regards font des
jaloux, et *Frédéric* eft une très-grande coquette ; mais,
après tout, il y a cent fociétés dans Paris beaucoup
plus infectées de tracafferies que la nôtre.

Le plus cruel de tous les *mais*, c'eft que je vois
bien, ma chère enfant, que ce pays-ci n'eft pas fait
pour vous. Je vois qu'on paffe dix mois de l'année
à Potfdam. Ce n'eft point une cour, c'eft une retraite
dont les dames font bannies. Nous ne fommes cependant pas dans un couvent d'hommes réguliers. Toutes
chofes mûrement confidérées, attendez-moi à Paris,
et nous raifonnerons. Adieu ; que votre amitié me
foutienne.

LETTRE CLXXVII.

A MADAME DENIS.

A Potfdam, 24 novembre.

LE foleil levant s'eft allé coucher. Ce pauvre
d'*Arnaud* s'ennuyait ici mortellement de ne voir ni
roi, ni comédienne, et de n'avoir que des baïon-
nettes devant le nez. Il avait épuifé fon crédit à
faire jouer à Charlotembourg, il y a quelque temps,
fa comédie du Mauvais riche ; mais les pièces tirées
du nouveau Teftament ne réuffiffent pas ici ; elle fut
mal reçue. Il s'eft regardé comme *Ovide* dont on
aurait fifflé une élégie chez les Gètes. Tout cela, joint
à un peu de chagrin de voir moi, foleil couchant,
paffablement bien traité, l'a porté à demander fon

congé fort triftement. Le roi lui a ordonné très-dure-
ment de partir dans vingt-quatre heures ; et comme
les rois font accablés d'affaires, il a oublié de lui
payer fon voyage. Mon enfant, mon triomphe
m'attrifte. Cela fait faire de profondes réflexions fur
les dangers de la grandeur. Ce d'*Arnaud* avait une des
plus belles places du royaume. Il était garçon-poëte
du roi, et fa Majefté pruffienne avait fait pour lui des
verficulets très-galans. Nous n'avons point, depuis
Bélifaire, de plus terrible chute. Comme le monarque
bel-efprit traite un de fes deux foleils ! Je lui avais
écrit fur la route, quand j'allais à fa cour :

> Quel diable de Marc-Antonin !
> Et quelle malice eft la vôtre !
> Vous égratignez d'une main,
> Lorfque vous careffez de l'autre.

On me fait plus que jamais patte de velours ;
mais... adieu, adieu ; je brûle de venir vous
embraffer.

LETTRE CLXXVIII.

A M. LE COMTE D'ARGENTAL.

A Potſdam, le 28 novembre.

Mon cher ange, vous me rendez bien la juſtice de croire que j'attends avec quelque impatience le moment de vous revoir; mais, ni les chemins d'Allemagne, ni les bontés de *Frédéric le grand*, ni le palais enchanté où ma chevalerie errante eſt retenue, ni mes ouvrages que je corrige tous les jours, ni l'aventure de d'*Arnaud*, ne me permettent de partir avant le 15 ou le 20 décembre.

Croiriez-vous bien que votre chevalier de *Mouhi* s'eſt amuſé à écrire quelquefois des ſottiſes contre moi, dans un petit écrit intitulé la Bigarrure ? Je vous l'avais dit, et vous n'avez pas voulu le croire; rien n'eſt plus vrai, ni ſi public. Il n'y a aucun de ces animaux-là qui n'écrivît quelques pauvretés contre ſon ami, pour gagner un écu, et point de libraire qui n'en imprimât autant contre ſon propre frère. On ne fait pas aſſurément d'attention à la Bigarrure du chevalier de *Mouhi*; mais vous m'avouerez qu'il eſt fort plaiſant que ce *Mouhi* me joue de ces tours-là. Il vient de m'écrire une longue lettre, et il ſe flatte que je le placerai à la cour de Berlin. Je veux ignorer ſes petites impertinences qu'on ne peut attribuer qu'à de la folie; il ne faut pas ſe fâcher contre ceux qui ne peuvent pas nuire. J'ai mandé à ma

nièce qu'elle fît réponse pour moi, et qu'elle l'assurât
de tous mes sentimens pour lui et pour la chevalière.

Votre Aménophis est de *Linant* ; c'est l'Artaxerce
de *Métastasio*. Ce pauvre diable a été sifflé de son
vivant et après sa mort. Les sifflets et la faim
l'avaient fait périr, digne sort d'un auteur. Cependant vos badauds ne cessent de battre des mains à
des pièces qui ne valent guère mieux que les siennes.
Ma foi, mon cher ange, j'ai fort bien fait de quitter
ce beau pays-là, et de jouir du repos auprès d'un
héros, à l'abri de la canaille qui me persécutait, des
graves pédans qui ne me défendaient pas, des dévots
qui, tôt ou tard, m'auraient joué un mauvais tour,
et de l'envie qui ne cesse de sucer le sang que quand
on n'en a plus. La nature a fait *Frédéric le grand* pour
moi. Il faudra que le diable s'en mêle, si les dernières années de ma vie ne sont pas heureuses auprès
d'un prince qui pense en tout comme moi, et qui
daigne m'aimer autant qu'un roi en est capable. On
croit que je suis dans une cour, et je suis dans une
retraite philosophique ; mais vous me manquez,
mes chers anges. Je me suis arraché la moitié du
cœur pour mettre l'autre en sûreté, et j'ai toujours
mon grand chagrin dont nous parlerons à mon
retour. En attendant, je joins ici, pour vous amuser,
une page d'une épître que j'ai corrigée. Il me semble
que vous y êtes pour quelque chose. Il s'agit de la
vertu et de l'amitié. Dites-moi si l'allemand a gâté
mon français, et si je me suis rouillé comme *Rousseau*.
N'allez pas croire que j'apprenne sérieusement la
langue tudesque ; je me borne prudemment à savoir
ce qu'il en faut pour parler à mes gens, à mes

—— chevaux. Je ne fuis pas d'un âge à entrer dans toutes les délicateffes de cette langue fi douce et fi harmonieufe; mais il faut favoir fe faire entendre d'un poftillon. Je vous promets de dire des douceurs à ceux qui me mèneront vers mes chers anges. Je me flatte que madame d'*Argental*, M. de *Pont-de-Vefle*, M. de *Choifeul*, M. l'abbé de *Chauvelin* auront toujours pour moi les mêmes bontés : et qui fait fi un jour . . . . car . . . . Adieu ; je vous embraffe tendrement. Si vous m'écrivez, envoyez votre lettre à ma nièce. Je baife vos ailes de bien loin.

LETTRE CLXXIX.

A M. THIRIOT.

Novembre.

Quoique vous paraiffiez m'avoir entièrement oublié, je ne puis croire que vous m'ayez effacé de votre cœur ; vous êtes toujours dans le mien. Vous devez être un peu confolé d'avoir été remplacé par un homme tel que d'*Arnaud*. La manière dont il s'acquittait à Paris de la commiffion dont il était honoré, devait fervir à vous faire regretter ; et la manière dont il s'eft conduit ici a achevé de le faire connaître. Je ne me repens point du bien que je lui ai fait, mais j'en fuis bien honteux ; s'il n'avait été qu'ingrat envers moi, je ne vous en parlerais pas.

Voilà, mon ancien ami, ce que font ces hommes qui prétendent à la littérature : *O inhumaniores litteræ!*

Je gémis fur les belles-lettres, fi elles font ainfi
infectées; et je gémis fur ma patrie, fi elle fouffre 1750.
les ferpens que les cendres des *Desfontaines* ont
produits. Mais, après tout, en plaignant les méchans et ceux qui les tolèrent, en plaignant jufqu'à
d'*Arnaud* même, tombé par l'opprobre dans la
misère, je ne laiffe pas de jouir d'un repos affez doux,
de la faveur et de la fociété d'un des plus grands rois
qui aient jamais été, d'un philofophe fur le trône,
d'un héros qui méprife jufqu'à l'héroïfme, et qui vit
dans Potfdam comme *Platon* vivait avec fes amis.
Les dignités, les honneurs, les bienfaits dont il me
comble, font de trop. Sa converfation eft le plus
grand de fes bienfaits. Jamais on ne vit tant de
grandeur et fi peu de morgue; jamais la raifon la
plus pure et la plus ferme ne fut ornée de tant de
grâces. L'étude conftante des belles-lettres, que tant
de miférables déshonorent, fait fon occupation et fa
gloire. Quand il a gouverné le matin et gouverné
feul, il eft philofophe le refte du jour, et fes foupers
font ce qu'on croit que font les foupers de Paris; ils
font toujours délicieux, mais on y parle toujours
raifon; on y penfe hardiment, on y eft libre. Il a
prodigieufement d'efprit, et il en donne. Ma foi,
d'*Arnaud* avait raifon de vouloir fouper avec lui;
mais il fallait en être un peu plus digne. Adieu;
quand vous fouperez avec M. de *la Popliniere*, fongez
aux foupers de *Frédéric le grand*; félicitez-moi de
vivre de fon temps, et pardonnez à l'envie, fi mon
bonheur extrême et inoui lui fait grincer les dents.

LETTRE CLXXX.

A MADAME

LA COMTESSE D'ARGENTAL.

A Potſdam , ce 8 décembre.

RECEVEZ, Madame, mes hommages, mes regrets,
mes ſouhaits, des goûttes d'*Hoffmann* et des pillules
de *Sthal*, par M. d'*Amon* (*), mon camarade en chambellanie, et mon très-ſupérieur en négociations. Il eſt
envoyé du roi de Pruſſe ; il vient reſſerrer les liens
des deux nations. Il aura bien de la peine à les rendre
auſſi forts et auſſi durables que ceux qui m'attachent
à vous. Que n'ai-je pu l'accompagner ! Mais ſa
jeuneſſe et ſa ſanté lui permettent d'affronter les
glaces. J'avais trop préſumé de moi ; mon cœur
m'avait ſéduit ſelon ſa louable coutume ; il m'avait
fait accroire que je pourrais bientôt revoir mes chers
anges ; mais l'archange *Frédéric*, et le froid, et ma
poitrine ſerrée me retiendront le mois de janvier.
Je vous apporterai, Madame, une autre cargaiſon
un peu plus ample de gouttes et de pillules. Le
médecin du roi, qui doit me les donner, eſt allé
accompagner madame la margrave de *Bareith*; et il
eſt difficile de trouver à Potſdam, qui eſt à huit
lieûes de Berlin, de ces pillules de *Sthal*, dont perſonne ne fait ici uſage. Il en eſt de ces pillules comme
de moi ; elles ne ſont point prophètes dans leur pays.

(*) Ou *Damon*.

Il

Il femble qu'il faille fe tranfplanter pour réuffir. On va chercher bien loin le bonheur et la fanté. Tout cela eft à préfent chez vous. M. d'*Argental* m'a mandé que votre fanté était raffermie; ainfi me voilà un peu confolé. Si les miniftres ont à cœur autre chofe que les intérêts politiques, M. d'*Amon* vous dira, Madame, le tort extrême que vous faites ici à mon bonheur; il vous dira que, fans vous, je ferais un des plus heureux hommes de ce monde. Le ciel n'a pas voulu que le royaume de *Frédéric le grand* et le vôtre fuffent dans le même climat. Il y a bien loin de la rue Saint-Honoré à Potfdam, mais vous étendez votre empire par-tout. Je fuis à Potfdam votre fujet comme à Paris. J'ai crié, dans toutes mes lettres, après M. de *Pont-de-Vefle*, M. de *Choifeul*, M. l'abbé de *Chauvelin;* ils font tous des indifférens; ils ne penfent à moi que quand il eft queftion d'une tragédie. Le roi de Pruffe n'en ufe pas ainfi. Paris endurcit le cœur. Vous avez trop de plaifir, vous autres, pour penfer à un homme de l'autre monde, que quarante ans de tracafferies, de cabales, d'injuftices et de méchancetés ont forcé enfin de venir chercher le repos dans le féjour de la gloire. Adieu, Madame; confervez-moi des bontés qu'en vérité mon cœur mérite. J'ai reçu une lettre de M. d'*Argental*, du 24 novembre, toute en *Baculard*. Vous favez que le roi l'a chaffé honteufement, comme il le méritait. Il s'eft réfugié à Drefde, où il dit qu'il était le favori des rois et des reines, et qu'une grande paffion d'une grande princeffe pour ce grand *Baculard*, l'a obligé de s'arracher aux plaifirs de Berlin, et de venir faire les délices de Drefde.

——— Bonſoir, mes divins anges ; je vous recommande
1750. l'envoyé de Pruſſe , et j'eſpère le ſuivre bientôt.
Comptez qu'il m'a été abſolument impoſſible d'avancer mon voyage , et que quand je vous parlerai,
vous ne me condamnerez ſur rien.

LETTRE CLXXXI.

A M. LE COMTE D'ARGENTAL.

A Potſdam , ce 11 décembre.

ME voilà toujours *Sancho-Pança* dans mon île,
après avoir été *Chiantpot-la-perruque* parfois. Mes
divins anges, comment voulez-vous que je me mette
en chemin avec ma chétive ſanté , et que je ſorte du
coin du feu pour m'embourber dans la Veſtphalie?
Je m'étais cru capable de revenir au mois de janvier.
Vous me feſiez oublier mon âge , ma faibleſſe, et
enfin le roi de Pruſſe lui-même; mais quand il s'agit
de s'empaqueter par ce temps-ci pour faire trois cents
lieues, quand on va avoir de beaux opéra italiens ,
quand ce grand roi a encore un peu beſoin de moi,
lorſqu'enfin la ridicule et déſagréable aventure de ce
maudit *Baculard* demande abſolument ma préſence,
ne me pardonnerez-vous pas de reſter encore un
peu ? Mes anges, pardon; je ne peux m'en diſpenſer,
mille raiſons m'y forcent ; mais, ô mes anges!
Belzébuth aurait-il un plus damné projet que celui
de faire jouer Rome ſauvée à préſent, et de me
livrer à la rage de la malice et de l'envie ? Le public
a été pour moi quand *Boyer* , l'ancien âne de

Mirepoix, me perfécutait; quand il avait, avec l'eunu-
que *Bagoas*, l'infolence et le crédit de m'exclure de
l'académie; mais à préfent qu'on me croit heureux,
tout eſt devenu *Boyer*. Mon éloignement ramènerait
les efprits ſi c'était un exil, mais on m'a regardé
comme un homme piqué, comblé d'honneurs et dè
biens, et on voudrait me faire entendre les fifflets
de Paris dans le cabinet du roi de Pruſſe. Je fuis né
plus impatient que vous, et cependant j'ai ici plus
de patience. Je fais attendre, et je vois évidemment
que jamais je n'ai eu plus befoin d'être un petit
Fabius cunctator. Si on pouvait me rendre un vrai
fervice, ce ferait de faire jouer Sémiramis et Oreſte.
On va bien les repréſenter ici. Pourquoi leur préfé-
rerait-on à Paris le Comte d'Eſſex, et je ne fais combien de plats ouvrages qui font en poſſeſſion d'être
joués et d'être méprifés? Cependant, dites-moi ſi
M. *Maboul*, ce favant homme, eſt encore à la tête
de la littérature. Quel fortuné mortel a les fceaux?
quel autre eſt à la tête des lois, ou du moins de ce
qu'on appelle de ce beau nom? Il y a un an que je
plaide par humeur en France, contre un coquin qui
s'eſt aviſé de vouloir être jugé en la prévôté du
louvre, fous prétexte que j'étais de la maiſon du
roi. J'ai voulu le remettre dans les règles, le renvoyer
à fon juge naturel, et ce beau règlement de juges
n'a pu encore être fait. Si pareille chofe arrivait ici,
le magiſtrat qui en ferait coupable ferait févère-
ment puni; car le roi a dit de lui-même:

J'appris à diſtinguer l'homme du fouverain,
Et je fus roi févère et citoyen humain.

T 2

En effet, il eſt tout cela, et tout va bien, et on eſt heureux. *Salomon* était un pauvre homme en comparaiſon de lui. Il ne lui manque que de connaître un peu plutôt ſes *Baculard*. Je vous remercie, mon cher et reſpectable ami, de la lettre que vous m'avez écrite ſur ce malheureux correſpondant de *Fréron*. Et on ſouffre des *Frérons !* et ils ſont protégés! et on veut que je revienne ! *Virtutem incolumem odimus ſublatam ex oculis, quærimus·invidi.* On a tant fait, à force d'équité et de bonté, qu'on m'a chaſſé de mon pays. Les orages m'ont conduit dans un port tranquille et glorieux., je ne le quitterai aſſurément que pour vous.

LETTRE CLXXXII.

A MADAME DENIS, *à Paris.*

A Berlin, au château, 26 décembre.

JE vous écris à côté d'un poële, la tête peſante et le cœur triſte, en jetant les yeux ſur la rivière de la Sprée, parce que la Sprée tombe dans l'Elbe, l'Elbe dans la mer, et que la mer reçoit la Seine, et que notre maiſon de Paris eſt aſſez près de cette rivière de Seine; et je dis : Ma chère enfant, pourquoi ſuis-je dans ce palais, dans ce cabinet qui donne ſur cette Sprée, et non pas au coin de notre feu ? Rien n'eſt plus beau que la décoration du palais du ſoleil dans Phaéton. Mademoiſelle *Aſtrua* eſt la plus belle voix de l'Europe; mais fallait-il vous quitter pour un goſier à roulades et pour un roi ? Que j'ai de

remords, ma chère enfant! que mon bonheur est ——
empoifonné! que la vie eft courte! qu'il eft trifte de 1750.
chercher le bonheur loin de vous! et que de remords
fi on le trouve!

Je fuis à peine convalefcent, comment partir? Le
char d'*Apollon* s'embourberait dans les neiges détrem-
pées de pluie, qui couvrent le Brandebourg. Attendez-moi, aimez-moi, recevez-moi, confolez-moi,
et ne me grondez pas. Ma deftinée eft d'avoir affaire
à Rome de façon ou d'autre. Ne pouvant y aller,
je vous envoie Rome en tragédie par le courier de
Hambourg, telle que je l'ai retouchée; que cela ferve
du moins à amufer les douleurs communes de notre
éloignement. J'ai bien peur que vous ne foyez pas
trop contente du rôle d'*Aurélie*. Vous autres femmes,
vous êtes accoutumées à être le premier mobile des
tragédies, comme vous l'êtes de ce monde. Il faut que
vous foyez amoureufes comme des folles, que vous
ayez des rivales, que vous faffiez des rivaux; il faut
qu'on vous adore, qu'on vous tue, qu'on vous
regrette, qu'on fe tue avec vous. Mais, Mefdames,
Cicéron et *Caton* ne font pas galans; *Céfar* et *Catilina*
couchaient avec vous, j'en conviens; mais affurément ils n'étaient pas gens à fe tuer pour vous. Ma
chère enfant, je veux que vous vous faffiez homme
pour lire ma pièce. Envoyez prier l'abbé d'*Olivet*
de vous prêter fon bonnet de nuit, fa robe de
chambre et fon Cicéron, et lifez Rome fauvée dans
cet équipage.

Pendant que vous vous arrangerez pour gouverner
la république romaine fur le théâtre de Paris, et
pour traveftir en *Caton* et en *Cicéron* nos comédiens,

T 3

1750.

—— je continuerai paifiblement à travailler au Siècle de *Louis XIV*, et je donnerai à mon aife les batailles de Nervinde et d'Hochftet. *Variété, c'eft ma devife.* J'ai befoin de plus d'une confolation. Ce ne font point les rois, ce font les belles-lettres qui la donnent.

LETTRE CLXXXIII.

A MADAME DENIS, *à Paris.*

A Berlin, 3 janvier.

1751.

—— M A chère enfant, je vais vous confier ma douleur. Je ne veux plus garder de filles. Vous connaiffez *Jeanne*, cette brave pucelle d'Orléans, qui nous amufait tant, et que j'ai chantée dans un autre goût que celui de *Chapelain*. Cette Pucelle, faite pour être enfermée fous cent clefs, m'a été volée. Ce grand flandrin de *Tinois* n'a pas réfifté aux prières et aux préfens du prince *Henri*, qui mourait d'envie d'avoir *Jeanne* et *Agnès* en fa poffeffion. Il a tranfcrit le poëme, il a livré mon férail au prince *Henri* pour quelques ducats. J'ai chaffé *Tinois;* je l'ai renvoyé dans fon pays. J'ai été me plaindre au prince *Henri;* il m'a juré qu'elle ne fortirait jamais de fes mains. Ce n'eft, à la vérité, qu'un ferment de prince, mais il eft honnête homme. Enfin, il eft aimable, il m'a féduit; je fuis faible, je lui ai laiffé Jeanne; mais s'il arrive jamais un malheur, fi on fait une feconde copie, où me cacher? Ma barbe devient fort grife;

le poëme de la Pucelle juré avec mon âge et le
Siècle de *Louis XIV.*

Quand j'étais jeune, j'aurais volontiers souffert
qu'on m'eût dit : *Dove avete pigliato tante coglionerie?*
mais aujourd'hui cela serait trop ridicule. Savez-
vous bien que le roi de Pruffe a fait un poëme dans
le goût de cette Pucelle, intitulé le Palladium! Il s'y
moque de plus d'une forte de gens; mais je n'ai point
d'armée comme lui; je n'ai point gagné de batailles,
et vous favez que, *felon ce que l'on peut être, les chofes
changent de nom.* Enfin, j'éprouve deux fentimens
bien défagréables, la trifteffe et la crainte; ajoutez-y
les regrets, c'eft le pire état de l'ame.

Je vous ai prié, par ma dernière lettre, de faire
préparer mon appartement pour un chambellan du
roi de Pruffe, qu'il envoie en France pour un beau
traité concernant les toiles de Siléfie. Puifqu'il me
loge, il eft jufte que je loge fon envoyé; mais ayez
furtout foin de notre petit théâtre. Je compte toujours le revoir. Ah, faut-il vivre d'efpérance! Adieu;
je vous embraffe triftement.

LETTRE CLXXXIV.

A M. LE COMTE D'ARGENTAL.

9 janvier.

CE climat-ci me tue, mes anges; et vous me tuez
encore par vos reproches, par vos rigueurs, par
vos injuftices. Vous me rendez refponfable des
faifons, de ma mauvaife fanté, des affaires qui me

T 4

———— retiennent, d'une édition qu'il faut que je corrige toute entière, et qui demande un travail immenfe. J'ai été retenu de mois en mois, de femaine en femaine. Une petite partie de mon ame eft ici, l'autre eft avec vous. Je n'ofe plus, de peur de mentir, vous dire : je partirai dans huit jours, dans quinze; mais ne foyez point furpris de me revoir bientôt. Ne le foyez pas non plus, fi je ne peux être dans votre paradis qu'au mois de mars. Mes anges, la deftinée fe joue des faibles mortels; elle vous force, vous, M. d'*Argental*, à courir par la ville dès que quatre heures après midi font fonnées; elle fait refter madame d'*Argental* dans fa chaife longue; elle fait mourir le fade *Rofelli* par l'infipide *Ribou*; elle tue le maréchal de *Saxe* à Chambord, après l'avoir refpecté à Lawfelt; elle a fait jouer des parades à votre frère; elle oblige le roi de Pruffe d'aller tous les jours à la parade de fes foldats, et à faire des vers; elle m'a tiré de mon lit pour m'envoyer de Paris à Potfdam en bonnet de nuit. Je fais bien qu'il eût été plus doux de continuer notre petite vie douce et fibarite, de jouer de temps en temps la comédie dans mon grenier, de jouir de votre fociété charmante. Je fens mon tort, mon cher et refpectable ami; je fuis venu mourir à trois cents lieues. Un héros, un grand-homme a beau faire, il ne remplace point un ami.

J'ai tort; ne croyez pas que je fois avec vous comme les pécheurs avec DIEU, qui fe tournent vers lui quand ils font malades. Au contraire, la maladie eft prefque la feule raifon qui a retardé mon départ; car, dès que j'ai un rayon de fanté, je fuis prêt à demander des chevaux de poste. On vous dira peut-être que, tout languiffant que je fuis, je ne laiffe pas de jouer la comédie; mais vous remarquerez que je fuis le bon homme *Lufignan*; je le repréfente d'après nature, et tout le monde a avoué qu'on ne pouvait pas avoir l'air plus mourant. On dit que *Bellecour* ne réuffit pas fi bien avec fa belle figure; mais, mon cher ange, ne parlons des délices du théâtre que quand je ferai à Paris. Puifque vous êtes toujours comme le peuple romain, fou des fpectacles, j'ai de quoi vous amufer.

Il y avait, depuis un mois, une grande lettre pour madame d'*Argental*, avec un paquet, entre les mains d'un envoyé pruffien qui devait loger chez moi à Paris. Cet envoyé ne part pas fitôt, et peut-être le dévancerai-je. Bonfoir, mes divins anges.

Non, non, vraiment; notre pruffien partira avant moi, et comptez, mes anges, que j'en fuis pénétré de douleur.

LETTRE CLXXXV.

A MADAME DENIS, *à Paris*.

A Berlin, 12 janvier.

ENFIN, voici notre chambellan d'*Amon*. Il vous remettra mon gros paquet, il couchera dans mon lit. J'aimerais mieux y être que dans celui où je fuis; c'eft pourtant le lit du grand électeur. C'eft le bifaïeul du roi régnant. Chaque pays a fon grand-homme. Il avait du moins un bon lit, chofe affez

—— rare de fon temps. Le dernier roi ne connaiffait pas ce luxe-là. Il ferait bien étonné de me voir ici, et encore plus d'y voir un opéra italien. Il avait beaucoup d'argent et des chaifes de bois. Les chofes ont un peu changé. On a confervé l'argent, on a gagné des provinces, et on a rembourré les fauteuils. Ce n'eft pas que je fois logé ici auffi bien que chez moi, mais je le fuis beaucoup mieux que je ne mérite.

Nous avons joué Zaïre. La princeffe *Amélie* était *Zaïre*, et moi le bon homme *Lufignan*. Notre princeffe joue bien mieux *Hermione ;* auffi eft-ce un plus beau rôle. Madame de *Tirconel* s'eft très-honnêtement tirée d'*Andromaque*. Il n'y a guère d'actrices qui aient de plus beaux yeux. Pour milord *Tirconel* c'eft un digne anglais. Son rôle eft d'être à table. Il a le difcours ferré et cauftique, je ne fais quoi de franc que les Anglais ont, et que les gens de fon métier n'ont guère. Le tout fait un compofé qui plaît.

Vous m'avouerez qu'un anglais envoyé de France en Pruffe, des tragédies françaifes jouées à la cour de Berlin, et moi tranfplanté à cette cour auprès d'un roi qui fait autant de vers que moi pour le moins : voilà des chofes auxquelles on ne devait pas s'attendre. Lifez bien mon gros paquet que d'*Amon* doit vous rendre, et envoyez-moi vos ordres par le courier de Hambourg. D'*Amon* eft un vrai nom de comédie, mais il ne joue que fa comédie de négociateur. Pour moi, je ne m'accoutume ni au rôle que je joue ni à votre abfence, foyez-en bien convaincue.

LETTRE CLXXXVI.

A M. LE COMTE D'ARGENTAL.

A Berlin, dernier janvier.

Mon cher ange, mon cher ami, j'ai écrit à ma nièce que tout ce que je lui difais était pour vous, et je vous en dis autant pour elle. Ma fanté eft devenue bien déplorable. Je ne peux pas écrire long-temps. Je commencerai d'abord par vous dire qu'il faut abfolument attendre un temps plus doux pour revenir au colombier. J'ajouterai que je crains beau-coup de me trouver à Paris au milieu de toutes les tracafferies que vont caufer ces éditions, d'effuyer les querelles des libraires, de compromettre les exa-minateurs des livres, d'effuyer les murmures des dévots, et d'être expofé aux *Frérons*. Il eft impoffible qu'un homme de lettres, qui a penfé librement, et qui paffe pour être heureux, ne foit pas perfécuté en France. La fureur publique pourfuit toujours un homme public qu'on n'a pu rendre infortuné. Je n'ai jamais éprouvé de faveur que quand l'ancien évêque de Mirepoix me perfécutait.

Lambert a très-mal fait d'entreprendre une édition de mes fottifes en vers et en profe, fans m'en avertir; il a mal fait, après l'avoir entreprife, de n'en pas pré-cipiter l'exécution, et il a plus mal fait de demander des examinateurs. Pour peu que ces examinateurs craignent, malgré leur philofophie et leur bonne volonté, de fe commettre avec des gens qui n'ont ni bonne volonté ni philofophie, il en naîtra une hydre de tracafferies, et je n'aurai fait alors un voyage en France que pour effuyer des peines et des reproches. On dira que j'ai pris le parti de me retirer dans les pays étrangers pour y faire imprimer des chofes trop libres qu'on ne peut mettre au jour en France, même avec une permiffion tacite. Je vous avoue, mon cher et refpectable ami, que je voudrais bien ne reparaître que quand tous ces petits orages feront détournés.

Je vous remercie tendrement des démarches que vous avez eu la bonté de faire. Votre amitié eft à l'épreuve du temps et de l'abfence. Vous ne me verrez plus jouer *Cicéron*. Je l'ai repréfenté fur le petit théâtre que j'ai créé dans le palais de Berlin, et je vous affure que je l'ai bien mieux joué qu'à Paris; mais, pour jouer *Cicéron*, il faut avoir des dents, et ma maladie me les a fait perdre en grande partie. Je ne fuis plus qu'un vieux radoteur,

> Et je ne vis pas un moment
> Sans fentir quelque changement
> Qui m'avertit de la ruine.

Il vient un temps où il ne faut plus fe prodiguer au monde. J'aurais voulu paffer avec vous les derniers jours de ma vie, vous n'en doutez pas; mais je vous répète que, quand j'aurai la confolation de vous entretenir, vous ferez forcé d'approuver le parti que j'ai pris. Il m'a coûté bien cher, puifqu'il m'a féparé de vous. Madame d'*Argental* a dû recevoir une lettre de moi, avec quelques pilules de

Sthal que je lui adreffai au commencement de ———
décembre, quand le chambellan d'*Amon* fut nommé 1751,
pour aller à Paris conclure une petite affaire. Son
départ a été long-temps retardé. Je le crois arrivé à
préfent. Un miniftre qui fe porte bien peut voyager
au milieu des neiges ; mais, dans l'état où je fuis, il
faut que j'attende une faifon moins rude. Adieu ; je
ne ferai plus de complimens à aucun de vos amis,
ils me croient trop un homme de l'autre monde.

LETTRE CLXXXVII.

A MADAME DENIS.

A Berlin, 20 février.

JE vous remercie tendrement de tout ce que vous
m'envoyez. Je m'amufe, ma chère enfant, pendant
les intervalles de ma maladie, à finir ce Siècle de
Louis XIV. Il ferait plus rempli de recherches, plus
curieux, plus plein, s'il était achevé dans fon pays
natal ; mais il ne ferait pas écrit fi librement. Je me
retrouverais le matin avec des janféniftes, le foir
avec des moliniftes ; la préférence m'embarrafferait ;
au lieu qu'ici je jouis de toute mon indifférence et
de la plus parfaite impartialité. Votre intention eft
donc de redonner Mahomet avant Catilina. Nous
verrons fi vous y réuffirez.

Franchement, je n'ai jamais trop conçu comment
le prophète de la Mecque avait fcandalifé les dévots
de Paris. J'imagine bien qu'à Conftantinople, on

trouverait mauvâis que j'euſſe ainſi traité le grand
prophète des oſmanlis ; mais quel intérêt y prennent
vos rigoriſtes ? En vérité, c'eſt un plaiſant exemple
de ce que peùvent la cabale et l'envie. Qui pourra
jamais croire qu'un homme tel que l'abbé *Desfontaines*,
eût perſuadé à quelques gens de robe mal inſtruits
que cette tragédie était dangereuſe à la religion ?
Encore ſi j'avais fait l'embraſement de Sodôme, cet
honnête abbé aurait eu quelque prétexte de ſe
plaindre ; mais rien ne l'attachait à *Mahomet*. Enfin,
il parvint à exciter le zèle d'un homme en place ;
et quelquefois un homme en place eſt un ſot. Le
préjugé ſubſiſte encore, et je crois que votre négociation trouvera bien des obſtacles. M. le maréchal
de *Richelieu* aura beau faire, les Turcs ne s'endor-
miront pas. Quelle pitié ! Si cet ouvrage avait été
d'un inconnu, on n'aurait rien dit ; mais il était
de moi, et il fallait crier. La méchanceté et le ridicule
de vos cabales me conſolent ſouvent d'être ici. Ce
n'eſt point de l'enthouſiaſme qu'il faut à nous autres
chétifs enfans d'*Apollon*, c'eſt de la patience, et ce
n'eſt pas là d'ordinaire notre vertu.

Faites tout ce qui vous plaira. Je vous remets
Rome et la Mecque entre les mains ; ce ſont deux
ſaintes villes. Pour moi, je ne ſais plus à quel ſaint
me vouer depuis que je me ſuis aviſé ſi mal à propos
de vivre loin de vous. Je ſuis bien malade et juſte-
ment puni.

LETTRE CLXXXVIII.

A M. LE COMTE D'ARGENTAL.

22 février, des neiges de Berlin.

O Deſtinée, deſtinée ! ô neiges ! ô maladies ! ô abſence ! Comment vous portez-vous, mes anges ? Sans la ſanté tout eſt amertume. Le roi de Pruſſe m'a donné la jouiſſance d'une maiſon charmante ; mais, tout *Salomon* qu'il eſt, il ne me guérira pas. Tous les rois de la terre ne peuvent rendre un malingre heureux. Il faut que je vous parle d'une autre anicroche. *André*, cet échappé du ſyſtême, s'aviſe, au bout de trente ans, un jour avant la preſcription, de faire revivre un billet que je lui fis en jeune homme, pour des billets de banque qu'il me donna dans la décadence du ſyſtême, et que je voulus faire en vain paſſer au *viſa*, en faveur de madame de *Vinterfeld*, qui était alors dans le beſoin. Ces billets de banque d'*André* étaient des feuilles de chêne. Il m'avait dit depuis qu'il avait brûlé mon billet avec toutes les paperaſſes de ce temps-là ; aujourd'hui il le retrouve pendant mon abſence, il le vend à un procureur, et fait ſaiſir tout mon bien. Ne trouvez-vous pas l'action honnête ? J'ai trouvé ici une eſpèce d'*André* qui m'a voulu voler une ſomme un peu plus conſidérable ; mais il n'y a pas réuſſi, et j'ai eu bonne juſtice. Mais, pour l'*André* de Paris, je crois que je ferai obligé de le payer et de le déshonorer, attendu que mon billet eſt pur et fimple, et qu'il n'y a pas moyen de plaider contre fa fignature et contre un procureur.

J'ai appris avec délices que M. de *la Bourdonaie* avait gagné fon procès; mais qui lui rendra fes dents qu'il a perdues à la baftille? Mon cher ange, je perds ici les miennes. Une affection fcorbutique m'a attaqué. Qui croirait qu'on eût les mêmes maux dans le palais du roi de Pruffe et à la baftille? Ma fanté eft bien déplorable; fans cela il me femble que j'aurais fait bien des chofes qui vous auraient plu; et vous auriez avoué que je n'ai pas perdu mon temps à Berlin, et que, dans les glaces de mon âge, il s'était gliffé quelque étincelle du feu dont le *Salomon* du Nord eft animé.

Mon cher ami, la maladie avance ma caducité. Allons, courage. La nature eft une fouveraine defpotique contre laquelle il ne faut pas murmurer. Portez-vous bien, encore une fois, tous tant que vous êtes, et aimez mon ombre qui vous aime de tout fon cœur.

LETTRE CLXXXIX.

A M. LE MARQUIS DE XIMENÈS.

A Potfdam, ce 13 mars,

J'ESPÈRE, Monfieur, que je lirai l'ouvrage que vous voulez bien me confier, avec autant de plaifir que je l'attends avec impatience. Vous favez combien je m'intéreffe à l'honneur que vous voulez faire aux lettres. Je conferve précieufement votre poëme

qui

qui méritait le prix ; c'eſt le fort des *Ximenès* d'être vengés de l'académie par le public. Ma ſanté a été bien mauvaiſe depuis trois mois ; mais les bontés extrêmes du grand-homme auprès de qui j'ai l'honneur d'être, m'ont bien conſolé. Elles me conſolent tous les jours des bruits ridicules de Paris. En vérité, il faut remonter juſqu'aux beaux temps de la Grèce, pour trouver un prince victorieux qui faſſe un tel uſage de ſon loiſir, et qui daigne avoir pour un particulier étranger des attentions ſi diſtinguées. Il faut me pardonner de n'avoir pu le quitter ; il ne m'empêche pas de regretter mes amis, mais il me rend excuſable auprès d'eux. Permettez-moi, Monſieur, de préſenter mes reſpects à madame votre mère, et recevez les miens.

1751.

LETTRE CXC.

A M. LE COMTE D'ARGENTAL, *à Paris*.

A Potſdam, 15 mars.

MON adorable ange, vous avez donc vu mon pruſſien. J'aurais aſſurément voulu être du voyage, et reſouper avec madame d'*Argental* et avec vos amis, et vous embraſſer cent fois, et vous dire cent choſes, et vous montrer cent vers recouſus à Rome ſauvée, à Adélaïde, à Zulime, et cent feuilles du Siècle de *Louis XIV ;* car je ſerai hiſtoriographe de France en dépit des jaloux ; et je n'ai jamais eu tant d'envie de faire bien ma charge, que depuis que je ne l'ai plus. Cet immenſe tableau d'un beau ſiècle me tourne

—— la tête. M. de *Pont-de-Veſle* avouera que fi *Louis XIV*
1751. n'eſt pas grand, ſon fiècle l'eſt. Je n'ai pu accompagner
notre chambellan dans les fanges et dans les neiges
où j'aurais été enterré; j'étais malade. D'*Arnaud* et
compagnie, et les petits barbouilleurs auraient été
trop aiſes. D'*Arnaud*, animé du vrai déſir de la gloire,
n'ayant pu encore ſe faire un nom aſſez illuſtre par
ſes immortels ouvrages, s'en eſt fait un par ſon ingratitude envers moi, et par ſes procédés. Il s'eſt noble-
ment lié avec un *Rozemberg*, mauvais comédien
fouffert à Berlin, et avec les *Frérons* foufferts à Paris;
et que de belles nouvelles envoyées de canaille à
canaille, et perçant chez les oiſifs honnêtes gens du
beau monde de Paris! A entendre ces beaux meſſieurs,
j'avais perdu un grand procès, j'avais trompé un
honnête banquier juif; et le roi qui, ſans doute,
prend contre moi le parti de l'ancien Teſtament,
m'avait diſgrâcié; et j'étais perdu, et *Fréron* riait, et
Nivelle-la-Chauffée racontait tout cela auſſi froidement
qu'il en eſt capable, et on imprimait ma Pucelle, et
enſuite on me feſait mort. Je ſuis pourtant encore en
vie; et le roi a eu tant de bonté pour moi, pendant
ma maladie, que je ferais le plus ingrat des hommes
fi je ne paſſais pas encore quelques mois auprès de
lui. J'étais le ſeul animal de mon eſpèce qu'il logeât
dans ſon palais à Berlin, et quand il partit pour
Potſdam, et que je ne pus le fuivre, il me laiſſa
équipages, cuiſiniers, *et cætera*; et ſes mulets et ſes
chevaux conduiſaient mes meubles de paſſade à une
maiſon délicieuſe, dont il m'a laiſſé la jouiſſance, aux
portes de Potſdam; et il me conſervait un appartement charmant dans ſon palais de Potſdam, où je

couche une partie de la femaine; et j'admire toujours de près ce génie unique, et il daigne fe communiquer à moi; et, enfin, fi je n'étais pas à trois cents
lieues de vous, fi je ne vous aimais pas avec la plus
vive tendreffe, et fi j'avais un peu de fanté, je ferais le
plus heureux des hommes. J'en demande pardon aux
fuccesseurs des *Desfontaines*, aux petits beaux efprits,
aux cuiftres qui difent : Eft-il poffible qu'il ait vingt
mille francs de penfion, tandis que nous n'en avons
point? qu'il ait une clef d'or à fa poche, tandis que
nous n'y avons pas de mouchoir? et une grande croix
bleue à fon cou, quand nous voudrions l'étrangler? Ils
ne favent pas, les vilains, que ni ma croix, ni ma
clef, ni ma penfion, ne me touchent; que j'abandonnerais tout cela fans le moindre regret, fi je n'étais
pas uniquement attaché à la perfonne d'un grand-
homme qui fait mon bonheur. Ils ne favent pas
que je vis heureux, et que je ferai encore plus heureux quand je pourrai vous embraffer et vous
confacrer les derniers momens de ma vie. Mille
tendres refpects à toute votre maifon et à vos amis.

1751.

L E T T R E C X C I.

A M A D A M E D E N I S, *à Paris.*

A Potfdam, 20 mars.

ME voici rencloîtré dans notre couvent moitié
militaire, moitié littéraire. Le mois de mars, l'air et
l'eau de ce pays-ci ne font pas trop favorables à un
convalefcent. Je n'efpère que dans le régime. J'ai

—— repris mon petit train de vie, et je fuis entre

1751. *Louis XIV* et *Frédéric*. Je ferais bien mieux de corriger affidument mes ouvrages, que de corriger ceux
d'un roi. C'eſt être dans le cas de l'abbé de *Viliers*,
qui avait fait un livre intitulé Réflexions ſur les
défauts d'autrui. Il alla au ſermon d'un capucin; le
moine dit, en nafillant, à ſon auditoire : Mes chers
frères, j'avais deſſein aujourd'hui de vous parler de
l'enfer; mais j'ai vu affiché à la porte de l'égliſe,
Réflexions ſur les défauts d'autrui : eh, mon ami,
que n'en fais-tu ſur les tiens! Je vous parlerai donc
de l'orgueil.

Envoyez-moi, ma chère enfant, cette édition de
Paris fitôt qu'elle ſera achevée; pour celle de Rouen,
je ne veux pas ſeulement en entendre parler. Voilà
trop de bâtards; je voudrais déshériter toute cette
famille-là. Ne croyez pas que je fois plus content de
la famille des autres. On ne m'envoie de Paris que
de plates niaiſeries. Le bon n'a jamais été fi rare.
Il faut qu'il le ſoit, ſans quoi il ne ſerait plus bon.
Que de mauvais livres faits par des gens d'eſprit!

Tout le monde a de l'eſprit aujourd'hui, mon
enfant, parce que le fiècle paſſé a été le précepteur
du nôtre; mais le génie eſt un don de DIEU; c'eſt
la grâce, c'eſt le partage du très-petit nombre des
élus. Ne laiſſez pourtant pas de m'envoyer les rapſo-
dies du jour; elles amuſent parce qu'elles ſont
nouvelles. Cela eſt honteux. Quelle pitié de quitter
Virgile et *Racine* pour les feuilles volantes de nos
jours! Don *Quichotte* fit une infidélité d'un moment à
Dulcinée pour *Maritorne*. Adieu, adieu; quand je ſonge
aux infidélités, je fuis fi honteux que je me tais.

LETTRE CXCII.

A M. LE COMTE D'ARGENTAL.

A Potſdam, 27 avril.

Mon cher ange, j'apprends que vous avez perdu mademoiſelle *Guichard*. Vous ne m'en dites rien ; vous ne me confiez jamais, ni vos plaiſirs, ni vos peines, comme ſi je ne les partageais pas, comme ſi trois cents lieues étaient quelque choſe pour le cœur, et pouvaient affaiblir les ſentimens. Voilà donc cette pauvre petite fleur, ſi ſouvent battue de la grêle, à la fin coupée pour jamais ! Mon cher ange, conſervez bien madame d'*Argental* ; c'eſt une fleur d'une plus belle eſpèce et plus forte ; mais elle a été expoſée bien des années à un mauvais vent. Mandez-moi donc comment elle ſe porte. Aurez-vous votre Porte-Maillot cette année ? Vous me direz que je devrais bien venir vous y voir : ſans doute, je le devrais et je le voudrais ; mais ma Porte-Maillot eſt à Potſdam et à Sans-ſouci. J'ai toutes mes paperaſſes ; il faut finir ce qu'on a commencé. J'ai regardé le caractère d'hiſtoriographe comme indélébile. Mon Siècle de *Louis XIV* avance. Je profite du peu de temps que ma mauvaiſe ſanté peut me laiſſer encore, pour achever ce grand bâtiment dont j'ai tous les matériaux. Ne ſuis-je pas un bon français ? n'eſt-il pas bien honnête à moi de faire ma charge quand je ne l'ai plus ?

Potſdam eſt plus que jamais un mélange de Sparte et d'Athènes. On y fait tous les jours des

—— revues et des vers. Les *Algarotti* et les *Maupertuis* y font. On travaille, on foupe enfuite gaiement avec un roi qui eft un grand-homme de bonne compagnie. Tout cela ferait charmant; mais la fanté! Ah! la fanté, et vous, mon cher ange, vous me manquez abfolument. Quel chien de train que cette vie! Les uns fouffrent, les autres meurent à la fleur de leur âge; et pour un *Fontenelle*, cent *Guichard*. Allons toujours pourtant; on ne laiffe pas d'avoir quelques rofes à cueillir dans ce champ d'épines. Monfieur fort tous les jours, fans doute, à quatre heures; monfieur va aux fpectacles, et porte enfuite à fouper fa joie douce et fon humeur égale: et moi, tel j'étais, tel je fuis, tenant mon ventre à deux mains, et enfuite ma plume; fouffrant, travaillant, foupant, efpérant toujours un lendemain moins tourmenté de maux d'entrailles, et trompé dans mon lendemain. Je vous le dis encore, fans ces maux d'entrailles, fans votre abfence, le pays où je fuis ferait mon paradis. Etre dans le palais d'un roi, parfaitement libre du matin au foir; avoir abjuré les dîners trop brillans, trop confidérables, trop mal fains; fouper, quand les entrailles le trouvent bon, avec ce roi philofophe; aller travailler à fon Siècle dans une maifon de campagne dont une belle rivière baigne les murs; tout cela ferait délicieux, mais vous me gâtez tout. On dit que je n'ai pas grand'chofe à regretter à Paris en fait de littérature, de beaux arts, de fpectacles et de goût. Quand vous ne me croirez pas de trop à Paris, avertiffez-moi, et j'y ferai un petit tour; mais après la clôture de mon Siècle, s'il vous plaît. C'eft un préliminaire indifpenfable.

Adieu; je vous écris en fouffrant comme un ——————
diable, et en vous aimant de tout mon cœur. Adieu; 1751.
mille tendres refpects et autant de regrets pour tout
ce qui vous entoure.

LETTRE CXCIII.

A M. LE COMTE D'ARGENTAL, *à Paris.*

4 mai.

Mon cher ange, le roi de Pruffe, tout roi et tout
grand-homme qu'il eft, ne diminue point le regret
que j'ai de vous avoir perdu. Chaque jour augmente
ces regrets; ils font bien juftes. J'ai quitté la plus
belle ame du monde et le chef de mon confeil, mon
ami, ma confolation. On a quatre jours à vivre; eft-
ce auprès des rois qu'il faut les paffer? J'ai fait un
crime envers l'amitié. Jamais on n'a été plus coupable;
mais, mon cher ange, encore une fois, daignez entrer
dans les raifons de votre efclave fugitif. Etait-il bien
doux d'être écrafé par ceux qui fe difent rivaux,
d'être fans confidération auprès de ceux qui fe difent
puiffans, et d'avoir toujours des dévots à craindre?
ai-je fort à me louer de vos confrères du parlement?
ai-je de grandes obligations aux miniftres? et qu'eft-ce
qu'un public bizarre, qui approuve et qui condamne
tout de travers? et qu'eft-ce qu'une cour qui préfère
Bellecour à *le Kain*, *Coypel* à *Vanloo*, *Royer* à *Rameau*?
n'eft-il pas bien permis de quitter tout cela pour un
roi aimable, qui fe bat comme *Céfar*, qui penfe
comme *Julien*, et qui me donne vingt mille livres

V 4

—— de rente et des honneurs, pour souper avec lui? A Paris, je dépendrais d'un lieutenant de police; à Versailles, je serais dans l'antichambre de M. *Mesnard.* Malgré tout cela, mon cœur me ramènera toujours vers vous; mais il faut que vous ayez la bonté de me préparer les voies. J'avoue que si je suis pour vous une maîtresse tendre et sensible, je suis une coquette pour le public, et je voudrais être un peu désiré. Je ne vous parlerai point d'une certaine tragédie d'Oreste, plus faite pour des Grecs que pour des Français; mais il me semble qu'on pourrait reprendre cette Sémiramis que vous aimiez, et dont M. l'abbé de *Chauvelin* était si content.

Puisque j'ai tant fait que de courir la carrière épineuse du théâtre, n'est-il pas un peu pardonnable de chercher à y faire reparaître ce que vous avez approuvé? Les spectacles contribuent plus que toute autre chose, et surtout plus que du mérite, à ramener le public, du moins la sorte de public qui crie. J'espère que le Siècle de *Louis XIV* ramènera les gens sérieux, et n'éloignera pas de moi ceux qui aiment les arts et leur patrie. Je suis si occupé de ce Siècle que j'ai renoncé aux vers et à tout commerce, excepté vous et madame *Denis.* Quand je dis que j'ai renoncé aux vers, ce n'est qu'après avoir refait une oreille à Zulime et à Adélaïde. Savez-vous bien que mon Siècle est presque fait, et que lorsque j'en aurai fait transcrire deux bonnes copies, je revolerai vers vous. C'est, ne vous déplaise, un ouvrage immense. Je le reverrai avec des yeux sévères, je m'étudierai surtout à ne rendre jamais la vérité odieuse et dangereuse. Après mon Siècle, il me faut

mon ange. Il me reverra plus digne de lui. Mes
tendres respects à la Porte-Maillot. Voyez-vous quelquefois M. de *Mairan* ? voulez-vous bien le faire
souvenir de moi ? Son ennemi est un homme un peu
dur, médiocrement sociable, et assez baissé ; mais
point de vérité odieuse.

Valete, ô cari !

LETTRE CXCIV.

A M. DEVAUX.

A Potsdam, le 8 mai.

MON cher *Panpan* (car il n'y a pas moyen d'oublier le nom sous lequel vous étiez si aimable), le
jour même que je reçus vos ordres de servir votre
ami, prière est ordre en ce cas, je courus chez un
prince, et puis chez un autre, et les places étaient
prises. J'écrivis le lendemain à la sœur d'un héros, à
la digne sœur du *Marc-Aurèle* du Nord, pour savoir
si elle avait besoin de quelqu'un d'aimable, qui fût à
la fois de bonne compagnie et de service. Point de
décision encore. Je comptais ne vous écrire que pour
vous envoyer quelque brevet signé *Wuillelmine*, pour
votre ami ; mais puisqu'on tarde tant, je ne veux pas
tarder à vous remercier de vous être souvenu de moi.

Quand vous recevrez une seconde lettre de moi,
ce sera sûrement l'exécution de vos volontés, et
M. de *Liébaud* pourra partir sur le champ. Si je ne
vous écris point, c'est qu'il n'y aura rien de fait.

Mon cher *Panpan*, mettez-moi, je vous prie, aux

1751.

pieds de la plus aimable veuve des veuves. Je ne l'oublierai jamais, et quand je retournerai en France, elle fera caufe affurément que je prendrai ma route par la Lorraine. Vous y aurez bien votre part, mon cher et ancien ami. Je viendrai vous prier de me préfenter à votre académie.

Notre féjour à Potfdam eft une académie perpétuelle. Je laiffe le roi faire le *Mars* tout le matin, mais le foir il fait l'*Apollon*, et il ne paraît pas à fouper qu'il ait exercé cinq ou fix mille héros de fix pieds; ceci eft Sparte et Athènes; c'eft un camp et le jardin d'*Epicure;* des trompettes et des violons, de la guerre et de la philofophie. J'ai tout mon temps à moi; je fuis à la cour, je fuis libre; et fi je n'étais pas entièrement libre, ni une énorme penfion, ni une clef d'or qui déchire la poche, ni le licou qu'on appelle cordon d'un ordre, ni même les foupers avec un philofophe qui a gagné cinq batailles, ne pourraient me donner un grain de bonheur. Je vieillis, je n'ai guère de fanté, et je préfère d'être à mon aife avec mes paperaffes, mon Catilina, mon Siècle de *Louis XIV* et mes pillules, aux foupers des rois, et à ce qu'on appelle honneur et fortune. Il s'agit d'être content, d'être tranquille; le refte eft chimère. Je regrette mes amis, je corrige mes ouvrages, et je prends médecine. Voilà ma vie, mon cher *Panpan*. S'il y a quelqu'un par hafard dans Lunéville qui fe fouvienne du folitaire de Potfdam, préfentez mes refpects à ce quelqu'un.

Il a été un temps où tout ce qui porte le nom de *Beauvau* me prenait fous fa protection; ce temps eft-il abfolument paffé? madame la marquife de *Boufflers* daigne-t-elle me conferver quelques bontés? ferait-t-elle bien aife de me revoir à fa cour? ferait-t-elle affez bonne pour dire au roi de Pologne, qui ne s'en fouciera peut-être guère, que je ferai toute ma vie pénétré des bontés et des vertus de fa Majefté. C'eft le meilleur des rois, car il fait tout le bien qu'il peut faire.

Adieu, mon très-cher *Panpan*. Aimez toujours les vers, et n'aimez que les bons; et confervez quelque bonne volonté pour un homme qui a toujours été enchanté de votre caractère. *Vale et me ama.*

LETTRE CXCV.

A M. LE COMTE D'ARGENTAL.

Potfdam, 29 mai.

Mon très-cher ange, fi vous êtes à Lyon, j'irai à Lyon; fi vous êtes à Paris, j'irai à Paris; mais quand? je n'en fais rien. J'ai mon Siècle en tête, et c'eft parce que je fuis le meilleur français du monde que je refte à Berlin et à Potfdam fi long-temps. La retraite d'un archevêque dans fon archevêché prouve que chacun doit être chez foi; mais, mon ange, je commence par vous envoyer mes enfans. Rome fauvée, toute mufquée, n'eft-ce rien? et puis mon Siècle que vous aurez dans trois mois. Cela vous amufera du moins. Cette pauvre petite *Guichard* valait mieux : *La mort ravit tout fans pudeur.* Tâchons de faire des chofes qui ne meurent point. Je me flatte que ce Siècle vous plaira encore plus que les onze volumes pour lefquels j'avais tant d'averfion. Si j'ai eu le malheur de vous quitter, je me confole par mes efforts pour vous plaire. Le roi de Pruffe vient de donner trois ou quatre fpectacles dignes du dieu *Mars.* J'ai vu trente mille hommes qui m'ont fait trembler. De là il court au fond de fes Etats voir fi tout va bien, et faire que tout aille mieux; et moi, fon chétif admirateur, je refte chez lui avec mon Siècle. Quelle reconnaiffance dois-je lui témoigner pour toutes fes bontés? Je ne peux faire autre chofe que de les publier; je lui dois mon bonheur et mon loifir. Perfonne n'eft logé dans fon palais plus com-modément que moi. Je fuis fervi par fes cuifiniers. J'ai une reine à droite, une reine à gauche, et je les vois très-rarement: *Louis XIV* a la préférence. Point de gêne, point de devoir. Il faut que vous difiez tout cela, mon cher et refpectable ami, afin que la bonne compagnie m'excufe, que les méchans foient un peu punis, et que l'on fache comment nos belles-lettres font accueillies par un fi grand monarque.

Enfin, voilà donc M. de *Chauvelin* en paffe de faire tout le bien qu'il a la rage de vouloir faire; car le bien public eft fa paffion dominante. Il eft beau pour le roi que le nom de *Chauvelin* ne lui ait pas nui, et que fon mérite lui ait fervi. Je crois que monfieur l'abbé fon frère me garde toujours rancune; je veux que mon Siècle me raccommode avec lui. *Algarotti* en eft bien content: ce ferait un *gran traditore*, s'il me flattait; il y aurait confcience, car je fuis bien loin d'être incorrigible. Je lui dis comme *Dufrefni: Fais-moi bien peur;* car il faut que, dans une hiftoire moderne, tout foit auffi fage que vrai, et je veux forcer la France à être contente de moi.

Ma nièce eft devenue bien refpectable à mes yeux. Je n'avais prefque fongé qu'à l'aimer de tout mon cœur ; mais ce qu'elle a fait en dernier lieu me pénètre d'eftime et de reconnaiffance. Elle s'eft conduite avec l'habileté d'un miniftre et toutes les vertus de l'amitié. A quels fripons j'avais affaire ! Je détefterais les hommes s'il n'y avait pas des cœurs comme le vôtre et comme le fien. Comptez que mon cœur revole vers mes amis ; mais auffi foyez bien perfuadé que je n'ai pas mal fait de mettre quelque temps et quelques lieues entre moi et l'envie. Je me fuis fait ancien pour qu'on me rendît un peu plus de juftice. Peut-être actuellement s'apercevra-t-on de quelque petite différence entre Catilina et Rome fauvée. Je ne demande pas que ma Rome foit imprimée au louvre ; mais je me flatte qu'elle ne déplaira pas à ceux qui aiment une fidelle peinture des Romains, en vers français qui ne foient pas goths.

> *Virtutem incolumem odimus*
> *Sublatam ex oculis, quærimus invidi.*

Vous me donnez des efpérances de retrouver madame d'*Argental* en bonne fanté ; donnez-moi auffi celle de retrouver fon amitié.

Dites-moi ce que c'eft que des Mémoires qui ont paru fur mademoifelle *Lenclos*. Je m'y intéreffe en qualité de légataire. Il y a ici un miniftre du faint Evangile qui m'a demandé des anecdotes fur cette célèbre fille : je lui en ai envóyé d'un peu ordurières, pour apprivoifer les huguenots. (*)

(*) Voyez Mélanges littéraires, tome III. Lettre fur mademoifelle de *Lenclos*, datée par erreur 1771.

Bonſoir; mes tendres reſpects à tout ce qui vous entoure, à tout ce qui partage les agrémens de votre délicieux commerce. Je vous embraſſe tendrement.

LETTRE CXCVI.

A MADAME

LA MARQUISE DU DEFFANT.

A Potſdam, ce dernier mai.

APPARAMENT, Madame, que mon camarade d'*Amon* ſert ſon roi auſſi vîte qu'il rend tard les lettres des particuliers. J'aurais bien voulu faire, dans ce mois de juin où nous ſommes, ce voyage dont il parle; et, en vérité, Madame, vous en ſeriez un des principaux motifs. J'aurais pu même prendre l'occaſion du voyage que fait le roi mon nouveau maître dans le pays qu'habitait autrefois la princeſſe de *Clèves;* mais ce voyage ſera fort court, et je lui ai promis de reſter chez lui juſqu'au mois de ſeptembre. Il faut tenir ſa parole aux rois, et ſurtout à celui-là; d'ailleurs il m'inſpire tant d'ardeur pour le travail, que ſi je n'avais pas appris à m'occuper, je l'apprendrais auprès de lui. Je n'ai jamais vu d'homme ſi laborieux. Je rougirais d'être oiſif quand je vois un roi qui gouverne quatre cents lieues de pays tout le matin, et qui cultive les lettres toute l'après-dînée. Voilà le ſecret d'éviter l'ennui dont vous me parlez; mais pour cela il faut avoir la rage de l'étude comme lui, et comme moi ſon ſerviteur chétif.

Quand il vient de Paris quelques livres nouveaux, 1751. tout pleins d'efprit qu'on n'entend point, tout hériffés de vieilles maximes rebrochées et rebrodées avec du clinquant nouveau, favez-vous bien, Madame, ce que nous fefons? nous ne les lifons point. Tous les bons livres du fiècle paffé font ici, et cela eft fort honnête : on les relit pour fe préferver de la contagion.

Vous me parlez de deux éditions de mes fottifes. Il eft bien clair, Madame, que la moins ample eft la moins mauvaife. Je n'ai vu encore ni l'une ni l'autre. Je les condamne toutes, et je penfe que, comme il ne faut point publier tout ce qu'ont fait les rois, mais feulement ce qu'ils ont fait de mémorable, il ne faut point imprimer tout ce qu'ont écrit de pauvres auteurs, mais feulement ce qui peut, à toute force, être digne de la poftérité.

On me mande que l'édition de Paris eft incomparablement moins mauvaife que celle de Rouen, qu'elle eft beaucoup plus correcte ; j'aurais l'honneur de vous la préfenter fi j'étais à Paris. On veut que j'en faffe une ici à ma fantaifie, mais je ne fais comment m'y prendre. Je voudrais jeter dans le feu la moitié de ce que j'ai fait, et corriger l'autre. Avec ces beaux fentimens de pénitence, je ne prends aucun parti, et je continue à mettre en ordre le Siècle de *Louis XIV.* J'ai apporté tous mes matériaux ; ils font d'or et de pierreries ; mais j'ai peur d'avoir la main lourde.

Ce fiècle était beau ; il a enfeigné à penfer et à parler à celui-ci ; mais gare que les difciples ne foient au-deffous de leurs maîtres, en voulant faire mieux. Je tâche au moins de m'exprimer tout naturellement ; et

—— j'espère que quand je reverrai Paris, on ne m'entendra plus. M. le président *Hénault*, pour qui je crois vous avoir dit des choses assez tendres, parce que je les pense, m'aurait-il tout-à-fait oublié? Il ne faut pas que les saints dédaignent ainsi leurs dévots. J'ai d'autant plus de droits à ses bontés qu'il est du siècle de *Louis XIV.*

Vous allez donc toujours à Sceaux, Madame? J'avais pris la liberté de donner une lettre à d'*Amon* pour madame la duchesse du *Maine;* il la rendra dans quelques années. Vous avez fait deux pertes à cette cour, un peu différentes l'une de l'autre; madame de *Staal* et madame de *Malauze.*

Conservez-vous, ne mangez point trop; je vous ai prédit, quand vous étiez si malade, que vous vivriez très-long-temps. Surtout ne vous dégoûtez point de la vie; car, en vérité, après y avoir bien rêvé, on trouve qu'il n'y a rien de mieux. Je conserverai pendant toute la mienne les sentimens que je vous ai voués, et j'aimerai toujours Paris à cause de vous et du petit nombre des élus.

LETTRE CXCVII.

A M. DEVAUX.

Mon cher *Panpan*, je vous assure que je ressens bien vivement la douleur de vous être inutile. Croyez que ce n'est pas le zèle qui m'a manqué. Vous ne doutez pas de la satisfaction extrême que j'aurais eue à faire réussir ce que vous m'avez recommandé; mais

ce

ce qui eſt difficile en Lorraine eſt encore plus difficile
en Pruſſe, où la quantité de ſurnuméraires eſt pro-
digieuſe.

Je compte bien profiter des bontés du roi *Staniſlas*,
et venir me mettre aux pieds de madame de *Boufflers*
au premier voyage que je ferai en France, et aſſurément je poſtulerai fort et ferme une place dans votre
académie. J'aurais le bonheur d'appartenir par quelque
titre à un roi qu'on ne peut s'empêcher de prendre
la liberté d'aimer de tout ſon cœur. Cette place, mon
cher et ancien ami, me ferait encore plus précieuſe ſi
je me comptais au nombre de vos confrères.

Je ne me porte guère mieux que madame de
Baſſompierre, et c'eſt en partie ce qui m'a privé long-
temps du plaiſir de vous écrire. J'aurais bien de la
vanité ſi je ſupportais mes maux avec cette douceur
et cette égalité d'humeur qu'elle oppoſe à ſes ſouf-
francès, et qu'ont ſi rarement les gens qui ſe portent
bien. Je vous ſupplie de me conſerver dans ſon ſou-
venir, et de ne me pas oublier auprès de madame de
Boufflers. Eſt-ce que M. le marquis *du Châtelet* eſt
actuellement à Lunéville? Préſentez-lui, je vous
prie, mes reſpects. J'ignore ſi ſon fils eſt à Commerci. Tout ce que je fais de votre cour, c'eſt que
je la regrette, même dans la ſociété du héros philoſophe auprès de qui j'ai l'honneur de vivre.

Je fais bien bon gré à M. de *Saint-Lambert* d'avoir
exclus *Roi*, ce méchant homme. Voudra-t-il ſe ſou-
venir de moi avec amitié? Je vous aſſure que j'en
reſſentirais une grande conſolation, quoique j'aye
abſolument renoncé à la comète. Cependant je n'ai
point oublié la maiſon de M. *Alliot*, et vous me

——— ferez grand plaifir de me protéger un peu dans cette maifon.

Mon cher *Panpan*, vous ne fauriez croire combien je fuis affligé de n'avoir pu faire ce que vous m'avez recommandé. Je ferais inconfolable fi vous pouviez penfer que j'aye manqué de bonne volonté.

Je vous embraffe du meilleur de mon cœur.

LETTRE CXCVIII.

A M. LE COMTE D'ARGENTAL.

A Potfdam, 13 juillet.

MON cher ange, vous avez donc fuivi le confeil du meilleur général qu'il y ait à préfent en Europe? Il n'y a point de poltronnerie à bien prendre fon temps, et à attendre que le génie de Rome fufcite un autre *Céfar* que *Drouin* pour la fauver. Je me flatte d'ailleurs que des conjurés tels que vous en feront plus encouragés, quand je ferai des efforts pour leur fournir de meilleures armes. J'avais envoyé quelques légers changemens, mais ils étaient faits trop à la hâte et trop infuffifans. Je crois toujours qu'il faut rendre *Aurélie* un peu complice de *Catilina*. Ce ne ferait pas la peine de l'avoir époufée en fecret pour ne pas prendre fon parti. Il me femble qu'il y aura quelque nouveauté, et peut-être quelque beauté, à repréfenter *Aurélie* comme une femme qui voit le précipice et qui s'y jette. D'ailleurs, je ne peux rien changer au fond de fon rôle et de fes fituations. La tragédie ne s'appelle point Aurélie. Le fujet eft *Rome*, *Cicéron*, *Caton*,

César. C'eft beaucoup qu'une femme, parmi tous ces gens-là, ne foit pas une bégueule impertinente. Je fais bien, quand le parterre et les loges voient paraître une femme, qu'on s'attend à voir une amoureufe et une confidente, des jaloufies, des ruptures, des raccommodemens. Auffi je ne compte pas fur un grand fuccès au théâtre; mais peut-être que l'appareil de la fcène, le fracas de théâtre qui règne dans cet ouvrage, les rôles de *Cicéron*, de *Catilina*, de *César*, pourront frapper pendant quelques repréfentations; après quoi, on jugera à l'impreffion entre cet ouvrage et les vers allobroges imprimés au louvre.

On m'a fait des objections dont quelques-unes font annoncées et réfutées par votre lettre. Je me rends avec plus de docilité que perfonne aux bonnes critiques; mais les mauvaifes ne m'épouvantent pas.

Je crois qu'au quatrième acte, avant qu'*Aurélie* arrive, on peut augmenter encore la chaleur de la conteftation, fans faire fortir *César* de fon caractère, et donner une efpèce de triomphe à *Catilina*, afin que l'arrivée d'*Aurélie* produife un plus grand coup de théâtre; mais il faut que ce débat foit court et vif. On m'a cité bien mal à propos la délibération de la fcène d'*Augufle* avec *Cinna* et *Maxime*. Les cas font bien différens, et le goût confifte à mettre les chofes à leur place.

La première fcène du cinquième acte eft abfolument néceffaire, cependant elle eft froide; ce n'eft pas fa faute, c'eft la mienne. Ce qui eft néceffaire ne doit jamais refroidir. Il faut fuppofer, il faut dire que le danger eft extrême dès le premier vers de cette fcène, que *Cicéron* eft allé combattre dans Rome avec une partie du fénat, tandis que l'autre refte pour fa défenfe. Il faut que les reproches de *Caton* et de *Clodius* foient plus vifs, et qu'on voye que *Cicéron* fera puni d'avoir fauvé la patrie ; c'eft là un des objets de la pièce. *Cicéron*, fauvant le fénat malgré lui, eft la principale figure du tableau ; il ne refte qu'à donner à ce tableau tout le coloris et toute la force dont il eft fufceptible. L'ouvrage d'ailleurs vous paraît raifonnablement conduit; il eft une peinture affez fidelle et affez vive des mœurs de Rome. J'ofe efpérer qu'il ne fera pas mal reçu de tous ceux qui connaiffent un peu l'antiquité, et qui n'ont pas le goût gâté par les idées et par le ftyle d'aujourd'hui.

Je vais donc, mon cher et refpectable ami, mettre tous mes foins à fortifier et à embellir, autant que ma faibleffe le permettra, tous les endroits de cet ouvrage qui me paraiffent en avoir befoin. J'ai déjà fait bien des changemens; mais je ne fuis pas encore content. J'enverrai la pièce avant qu'il foit un mois. Vous aurez tout le temps de dire votre dernier avis et de difpofer l'armée avec laquelle vous daignez me foutenir.

Vous ne m'avez point répondu fur une petite queftion que je vous avais faite, laquelle a peu de rapport avec la république romaine. Il s'agiffait du nombre des cures de France, qui eft très-fautif dans tous les livres, et fur lequel le receveur du clergé doit avoir une notion fûre, notion qu'il peut très-bien communiquer fans nuire à l'arche du Seigneur.

On parle d'un mandement de l'évêque de Mar-feille très-fingulier. Les remontrances du parle-ment n'ont pas fait plus de fortune ici qu'à votre cour; mais je ne conçois pas comment le roi eft

réduit à emprunter. Nous n'empruntons point, et ———
toutes les charges du royaume font payées le premier 1751.
du mois. Adieu, fociété charmante, qui valez mieux
que tous les royaumes.

LETTRE CXCIX.

A MADAME

LA MARQUISE DU DEFFANT.

Potfdam, 20 juillet.

Votre fouvenir et vos bontés, Madame, me donnent bien des regrets. Je fuis comme ces chevaliers
enchantés qu'on fait fouvenir de leur patrie dans le
palais d'*Alcine*. Je peux vous affurer que, fi tout le
monde penfait comme vous à Paris, j'aurais eu bien
de la peine à me laiffer enlever. Mais, Madame, quand
on a le malheur à Paris d'être un homme public,
dans le fens où je l'étais, favez - vous ce qu'il faut
faire? s'enfuir.

J'ai choifi heureufement une affez agréable retraite:
mon pâté d'anguilles ne vaut pas affurément vos
ragoûts, mais il eft fort bon. La vie eft ici très-douce,
très-libre, et fon égalité contribue à la fanté. Et puis,
figurez-vous combien il eft plaifant d'être libre chez
un roi, de penfer, d'écrire, de dire tout ce qu'on
veut. La gêne de l'ame m'a toujours paru un fup-
plice : favez-vous que vous étiez des efclaves à
Sceaux et à Anet? oui, des efclaves, en comparaifon
de la vraie liberté que l'on goûte à Potfdam avec un

X 3

—— roi qui a gagné cinq batailles ; et , par-deſſus cela , on
mange des fraiſes , des pêches , des raiſins , des
ananas , au mois de janvier. Pour les honneurs et les
biens , ils ne ſont préciſément bons à rien ici ; et c'eſt
un ſuperflu qui n'eſt pas choſe très-néceſſaire.

Avec tout cela , Madame , je vous regrette très-
ſincèrement , vous et M. le préſident *Hénault* , et
M. d'*Alembert* pour qui j'ai une grande inclination , et
que je regarde comme un des meilleurs eſprits que la
France ait jamais eus. Si je ne peux pas voir M. le
préſident *Hénault* , je le lis , et je crois que je ſais ſon
livre à préſent mieux que lui. Il m'a bien ſervi pour
le Siècle de *Louis XIV*. Il y a un ou deux endroits
où je lui demande la permiſſion de n'être pas de ſon
avis , mais c'eſt avec tout le reſpect qu'il mérite ; c'eſt un
petit coin de terre que je diſpute à un homme qui
poſsède cent lieues de pays.

Vous daignez me parler de Rome ſauvée ! vous
me prenez par mon faible , Madame. Des gens malins
expliqueront ce que je vous dis là , en diſant que cette
pièce eſt mon côté faible ; mais ce n'eſt pas tout-à-fait
cela que j'entends. J'y ai travaillé avec tout le ſoin ,
toute l'ardeur et toute la patience dont je ſuis capable :
j'aimerais bien mieux la faire lire à des perſonnes de
votre eſpèce que de l'expoſer au public. Il me ſemble qu'il y a ſi loin de Paris à l'ancienne Rome , et
de nos jeunes gens à *Caton* et à *Cicéron* , que c'eſt à
peu-près comme ſi je feſais jouer *Confucius*.

Vous me direz que le Catilina de *Crébillon* a réuſſi ;
mais l'auteur a été plus adroit que moi : il s'eſt bien
donné de garde de l'écrire en français. A propos ,
Madame , ne montrez point ma lettre , à moins que

ce ne foit au préfident indulgent et au difcret
d'*Argental*; fi j'écris en français, c'eft pour vous et
pour eux.

J'ai toujours compté de mois en mois venir vous
faire ma cour, et mon enchantement m'a retenu ; je
craindrais de ne plus retourner à Potfdam. Je refte
volontiers où je me trouve à mon aife; cependant
je hafarderai cette infidélité, je ne fais pas quand ; je
ne peux répondre que de mes fentimens; la deftinée
fe joue de tout le refte.

Nous aurons inceffamment ici l'Encyclopédie , et
peut-être mademoifelle *Puvigné*. N'a-t-elle point eu
quelques dégoûts de la part de l'ancien évêque de
Mirepoix ou de la forbonne? On difait que cette
forbonne voulait condamner le fyftême de *Buffon*
et les faillies du préfident de *Montefquieu*. On prétend
qu'ils ont mis les *Etrennes de la Saint-Jean fur le bureau*,
et meffieurs du clergé...... Adieu, Madame; je fuis fi
accoutumé à parler librement , que je fuis toujours
prêt à écrire une fottife.

P. S. Vous voyez donc fouvent M. l'abbé de
Chauvelin; il me rend jaloux de mes ouvrages; il les
aime, et il ne m'aime point. Vous daignez m'écrire ,
et il me laiffe là ; il s'imagine qu'il faut rompre avec
les gens parce qu'ils font à Potfdam ; il met fa vertu
à cela. J'ai le cœur meilleur que lui. Confervez-moi
vos bontés , Madame; et faites-moi bien fentir combien il ferait doux de paffer auprès de vous les
dernières années d'une vie philofophique.

LETTRE CC.

A M. LE COMTE D'ARGENTAL, *à Paris.*

Juillet.

JE viens de lire Manlius. Il y a de grandes beautés, mais elles font plus hiftoriques que tragiques; et, à tout prendre, cette pièce ne me paraît que la conjuration de Venife de l'abbé de *Saint-Réal*, gâtée. Je n'y ai pas trouvé, à beaucoup près, autant d'intérêt que dans l'abbé de *Saint-Réal;* et en voici, je crois, les raifons.

1°. La confpiration n'eft ni affez terrible, ni affez grande, ni affez détaillée.

2°. *Manlius* eft d'abord le premier perfonnage, enfuite *Servilius* le devient.

3°. *Manlius*, qui devrait être un homme d'une ambition refpectable, propofe à un nommé *Rutile* (qu'on ne connaît pas et qui fait l'entendu, fans avoir un intérêt marqué à tout cela) de recevoir *Servilius* dans la troupe, comme on reçoit un voleur chez des cartouchiens. Cela eft intéreffant dans la confpiration de Venife, et nullement vraifemblable dans celle de *Manlius* qui doit être un chef impérieux et abfolu.

4°. La femme de *Servilius* devine, fans aucune raifon, qu'on veut affaffiner fon père, et *Servilius* l'avoue par une faibleffe qui n'eft nullement tragique.

5°. Cette faibleffe de *Servilius* fait toute la pièce, et éclipfe abfolument *Manlius* qui n'agit point, et qui n'eft plus là que pour être pendu.

6°. *Valerie*, qui pourrait deviner ou ignorer le
secret, qui, après l'avoir su, pourrait le garder ou le 1751.
révéler, prend le parti d'aller tout dire et de faire son
traité, et vient ensuite en avertir son imbécille de
mari, qui ne fait plus qu'un personnage aussi insipide
que *Manlius*.

7°. Autre événement qui pourrait arriver dans la
pièce, ou n'arriver pas, et qui n'est pas plus prévu,
pas plus contenu dans l'exposition que les autres, le
sénat manque honteusement de parole à *Valérie*.

8°. *Manlius* une fois condamné, tout est fini, tout
le reste n'est encore qu'un événement étranger qu'on
ajoute à la pièce comme on peut.

Il me semble que dans une tragédie il faut que le
dénouement soit contenu dans l'exposition comme
dans son germe. Rome sera-t-elle saccagée et soumise?
ne le sera-t-elle pas? *Catilina* fera-t-il égorger *Cicéron*,
ou *Cicéron* le fera-t-il pendre? Quel parti prendra
César? Que feront *Aurélie* et son père, dont on prend
la maison pour servir de retraite aux conjurés? Tout
cela fait l'objet de la curiosité, dès le premier acte
jusqu'à la dernière scène. Tout est en action, et on
voit de moment en moment Rome, *Catilina*, *Cicéron*
dans le plus grand danger. Le père d'*Aurélie* arrive;
Catilina prend le parti de le tuer, parti bien plus
terrible, bien plus théâtral, bien plus décisif que
l'inutile proposition que fait un coupe-jarret subal-
terne, comme *Rutile*, de tuer un sénateur romain sur
ce qu'il a paru un peu rêveur; proposition d'ailleurs
inutile à la pièce.

Je ne sais si je me trompe, mais j'ose croire que la

1751.

—— pièce de Rome fauvée a beaucoup plus d'unité, eft plus tragique, eft plus frappante et plus attachante. Il me paraît plus dans la nature, et par conféquent plus intéreffant, qu'*Aurélie* foit principalement occupée des dangers de fon mari, que fi elle lui difait des lieux communs pour le ramener à fon devoir. Il me paraît qu'étant caufe de la mort de fon père elle eft un perfonnage affez tragique, et que fa fituation dans le fénat peut faire un très-grand effet. Je m'en rapporte aux juges du comité; mais je les fupplie encore très-inftamment de mettre un très-long intervalle entre Manlius et Rome fauvée. On ferait las de conjurations et de femmes de conjurés. Cet article eft un point capital.

J'ajoute encore qu'un beau fils comme *Drouin* ferait tomber *Céfar* fur le nez; j'aimerais mieux que *la Noue* jouât *Cicéron*; et *Grandval*, *Céfar*; mais, en ce cas, il faudrait mettre *la Noue* trois mois au foleil, en efpalier; et s'il ne jouait pas aux répétitions avec la chaleur et la véhémence néceffaire, il faudrait retirer la pièce.

Ce confidéré, Meffeigneurs, il vous plaife avoir égard à la requête du fuppliant.

LETTRE CCI.

A M. LE COMTE ALGAROTTI.

A Potſdam, 27 . . .

Ecco il voſtro *Dubos;* quando potrò io dire in Potſdam : Ecco il mio caro conte, ecco la conſolazione della mia monaſtica vita? La ringrazio pe'l ſuo libro, per tutti i ſuoi favori, e ſpecialmente per la ſua lettera ſoprà il Carteſio. Le gros abbé *Dubos* e un buon autore, e degno d'eſſer letto attentamente. Non dirò di lui :

Molto egli oprò col ſenno, e collo ſtile.

Il ſenno è grande, lo ſtile cattivo ; biſogna leggerlo ; mà rileggerlo ſarebbe tedioſo ; queſta bella prerogativa d'eſſer ſpeſſo riletto è il privilegio dell' ingegno, e quello dell' *Arioſto.* Io lo rileggo ogni giorno, mercè alle voſtre grazie. Addio mio cigno del canal grande ; vi amero ſempre.

LETTRE CCII.

A M. LE COMTE D'ARGENTAL.

Potſdam, 7 auguſte.

Mon adorable ami, je reçois votre lettre du 30 juillet, et la poſte, qui repart preſque au même inſtant qu'elle arrive, me laiſſe un petit moment pour vous remercier de tant d'attentions et de bontés.

—— Vraiment vous n'avez rien vu. Je vous enverrai une nouvelle Rome, avant qu'il soit peu, peut-être par M. le maréchal de *Lovendal*, peut-être par une autre voie ; mais vous aurez une Rome. Je vous avertis que ce n'est plus *Fulvius* qu'on tue, c'est *Nonnius*. Ce monsieur *Nonnius* n'est connu dans le monde que pour avoir été tué, et il ne faut pas le priver de son droit. Je me souviens même que *Crébillon*, dans sa belle tragédie de Catilina, avait fait égorger *Nonnius cette nuit*, sans trop en dire la raison. Je prétends, moi, avoir de fort bonnes raisons de le tuer. Vous serez encore plus content d'*Aurélie* ; et je crois qu'il est absolument nécessaire que *Catilina* ait dans le sénat un si grand parti, qu'il puisse s'évader impunément, lors même que sa femme l'a convaincu.

Le grand point encore est que *Cicéron* puisse un peu concentrer en lui l'intérêt de Rome. La pièce ne fera jamais Zaïre, ni Inès, ni Bérénice ; mais j'ai la sottise de croire qu'une scène de Catilina et de César vaut mieux que tout cela. Je n'espère pas un succès suivi, je n'attends pas même d'être rejoué après le premier cours de la pièce. Il faudrait trop de ressorts pour remonter sur le théâtre une machine si compliquée ; mais vous m'avez autorisé à penser que les gens raisonnables ne verraient pas sans quelque plaisir une peinture assez fidelle des mœurs de l'ancienne Rome ; et pourvu que je plaise à la saine partie de Paris, je serai fort content.

Je corrigerai encore très-volontiers tous les détails. Je ne plains pas ma peine, ou, pour mieux dire, je ne plains pas mon plaisir ; et c'en est un grand de travailler pour vous.

Savez-vous bien que je viens de refaire cent vers à la Henriade? Je repaſſe ainſi toutes mes anciennes erreurs. C'eſt ici une confeſſion générale continuelle. Je me ſuis mis à être un peu ſévère avec des gens pour qui on l'eſt rarement, mais je le ſuis encore plus pour moi-même.

Enfin, quand vous aurez Rome, il faudra abſolument la faire jouer, n'importe quand ; mais je veux en avoir le cœur net. Ce ſera une belle négociation, et aſſez amuſante pour vos conjurés. Vous déciderez entre un ſinge et un coq-d'inde qui des deux repréſentera *Céſar*. Il eſt bien douloureux de n'avoir à choiſir qu'entre de tels héros ; mais nous avons du temps d'ici à notre condamnation. Je vous prie, ſi ma nièce a le bonheur de vous voir, de lui dire que je ne lui écris point cette poſte-ci. La raiſon eſt que je ne peux plus vous écrire, qu'il faut fermer ma lettre, qu'il n'y a pas un moment à perdre, et que je n'ai que celui de vous dire que je ſuis à vous pour jamais, ſain, malade, triſte ou gai, pruſſien, français, bon ou mauvais poëte, plat hiſtorien.

Adieu, adorables anges.

LETTRE CCIII.

A MADAME DENIS, à Paris.

A Potfdam, 24 augufte.

Vous recevrez, ma chère plénipotentiaire, le paquet ci-joint par un héros danois, ruffe, polonais et français. Je crois que ce fera le premier guerrier du Nord qui aura porté une liaffe de vers alexandrins, de Berlin à Paris. Je ne crois pas, quoi qu'on en dife, que M. le maréchal de *Lovendal* foit chargé d'autres négociations. Il eft venu en Allemagne pour fes affaires; et en qualité de preneur de Berg-op-zoom, il eft venu voir le preneur de la Siléfie. Le roi lui montrera fes foldats, et ne lui montrera point fes ouvrages qu'il fait imprimer. Vous prenez mal votre temps pour me faire des reproches. Il faudrait avoir plus de pitié des étrangers et des malades. Je perds ici les dents et les yeux. Je reviendrai à Paris aveugle comme *la Motte*; et meffieurs les écumeurs littéraires n'en feront pas moins déchaînés contre moi.

Ma fanté dépérit tous les jours; l'abbé de *Bernis* ne me louera jamais d'être devenu vieux, comme il vient de louer *Fontenelle* d'avoir fu parvenir à l'âge de quatre-vingt-feize ans; je fuis plus près d'une épitaphe que de pareils éloges.

Puifque le parlement fait actuellement fi grand bruit pour un hôpital, et qu'il ne fe mêle plus que des malades, j'ai envie de me venir mettre fous fa protection. Soyez bien fûr que je ferais à Paris, fans

les imprimeurs de Berlin, qui ne me fervent pas fi
vîte que le roi. Je fupporte *Maupertuis* n'ayant pu
l'adoucir. Dans quel pays ne trouve-t-on pas des
hommes infociables avec qui il faut vivre? Il n'a
jamais pu me pardonner que le roi lui ait ordonné
de mettre l'abbé *Raynal* de fon académie. Qu'il y a
de différence entre être philofophe et parler de philofophie! Quand il eut bien mis le trouble dans
l'académie des fciences de Paris, et qu'il s'y fut fait
détefter, il fe mit en tête d'aller gouverner celle de
Berlin. Le cardinal de *Fleuri* lui cita, quand il prit
congé, un vers de *Virgile* qui revient à peu-près à
celui-ci :

Ah, réprimez dans vous cette ardeur de régner.

On aurait pu en dire autant à fon éminence ; mais
le cardinal de *Fleuri* régnait doucement et poliment.
Je vous jure que *Maupertuis* n'en ufe pas ainfi dans
fon tripot où, Dieu merci, je ne vais jamais. Il a fait
imprimer une petite brochure fur le bonheur ; elle
eft bien sèche et bien douloureufe. Cela reffemble aux
affiches pour les chofes perdues ; il ne rend heureux
ni ceux qui le lifent, ni ceux qui vivent avec lui ; il
ne l'eft pas, et ferait fâché que les autres le fuffent.

Point du tout, ma chère enfant, mon paquet ne
partira pas par M. le maréchal de *Lovendal*. Il va à
Hambourg, et ne retourne pas fitôt à Paris ; mais
vous verrez un autre maréchal qui aura la bonté de
s'en charger. C'eft un anglais qu'on appelle milord
Maréchal tout court, parce qu'il était ci-devant grand
maréchal d'Ecoffe ; il eft rebelle et philofophe, attaché
à la maifon de *Stuart*, condamné dans fon pays

_____ depuis long-temps, et retiré à Berlin après avoir servi
1751. en Espagne. Son frère, le maréchal *Keit*, alla battre les
bons musulmans à la tête des Russes, il y a quelques
années. Enfin, les deux frères sont ici, et le milord
Maréchal est déclaré envoyé extraordinaire du roi de
Prusse en France. Vous verrez une assez jolie petite
turque qu'il emmène avec lui; on la prit au siége
d'Ocsakow, et on en fit présent à notre écossais, qui
paraît n'en avoir pas trop besoin. C'est une fort bonne
musulmane. Son maître lui laisse toute liberté de
conscience. Il a dans son équipage une espèce de
valet de chambre tartare, qui a l'honneur d'être
païen; pour lui, il est, je crois, anglican ou à peu-
près. Tout cela forme un assez plaisant assemblage
qui prouve que les hommes pourraient très-bien
vivre ensemble en pensant différemment. Que dites-
vous de la destinée qui envoie un irlandais ministre
de France à Berlin, et un écossais ministre de Berlin
à Paris? Cela a l'air d'une plaisanterie. Milord
Maréchal part incessamment. Vous verrez sa turque,
et vous aurez mon paquet. Ne soyez donc point
étonnée que je sois encore à Potsdam, quand vous
verrez une mahométane à Paris; et concluez que la
Providence se moque de nous.

LETTRE

LETTRE CCIV.

A M. LE COMTE D'ARGENTAL.

A Berlin, 28 augufte.

Mon cher et refpectable ami , milord *Maréchal*, qui eft une efpèce d'ancien romain, apporte Rome à madame *Denis*. *Cicéron* ne fe doutait pas qu'un jour un écoffais apporterait de Pruffe à Paris fes Catilinaires en vers français. C'eft d'ailleurs une affez bonne épigramme contre le roi *George*, que deux braves rebelles de chez lui, ambaffadeurs en France et en Pruffe. Il eft vrai que milord *Maréchal* a plus l'air d'un philofophe que d'un conjuré : cependant il a été conjuré. C'eft peut-être en cette qualité qu'il m'a paru affez content de Rome fauvée, quand j'ai eu l'honneur de jouer *Cicéron*. Enfin, il apporte la pièce, et *Nonnius* eft le père d'*Aurélie ;* ce qui eft beaucoup mieux , parce que *Nonnius* eft fort connu pour avoir été tué.

Si j'avais reçu votre lettre plutôt, j'aurais gliffé quatre vers à *Catilina* pour accufer ce *Nonnius* d'être un perfide qui trompait *Cicéron*. Je vous jure que la fcène eft toujours dans le temple de *Tellus*, et que *Caton* , au cinquième acte, dit au refte des fénateurs qui font là, qu'il a marché avec *Cicéron* et l'autre partie du fénat. S'il faut encore des coups de rabot, ne m'épargnez pas. Mais milord *Maréchal* peut vous dire qu'il m'eft impoffible de partir de quelques mois;

—————— car non-seulement j'ai encore quelques petites beso-
gnes littéraires avec mon roi philosophe, mais j'ai
un Siècle sur les bras. Je suis dans les angoisses de
l'impression et de la crainte. Je tremble toujours
d'avoir dit trop ou trop peu. Il faut montrer la
vérité avec hardiesse à la postérité, et avec circonspec-
tion à ses contemporains. Il est bien difficile de réunir
les deux devoirs.

Je vous enverrai l'ouvrage; je vous prierai de le
montrer à M. de *Malesherbes*, et je ferai tant de cartons que l'on voudra. M. le maréchal de *Richelieu*
doit un peu s'intéresser à l'histoire de ce siècle; lui et
M. le maréchal de *Bellisle* sont les deux seuls hommes
vivans dont je parle; mais en même temps il doit
sentir l'impossibilité physique où je suis de venir
faire un tour en France avant que ce Siècle soit
imprimé, corrigé et bien reçu. Figurez-vous ce que
c'est que de faire imprimer à la fois son Siècle et
une nouvelle édition de ses pauvres œuvres; de se
tuer du soir au matin à tâcher de plaire à ce *public
ingrat*, de courir après toutes ses fautes, et de travailler à droite et à gauche; je n'ai jamais été si
occupé. Laissez-moi bâtir ces deux maisons avant que
je parte; les abandonner, ce serait les jeter par terre.
Mon cher ange, représentez vivement à M. le maréchal de *Richelieu* la nécessité indispensable où je me
trouve, de toutes façons, de rester encore quelques
mois où je suis. Ma santé va mal; mais elle n'a
jamais été bien: je suis étonné de vivre. Il me semble
que je vis de l'espérance de vous revoir; je viens de
lire Zarès; l'imprimera-t-on au louvre? Adieu; mille
tendres respects à tous les anges.

Vraiment j'oubliais le bon, et j'allais fermer ma lettre fans vous parler de ce prophète de la Mecque pour lequel je vous remercie d'auſſi bon cœur que j'ai remercié le pape. Nous verrons ſi je féduirai le parterre comme la cour de Rome. Il y a un malheur à ce Mahomet, c'eſt qu'il finit par une pantalonnade ; mais *le Kain* dit ſi bien : *Il eſt donc des remords.*

A propos de remords, j'en ai bien d'être ſi loin de vous, et ſi long-temps! Mais je ne peux plus faire de tragédies. Vous ne m'aimerez plus.

LETTRE CCV.

A M. LE MARECHAL DUC DE RICHELIEU.

Berlin, 31 auguſte.

Mon héros, un domeſtique de ma nièce m'apporta hier deux lettres de vous, qui m'ont fait tant de plaiſir, qui m'ont pénétré de tant de reconnaiſ-ſance, que moi qui ſuis *prime-ſautier*, comme dit *Montagne*, je partirais ſur le champ pour venir vous remercier, ſi je pouvais partir. Vous avez les mêmes bontés pour mes muſulmans que pour vos calviniſtes des Cévennes. DIEU vous bénira d'avoir protégé la liberté de conſcience. Faire jouer le prophète Mahomet à Paris, et laiſſer prier DIEU en français dans vos montagnes du Languedoc, ſont deux choſes qui m'édifient merveilleuſement ; mais vous croyez bien que je ſuis plus ſenſible à la première. Je vous dois des cantiques d'actions de grâce. Je vous ai cent fois plus d'obligation qu'au pape ; car enfin, il n'a

—— point fait jouer Mahomet publiquement à Rome; mais la pièce traduite a été représentée dans des affemblées particulières. Elle a été jouée publiquement à Bologne qui eft, comme vous favez, terre papale. Vous voyez que vous pouvez, en fureté de confcience, donner mon Prophète à Paris. Je vous remercie encore de n'avoir point hafardé le Catilina; car, quoique celui de *Crébillon* ait réuffi, on exige peut-être plus de moi que de mon confrère *Crébillon*, parce que je ne fuis pas fi vieux.

Si vous permettez que je raifonne ici littérature avec vous, j'aurai l'honneur de vous dire que ma pièce aurait été bien reçue, courue, mife aux nues du temps de la fronde. Heureufement les confpirations font paffées de mode; heureufement, pour l'Etat s'entend, et très-malheureufement pour le théâtre. Il n'y a guère que des jeunes gens et de belles dames bien mifes, très-françaifes et peu romaines, qui aillent à nos fpectacles; il faut leur parler de ce qu'elles font, et fans amour point de falut. Je ne peux pas réformer ma nation; mais il faut dire pourtant à fon honneur, qu'il y a des ouvrages qui ont réuffi fans être fondés fur une intrigue amoureufe. Je ne dis pas que ma Rome fauvée fût jouée auffi fouvent que Zaïre; mais je crois, que fi elle était bien repréfentée, les Français pourraient fe piquer d'aimer *Cicéron* et *Céfar*; et je vous avoue que j'ai la faibleffe de penfer qu'il y a dans cet ouvrage je ne fais quoi qui reffent l'ancienne Rome. Je l'ai travaillée de mon mieux. Je n'entrerai ici dans aucune difcuffion, quoique j'en aye bien envie. J'ai envoyé ma Rome par milord *Maréchal*, ancien conjuré d'Ecoffe, tout

propre à fe charger de ma confpiration de *Catilina*;
vous en jugerez, ainfi je laiffe là tous les raifonne-
mens que je voulais faire, et je m'en rapporte à vos
lumières et à vos bontés.

J'aimerais bien mieux vous amufer en vous envoyant
quelques petits morceaux du Siècle de *Louis XIV*.
C'eft ce Siècle qui me prive à préfent du bonheur
de vous faire ma cour. J'ai commencé l'édition, je
ne peux l'abandonner. Je travaille comme un béné-
dictin. Une édition du Siècle, une autre de mes
anciennes fottifes qu'on réimprime et que je dirige,
des Rome fauvée à la traverfe, voyez fi je peux
quitter, et fi j'ai un inftant dont je puiffe difpofer.
Vous me direz que je fuis un franc pédant, et vous
aurez raifon; mais il ne faut jamais abandonner ce
qu'on a commencé, et peut-être ne ferez-vous pas
fâché de voir mon Siècle.

Dites-moi, je vous en prie, Monfeigneur, fi je me
trompe. J'ai penfé qu'il était fort difficile de faire
imprimer, dans fon pays, l'hiftoire de fon pays.
M. d'*Agueffeau* tyrannifait la littérature quand je
quittai Paris; et vous fentez bien qu'il n'y avait pas
un petit cenfeur de livres qui ne fe fût fait un mérite
et un devoir de mutiler mon ouvrage, ou de le
fupprimer. Vous ne favez pas la centième partie des
tribulations que j'ai éprouvées de la part de mes
chers confrères les gens de lettres, et de ceux qui
fe mettent à perfécuter quand on n'implore pas
leur protection.

Je vous avouerai encore ingénument que j'avais
le malheur de déplaire beaucoup à ce théatin *Boyer*,

————— très-vénérable d'ailleurs, mais qui a très-peu chrétien-
nement donné d'affez méchantes idées de mon ftyle
à monfieur le dauphin et à madame la dauphine. Je
vous écrirais fur tout cela des volumes, fi je voulais,
ou plutôt fi vous vouliez ; mais venons à mon Siècle.
Je me fuis conftitué, de mon autorité privée, juge
des rois, des généraux, des parlemens, de l'Eglife,
des fectes qui la partagent : voilà ma charge. Tout
barboüilleur de papier qui fe fait hiftorien, en ufe
ainfi. Ajoutez à ce fardeau celui d'être obligé de
rapporter des anecdotes très-délicates qu'on ne peut
fupprimer.

Comment imprimer à Paris tout ce qui regarde
madame de *Montefpan*, et madame de *Maintenon*, et fon
mariage ? Il faut pourtant ou renoncer à l'hiftoire,
ou ne rien fupprimer de ces faits. Il faut faire fentir
ce que les fuites très-mal ménagées de la révocation
de l'édit de Nantes ont coûté à la France ; il faut
avouer la mauvaife conduite du miniftère dans la
guerre de 1701. J'ai dû et j'ai ofé remplir tous ces
devoirs peut-être dangereux ; mais, en difant ainfi
la vérité, j'ofe me flatter jufqu'à préfent (car je peux
me tromper) que j'ai élevé à la gloire de *Louis XIV*
un monument plus durable que toutes les flatteries
dont il a été accablé pendant fa vie. On a fait beaucoup d'hiftoires de lui ; peut-être ne le trouvera-t-on
véritablement grand que dans la mienne.

Vous dirai-je encore que j'ai pouffé l'hiftoire du
fiècle jufqu'au temps préfent dans un tableau raccourci
de l'Europe, depuis la paix d'Utrecht jufqu'à 1750 ?
Vous dirai-je que j'ai peint le cardinal de *Fleuri*,
comme je crois, en ma confcience, qu'il doit l'être ?

1751.

Vous fentez que tout cela eft à vue d'oifeau, prefque point de détails; j'ai voulu feulement montrer comme on a ou fuivi ou changé les vues de *Louis XIV*, perfectionné ce qu'il avait établi, ou réparé les malheurs qu'il avait effuyés fur la fin de fa vie; et comme j'ai commencé fon fiècle par un portrait de l'Europe, je le finis de même.

Aucun contemporain vivant n'eft nommé, excepté vous et M. le maréchal de *Bellifle*, mais fans aucune affectation. Encore une fois, je peux me tromper; mais je me flatte que fi le roi avait le temps de lire cet ouvrage, il n'en ferait pas mécontent. Je crois furtout que madame de *Pompadour* pourrait ne pas défapprouver la manière dont je parle de mefdames de *la Vallière*, de *Montefpan* et de *Maintenon*, dont tant d'hiftoriens ont parlé avec une groffièreté révoltante et avec des préjugés outrageans.

Enfin, malgré tous mes foins et malgré celui de plaire, la nature de l'ouvrage eft telle que, malgré mon zèle pour ma patrie, j'ai cru devoir imprimer cette hiftoire en pays étranger. Un hiftoriographe de France ne vaudra jamais rien en France.

J'ajouterai encore que peut-être les éloges que je donne à ma patrie, acquerront plus de poids lorfque je ferai loin d'elle, et que ce qui pafferait pour adulation, s'il était d'abord imprimé à Paris, paffera feulement pour vérité quand il fera dit ailleurs.

S'il arrivait, après tous les ménagemens et toutes les précautions poffibles, que je paruffe trop libre en France, jugez alors fi ma retraite en Pruffe n'aura pas été très-heureufe; mais je me flatte de ne

—————— point déplaire, furtout après avoir fondé les efprits et préparé l'opinion publique par le commencement de cet effai fur *Louis XIV*, et par les anecdotes où je dis des chofes très-fortes, et où je n'ai nullement menagé la conduite inexcufable du parlement dans la régence d'*Anne d'Autriche*.

Je vais actuellement répondre à la queftion que vous me faites, pourquoi je fuis en Pruffe; et je répondrai avec la même vérité que j'écris l'hiftoire, duffent tous les commis de toutes les poftes ouvrir ma lettre.

J'étais parti pour aller faire ma cour au roi de Pruffe, comptant enfuite voir l'Italie, et revenir après avoir fait imprimer le Siècle de *Louis XIV* en Hollande. J'arrive à Potfdam; les grands yeux bleus du roi, et fon doux fourire, et fa voix de firène, fes cinq batailles, fon goût extrême pour la retraite et pour l'occupation, et pour les vers et pour la profe; enfin, des bontés à tourner la tête, une converfation délicieufe, de la liberté, l'oubli de la royauté dans le commerce, mille attentions qui feraient féduifantes dans un particulier; tout cela me renverfe la cervelle. Je me donne à lui par paffion, par aveuglement et fans raifonner. Je m'imagine que je fuis dans une province de France. Il me demande au roi fon frère, et je crois que le roi fon frère le trouvera fort bon. Je vous le jure, comme fi j'allais mourir, il ne m'eft pas entré dans la tête que ni le roi, ni madame de *Pompadour* priffent feulement garde à moi, et qu'ils puffent être piqués le moins du monde. Je me difais: Qu'importe à un roi de France un atome comme moi de plus ou de moins?

J'étais en France harcelé, balotté, perfécuté depuis trente ans par des gens de lettres et par des bigots. Je me trouve ici tranquille, je mène une vie entièrement convenable à ma mauvaife fanté, j'ai tout mon temps à moi, nul devoir à rendre ; le roi me laiffe dîner toujours dans ma chambre, et fouvent y fouper. Voilà comme je vis depuis un an ; et je vous avoue que fans l'envie extrême de venir vous faire ma cour, qui me trouble fans celfe, et fans une nièce que j'aime de tout mon cœur, je ferais trop heureux.

Il ferait impertinent à moi de vous parler fi long-temps de moi-même, fi vous ne me l'aviez ordonné ; ainfi, encore un petit mot, je vous en prie. Vous me demandez pourquoi j'ai pris la clef de chambellan, la croix et vingt mille francs de penfion ? parce que je croyais alors que ma nièce viendrait s'établir avec moi ; elle y était toute préparée, mais la vie de Potfdam, qui eft délicieufe pour moi, ferait affreufe pour une femme ; ainfi, me voilà malheureux dans mon bonheur, chofe fort ordinaire à nousautres hommes. Mais ce qui augmente à la fois mon bonheur, ma fenfibilité et mes regrets, ce qui me ravit et ce qui me déchire, c'eft cette bonté avec laquelle vous daignez entrer dans mes erreurs et dans mes mifères. Comment avez-vous eu le temps d'avoir tant de bonté ? Quoi, vous avez du temps ! Ah, fi vous étiez un peu fédentaire, comme mon roi de Pruffe !... mais... Vous auriez mis le comble à vos grâces fi vous m'aviez dit un petit mot de mademoifelle de *Richelieu* et de M. le duc de *Fronfac*. Vous me dites que vous devenez vieux : vous ne le ferez jamais ; la nature vous a donné ce feu avec lequel on ne fent jamais la langueur de l'âge. Vous ferez plus philofophe, mais vous ne ferez jamais vieux ; c'eft moi, indigne, qui le fuis devenu terriblement, et j'ai bien peur d'être dans peu hors d'état de profiter des charmes des rois et des maréchaux de *Richelieu*. Il faut au moins avoir des jambes pour marcher, et des dents pour parler. Le roi de Pruffe m'affure qu'il me trouvera fort bien fans dents ; mais voyez la belle converfation quand on ne peut plus articuler ! On meurt ainfi en détail, après avoir vu mourir prefque tous fes amis, et ce fonge pénible de la vie eft bientôt fini.

Je doute fort que vous puffiez avoir le volume qui a été envoyé au roi. Il me femble qu'il n'y en a plus. On en avait tiré un fort petit nombre d'exemplaires qui ont été, je crois, tous diftribués. Le préfident *Hénault*, qui femblait y avoir quelque droit, comme cité dans la préface, s'y eft pris trop tard pour en avoir un exemplaire. Au refte, le roi de Pruffe eft à préfent en Siléfie, et ne revient que dans quinze jours.

Je vous ferai tenir, par la première occafion, les incohérentes hardieffes de ce *la Métrie*. Cet homme eft le contraire de don *Quichotte* ; il eft fage dans l'exercice de fa profeffion, et un peu fou dans tout le refte. DIEU l'a fait ainfi. Nous fommes comme la nature nous a pétris, automates penfans, faits pour aller un certain temps, et puis c'eft tout. Je n'ai point vu encore mon cher *Ifaac* d'*Argens* ; il eft à la campagne auprès de Potfdam, et moi à Berlin

avec mon Siècle. Dès que j'aurai fini et fait parvenir ———
cette befogne à Paris pour y être examinée, je viendrai affurément me mettre à vos pieds, moi et
Rome. Soyez sûr que perfonne au monde ne fent
plus vivement et tout ce que vous valez, et toutes
vos bontés. Je voudrais vivre pour avoir l'honneur
de vivre auprès de vous. Vous êtes auffi refpectable
dans l'amitié que vous avez été charmant dans
l'amour; vous êtes l'homme de tous les temps, plein
d'agrémens, comblé de gloire. Je n'aime pas exceffivement votre oncle le cardinal, mais j'ai pour vous
tous les fentimens que je lui refufe. En vérité, vous
devez fentir que fi je ne fuis pas parti à la réception
de vos lettres, c'eft que la chofe eft impoffible.
Laiffez-moi finir mes travaux, mes éditions, fans
quoi vous feriez auffi injufte qu'aimable. Recevez
mes tendres refpects et mon éternel dévouement.

LETTRE CCVI.

A M. LE COMTE ALGAROTTI.

Le . . . . . .

Io fono un poco cafalingo, e pigro, mio caro
fignor conte; voi fapete qual fia il cattivo ftato
della mia fanità. Non o gran cura di fare otto
miglia per ritornare alla mia cella. Afpetterò dunque
il mio gentil frate nel noftro monaftero, e quando
egli avrà difpofto del pomo in favor della polputa
Venere aftrua, e quando avrà goduto abbaftanza i
favori della fua *Elena*, quando avrà veduto tutte le

regine, tutti i principi, e tutti quanti, ritornerà piacevolmente à noi poveri romiti, ritornerà à fuoi dotti, è leggiadri lavori, à quelle ingegnofe ed iftrut-tive lettere, che faranno l'onor della bella Italia e le delizie di tutte le nazioni. Le baccio di cuore le mani.

LETTRE CCVII.

A M. LE COMTE D'ARGENTAL.

A Potfdam, 25 feptembre.

MON cher ange, parlons d'abord de *Catilina* et de *Nonnius*; car, fi je me mettais d'abord fur vos bontés, fur les regrets que vous, et ma nièce, et mes amis m'infpirent continuellement, je ne finirais jamais; il n'y aurait plus de place pour Rome fauvée.

Sans doute, il y a beaucoup d'obfcurité dans la manière dont on expédiait ce pauvre *Nonnius*; mais il eft aifé d'éclaircir tout cela en deux mots.

Je commence par faire dire à *Aurélie*, au troifième acte :

Et je te donne au moins, quoi qu'on puiſſe entreprendre,
Le temps de quitter Rome et d'ofer t'y défendre ;
Je vole et je reviens.

Cette promeffe de revenir, fait déjà voir qu'elle ne fera pas long-temps avec fon père, et donne à *Catilina* le loifir d'exécuter fon projet, dès qu'*Aurélie* aura quitté *Nonnius*. Il faut qu'on fente auffi qu'il

ne compte point du tout fur le pouvoir de fa femme
auprès de *Nonnius*. Ainfi , il dit à part :

> *Ciel quel nouveau danger !*
> *Ecoutez . . . le fort change , il me force à changer . . . .*
> *Je me rends , je vous cède , il faut vous fatisfaire . . . .*
> *Mais fongez qu'un époux eft pour vous plus qu'un père ,* &c.

enfuite quand il a laiffé fortir *Aurélie* , voici l'ordre
précis qu'il donne à *Martian* et à *Septime :*

> *Vous , fidelle affranchi , brave et prudent Septime ,*
> *Et toi , cher Martian , qu'un même zèle anime ,*
> *Obfervez Aurélie , obfervez Nonnius ;*
> *Allez , et dans l'inftant qu'ils ne fe verront plus ,*
> *Abordez-le en fecret , parlez-lui de fa fille ,*
> *Peignez-lui fon danger , celui de fa famille ,*
> *Attirez-le en parlant vers ce détour obfcur ,* &c.

Il me femble qu'à préfent tout eft éclairci. Vous
favez qu'il a dit , quelques vers auparavant , que
l'entretien de *Nonnius* et d'*Aurélie* lui donnerait le
temps néceffaire à fon deffein ; c'eft donc cet entretien qui facilite évidemment la mort de *Nonnius ;*
Aurélie a donc très-grande raifon de dire que c'eft
en demandant grâce à fon père qu'elle l'a conduit
à la mort ; et alors ces deux vers ,

> *Et pour mieux l'égorger , le prenant dans mes bras ,*
> *J'ai préfenté fa tête à ta main fanguinaire.*

ces deux vers , dis-je , n'ont plus de fens équivoque ,
et en ont un très-touchant.

A l'égard du vers : *Vous nous perdez tous trois ; je vous en avertis*, qui rime à *démenti*, il rime très-bien ; il eſt permis d'ôter l's aux verbes en *ir*. *Racine* a uſé de cette permiſſion en pareil cas :

> *Viſir, je vous en averti,*
> *Et ſans compter ſur moi prenez votre parti.*

Il faut, dans une tragédie, certains vers qui ſemblent proſaïques, pour relever les autres, et pour conſerver la nature du dialogue. Cependant j'aimerais infiniment mieux les vers ſuivans :

> *Ne vous aveuglez point, vous nous perdez tous trois.*
> *Je ſais qu'en vos conſeils on compte peu ma voix,*
> *Qu'on y ménage à peine une épouſe timide ;*
> *Je ſais, Catilina, que ton ame intrépide*
> *Sacrifira ſans trouble et ta femme et ton fils*
> *A l'eſpoir incertain d'accabler ton pays, &c.*
>
> . . . .
>
> *Tu n'es plus qu'un tyran, tu ne vois plus en moi*
> *Qu'une épouſe tremblante, indigne de ta foi,* &c.

Je vous ſupplie donc de communiquer à ma chère nièce toutes ces petites corrections, qu'elle aura la bonté de faire copier ſur la pièce. Votre critique du vers, *ont écrit dans le ſang*, eſt très-juſte. Voici comme je corrige cet endroit :

> *Achevez ſon naufrage, allez, braves amis,*
> *Les deſtins du ſénat en vos mains ſont remis,*
> *Songez que ces deſtins ſont celui de la terre.*
> *Ce n'eſt point conſpirer, c'eſt déclarer la guerre ;*
> *C'eſt reprendre vos droits, et c'eſt vous reſaiſir*
> *De l'univers dompté qu'on oſait vous ravir ;*

L'univers votre bien , le prix de votre épée ;
Au sein de vos tyrans je vais la voir trempée.
Jurez tous de périr ou de vaincre avec moi.

UN CONJURÉ.

Nous attestons Sylla , nous en jurons par toi.

UN CONJURÉ.

Périsse le sénat !

UN AUTRE.
Périsse l'infidelle !

et à l'égard du vers,

L'ambition l'emporte , évanouissez-vous.

ce mot *évanouissez-vous* appartient à tout le monde.
Dieu me garde de voler *vains fantômes d'Etat.* Je ne
sais pas ce que c'est qu'un *fantôme d'Etat.* Plus je lis
ce *Corneille ,* plus je le trouve le père du galimatias ,
aussi-bien que le père du théâtre.

Mon cher ange , voilà à peu-près tout ce que vous
avez demandé ; mais, comme j'aime à vous obéir
en tout, j'ajouterai encore un vers. Vous n'aimez
pas ,

Voilà tout ton service , et voilà tous tes titres.

Aimez-vous mieux ,

Ce sont là tes exploits , ton service et tes titres.

Il ne s'agit plus que de copier ces rapetassages. Vous
m'avouerez que vous devez vous intéresser un peu
à un ouvrage qui est devenu le vôtre, par les bons
conseils que vous m'avez donnés. Vous sentez par

1751.

combien de raifons il eft effentiel que la pièce foit donnée au public, après avoir été promife. Il ne s'agit pas ici feulement d'une vaine réputation, toujours combattue par l'envie; le fuccès de l'ouvrage eft devenu un point capital pour moi, et un préalable néceffaire, fans lequel je ne pourrais faire à Paris le voyage que je projette. O Athéniens!

LETTRE CCVIII.

A MADAME DENIS, *à Paris.*

A Berlin, 2 feptembre.

J'AI encore le temps, ma chère enfant, de vous envoyer un nouveau paquet. Vous y trouverez une lettre de *la Métrie* pour M. le maréchal de *Richelieu*; Il implore fa protection. Tout lecteur qu'il eft du roi de Pruffe, il brûle de retourner en France. Cet homme fi gai, et qui paffe pour rire de tout, pleure quelquefois comme un enfant d'être ici. Il me conjure d'engager M. de *Richelieu* à lui obtenir fa grâce. En vérité, il ne faut jurer de rien fur l'apparence.

La Métrie, dans fes préfaces, vante fon extrême félicité d'être auprès d'un grand roi qui lui lit quelquefois fes vers, et en fecret il pleure avec moi. Il voudrait s'en retourner à pied; mais moi !.... pourquoi fuis-je ici? Je vais bien vous étonner.

Ce *la Métrie* eft un homme fans conféquence, qui caufe familièrement avec le roi après la lecture. Il me parle avec confiance; il m'a juré qu'en parlant au roi, ces jours paffés, de ma prétendue faveur et

de

de la petite jaloufie qu'elle excite, le roi lui avait ——— répondu : *J'aurai befoin de lui encore un an, tout au* 1751. *plus ; on preffe l'orange, et on en jette l'écorce.*

Je me fuis fait répéter ces douces paroles ; j'ai redoublé mes interrogations ; il a redoublé fes fermens. Le croirez-vous ? dois-je le croire ? cela eft-il poffible ? Quoi ! après feize ans de bontés, d'offres, de promeffes ; après la lettre qu'il a voulu que vous gardaffiez comme un gage inviolable de fa parole ! et dans quel temps encore, s'il vous plait ? dans le temps que je lui facrifie tout pour le fervir, que non-feulement je corrige fes ouvrages, mais que je lui fais à la marge une rhétorique, une poëtique fuivie, compofée de toutes les réflexions que je fais fur les propriétés de notre langue, à l'occafion des petites fautes que je peux remarquer ; ne cherchant qu'à aider fon génie, qu'à l'éclairer et qu'à le mettre en état de fe paffer en effet de mes foins !

Je me fefais affurément un plaifir et une gloire de cultiver fon génie ; tout fervait à mon illufion. Un roi qui a gagné des batailles et des provinces, un roi du Nord qui fait des vers en notre langue, un roi enfin que je n'avais pas cherché, et qui me difait qu'il m'aimait ! pourquoi m'aurait-il fait tant d'avances ? je m'y perds ; je n'y conçois rien. J'ai fait ce que j'ai pu pour ne point croire *la Métrie.*

Je ne fais pourtant. En relifant fes vers, je fuis tombé fur une épître à un peintre nommé *Pêne,* qui eft à lui ; en voici les premiers vers :

Quel fpectacle étonnant vient de frapper mes yeux !
Cher Pêne, ton pinceau te place au rang des Dieux.

Correfp. générale.   Tome III.   Z

Ce *Pène* eſt un homme qu'il ne regarde pas. Cependant c'eſt *le cher Pène, c'eſt un dieu*. Il pourrait bien en être autant de moi; c'eſt-à-dire, pas grand'-choſe. Peut-être que, dans tout ce qu'il écrit, ſon eſprit ſeul le conduit, et le cœur eſt bien loin. Peut-être que toutes ces lettres, où il me prodiguait des bontés ſi vives et ſi touchantes, ne voulaient rien dire du tout.

Voilà de terribles armes que je vous donne contre moi. Je ſerai bien condamné d'avoir ſuccombé à tant de careſſes. Vous me prendrez pour M. *Jourdain* qui diſait : *Puis-je rien refuſer à un ſeigneur de la cour qui m'appelle ſon cher ami*. Mais je vous répondrai : C'eſt un roi aimable.

Vous imaginez bien quelles réflexions, quel retour, quel embarras, et, pour tout dire, quel chagrin l'aveu de *la Métrie* fait naître. Vous m'allez dire : Partez ; mais moi je ne peux pas dire : Partons. Quand on a commencé quelque choſe, il faut le finir ; et j'ai deux éditions ſur les bras, et des engagemens pris pour quelques mois. Je ſuis en preſſe de tous les côtés. Que faire ? ignorer que *la Métrie* m'ait parlé, ne me confier qu'à vous, tout oublier, et attendre. Vous ſerez ſurement ma conſolation. Je ne dirai point de vous : Elle m'a trompé en me jurant qu'elle m'aimait. Quand vous ſeriez reine, vous ſeriez ſincère.

Mandez-moi, je vous en prie, fort au long tout ce que vous penſez, par le premier courier qu'on dépêchera à milord *Tirconel*.

LETTRE CCIX.

A M. LE MARQUIS D'ARGENS.

Potſdam, ſeptembre.

Mon cher *Iſaac*, ſoyez le bien revenu dans vôtre terre promiſe. Je viendrais y adorer le Dieu des armées avec vous, et me mettre aux pieds de votre *Rebecca*, ſi je me portais bien; et même, ſain ou malade, je viendrai vous voir, en cas que vous m'aimiez un peu; car, ſi mon cher *Iſaac* me traite en iſmaélite, je ne ferai point de pélerinage pour lui.

AU MEME.

J'ai reçu votre lettre et celle de madame *Denis*; je vous en remercie. Ah! ah! vous m'appelez *monſieur*; et moi, ſur la parole du maréchal de *Richelieu* et de ma nièce, croyant que vous m'aimiez toujours, je vous diſais bonnement, *mon cher Iſaac!* Eh bien, *monſieur*, je vous aime de tout mon cœur; je grille de vous embraſſer.

Je vous prie de me mettre aux pieds de votre muſe, madame la marquiſe d'*Argens*, et je vous prie ſurtout de me conſerver une amitié qui fera ici la douceur de ma vie,

AU MEME.

TRÈS-CHER frère, vous me faites un grand plaifir. Je lirai le tout avec avidité, et je voudrais avoir les autres tomes. En vérité, il faudrait abolir la fottife, une fois pour toutes ; ce ferait un petit amufement. Frère, j'ai corrigé les morceaux de la dernière partie qui vous avaient paru équivoques, ainfi que j'ai corrigé le vers fur *Defpréaux*, que le roi avait condamné avec raifon. Mon frère, il faut paffer fa vie à fe corriger. Bonjour, digne ennemi du fanatifme et de la friponnerie.

AU MEME.

FRÈRE, vous avez un don de DIEU pour connaître les hommes. Je bénirai le Dieu de nos pères, fi on découvre que ce faint de Marfeille eft un fripon d'Italie. N'eft-il pas parent du révérend père *Mecenati?* Frère, il faut approfondir cette affaire, et ne point porter de jugemens téméraires. Cet homme eft prêtre, il a fon obédience en bonne forme, fa croix de mathurin, il parle latin. . . Un matelot piémontais ne parle point latin. Invoquons le Saint-Efprit, et examinons cet homme avant de le condamner.

Vis content et heureux.

AU MEME.

FRÈRE équitable, vous avez lu le libelle de *Boindin*; lifez, je vous prie, la réponfe, et jugez. Je n'entre point dans la difcuffion des interrogatoires d'un favetier et d'un décrotteur ; je renvoie, fur cet article, au jugement prononcé par les juges qui ont examiné les variations des témoins fubornés, et ont jugé en conféquence. Ces détails d'ailleurs alongeraient trop l'article, et feraient indignes du public et de l'ouvrage. Il eft queftion, dans cette dernière partie, des gens de lettres célèbres, et non des favetiers célèbres. Enfin, lifez-moi, et jugez-moi. Ayez la bonté de me renvoyer le livre avec votre décifion. *Vale, et me ama.*

AU MEME.

FRÈRE, *fi loquela fua manifeftum hunc facit*, s'il eft piémontais, matelot et fripon, Dieu foit loué, et les méchans confondus. Mais cette belle obédience ! mais cette croix ! mais ces lettres ! Frère, il y a de grandes préfomptions contre ce faint. Cependant, tremblons de condamner nos frères légérement, examinons encore. Craignons les juftes jugemens de DIEU.

Je me recommande à vos prières, et je m'anéantis devant le Tout-puiffant. La paix foit avec vous.

LETTRE CCX.

A M. LE DUC D'UZÈS.

A Berlin, le 14 septembre.

JE dois à votre goût pour la littérature, monsieur le Duc, la lettre dont vous m'honorez; ce goût augmente encore ma sensibilité, et c'est pour moi un nouveau sujet de remercîmens. Vous ne pouvez assurément mieux faire, dans le loisir que votre gloire, vos blessures et la paix vous ont donné, que de cultiver un esprit aussi solide que le vôtre. Il n'y a guère que du vide dans toutes les choses de ce monde; mais il y en a moins dans l'étude qu'ailleurs: elle est une grande ressource dans tous les temps, et nourrit l'ame jusqu'au dernier moment. Je suis auprès d'un grand roi qui, tout roi qu'il est, s'ennuierait s'il ne pensait pas comme vous; et je ne me suis rendu auprès de lui, après seize ans d'attachement, que parce qu'il joint à toutes ses grandes qualités, celle d'aimer passionnément les arts. J'ai résisté à la tentation de vivre auprès de lui, tant qu'a vécu madame *du Châtelet* dont je vois, avec consolation, que vous n'avez pas perdu la mémoire. Je crois que madame la duchesse de *la Vallière*, votre sœur, et madame de *Luxembourg* m'ont un peu abandonné depuis ma désertion; mais je leur serai toujours fidellement dévoué. Je ne suis guère à portée, à la cour du roi de Prusse, de lire les thêmes que des écoliers composent pour des prix de l'académie de Dijon; mais sur l'exposé que vous me

faites, je fuis bien de votre avis; il me paraît même ——
très-indécent qu'une académie ait paru douter fi les
belles-lettres ont épuré les mœurs.

Meffieurs de Dijon voudraient-ils qu'on les crût
de mal-honnêtes gens? Des gens de lettres ont quelquefois abufé de leurs talens; mais de quoi n'abufe-
t-on pas? J'aimerais autant qu'on dît qu'il ne faut
pas manger, parce qu'on peut fe donner des indigeftions. Irai-je dire à ces dijonais que toutes les
académies font ridicules, parce qu'ils ont donné un
fujet qui a l'air de l'être? Tout cela n'eft autre
chofe qu'une méprife et qu'une fauffe conclufion
du particulier au général.

Je ne connais pas non plus les petites brochures
contre M. de *Montefquieu*. J'aurais fouhaité que fon
livre eût été auffi méthodique et auffi vrai qu'il eft
plein d'efprit et de grandes maximes; mais, tel qu'il
eft, il m'a paru utile. L'auteur penfe toujours, et fait
penfer; *c'eft un roide jouteur*, comme dit *Montagne*;
fes imaginations élancent les miennes. Madame *du
Deffant* a eu raifon d'appeler fon livre *de l'efprit fur
les lois*; on ne peut mieux, ce me femble, le définir.
Il faut avouer que peu de perfonnes ont autant
d'efprit que lui, et fa noble hardieffe doit plaire à
tous ceux qui penfent librement. On dit qu'il n'a été
attaqué que par les efclaves des préjugés; c'eft un
des mérites de notre fiècle que ces efclaves ne foient
pas dangereux. Ces miférables voudraient que le refte
du monde fût garrotté des mêmes chaînes qu'eux.

Vous ne paraiffez pas fait pour partager ces chaînes
aviliffantes de l'efprit humain, et vous penfez fur
tout en *magnanime pair de France*, Vous m'annoncez

Z 4

une correspondance qui me flatte beaucoup. J'espère être à Pàris dans quelques mois, et y recevoir les marques de confiance dont vous m'honorerez. Je m'en rendrai digne par ma difcrétion et par la vérité avec laquelle je vous parlerai.

Je fuis avec beaucoup de refpect, &c.

LETTRE CCXI.

A M. LE COMTE ALGAROTTI.

A Potfdam, 24 feptembre.

NON poffo imaginare, caro mio conte, quali fiano i commenti fatti in Roma intorno alla dannazione del noftro rè piucchè éretico. Se io l'aveffi pofto in purgatorio, ben convenebbe alla corte romana di concederli alcune indulgenze ; ma giacchè l'ho dannato affato fenza mifericordia, non veggo ciò che i moderni romani abbiano à fare coll' emulatore degli antichi. Vi ringrazio della voftra favia e leggiadra rifpofta à quefto indefefo fcrittore, à quefto valente cardinal *Quirini*; egli mi a favorito d'una lettera , e d'alcune nuove ftampe dove la fua modeftia e vigorofamente combattuta. Non gli o ancora rifpofto, mà lo farò coll' ajuto di dio, di voi, mio agno di Padova, e di Berlino : *Si Mimnermus uti cenfet, fine amore jocifque non eft vivendum, vivas in amore jocifque;* mà non vi fcordàte del voftro ammiratore ed amico.

LETTRE CCXII.

A M. LE COMTE D'ARGENTAL.

16 octobre.

Mon cher ami, je vous fuis bien obligé de vos petites notes. Je ne puis concevoir comment le mot de *dernière fille* a pu échapper, puisque je dis précisément le contraire, pag. 49, tome II. Je crois que vous n'avez pas cette page 49. Je vous fupplie d'ôter feulement ce mot de *dernière*, en attendant que je mette un carton. Figurez-vous qu'on imprime à huit lieues de moi, et qu'il fe gliffe bien des fautes. M. de *Caumartin* (j'entends le vieux confeiller d'Etat) m'affura que le roi avait affifté deux fois au confeil des parties. C'eft une anecdote qu'il faudrait approfondir, et dont vous êtes à portée de vous inftruire.

Croyez-vous qu'il faille abfolument ôter de ce char le duc de Bretagne ? J'en fuis fâché ; cela était touchant ; cependant, il faudra bien s'y réfoudre. Je n'écrirai point, cet ordinaire, à ma nièce ; j'ai un peu de fièvre, et je n'écris qu'avec peine. Je vous prie de lui dire qu'elle ne montre qu'à peu de perfonnes les feuilles imprimées que je lui ai envoyées, mais que furtout elle raye ce mot de *dernière*.

Je fuis perfuadé qu'elle réuffira dans la confpiration de Rome comme dans celle de la Mecque. Tout le monde dit que *Dubois* eft devenu un grand acteur ; voilà une bonne aubaine pour notre Rome, que je recommande toujours à vos foins paternels.

Je vous supplierai d'examiner un peu scrupuleu-
sement le premier tome de *Louis XIV*, que vous
aurez probablement bientôt. Je mettrai ici tant de
cartons qu'on voudra ; vous savez que je ne plains
pas ma peine, et que j'aime à me corriger.

Adieu, mon cher ange ; dites bien à madame
Denis combien elle est adorable. J'ai été tenté de
partir sur la jument *Borak* de *Mahomet*, pour venir
l'embrasser ; mais je n'ai pas assez de santé pour
voyager à présent. Je suis tout malingre et *dulces
moriens reminiscitur Argos*. Adieu ; mes respects aux
anges ; vous êtes mon Argos.

LETTRE CCXIII.

A MADAME DENIS, *à Paris*.

A Potsdam, 29 octobre.

VOUS êtes de mon avis ; cela me fait croire que
j'ai raison ; sans cela je n'en croirais rien. Nous nous
sommes entendus de bien loin. Je me conseillais
tout ce que vous me conseillez ; mais vraiment, je
dois plus que jamais admirer votre savoir-faire :
vous triomphez des cabales et même des dévots ; vous
faites jouer la religion mahométane. Il n'appartenait
assurément qu'aux musulmans de se plaindre ; car
j'ai fait *Mahomet* un peu plus méchant qu'il n'était ;
aussi milord *Maréchal* me mande-t-il que sa jeune
turque, qu'il a menée à *Mahomet*, a été très-scandalisée.
Elle prétend que je lui avais dit beaucoup de bien

de son prophète à Berlin ; cela peut être ; il faut
être poli. Comment ne pas louer *Mahomet* devant les
femmes, qui font notre récompense dans son paradis ?

Je me flatte que vous vous donnerez bien de
garde de passer sitôt de la Mecque à Rome. Laissons
dormir quelque temps *Cicéron*, et prions DIEU qu'il
n'endorme point son monde.

Ma chère plénipotentiaire, j'ai bien peur que mes
lettres ne passent pas long-temps par milord *Tirconel*.
Il s'est avisé de se rompre un gros vaisseau dans la
poitrine. C'est la plus large et la plus forte poitrine
du monde ; mais l'ennemi est dans la place, et il y
a tout à craindre.

Je rêve toujours à l'*écorce d'orange ;* je tâche de n'en
rien croire, mais j'ai peur d'être comme les cocus,
qui s'efforcent à penser que leurs femmes font très-
fidelles. Les pauvres gens sentent au fond de leur
cœur quelque chose qui les avertit de leur désastre.

Ce dont je suis très-sûr, c'est que mon gracieux
maître m'a honoré d'un bon coup de dent, dans les
mémoires qu'il a faits de son règne depuis 1740. Il
y a, dans ses poësies, quelques épigrammes contre
l'empereur et contre le roi de Pologne. A la bonne
heure ; qu'un roi fasse des épigrammes contre des
rois, cela peut même aller jusqu'aux ministres ; mais
il ne devrait pas grêler sur le persil.

Figurez-vous que sa Majesté, dans ses goguettes, a
affublé son secrétaire d'*Arget* d'un bon nombre de
traits dont le secrétaire est très-scandalisé. Il lui fait
jouer un plaisant rôle dans son poëme du Palladium,
et le poëme est imprimé. Il y en a, à la vérité, peu
d'exemplaires.

Que voulez-vous que je vous dife? Il faut fe confoler, s'il eft vrai que les grands aiment les petits dont ils fe moquent; mais auffi, s'ils s'en moquent et ne les aiment point, que faire? fe moquer d'eux à fon tour tout doucement, et les quitter de même. Il me faudra un peu de temps pour retirer les fonds que j'avais fait venir dans ce pays-ci. Ce temps fera confacré à la patience et au travail; le refte de ma vie doit vous l'être.

Je fuis très-aife du retour de frère *Ifaac d'Argens*. Il a d'abord été un peu ébouriffé, mais il s'eft remis au ton de l'orcheftre. Je l'ai rapatrié avec *Algarotti*. Nous vivons comme frères; ils viennent dans ma chambre dont je ne fors guère, de là nous allons fouper chez le roi, et quelquefois affez gaiement. Celui qui tombait du haut d'un clocher, et qui fe trouvant fort mollement dans l'air, difait : *Bon*, *pourvu que cela dure*, me reffemblait affez.

Bonfoir, ma très-chère plénipotentiaire; j'ai grande envie de tomber à Paris dans ma maifon.

LETTRE CCXIV.

A M. LE COMTE D'ARGENTAL.

Potfdam, 13 novembre.

Mon cher ange, j'ai pour principe qu'il faut croire fes amis. Vous ne me paraiffez pas tout-à-fait du parti d'*Aurélie*; elle vous a paru faible, et, dans le fond, vous ne feriez pas fâché qu'elle eût le nez un peu plus à la romaine; pour moi j'avais du penchant à la faire douce et tendre. Si j'étais peintre, je pein‑ 1751. drais *Catilina* les yeux égarés et l'air terrible, *Cicéron* fefant de grands geftes, *Caton* menaçant, *Céfar* fe moquant d'eux, et *Aurélie* craintive et éplorée ; mais on veut au théâtre de Paris, dans le royaume des femmes, que les femmes foient plus importantes. J'avais oublié cette loi de votre nation fi contraire à la loi falique. Il n'eft pas étonnant que je fois devenu fi peu galant dans le couvent de frère *Philippe* où il n'y a point d'oies ; mais enfin j'ai cédé : la pluralité l'a emporté. J'ai repeint la femme de *Catilina*, et je lui ai donné des traits un peu plus mâles. Enfin, j'ai refait trois actes. Les deux premiers furtout font entièrement différens. *Algarotti* prétend que cela eft beaucoup mieux ; vous en jugerez ; pour moi je fuis jufqu'à préfent de fon avis. Il y a près de quinze jours que ces trois premiers actes font partis efcortés d'un quatrième. J'ai fait tout ce que j'ai pu ; mes maladies ne m'ont point découragé ; les contradic‑ tions ne m'ont point rebuté. J'ai imaginé qu'il fallait que *Catilina* aimât fa femme ; il ne l'aime, à la vérité qu'en *Catilina;* mais s'il ne la regardait que comme une perfonne indifférente dont il fe fert pour cacher des armes dans fa cave, cette femme ferait trop peu de chofe. Un perfonnage n'intéreffe guère que quand un autre perfonnage s'intéreffe à lui, à moins qu'il n'ait une violente paffion ; et ce n'eft pas ici le cas des paffions violentes. Enfin, vous verrez la façon dont j'ai remanié tout cela. Un Siècle à finir, une édition nouvelle de toutes mes rêveries que je réforme d'un bout à l'autre, et Rome fauvée par‑ deffus : en voilà beaucoup pour un malade. Je vous

—— prie d'encourager madame *Denis* à donner Rome
1751. fauvée. Je ne puis en refufer l'impreffion à mon
libraire qui fait ma nouvelle édition, et à qui je l'ai
promife ; c'eft une parole à laquelle je ne peux
manquer.

J'ai envoyé auffi l'ancienne Adélaïde pour laquelle
vous vous fentirez un peu de faible ; mais gardez-
vous bien de la préférer à Rome. Croyez fermement,
malgré le ton douceceux de notre théâtre, qu'une
fcène de Céfar et de Catilina vaut mieux que toute
Adélaïde. Je ne fais pas trop ce que madame *Denis*
a été faire à Fontainebleau avant qu'on donne Rome
fauvée ; c'eft après le fuccès (fuppofé que nous en
ayons) qu'il fallait aller là. Je crains un peu cette
entrevue pour le moment préfent. On croit le Catilina
de *Crébillon* un chef-d'œuvre ; il n'y a que le fuccès
d'un bon ouvrage et le temps qui puiffent détromper.

On dit que l'abbé de *Bernis* va être ambaffadeur
à Venife. Je plains le procurateur de Saint-Marc, s'il
a une jolie femme.

Adieu, mes chers anges ; je baife toujours le petit
bout de vos ailes. Aviez-vous entendu parler d'un
médecin, nommé *la Métrie*, brave athée, gourmand
célèbre, ennemi des médecins, jeune, vigoureux,
brillant, regorgeant de fanté ? Il va fecourir milord
Tirconel qui fe mourait ; notre irlandais lui fait
manger tout un pâté de faifan, et le malade tue fon
médecin. *Aftruc* en rira, s'il peut rire.

LETTRE CCXV.

A M. LE MARECHAL DUC DE RICHELIEU.

A Potſdam, 13 novembre.

CE *la Métrie*, cet homme machine, ce jeune médecin, cette vigoureuſe ſanté, cette folle imagination, tout cela vient de mourir pour avoir mangé, par vanité, tout un pâté de faiſan aux truffes. Voilà, mon héros, une de nos farces achevées. *La Métrie* eſt mort préci-ſément de la même maladie dont le roi réchappa ſi heureuſement en 1744. Il laiſſe à Berlin une maîtreſſe éplorée, qui malheureuſement n'eſt pas jolie, et à Paris des enfans qui meurent de faim. Il a prié milord *Tirconel*, par ſon teſtament, de le faire enterrer dans ſon jardin.

Vous avez peut-être reçu, Monſeigneur, une grande ennuyeuſe lettre de moi, où j'avais l'honneur de vous parler de ce pauvre diable. Je vous impor-tunais encore d'une certaine terre d'Aſſay, qui eſt dans votre cenſive, et pour laquelle il y a un procès que vous pourriez, dit-on, avoir la bonté de terminer un jour par un doux accord. Ma nièce veut qu'on vende cette terre. Hélas! très-volontiers. Vous êtes mon ſeigneur ſuzerain, et vous ferez de moi tout ce que vous voudrez. Elle prétend auſſi que vous ne voulez pas qu'*Aurélie* ſoit traitée en petite fille, et que *Catilina* et *Céthégus* la renvoyent faire de la tapiſ-ſerie au premier acte. Vous la voulez plus néceſſaire, plus réſolue, plus reſpectée dans la maiſon. Je ſuis

—— entièrement de votre avis. Les trois premiers actes font abfolument changés et envoyés. Je ne veux pas en avoir le démenti. Ce petit triomphe, fi c'en eft un, fera amufant. Nous vous fournirons d'autres batelages pour votre année.

En attendant, je vous prie, à vos heures perdues, de parcourir ce que ma nièce doit avoir l'honneur de vous confier du Siècle de *Louis XIV*. J'aurais bien voulu en raifonner avec vous à Richelieu, mais on ne peut pas être par-tout. Il y a plus d'un ciel dans ce monde. Celui de Potfdam me plaît toujours beaucoup, fans me faire oublier le vôtre. La fociété eft douce et délicieufe. Ma machine va fort mal, mais mon ame va bien, elle eft tranquille; et cette ame eft toute à vous. Je ferais bien fâché qu'elle quittât mon corps fans vous avoir fait fa cour. De près ou de loin, fain ou malade, philofophe ou faible, je vous fuis bien tendrement dévoué jufqu'au dernier moment de ma drôle de vie.

Adieu, Monfeigneur; daignez m'aimer toujours un peu, et vous fouvenir un peu de votre ancien ferviteur dans le chien de tourbillon où vous êtes. Jouiffez, digérez tout le plus long-temps qu'il eft poffible, et goûtez ce fonge de la vie.

LETTRE

LETTRE CCXVI.

A MADAME DENIS.

A Potſdam, 14 novembre.

Protectrice de l'Alcoran, nous ſommes tous ici malades. Milord *Tirconel* empire, le comte de *Rothembourg* ſe meurt, d'*Arget* ſe plaint à DIEU et aux dames du col de ſa veſſie ; pour le major *Chaſot*, qui a dû vous rendre une lettre, il s'était emmailloté la tête et avait feint une groſſe maladie pour avoir permiſſion d'aller à Paris. Il ſe porte bien celui-là, et ſi bien qu'il ne reviendra plus. Il avait pris ſon parti depuis long-temps ; mais notre fou de *la Métrie* n'a point fait ſemblant ; il vient de prendre le parti de mourir. Notre médecin eſt crevé à la fleur de ſon âge, brillant, frais, alerte, reſpirant la ſanté et la joie, et ſe flattant d'enterrer tous ſes malades et tous les médecins ; une indigeſtion l'a emporté.

Je ne reviens point de mon étonnement. Milord *Tirconel* envoie prier *la Métrie* de venir le voir pour le guérir ou pour l'amuſer. Le roi a bien de la peine à lâcher ſon lecteur qui le fait rire, et avec qui il joue. *La Métrie* part, arrive chez ſon malade dans le temps que madame *Tirconel* ſe met à table, il mange et boit, et parle, et rit plus que tous les convives ; quand il en a juſqu'au menton, on apporte un pâté d'aigle déguiſé en faiſan, qu'on avait envoyé du Nord, bien farci de mauvais lard, de hachis de porc et de gingembre ; mon homme mange tout le

—— pâté, et meurt le lendemain chez milord *Tirconel*, affifté de deux médecins dont il s'était moqué. Voilà une grande époque dans l'hiftoire des gourmands.

Il y a actuellement une grande difpute pour favoir s'il eft mort en chrétien ou en médecin. Le fait eft qu'il pria le comte de *Tirconel* de le faire enterrer dans fon jardin. Les bienféances n'ont pas permis qu'on eût égard à fon teftament. Son corps, enflé et gros comme un tonneau, a été porté, bon gré malgré, dans l'églife catholique où il eft tout étonné d'être. Ma chère enfant, les chênes tombent, et les rofeaux demeurent. Le roi a fait pour moi une ode pour m'exhorter à vieillir et à mourir. J'ai bien corrigé fon ode, et je ne m'en porte pas mieux. Il me traite vraiment de divin, comme le peintre *Pêne*. Nous favons ce que ces mots-là fignifient. Cette lettre vous fera rendue par le tartare païen de milord *Maréchal*, qu'il a dépéché ici. Dieu conduife ce bon calmouc au plus vîte.

LETTRE CCXVII.

A M. LE DUC D'UZÈS.

A Potfdam, 4 décembre.

C'EST par un heureux hafard, monfieur le Duc, que je reçus, il y a quinze jours, votre lettre du 2 octobre par la voie de Genève. Il y avait long-temps que deux génevois, qui s'étaient mis en tête d'entrer au fervice du roi de Pruffe, m'envoyaient régulièrement de fi gros paquets de vers et de profe, qui coûtaient un louis de port et qui ne valaient pas un denier, qu'enfin j'avais pris le parti de faire dire au bureau des poftes de Berlin que je ne prendrais aucun paquet qui me ferait adreffé de Genève. Je fus averti, le 15 novembre, qu'il y en avait un d'arrivé avec un beau manteau ducal; ce magnifique fymbole d'une dignité peu républicaine me fit douter que ce n'était pas de la marchan-dife génevoife qu'on m'adreffait. J'envoyai retirer le paquet, et j'en fus bien récompenfé en lifant les réflexions pleines de profondeur et de jufteffe que vous m'avez fait l'honneur de m'adreffer. J'y aurais répondu fur le champ, mais il y a quinze jours que je fuis au lit, et je ne peux pas encore écrire. Ainfi vous permettrez que je dicte tout ce que l'ef-time la plus jufte et le plaifir de trouver en vous un philofophe, peut infpirer à un pauvre malade.

Il paraît, monfieur le Duc, que vous connaiffez très-bien les hommes et les livres, et les affaires de ce

monde. Vous faites l'hiftoire de la cour quand vous
dites que, de quarante années, on en paffe fouvent
trente-neuf dans des inutilités. Rien n'eft plus vrai,
et la plupart des hommes meurent fans avoir vécu.
Vous vivez beaucoup, puifque vous penfez beaucoup;
c'eft du moins une confolation pour une ame bien
faite. Il y en a peu qui foient capables de fe fupporter elles-mêmes dans la retraite. Le tourbillon
du monde étourdit toujours, et la folitude ennuie
quelquefois. Je m'imagine que vous n'êtes pas folitaire à Uzès, que vous y avez quelque compagnie
digne de vous, à qui vous pouvez communiquer
vos idées. Il faut que les ames penfantes fe frottent
l'une contre l'autre, pour faire jaillir de la lumière.
Ne feriez-vous point à Uzès à peu-près comme le
roi de Pruffe à Potfdam, foupant avec trois ou
quatre philofophes, après avoir expédié les affaires
de votre duché? Cette vie ferait affez douce. Il y
a apparence que c'eft la meilleure, puifque c'eft
celle qu'a choifi un homme qui pouvait vivre avec
tout le fracas de la puiffance et tout l'attirail de la
vanité. Il me femble encore que vos idées philofophiques font femblables aux fiennes. Ce n'eft pas
une chofe ordinaire qu'il y ait des rois et des ducs
et pairs philofophes. Pour rendre la reffemblance
plus complète, vous m'annoncez quelques poëfies;
en vérité c'eft tout comme ici, et je crois que la
nature vous avait fait naître pour être duc et pair
à Potfdam. Je comptais paffer l'hiver à Paris; mais
les bontés du roi d'un côté, et mes maladies de
l'autre, m'ont retenu, et je me fuis partagé entre
mon héros et mon apothicaire. Si vous voulez ajouter

à la félicité de mon ame, et diminuer les souffrances de mon corps, envoyez-moi les ouvrages dont vous me parlez. Je garderai le secret le plus inviolable. Je ne les montrerai au roi qu'en cas que vous me l'ordonniez, et je vous dirai ce que je croirai la vérité. Ayez la bonté de recommander d'adresser les paquets par Nuremberg et par les chariots de poste, comme on envoie les marchandises; car les gros paquets de lettres qui font portés par les couriers, font toujours ouverts dans trois ou quatre bureaux de l'Empire. Chaque prince fe donne ce petit plaifir; ces messieurs-là font fort curieux.

Pardonnez, monfieur le Duc, à un pauvre malade, et recevez les refpects, &c.

LETTRE CCXVIII.

A M. LE COMTE D'ARGENTAL, à Paris.

14 décembre.

Mon cher ami, le nez à la romaine doit être alongé de quelques lignes, car notre *Aurélie* ne dit plus :

Ne fuis-je qu'une efclave au filence réduite,
Par un maître abfolu dans le piége conduite ?

Ni

Une efclave trop tendre, encor trop peu foumife

mais elle dit :

J'ignore à quels deffeins ta fureur s'eft portée;
S'ils étaient généreux tu m'aurais confultée.

Aa 3

Elle parle dans ce goût ; elle eſt tendre , mais elle eſt ferme ; elle s'anime par degrés ; elle aime , mais en femme vertueuſe ; et on ſent que dàns le fond elle impoſe un peu à *Catilina* , tout impitoyable qu'il eſt. J'ai tâché de ne mettre , dans l'amour de *Catilina* pour elle , que ce reſpect ſecret qu'une vertu douce et ferme arrache des cœurs les plus corrompus; et quoique *Catilina* aime en maître , on voit qu'il tremblerait devant cette femme aimable et géné-reuſe , s'il pouvait trembler. Ces nuances-là étaient délicates à ſaiſir. Je ne ſais ſi je les ai bien expri-mées, mais je ſais qu'il ſera difficile à une actrice quelconque de les rendre. Ne me faites point de procès , mon cher ange , ſur ce que *Cicéron* dit à *Catilina* ,

> *Je te protégerai ſi tu n'es point coupable ,*
> *Fuis Rome ſi tu l'es.* . . . . . .

C'eſt préciſément ce que *Cicéron* a dit de ſon vivant; ce ſont des mots conſacrés , et aſſurément ils ſont bien raiſonnables.

Quel eſt l'homme qui prononçera : *Eh bien! ferme, Caton,* comme on prononcerait : *Allons, ferme Caton?* On peut aiſément prévenir le ridicule où un acteur pourrait tomber en récitant ce vers. Mais n'aurons-nous point de plus grand embarras ? n'y a-t-il pas bien des tracaſſeries à la comédie? il me ſemble qu'à préſent tout eſt cabale chez vous autres, de tous les côtés.

Je ne voudrais me trouver en concurrence avec perſonne ; je ne voudrais point combattre pour donner Catilina : je voudrais plutôt être deſiré que

1751.

d'entrer par la brèche. Il me femble qu'il faut laiffer paffer les plus preffés, et attendre que le public foit raffafié de mauvais ouvrages. Je crains encore qu'au parti de *Crébillon*, il ne fe joigne un plaifir fecret d'humilier à Paris un homme qu'on croit heureux à Berlin. On ne fait comment faire avec le public. Il n'y a qu'un feul fecret pour lui plaire de fon vivant, c'eft d'être fouverainement malheureux. Il n'y aura qu'à faire afficher mon agonie avec la pièce; encore le fecret n'eft-il pas fûr.

Je tremble auffi pour ce Siècle de *Louis XIV*. On ne me paffera peut-être pas ce que l'on a paffé à *Réboulet*, et à *Larrey*, et à *Limiers*, et à *la Martinière*, et à tant d'autres. C'eft donc affez d'avoir été ou d'être hiftoriographe de France pour ne devoir point écrire l'hiftoire? *Duclos* fait fort bien d'écrire des romans; voilà comme il faut faire fa charge pour réuffir. Ses romans font déteftables, à ce qu'on dit; mais n'importe, l'auteur triomphe.

Quels mal-entendus n'y a-t-il pas eu pour ces Siècles! J'en avais envoyé deux paquets à madame *Denis*; il y en avait pour vous, pour votre fociété des anges: un de ces paquets a été arrêté à la douane fur la frontière; l'autre qui eft arrivé, lui a été enlevé par ceux qui fe font jetés deffus; et le livre court, et les mauvaifes impreffions feront prifes, et je fuis bien fâché, et je ne fais comment faire.

Je vous demande en grâce de dire ou de faire dire au préfident *Hénault* qu'il y a plus d'un mois que je lui ai adreffé auffi un gros paquet, avec une longue lettre. La malédiction eft fur tout ce que

—— j'envoie à Paris. Vous me direz qu'en défertant j'ai mérité cette malédiction; mais, mon cher ange, en reftant n'étais-je pas expofé à une fuite éternelle de tribulations? Après avoir été perfécuté trente ans, devais-je expirer fous la haine implacable de ceux que l'envie armait contre moi? Il faut que les blef- fures aient été bien profondes, puifque j'ai été forcé de m'arracher à des amis tels que vous, qui fefaient ma confolation et mon fecours. Comptez que, quand je penfe à tout cela (et j'y penfe fouvent), je fuis partagé entre l'horreur et la tendreffe. Je vais écrire à M. le comte de *Choifeul*, et lui envoyer des Siècles. Je ne peux prendre la voie de la pofte, cela eft impra- ticable à Berlin. Plût à Dieu que ma nièce eût rattrapé ceux qu'elle a donnés ou qu'on lui a pris! *Louis XIV* et *Catilina* me coûtent bien des tourmens; mais à Paris ils m'auraient fait mourir.

Mille tendres refpects à tous les anges. Vous ne me parlez point de la fanté de madame d'*Argental*. Je vous embraffe bien tendrement.

LETTRE CCXIX.

A M. LE COMTE D'ARGENTAL.

Décembre.

Vous voyez ce qu'il m'en coûte pour trouver grâce devant vous ! J'ai déjà envoyé à madame *Denis* trois feuilles du Siècle de *Louis XIV.* Je ne crois pas qu'elles réuffiffent auprès d'un certain homme de beaucoup d'efprit, à qui j'ai grande envie de plaire. *Louis XIV* eft fa bête, et il me femble que j'en ai fait un bien grand-homme dans l'adminif-tration intérieure de fon Etat. Je ne crois pas d'ail-leurs qu'on puiffe m'accufer d'avoir élevé le fiècle paffé aux dépens du fiècle préfent ; mais enfin, quiconque écrit, et furtout fur des matières fi déli-cates, a tout à craindre. Vous favez qu'on s'avifa de faifir le premier chapitre de cette hiftoire, quand je le donnai pour effayer le goût du public. Il n'y a peut-être jamais eu de perfécution fi injufte et fi ridicule ; c'eft aujourd'hui ce même chapitre qui a donné, j'ofe le dire, à toute l'Europe l'envie de voir le refte. J'ai réfléchi trop tard fur l'acharnement de l'envie qui voudrait exterminer un citoyen, parce qu'il eft le feul qui ait donné à fa patrie un poëme épique, et qu'il a réuffi dans d'autres ouvrages qui ont plu à cette même patrie ; et cette lâche envie ne fe borne pas aux gens de lettres, elle s'étend aux plus indifférens. Le Français eft de tous les peuples celui qui fe plaît le plus à écrafer ceux qui le fer-vent, en quelque genre que ce puiffe être.

Vous favez tout ce que j'ai effuyé. Si j'étais refté plus long-temps à Paris, on m'y aurait fait mourir de chagrin. Certainement il n'y avait pour moi d'autre parti à prendre que de m'enfuir au plus vîte. Ce parti eft cruel pour un cœur auffi fenfible à l'amitié que le mien ; mais comptez que j'ai bien fait de le prendre. Dieu veuille que les cabales ne fubfiftent plus, et qu'elles ne fe déchaînent pas contre Rome fauvée et contre l'hiftoire du fiècle. J'enverrai inceffamment à madame *Denis* le premier tome tout entier ; je vous donnerai encore Adélaïde toute refondue ; il n'était pas praticable de faire un parricide d'un prince du fang, connu. *Quodcumque oftendis mihi ,, fic incredulus odi.* J'ai tranfporté la fcène dans des temps plus reculés, qui laiffent un champ plus libre à l'invention. La peinture des maires du palais, et des Maures qui ravageaient alors la France, vaudra bien *Charles VII* et les Anglais. Du moins, mon cher ami, je répare autant que je peux mon abfence par de fréquens hommages ; j'aurais moins travaillé à Paris.

Adieu ; je vous recommande Rome et mon Siècle. Votre amitié, votre zèle et mon éloignement font, beaucoup. Je me flatte que vous engagerez fortement M. de *Richelieu* dans votre parti. Je n'ai plus le temps d'écrire à ma nièce cet ordinaire ; la pofte va partir ; montrez-lui ma lettre, qui eft pour elle comme pour vous. Ma fanté eft bien mauvaife, mais je travaillerai jufqu'au dernier moment à mériter votre amitié et votre fuffrage. Je me recommande aux bontés de toute votre fociété. Je prie ma nièce de me faire réponfe fur tous les petits articles

qu'elle a peut-être oubliés en faveur de Rome et de
la Mecque qui l'occupent. Adieu; comptez que vous
n'avez jamais été aimé fi tendrement à Paris que
vous l'êtes à trois cents lieues.

LETTRE CCXX.

A MADAME DENIS.

A Potſdam, 24 décembre.

JE ne vous écris plus, ma chère enfant, que par
des couriers extraordinaires, et pour caufe. Celui-ci
vous remettra fix exemplaires complets du Siècle de
Louis XIV, corrigés à la main. Point de privilége,
s'il vous plaît; on fe moquerait de moi. Un privilége n'eft qu'une permiffion de flatter, fcellée en cire
jaune. Il ne faudrait qu'un privilége et une approbation pour décrier mon ouvrage. Je n'ai fait ma
cour qu'à la vérité, je ne dédie le livre qu'à elle.
L'approbation qu'il me faut eft celle des honnêtes
gens et des lecteurs défintéreffés.

J'aurais voulu demander à *la Métrie*, à l'article de
la mort, des nouvelles de *l'écorce d'orange*. Cette belle
ame, fur le point de paraître devant DIEU, n'aurait
pu mentir. Il y a grande apparence qu'il avait dit
vrai. C'était le plus fou des hommes, mais c'était
le plus ingénu. Le roi s'eft fait informer très-exác-
tement de la manière dont il était mort; s'il avait
paffé par toutes les formes catholiques; s'il y avait
eu quelque édification : enfin, il a été bien éclairci
que ce gourmand était mort en philofophe. *J'en fuis*

—— *bien aiſe*, nous a dit le roi, *pour le repos de ſon ame;*
1751. nous nous ſommes mis à rire, et lui auſſi.

Il me diſait hier devant d'*Argens* qu'il m'aurait
donné une province pour m'avoir auprès de lui,
cela ne reſſemble pas à *l'écorce d'orange*. Apparemment qu'il n'a pas promis de province au chevalier
de *Chaſot*. Je ſuis très-ſûr qu'il ne reviendra point.
Il eſt fort mécontent, et il a d'ailleurs des affaires
plus agréables. Laiſſez-moi arranger les miennes.
Eſt-il poſſible qu'on crie toujours contre moi dans
Paris, et qu'on me prenne pour un déſerteur qui
eſt allé ſervir en Pruſſe? Je vous répète que cette
clef de chambellan que je ne porte preſque jamais,
n'eſt qu'un bénéfice ſimple; que je n'ai point fait
de ſerment; que ma croix eſt un joujou, auquel
je préfère mon écritoire; en un mot, je ne ſuis
point naturaliſé vandale, et j'oſe croire que ceux qui
liront l'hiſtoire de *Louis XIV* verront bien que je
ſuis français. Cela eſt étrange, qu'on ne puiſſe avoir
un titre inutile chez un roi de Pruſſe, qui aime les
belles-lettres, ſans ſoulever nos compatriotes! Je
déſire plus mon retour que ceux qui me condamnent
de m'être en allé, et vous ſavez que ce ne ſera
pas pour eux que je reviendrai. Le meunier, l'âne
et ſon fils n'ont pas eſſuyé plus de contradictions
que moi.

On voit de loin les objets bien autrement qu'ils
ne ſont. Je reçois des lettres de moines qui veulent
quitter leur couvent pour venir auprès du roi de
Pruſſe, parce qu'ils ont fait quatre vers français.
Des gens que je n'ai jamais connus, m'écrivent:
comme vous êtes l'ami du roi de Pruſſe, je vous prie

de faire ma fortune. Un autre m'envoie un paquet de ——— rêveries ; il me mande qu'il a trouvé la pierre phi- **1751.** lofophale, et qu'il ne veut dire fon fecret qu'au roi. Je lui renvoie fon paquet, et je lui mande que c'eft le roi qui a la pierre philofophale. D'autres, qui vivaient avec moi dans la plus parfaite indifférence, me reprochent tendrement d'avoir quitté mes amis. Ma chère enfant, il n'y a que vos lettres qui me plaifent et qui me confolent ; elles font le charme de ma vie.

LETTRE CCXXI.

A M. LE PRESIDENT HENAULT, *à Paris.*

A Berlin, le 8 janvier.

Une des plus grandes obligations qu'un homme ——— puiffe avoir à un homme, c'eft d'être inftruit : j'ai **1752.** donc pour vous, mon cher confrère, la plus tendre et la plus vive reconnaiffance. Je profiterai fur le champ de la plupart de vos remarques ; mais il faut d'abord que je vous en remercie.

Il y a quelques endroits fur lefquels je pourrais faire quelques repréfentations, comme fur le prince de *Vaudemont* ; il ne s'agit pas là du père, mais du fils qui était dans le parti des Impériaux, et qu'on appelait alors le prince de *Commerci.*

Si vous pouvez croire férieufement que le vicomte de *Turenne* changea de religion à cinquante ans par perfuafion, vous avez affurément une bonne ame. Cependant fi, en faveur du préjugé, il faut adoucir

ce trait , de tout mon cœur; je ne veux point cho-
quer d'auffi grands feigneurs que les préjugés.

A l'égard du canon que *Mademoifelle* fit tirer,
l'ordre ne fut figné qu'après coup ; et vous recon-
naiffez bien là l'incertitude et la faibleffe de *Gaflon*.

Je pourrais, fi je voulais, me juftifier du reproche
que vous me faites d'avilir le grand *Condé* ; il me
femble que rien ne ferait plus aifé. Si c'eft du premier tome que vous parlez, fa retraite à Chantilly
eft celle de *Scipion* à Linterne, et de *Marlborough* à
Blenheim; fi c'eft du deuxième volume, il s'en faut
bien que je dife qu'il mourut pour avoir été courtifan. Je réponds feulement à tous les hiftoriens qui
ont fauffement avancé qu'il s'était oppofé au mariage
de fon fils avec une fille de madame de *Montefpan*.
C'eft vous autres, Meffieurs, qui avez la tête pleine
de la faibleffe qu'eut le prince de *Condé* les dernières
années de fa vie : et vous croyez que j'ai dit ce que
vous penfez. Mais, en vérité, je n'en dis rien, quoiqu'il fût très-permis de l'écrire. Au refte, je jetterais
mon ouvrage au feu, fi je croyais qu'il fût regardé
comme l'ouvrage d'un homme d'efprit.

J'ai prétendu faire un grand tableau des événemens qui méritent d'être peints, et tenir continuellement les yeux du lecteur attachés fur les principaux
perfonnages. Il faut une expofition , un nœud et
un dénouement dans une hiftoire, comme dans une
tragédie , fans quoi on n'eft qu'un *Réboulet*, ou un
Limiers, ou un *la Hode*. Il y a d'ailleurs, dans ce
vafte tableau, des anecdotes intéreffantes. Je hais les
petits faits; affez d'autres en ont chargé leurs énormes compilations.

Je me fuis piqué de mettre plus de grandes chofes, dans un feul petit volume, qu'il n'y en a dans les vingt tomes de *Lamberti*. Je me fuis furtout attaché à mettre de l'intérêt dans une hiftoire que tous ceux qui l'ont traitée ont trouvé, jufqu'à préfent, le fecret de rendre ennuyeufe. Voilà pourquoi j'ai vu des princes, qui ne lifent jamais et qui entendent médiocrement notre langue, lire ce volume avec avidité, et ne pouvoir le quitter.

Mon fecret eft de forcer le lecteur à fe dire à lui-même : *Philippe V* fera-t-il roi ? fera-t-il chaffé d'Efpagne ? la Hollande fera-t-elle détruite ? *Louis XIV* fuccombera-t-il ? en un mot, j'ai voulu émouvoir, même dans l'hiftoire. Donnez de l'efprit à *Duclos* tant que vous voudrez, mais gardez-vous bien de m'en foupçonner.

Peut-être j'ai mérité davantage le reproche d'être un philofophe libre ; mais je ne crois pas qu'il me foit échappé un feul trait contre la religion : les fureurs du calvinifme, les querelles du janfénifme, les illufions myftiques du quiétifme, ne font pas la religion. J'ai cru que c'était rendre fervice à l'efprit humain de rendre le fanatifme exécrable, et les difputes théologiques ridicules ; j'ai cru même que c'était fervir le roi et la patrie. Quelques janféniftes pourront fe plaindre : les gens fages doivent m'approuver.

La Lifte raifonnée des écrivains, &c., que vous daignez approuver, ferait plus ample et plus détaillée fi j'avais pu travailler à Paris ; je me ferais plus étendu fur tous les arts : c'était mon principal objet ; mais que puis-je à Berlin ?

Savez-vous bien que j'ai écrit de mémoire une grande partie du fecond volume ? mais je ne crois pas que j'en euffe dit davantage fur le gouvernement intérieur. C'eft là, ce me femble, que *Louis XIV* paraît bien grand, et que je donne à la nation une fupériorité dont les étrangers font forcés de convenir.

Oferais-je vous fupplier, Monfieur, de m'honorer de vos remarques fur ce fecond volume : ce ferait un nouveau bienfait. Vous qui avez bâti un fi beau palais, mettez quelques pierres à ma maifonnette. Confolez-moi d'être fi loin de vous : vos bontés augmentent bien mes regrets. Jugez de la perfécution de la canaille des gens de lettres, puifqu'ils m'ont forcé d'accepter, ailleurs que dans ma patrie, des biens et des honneurs, et qu'ils m'ont réduit à travailler pour cette patrie même, loin de vos yeux.

LETTRE CCXXII.

A M. LE COMTE D'ARGENTAL, *à Paris.*

Berlin, ce 8 janvier.

Article par article, MON CHER ANGE.

1°. JE vois que madame *Denis*, ou n'a point reçu mes paquets, ou ne vous a pas montré, ou que vous n'avez pas lu ce nouveau premier acte où *Cicéron* dit expreffément, en parlant de *Catilina* à *Caton* :

Je viens de lui parler, j'ai vu fur fon vifage,
T'ai vu dans fes difcours, fon audace et fa rage,

Et

Et la fombre hauteur d'un efprit affermi,
Qui fe laffe de feindre, et parle en ennemi.

Non-feulement cela doit être dans la copie de madame *Denis*, mais je vous en ai déjà importuné dans mes dernières lettres, ou je fuis bien trompé.

2°. Il y a auffi au fecond acte la correction que vous demandez.

Ce coup prématuré
Armerait le fénat qui flotte et qui s'arrête;
L'orage au même inftant doit fondre fur leur tête.

3°. Si vous voulez que *Catilina* recommande fon fils à fa femme, cela fe trouve dans les premières leçons :

Que mon fils au berceau, mon fils né pour la guerre,
Soit porté dans vos bras aux vainqueurs de la terre.

Ce fera un peu de peine pour madame *Denis*, de raffembler tous les membres épars de ce pauvre Catilina, et d'en former un corps; mais elle s'en donne tant d'autres pour moi, elle met dans toutes les chofes qui me regardent une activité et une intelligence fi fingulières, et une amitié fi éclairée et fi courageufe, qu'elle me rendra bien encore ce fervice.

Vous avez raifon, mon cher ange, quand vous dites qu'il faut que *Cicéron*, au commencement du cinquième acte, inftruife ce public du décret qui lui donne *par interim* la puiffance de dictateur; mais il faut qu'il le dife avec l'éloquence de *Cicéron*, et avec quelques mouvemens paffionnés qui conviennent à fa fituation préfente. Je demande pardon à

—— l'orateur romain et à vous, de le faire fi mal parler;
mais voici tout ce que je peux faire dans l'embarras
horrible où me met ce Siècle de *Louis XIV*, et dans
l'épuifement des forces où mes maladies continuelles
me laiffent.

> Allez, de tous côtés pourfuivez ces pervers,
> Et que, malgré Céfar, on les charge de fers.
> Sénat, tu m'as remis les rênes de l'Empire;
> Je les tiens pour un jour, ce jour peut me fuffire.
> Je vengerai l'Etat, je vengerai la loi :
> Sénat, tu feras libre, et même malgré toi.
> Rome, reçois ici mes premiers facrifices, &c.

Ma nièce aura la bonté de faire coudre tout cela
à l'habit de *Catilina*. Je ne crois pas qu'elle ait abfolument toutes les corrections; par exemple, il y avait
deux fois dans la pièce: *Affis dans le rang des maîtres
de la terre* ou quelque chofe d'approchant qui paraît
fe répéter.

Il faut qu'à la première fcène du premier acte,
Catilina dife :

> Orateur infolent qu'un vil peuple feconde,
> Plébéïen qui régis les fouverains du monde.

Si, avec tous ces changemens, avec tout l'art que
j'ai pu mettre dans le rôle ingrat et hafardé d'*Aurélie*,
avec les traits dont j'ai tâché de peindre les mœurs
romaines et les caractères des perfonnages, avec les
peines continuelles et redoublées que j'ai prifés
pour faire tolérer un fujet fi peu fait pour les têtes
françaifes de nos jours, on croit que Rome fauvée
peut être jouée, je ne m'y oppofe pas ; mais je

tremble beaucoup. Je dois tomber puifque la farce
allobroge de *Crébillon* a réuffi. Le même vertige qui a
fait avoir vingt repréfentations à cet ouvrage qui
déshonore la nation dans toute l'Europe, doit faire
fiffler le mien. Les cabales, petites et grandes, font
plus fortes et plus infenfées que jamais. Enfin, je
me remercierais de m'être échappé de ce temps de
décadence et de ce féjour de folie dangereufe, fi la
douceur de ma retraite n'était empoifonnée par votre
abfence, et fi je ne m'étais arraché à tout ce que
j'aime; mais j'ai été long-temps traité avec bien de
l'indignité, et j'ai cela furieufement fur le cœur.

Il s'eft certainement perdu un paquet qui contenait des exemplaires du Siècle de *Louis XIV*, corrigés
à la main.

Ces corrections, avec les cartons qu'il a fallu faire,
tout cela prend du temps, et on n'a pas toutes fes
aifes où je fuis. Des ouvriers allemands font de
terribles gens. Enfin, vous recevrez ce Siècle. Je fupplie inftamment M. de *Choifeul*, M. de *Chauvelin*,
auffi-bien que vous, mon cher ange, de m'envoyer
force remarques; on ne peut faire un bon ouvrage
qu'avec le fecours de fes amis, et furtout d'amis
tels que vous.

Je ne vous envoie point ce livre, Meffieurs, pour
amufer votre loifir, mais pour exercer votre critique
et votre amitié. Ce n'eft point du tout un petit
plaifir que je veux vous faire, un petit devoir que
je veux remplir; c'eft un très-grand fervice que je
vous demande. Préparez-vous d'ailleurs à l'horrible
combat qui va fe donner pour Rome. Il y a une confpiration contre moi plus forte que celle de *Catilina*;

1752.

B b 2

—— foyez mes *Cicéron*. Je ne fais comment va la fanté
1752. de madame d'*Argental*. Je lui préfente mes refpects,
et lui fouhaite une meilleure fanté que la mienne.

LETTRE CCXXIII.

A MADAME DENIS, *à Paris.*

A Berlin, 18 janvier.

NOUS avons perdu au commencement de l'année
ce comte de *Rothembourg* qui voulait que vous vinffiez
faire un petit tour à Berlin avec madame fa femme :
je ne fais fi elle y viendra difputer fon douaire. Il
eft mort à l'âge d'environ quarante ans. On dit
toujours, quand on voit de ces morts prématurées,
que la vie eft un fonge, que les hommes ne font que
des ombres paffagères, qu'il ne faut pas compter
fur un moment. On le dit ; et puis on agit, on fait
des projets comme fi on était immortel. Je ne fuis
pas fûr du lendemain : pourquoi ne fuis-je donc pas
aujourd'hui auprès de vous ? J'aurai retiré mes fonds
avant que l'édition de Drefde foit finie, et alors je
retirerai ma perfonne.

Nous avons fu, après la mort du comte de
Rothembourg, qu'il ne nous épargnait pas toujours dans
les petites conférences qu'il avait avec fa Majefté.
C'eft-là l'étiquette des cours : on y dit du mal de
fon prochain aux rois, quand ce ne ferait que pour
les amufer. Je vois que tout le monde eft courtifan.
Un valet de chambre du comte de *Rothembourg* a

bien affuré le roi qu'il n'était point entré de prêtres chez fon maître, et que ceux qui difaient le contraire étaient des calomniateurs qui voulaient faire tort à fa mémoire.

Je me tâte pour favoir fi je fuis en vie : cet hiver m'eft encore plus fatal que le précédent. On n'a pourtant chaud en hiver que dans les pays froids. Vos petites cheminées de Paris, où l'on fe rôtit les jambes pour avoir le dos gelé, ne valent pas nos poëles. Il femble qu'on ne fe doute pas en France, pendant l'été, qu'il y a quatre faifons, et que l'hiver en eft une. On dit que c'eft bien pis en Italie : les maifons n'y font faites que pour refpirer le frais ; et quand les gelées viennent, toute la nation grelotte.

C'eft une chofe plaifante de voir ici les courtifans monter l'efcalier avec un grand manteau doublé de peaux de loup ou de renard, et très-fouvent la fourrure en dehors. Cette proceffion fourrée m'étonne toujours, tandis que les dames vont les bras nus, la gorge découverte, et l'amplitude bouffante du panier ouverte à tous les vents. Je maintiens que les femmes ont plus de courage que les hommes, ou qu'elles ont plus de chaleur naturelle. Moi qui en ai fort peu, je refte chez moi à mon ordinaire.

Ce qu'on vous a dit contre l'orthographe du Siècle de *Louis XIV* ne me convertira pas. Je fuis toujours pour qu'on écrive comme on parle ; cette méthode ferait bien plus facile pour les étrangers. Comment eft-ce qu'un palatin de Pologne diftinguerait *François I* ou St *François* d'avec un Français? ne fe croira-t-il pas en droit de prononcer il voy*oit*, il croy*oit*, au lieu de dire il voy*ait*, il croy*ait* ? Nous

—— avons confervé l'habitude barbare d'écrire avec un *o* ce qu'on prononce avec un *a*; pourquoi? parce qu'on prononçait durement tous ces *o* autrefois: parce que voy*oit*, lif*oit*, rimait avec exp*loit*. Nous avons adouci la prononciation, il faut donc adoucir auffi l'orthographe, afin que tout foit d'une même parure.

Pardon de la differtation. Je fuis bien heureux qu'on ne me faffe que ces chicanes. Je vous embraffe de tout mon cœur.

LETTRE CCXXIV.

A M. LE MARÉCHAL DUC DE RICHELIEU.

A Berlin, 27 janvier.

J'ENVOIE à mon héros des folies qu'il m'a deman-dées, et qui orneront fa bibliothéque par la belle impreffion et les grandes marges. Il eft vrai qu'il n'y a pas une bonne page dans tout cela; mais il y a quelques bonnes lignes. Au refte, ce n'eft pas la meilleure morale du monde, et il eft heureux que de tels livres foient mal faits. Il y a une grande différence entre combattre les fuperftitions des hom-mes, et rompre les liens de la fociété et les chaînes de la vertu. *La Métrie* aurait été trop dangereux s'il n'avait pas été tout-à-fait fou. Son livre contre les médecins eft d'un enragé et d'un mal-honnête homme; avec cela, c'était un affez bon diable dans la fociété. Comment concilier tout cela? c'eft que la folie concilie tout. Il a laiffé une mémoire exé- crable à tous ceux qui fe piquent de mœurs un peu auftères. Il eft fort trifte qu'on ait lu fon éloge à l'académie, *écrit de main de maître.* Tous ceux qui font attachés à ce maître en gémiffent. Il femble que la folie de *la Métrie* foit une maladie épidémique qui fe foit communiquée. Cela fera grand tort à l'écrivain ; mais, avec cent cinquante mille hommes, on fe moque de tout, et on brave les jugemens des hommes.

Madame de *Pompadour* m'a écrit que *mes amis avaient fait ce qu'ils avaient pu pour lui faire croire que je n'avais quitté la France, que parce que j'étais au défefpoir qu'elle protégeât Crébillon.* Ce ferait bien là une autre folie, dont affurément je fuis incapable. J'ai quitté la France, parce que j'ai trouvé ailleurs plus de confidération et de liberté, et que je me fuis laiffé enchanter par les empreffemens et les prières d'un roi qui a de la réputation dans le monde. Madame de *Pompadour* peut, tant qu'elle voudra, protéger de mauvais poëtes, de mauvais muficiens et de mauvais peintres, fans que je m'en mette en peine.

D'ailleurs, mes maladies qui augmentent, me mettent dans un état à ne plus guère m'embarraffer ni des faveurs des rois, ni du goût des belles dames. Je fais plus de cas d'un rayon de foleil et d'un bon potage que de toutes les cours du monde. Je ferais fâché feulement de mourir fans avoir vu Saint-Pierre de Rome, la ville fouterraine, votre ftatue, et fans avoir encore eu l'honneur de vous embraffer.

J'ai écrit à M. le maréchal de *Noailles*, et j'ai

————— pris la liberté de le prier de m'aider un peu de fes lumières. Peut-être fera-t-il un peu mortifié que fon nom ne fe trouve pas dans l'hiftoire militaire du fiècle, et que le vôtre s'y trouve. Le préfident *Hénault* eft plus content du deuxième tome que du premier. Il eft bien aifé de fe corriger, et c'eft à quoi je paffe ma vie. Ma nièce, à qui j'avais donné le gouvernement de Rome fauvée, en ufe defpoti-quement; elle fait jouer la pièce malgré mes craintes, et même malgré les vôtres : cela doit faire un beau conflit de cabales! je fuis bien aife de ne pas me trouver là. Mais où je voudrais me trouver, c'eft au coin de votre feu, Monfeigneur; c'eft auprès de votre belle ame et de votre charmante imagina-tion. Je vous regrette tous les jours. Le temps va bien rapidement, et j'ai bien peur de ne reparaître que quand une décrépitude avancée m'aura impofé la néceffité de ne me plus montrer. Je perds loin de vous ce qui me refte de vie. Quelquefois quand je m'anime un peu à fouper, je me dis tout bas : Ah, fi M. le maréchal de *Richelieu* était là! Le roi de Pruffe en penfe autant; mais il ferait jaloux de vous : car, il faut l'avouer, il n'eft que le fecond des hommes féduifans. Adieu, Monfeigneur; n'ou-bliez pas votre ancien courtifan.

LETTRE CCXXV.

A M. LE PRÉSIDENT HENAULT, *à Paris.*

A Berlin, 28 janvier.

JE vous dois de nouveaux remercîmens, mon cher et illuftre confrère, et c'eft à vous que je dois dédier le Siècle de *Louis XIV*, fi on en fait en France une édition qui aille la tête levée. J'ai envoyé à Paris le premier tome corrigé felon vos vues. Je me flatte qu'on ne s'oppofera pas à l'impreffion d'un ouvrage qui eft, autant que je l'ai pu, l'éloge de la patrie, et qui va inonder l'Europe.

Je fuis bien étonné de l'apparence d'ironie que vous trouvez dans ce premier tome : j'ai voulu n'y mettre que de la philofophie et de la vérité : j'ai voulu paffer légérement fur ce fatras de détails de guerres qui dans leur temps caufent tant de malheurs et tant d'attention, et qui, au bout d'un fiècle, ne caufent que de l'ennui. J'ai même fini ainfi ce premier tome :

,, Voilà le précis, peut-être encore trop long,
,, des plus importans événemens de ce fiècle ; ces
,, grandes chofes paraîtront petites un jour, quand
,, elles feront confondues dans la multitude immenfe
,, des révolutions qui bouleverfent le monde : et il
,, n'en refterait alors qu'un faible fouvenir, fi les
,, arts perfectionnés ne répandaient fur ce fiècle une
,, gloire unique qui ne périra jamais. ,,

Vous voyez par-là que mon fecond tome eft mon

principal objet; et cet objet aurait été bien mieux rempli, fi j'avais travaillé en France. Les bontés d'un grand roi, et l'acharnement de mes ennemis, m'ont privé de cette reſſource. Je vous ſupplie, Monſieur, d'ajouter à toutes vos bontés celle de dire à M. d'*Argenſon* que je compte ſur les ſiennes. On m'a dit qu'il a été mécontent d'un parallèle entre *Louis XIV* et le roi *Guillaume*.

Il eſt vrai que malheureuſement on a omis dans l'impreſſion le trait principal qui donne tout l'avantage au roi de France. Le voici :

,, Ceux qui eſtiment plus un roi de France qui
,, fait donner l'Eſpagne à ſon petit-fils, qu'un gendre
,, qui détrône ſon beau-père ; ceux qui admirent
,, davantage le protecteur que le perſécuteur du
,, roi *Jacques*, ceux-là donneront la préférence à
,, *Louis XIV*. ,,

D'ailleurs, M. d'*Argenſon* ne peut ignorer que *Louis XIV* et *Guillaume* ont toujours été deux objets de comparaiſon dans l'Europe. Il ignore encore moins que l'hiſtoire ne doit point être un fade panégyrique : et s'il a eu le temps de lire le livre, il a pu s'apercevoir que, ſans m'écarter de la vérité, j'ai loué autant que je l'ai pu, et autant que je l'ai dû, la nation, et ceux qui l'ont bien ſervie. L'article de ſon père n'a pas dû lui déplaire.

Enfin, Monſieur, j'ai prétendu ériger un monument à la vérité et à la patrie ; et j'eſpère qu'on ne prendra pas les pierres de cet édifice pour me lapider. Je me flatte encore que vous ne vous bornerez pas au ſervice de m'avoir éclairé. Je voudrais que la poſtérité ſût que l'homme du royaume le plus

capable de me donner des lumières, a été celui dont
j'ai reçu le plus de marques de bonté.

Je vous supplie de ne me pas oublier auprès de
madame *du Deffant*, et de me conserver une amitié
qui fait ma gloire et ma consolation.

P. S. J'avais toujours ouï dire que le prince de
Condé était mort à Chantilly de sa maladie de cour-
tisan prise à Fontainebleau. Je n'ai point ici de livres :
si vous me trompez, je mets cela sur votre conscience.

A propos, je suis bien malade; si je meurs, dites,
je vous en prie, comme frère *Jean* : J'y perds un
bon ami.

LETTRE CCXXVI.

A M. LE PRESIDENT HENAULT.

A Berlin, 1 février.

J'APPRENDS que vous avez été malade, mon
cher et illustre confrère; je crains que vous ne le
soyez encore. Qui connaît mieux que moi le prix de
la santé? Je l'ai perdue sans ressource; mais comptez
que personne au monde ne s'intéresse comme moi à
la vôtre, car j'aime la France, je regrette la perte
du bon goût, et je vous suis véritablement attaché.
Je compte aller prendre les eaux dès que le soleil
fondra un peu nos frimats; mais quelles eaux? je
n'en sais rien. Si vous en preniez, les vôtres seraient
les miennes.

1752.

J'ai envoyé à ma nièce deux volumes où j'ai réformé, autant que je l'ai pu, tout ce que vous avez eu la bonté de remarquer dans le Siècle de *Louis XIV*. Je vous avertis très-férieufement que fi on imprime cet ouvrage en France, corrigé felon vos vues, je vous le dédie, par la raifon que fi *Corneille* vivait, je lui dédierais une tragédie.

Permettez que je vous envoye deux petits morceaux que j'ajoute à ce Siècle : ils font bien à la gloire de *Louis XIV*. Je vous fupplie, quand vous les aurez lus, de les envoyer à ma nièce, afin qu'elle les joigne à l'imprimé corrigé qu'elle doit avoir entre les mains.

Je vous avoue que j'ai peine à comprendre cet air d'ironie que vous me reprochez fur *Louis XIV*. Daignez relire feulement cette page imprimée, et voyez fi on peut faire *Louis XIV* plus grand.

J'ai traité, je crois, comme je le devais, l'article de la converfion du maréchal de *Turenne*. J'ai adouci les teintes, autant que le peut un homme auffi fermement perfuadé que moi, qu'un vieux général, un vieux politique et un vieux galant ne change point de religion par un coup de la grâce.

Enfin, j'ai tâché en tout de refpecter la vérité, de rendre ma patrie refpectable aux yeux de l'Europe, et de détruire une partie des impreffions odieufes que tant de nations confervent encore contre *Louis XIV* et contre nous. Si j'en avais dit davantage, j'aurais révolté. On parle notre langue dans l'Europe, grâce à nos bons écrivains; nous avons enfeigné les nations, mais on n'en hait pas moins notre gouvernement: croyez-en un homme qui a vu l'Angleterre, l'Allemagne et la Hollande.

Si vous pouvez, par votre suffrage et par vos bons offices, m'obtenir la permission tacite de laisser publier en France l'ouvrage tel que je l'ai réformé, vous empêcherez que l'édition imparfaite qui commence à percer en Allemagne, ne paraisse en France. On ne pourra certainement empêcher que les libraires de Rouen et de Lyon ne contrefaffent cette édition vicieuse ; et il vaut mieux laisser paraître le livre bien fait que mal fait.

Ces difficultés font abominables. J'ai, sans peine, un privilége de l'empereur, pour dire que *Léopold* était un poltron ; j'en ai un en Hollande pour dire que les Hollandais font des ingrats, et que leur commerce dépérit ; je peux hardiment imprimer, fous les yeux du roi de Prusse, que son aïeul, le grand électeur, s'abaissa inutilement devant *Louis XIV*, et lui résista aussi inutilement : il n'y aurait donc qu'en France où il ne me serait pas permis de faire paraître l'éloge de *Louis XIV* et de la France ! et cela, parce que je n'ai eu ni la bassesse ni la sottise de défigurer cet éloge par de honteuses réticences et par de lâches déguisemens. Si on pense ainsi parmi vous, ai-je eu tort de finir ailleurs ma vie ? Mais, franchement, je crois que je la finirai dans un pays chaud ; car le climat où je fuis, me fait autant de mal que les défagrémens attachés en France à la littérature me font de peine.

Voyez, mon cher et illustre confrère, si vous voulez avoir le courage de me servir : en ce cas, vous me procurerez un très-grand bonheur, celui de vous voir. Permettez-moi de vous prier d'affurer de mes refpects M. d'*Argenfon* et madame *du Deffant*. Bonfoir ; je me meurs et vous aime.

P. S. Que je vous demande pardon d'avoir dit qu'il y avait quarante à cinquante pas à nager au paffage du Rhin! il n'y en a que douze; *Péliffon* même le dit. J'ai vu une femme qui a paffé vingt fois le Rhin fur fon cheval en cet endroit, pour frauder la douane de cet épouvantable fort du Tholus. Le fameux fort de Shenk, dont parle *Boileau*, eft une ancienne gentilhommière qui pouvait fe défendre du temps du duc d'*Albe*. Croyez-moi, encore une fois, j'aime la vérité et ma patrie; je vous prie de le dire à M. d'*Argenfon*.

LETTRE CCXXVII.

A M. LE COMTE D'ARGENTAL.

Berlin, 6 février.

M ON très-cher ange, l'état où je fuis ne me laiffe guère de fenfibilité que pour vos bontés et pour votre amitié. Ma fanté eft fans reffource. J'ai perdu mes dents, mes cinq fens, et le fixième s'en va au grand galop. Cette pauvre ame, qui vous aime de tout fon cœur, ne tient plus à rien. Je me flatte encore, parce qu'on fe flatte toujours, que j'aurai le temps d'aller prendre des eaux chaudes et des bains. Je ne veux pas perdre le fond de la boîte de *Pandore;* mais l'hiver eft bien rude et fera bien long. Je doute que Rome fauvée me fauve. Je mettrai dans ma confeffion générale, *in articulo mortis*, que j'ai affligé mademoifelle *Gauffin;* je m'en accufe très-férieufement devant les

anges. C'eft une vraie peine pour moi de lui en faire ;
ce n'eft pas à moi de poignarder *Zaire*. Je vous affure
que fi j'étais en fa préfence, je n'y tiendrais pas ;
mais, mon cher et refpectable ami, pourquoi m'a-t-on
forcé de changer le rôle tendre que j'avais fait pour
elle ? Je fuis auffi docile que des *Crébillons* font opiniâ-
tres. J'ai facrifié mes idées, mon goût au fentiment
des autres. Je voulais un contrafte de douceur, de
naïveté, d'innocence, avec la férocité de *Catilina* ; il
y a affez de romains dans cette pièce ; je ne voulais
pas d'un *Caton* en cornettes. On m'y a forcé, et
M. le maréchal de *Richelieu* a été las, pour la première fois, des femmes tendres et complaifantes.
J'aimais que la femme de *Catilina* fe bornât à aimer,
qu'elle dît :

J'ai vécu pour vous feul, et ne fuis point entrée
Dans ces divifions dont Rome eft déchirée.

Il me femble que fa mort eût été plus touchante.
On ne plaint guère une groffe diableffe d'héroïne
qui menace, qui dit *je menace*, qui eft fière, qui fe
mêle d'affaires, qui fait la républicaine. Il eft clair
que ce gros rôle d'amazone n'eft pas fait pour les
grâces attendriffantes de mademoifelle *Gauffin*. Je
l'aurais déparée ; ce ferait donner des bottes et des
éperons à *Vénus*. Je vous prie de lui montrer cet
article de ma lettre.

A l'égard du Siècle, on me fait des chicanes révol-
tantes, et vous me faites des remarques judicieufes.
J'ai réformé tout ce que vous avez repris. Je crois
qu'en ôtant l'épithète de *petit* au concile d'Embrun,
l'article peut paffer. Je n'en dis ni bien ni mal, et

cela eſt fort honnête. Voilà l'effet du népotiſme. (*) Je remercie madame d'*Argental* de ſes anecdotes, et ſurtout des deux filles d'honneur et de joie; mais elle parle de l'établiſſement que le grand *Duquêne* (dont je vous fais mon compliment d'être l'allié) voulut faire en Amérique, et il s'agit d'une colonie établie par ſon neveu en Afrique, près du cap de Bonne-Eſpérance, après la mort de l'oncle, et deux ans après la révocation de l'édit de Nantes.

Je ne ſais ſi les exemplaires qui vous ſont enfin parvenus, ſont corrigés ou non ; mais il y en a un entre les mains de madame *Denis*, où il y a plus de corrections que de feuillets. C'eſt celui-là qui eſt deſtiné pour l'impreſſion, en cas que le préſident *Hénault* ait, comme je l'eſpère, la vertu et le courage de dire à M. d'*Argenſon* qu'une hiſtoire n'eſt point un panégyrique, et que quand le menſonge paraît à Paris ſous les noms de *Limiers*, de *la Martinière*, de *Larrey* et de tant d'autres, la vérité peut paraître ſous le mien.

J'envoie auſſi à ma nièce une préface pour Rome, en cas que *la Noue* ne faſſe pas ſiffler cette pièce. *La Noue*, *Cicéron* ! cela eſt bien pis que de préférer mademoiſelle *Clairon* à mademoiſelle *Gauſſin*. Je vous avoue que ce ſinge me fait trembler. Quoi ! ni voix, ni viſage, ni ame, et jouer *Cicéron* ! cela ſeul ſerait capable d'augmenter mes maux ; mais je ne veux pas mourir des coups de *la Noue*. Je laiſſerai paiſiblement le parterre de Paris tourner *Cicéron* en ridicule. Nos Français ſont tout faits pour ſe moquer des

(*) M. d'*Argental* eſt neveu du cardinal de *Tençin* qui avait préſidé, en 1727, l'odieux et ridicule concilé d'Embrun.

grands-

grands-hommes, furtout quand ils paraiffent fous
de fi vilains mafques. Mademoifelle *Clairon* ne fera
certainement pas pleurer, et *la Noue* fera rire. Je
fuis bien aife d'être très-malade avant cette cataf-
trophe, car on dirait que c'eft la chute de Rome qui
m'écrafe. Bonfoir, portez-vous bien. Il eft jufte que
le Catilina de *Crébillon* foit honoré, et le mien honni;
mais vous êtes mon public, mes chers anges.

LETTRE CCXXVIII.

A M. DE FORMONT.

A Berlin, 25 février.

JE fuis à peu-près, Monfieur, comme madame
du Deffant; je ne peux guère écrire, mais je dicte
avec une grande confolation les expreffions de ma
reconnaiffance pour votre fouvenir. Comptez que
vous et madame *du Deffant* vous êtes au premier
rang des perfonnes que je regrette, comme de celles
dont le fuffrage m'eft le plus précieux. Je vous aurais
déjà envoyé le Siècle de *Louis XIV*, fi je n'étais occupé
à corriger quelques fautes dans lefquelles il n'eft pas
étonnant que je fois tombé, écrivant à quatre cents
lieues de Paris, et n'ayant prefque d'autre fecours
que mon porte-feuille et ma mémoire. Monfieur *le
Bailli* m'eft venu voir aujourd'hui. Vous avez là un
très-aimable neveu, et qui réuffira dans la carrière
qu'il a fagement entreprife. Il dit que vous avez
acheté une jolie terre auprès de Rouen; j'en regret-
terai moins Paris, fi vous habitez votre Normandie :

Correfp. générale. Tome III. C c

————— mais comment pourrez-vous quitter madame *du*
1752. *Deffant* dans l'état où elle eft ?

J'ai vu les Mémoires fur les mœurs du dix-huitième
fiècle. Il font d'un homme qui eft en place, et qui
par là eft fupérieur à fa matière. Il laiffe faire la
groffe befogne aux pauvres diables qui ne font plus
en charge, et qui n'ont d'autre reffource que celle de
bien faire. Il faut que je tâche de me fauver par la
profe, puifqu'il fe pourrait bien faire, à l'heure que
je vous parle, que j'aye été fifflé en vers à Paris. Il
me femble que *Cicéron* était plus fait pour la tribune
aux harangues que pour notre théâtre. *Crébillon*
m'a d'ailleurs enlevé la fleur de la nouveauté. Je
n'ai ni prêtre maq......, ni catin déguifée en
homme, ni ce ftyle coulant et enchanteur qui fit
réuffir fa pièce ; je dois trembler. Je vous prie de ne
pas m'en aimer moins, en cas que je fois fifflé.
L'excommunication du parterre ne doit pas me priver
de votre communion ; et quand je ferais condamné
par la forbonne avec l'abbé de *Prades*, je compterais
encore fur vos bontés. Adieu, Monfieur ; foyez perfuadé que je ne vous oublierai jamais. Préfentez à
madame *du Deffant* mes plus tendres refpects, je
vous en prie. Vous me feriez grand plaifir fi vous
vouliez me mander fincèrement ce que vous penfez
de Rome fauvée. Je vous embraffe de tout mon
cœur.

LETTRE CCXXIX.

A MADAME DENIS, *à Paris.*

A Potſdam, le 3 mars.

J'AI réchappé de tous les maux qui m'ont aſſiégé pendant deux mois, et milord *Tirconel* mourut hier. La mort fait de ces quiproquo-là à tout moment. Madame de *Tirconel* aura fait un cruel voyage ; elle ſera ruinée pour avoir tenu ici une table ouverte, et elle a perdu un mari qu'elle aimait. La jeuneſſe la plus brillante n'eſt donc rien, puiſque *Madame* eſt morte ! La ſobriété ne ſauve donc rien, puiſque le duc d'*Orléans* eſt mort ! Mais les hommes ſont inſenſibles à ces exemples frappans ; ils étonnent le premier moment ; on ſe raſſure bientôt, on les oublie, on reprend le train ordinaire ; et celui qui a dit qu'à la cour comme à l'armée, quand on voit tomber à droite et à gauche, on crie *ſerre* et on avance, n'a eu que trop raiſon.

D'*Arget* part demain avec ſa veſſie ; c'était à moi de partir. Il vous donnera un des plus furieux paquets que je vous aye encore envoyés. Il emmène avec lui un excellent domeſtique français, qui m'était bien néceſſaire ; c'eſt un jeune picard qui s'eſt mis à pleurer quand il a vu que je ne partais pas. Il prétend qu'il n'y peut plus tenir, que les Pruſſiens ſe moquent de lui parce qu'il eſt petit et qu'il n'eſt que français. J'ai eu beau lui dire que le roi n'a pas ſept pieds de haut, et qu'*Alexandre* était petit ; il m'a répondu

—— qu'*Alexandre* et le roi de Pruſſe n'étaient pas picards.
1752. Enfin, il ne me reſte plus de domeſtique de Paris.

D'*Arget* dit qu'il veut voir la première repréſentation de Rome; je ne ſais ſi elle ſera ſauvée ou perdue. C'eſt un grand jour pour le beau monde oiſif
de Paris qu'une première repréſentation : les cabales
battent le tambour; on ſe diſpute les loges; les valets
de chambre vont à midi remplir le théâtre. La pièce
eſt jugée avant qu'on l'ait vue : femmes contre femmes,
petits-maîtres contre petits-maîtres, ſociétés contre
ſociétés; les cafés ſont comblés de gens qui diſputent; la foule eſt dans la rue en attendant qu'elle
ſoit au parterre. Il y a des paris; on joue le ſuccès
de la pièce aux trois dés. Les comédiens tremblent,
l'auteur auſſi. Je ſuis bien aiſe d'être loin de cette
guerre civile, au coin de mon feu à Potſdam, mais
toujours très-affligé de n'être plus au coin du vôtre.

LETTRE CCXXX.

A M. DE CIDEVILLE.

A Potſdam, le 10 mars.

Mon cher et ancien ami, ce n'eſt pas l'ivreſſe
paſſagère du public, ce n'eſt pas un trépignement de
pieds dans le parterre qui doit faire plaiſir à un
homme qui connaît ſon monde et qui a vécu; c'eſt
votre approbation, c'eſt votre ſenſibilité, c'eſt votre
amitié qui fait mon vrai ſuccès et mon vrai bonheur.
Je laiſſe le public faire ſa petite amende honorable
en attendant qu'il me lapide à la première occaſion,

et je jouis dans le fond de mon cœur de la confolation d'avoir un ami tel que vous.

1752.

Savez-vous bien ce qui me remplit de la satisfaction la plus touchante et la plus pure? ce n'eſt ni
Céſar ni *Cicéron*, c'eſt madame *Denis*. C'eſt elle qui
eſt une romaine. Quelle intrépidité et quelle patience!
quelle chaleur et quelle raiſon elle a mis dans toutes
les affaires dont ſa reſpectable amitié s'eſt chargée!
Ses bonnes qualités doivent lui faire dans Paris une
réputation plus grande et plus durable que celle de
Rome ſauvée.

On ſe laſſera bien vîte d'une diable de tragédie
ſans amour, d'un conſul en *on*, de conjurés en *us*,
d'un ſujet dans lequel le tendre *Crébillon* m'avait
enlevé la fleur de la nouveauté. On peut applaudir,
pendant quelques repréſentations, à quelques reſſour-
ces de l'art, à la peine que j'ai eue de ſubjuguer un
terrain ingrat; mais à la fin il ne reſtera que l'aridité
du ſol. Comptez qu'à Paris, point d'amour, point
de premières loges et fort peu de parterre. Le ſujet
de Catilina me paraît fait pour être traité devant le
ſénat de Veniſe, le parlement d'Angleterre, et meſſieurs
de l'univerſité. Comptez qu'on verra bientôt diſpa-
raître à la comédie de Paris, les talons rouges et les
pompons. Si le procureur-général et la grand'chambre
ne viennent en premières loges, *Cicéron* aura beau
crier : *O tempora , ô mores!* on demandera Inès de
Caſtro et Turcaret.

Mais c'eſt beaucoup d'avoir plu aux connaiſſeurs,
aux gens ſenſés, et même aux cicéroniens. L'abbé
d'*Olivet* me doit au moins un compliment en latin,
et je n'en quitte pas monſieur le recteur des quatre

—— facultés. Mon cher et ancien ami, il me ferait bien plus doux de venir vous embrasser en français, de souper avec madame *Denis* et avec vous dans ma maison, ou du moins de vous voir souper. Je demanderai assurément permission à l'enchanteur auprès duquel je suis, de venir faire un petit tour dans ma patrie. Ma santé en a grand besoin, mon cœur davantage.

Je prendrai le temps qu'il va voir ses armées et ses provinces; et pendant qu'il courra nuit et jour pour rendre heureux des allemands, je viendrai l'être auprès de vous. Buvez à ma santé, conservez-moi votre amitié, et soyez sûr que tous les rois de la terre et tous les châteaux enchantés ne me feraient pas oublier un ami tel que vous.

Votre lettre est charmante, mais je vous trouve bien modeste de dater notre amitié de trente ans : mon cher *Cideville*, il y en a plus de quarante.

LETTRE CCXXXI.

A M. LE COMTE D'ARGENTAL.

A Potsdam, 11 mars.

MON divin ange, madame d'*Argental* était donc là en grande loge? elle se porte donc bien? Voilà une nouvelle pour moi qui vaut bien celle du succès passager de Rome sauvée. Je connais mon public : l'enthousiasme passe; il n'y a que l'amitié qui reste. Aujourd'hui on bat des mains, demain on se refroidit, après-demain on lapide. *Cimon* et *Miltiade* n'ont pas plus effuyé l'inconftance d'Athènes que moi celle de Paris. Je relifais hier *Orefte*, je le trouvais beaucoup plus tragique que *Cicéron;* et cependant quelle différence dans l'accueil ! Si j'avais été à Paris ce carême, on m'aurait fifflé à la ville, on fe ferait moqué de moi à la cour, on aurait dénoncé le Siècle de *Louis XIV*, comme fentant l'héréfie, téméraire et mal-fonnant. Il aurait fallu aller fe juftifier dans l'antichambre du lieutenant de police. Les exempts auraient dit en me voyant paffer : Voilà un homme qui nous appartient. Le poëte *Roi* aurait begayé à Verfailles que je fuis un mauvais poëte et un mauvais citoyen; et *Hardion* aurait dit en grec et en latin, chez monfieur le dauphin, qu'il faut bien fe donner de garde de me donner une chaire au collége royal. Mon cher ange, *qui bene latuit, bene vixit.*

Mais ma deftinée était d'être je ne fais quel homme public, coiffé de trois ou quatre petits bonnets de lauriers et d'une trentaine de couronnes d'épines. Il eft doux de faire fon entrée à Paris fur fon âne, mais au bout de huit jours on y eft feffé. Il faut qu'un ménétrier qui joue dans cet Empyrée-là ait pour lui *Jupiter* ou *Vénus*, fans quoi il paffe mal fon temps. Je n'envie point affurément le nectar qu'on a verfé aux *Duclos*, aux *Crébillon*, ni le petit verre qu'on a donné aux *Moncrif;* mais je voudrais qu'on ne me donnât pas une éponge avec du vinaigre.

Pourquoi diable arrêter le Siècle de *Louis XIV*, dans le temps qu'on imprime chez *Grangé* les Lettres juives ? Il eft affez bizarre que l'empereur, comme je l'ai déjà dit, me donne un privilége pour dire que *Léopold* était un poltron, et que je n'aye pas en France

1752. la permiffion tacite de prouver que *Louis XIV* était un grand-homme. Franchement, cela eft indigne. Il faut donc faire l'hiftoire des mœurs du dix-huitième fiècle ? Eft-ce qu'il ne fe trouvera pas quelque bonne ame qui fera rougir les pédans de leur pédanterie, et les fots de leur fottife ? eft-ce qu'il n'y aura pas quelque voix qui criera : *Parate vias Domini* ? Où eft l'intrépide abbé *Chauvelin* ? *tu dors, Brutus !* Vous ne me dites rien, mon ange, de ces deux *Chauvelin*; ils font pourtant de l'ancienne république, ils aiment les lettres, ils aiment et difent la vérité, ils font courageux comme de petits lions. Lâchez-les fur les fots.

Vous m'avez bien confolé en me difant que mademoifelle *Gauffin* n'était plus fâchée contre moi. Dites-lui que cette nouvelle m'a fait plus de plaifir que le cinquième acte n'en a fait au parterre. J'aime tendrement mademoifelle *Gauffin*, malgré mes cheveux blancs et la turpitude de mon état.

Adieu, mon cher ange; je ne croyais pas tant écrire : je n'en peux plus. Mais qui eût dit que ce gros cochon de milord *Tirconel*, fi frais, fi fort, fi vigoureux, ferait à l'agonie avant moi ? C'eft bien pis que d'avoir des tracafferies pour fon fiècle. O vanité, ô fumée ! Qu'eft-ce que la vie ? *Madame*, morte à vingt-deux ans ! Adieu, mon ange; portez-vous bien, et aimez-moi, et écrivez-moi.

LETTRE CCXXXII.

A M. LE MARECHAL DUC DE RICHELIEU.

A Potſdam, 14 mars.

MON héros, je ſuis fort en peine d'un gros paquet que j'eus l'honneur de vous envoyer par le courier du cabinet, il y a environ deux mois. J'en chargeai *Bailly*, mon camarade, gentilhomme ordinaire du roi, qui a fait depuis ſix mois les affaires, pendant la maladie de milord *Tirconel*. Le ballot peſait environ dix livres, et contenait les volumes que vous m'aviez demandés. Il y avait une grande lettre pour vous, et un paquet pour ma nièce, que je vous ſuppliais d'ordonner qui lui fût rendu. Pardon de la liberté grande. Vous êtes informé ſans doute, Monſeigneur, de la mort du comte de *Tirconel*. Il était le ſecond gourmand de ce monde, car *la Métrie* était le premier. Le médecin et le malade ſe ſont tués, pour avoir cru que DIEU a fait l'homme pour manger et pour boire; ils penſaient encore que DIEU l'a fait pour médire. Ces deux hommes, d'ailleurs fort différens l'un de l'autre, n'épargnaient pas leur prochain. Ils avaient les plus belles dents du monde, et s'en ſervaient quelquefois pour dauber les gens, et trop ſouvent pour ſe donner des indigeſtions. Pour moi, qui n'ai plus de dents, je ne ſuis ni gourmand, ni médiſant, et je paſſe une vie fort douce avec votre ancien capitaine le marquis d'*Argens* et *Algarotti*. J'eſpère dans quelque temps avoir aſſez de ſanté pour

—— faire le voyage de France, et jouir du bonheur de
voir mon héros.

Si vous vouliez m'envoyer un petit précis en deux
pages de ce que vous avez fait à Gènes de plus
digne d'orner une hiftoire, vous me feriez grand
plaifir; mais vous vous en garderez bien ; vous n'en
aurez ni le temps ni la volonté. Donnez-moi feulement un petit combat contre M. de *Broun*. Je n'exige
pas de grands détails, les détails ennuient; il ne faut
rien que d'intéreffant et de piquant. Je dis hardiment
qu'on vous doit en très-grande partie le gain de la
bataille de Fontenoi, et j'obferve une chofe fingulière, c'eft que Fontenoi et Mêle, qui ont valu la
conquête de la Flandre, font entièrement l'ouvrage
des officiers français, fans que le général y ait eu
part. Je ne prétends pas affurément diminuer la
gloire du maréchal de *Saxe*, mais il me femble qu'il
devait faire un peu plus de cas de la nation. Vous
voyez que je fuis toujours bon citoyen. On m'a ôté
la place d'hiftoriographe de France, mais on devrait
me donner celle de trompette des rois de France.
J'ai fonné pour *Henri IV*, pour *Louis XIV* et pour
Louis XV, à perdre les poumons. Si vous avez du
crédit, vous devriez bien m'obtenir cette place de
trompette; mais franchement, j'aimerais mieux quelque petite anecdote de Gènes, qui m'aidât à vous
mettre dans votre cadre. Vous favez que ma folie eft
de chanter les grands-hommes. J'en vois un ici tous
les jours, mais celui-là va fur mes brifées. Il fe mêle
d'être *Achille* et *Homère*, et encore *Thucydide*. Il fait
mon métier mieux que moi. Que ne fe contente-t-il
du fien? Si les héros fe mettent à bien écrire, que

reſtera-t-il aux pauvres diables d'auteurs? Vous êtes
plus aimable que le cardinal de *Richelieu*, et vous
avez par-deſſus lui de n'être point auteur. Vous feriez
pourtant de bien jolis mémoires, ſi vous vouliez ; et
cela vaudrait mieux que les œuvres théologiques de
votre terrible oncle.

Pour Dieu, Monſeigneur, ſongez à vous faire
rendre votre paquet. *Buſſy* doit en avoir été chargé.

Je me flatte que M. le duc de *Fronſac* et mademoiſelle de *Richelieu* ſont deux charmantes créatures.
Je voudrais bien vous faire ma cour, et les voir
auprès de vous.

1752.

LETTRE CCXXXIII.

A MADAME

LA COMTESSE D'ARGENTAL, *à Paris.*

Potſdam, 14 mars.

Bénie ſoit cette Rome, Madame, qui m'a valu
de vous cette lettre charmante ! Je l'aime bien mieux
que toutes celles à *Atticus. Mongaut , Bouhier* et
d'*Olivet*, qui ſavaient plus de latin que vous, n'écrivent pas comme vous en français. Il y a plaiſir à faire
des Rome, quand on a de pareilles pariſiennes pour
protectrices. Je compte bien venir faire cet été un
voyage auprès de mes anges, dès que le monument de
Louis XIV ſera ſur ſon piédeſtal. Il y a des gens qui
ont voulu renverſer cette ſtatue, et je ne veux pas
me trouver là, de peur qu'elle ne tombe ſur moi et

qu'elle ne m'écrafe. Il faut fervir les Français de loin, et malgré eux ; c'eſt le peuple d'Athènes. Un oſtra-ciſme volontaire eſt preſque la ſeule reſſource qui reſte à ceux qui ont eſſayé, dans leur genre, de bien mériter de la patrie ; mais je défie *Cimon* et *Miltiade* d'avoir plus regretté leurs amis que moi les miens.

Je parle tous les jours de vous, Madame, avec le comte *Algarotti.* Il fait les délices de notre retraite de Potſdam. Nous avons ſouvent l'honneur de ſouper enſemble avec un grand-homme qui oublie avec nous ſa grandeur et même ſa gloire. Les ſoupers des ſept ſages ne valaient pas ceux que nous fefons ; il n'y a que les vôtres qui ſoient au-deſſus.

Algarotti a fait des choſes charmantes. Je ne fais rien de plus amuſant et de plus inſtructif qu'un livre qu'il fera, je crois, imprimer à Veniſe ſur la fin de cette année. Vous qui entendez l'italien, Madame, vous aurez un plaiſir nouveau. On ne fait pas de ces choſes-là en Italie à préſent : le génie y eſt tombé plus qu'en France. Si vous avez à Paris des *Catilina* et des Hiſtoires des mœurs du dix-huitième ſiècle, les Italiens n'ont que des ſonnets. C'eſt une choſe aſſez ſingulière que l'abbé *Metaſtaſio* ſoit à Vienne, M. *Algarotti* à Potſdam.

Permettez que Céfar ne parle point de lui.

Mais enfin cela eſt plaiſant. Notre vie eſt ici bien douce ; elle le ferait encore davantage ſi *Maupertuis* avait voulu. L'envie de plaire n'entre pas dans ſes meſures géométriques ; et les agrémens de la ſociété ne ſont pas des problèmes qu'il aime à réſoudre.

Heureusement le roi n'est point géomètre, et —————
M. *Algarotti* ne l'est qu'autant qu'il faut pour joindre
la solidité aux grâces. Nous travaillons chacun de
notre côté, nous nous rassemblons le soir. Le roi
daigne d'ailleurs avoir pour ma mauvaise santé une
indulgence à laquelle je crois devoir la vie. J'ai toutes
les commodités dont je peux jouir dans le palais d'un
grand roi, sans aucun des désagrémens ni même des
devoirs d'une cour. Figurez-vous la vie de château,
la vie de campagne la plus libre. J'ai tout mon temps
à moi, et je peux faire tant de Siècles qu'il me
plaît.

  C'est dans cette retraite charmante, Madame, que
je vous regrette tous les jours. C'est de là que je vole-
rai pour venir vous dire que je préfère votre société
aux rois, et même aux rois philosophes. Je ne dis rien
aux autres anges. J'ai écrit à M. d'*Argental* et à M. le
comte de *Choiseul* ; j'ai dit des injures à M. le coadjuteur de *Chauvelin*. Je vous supplie de permettre que
M. de *Pont-de-Vesle* trouve ici les assurances de mon
inviolable attachement. Conservez votre santé, conservez-moi vos bontés, comptez à jamais sur ma
passion respectueuse.

LETTRE CCXXXIV.

A MADAME DENIS, *à Paris.*

Le 16 mars, au soir.

Nous saurons, dans la vallée de *Josaphat*, pourquoi j'ai reçu si tard votre lettre du 25 février, par laquelle vous m'apprenez que Rome sauvée n'est pas perdue. Les bonnes nouvelles sont toujours retardées, et les mauvaises ont des ailes. Soyez bénie d'avoir gagné cette bataille, malgré les officiers de nos troupes qui ne se sont pas, dit-on, trop bien comportés. Est-il vrai que *Cicéron* avait une extinction de voix, et que le sénat était fort gauche? Toutes les lettres confirment que *César* a joué parfaitement, et qu'il y a eu de l'enthousiasme dans le parterre.

Savez-vous quel est mon avis? c'est de nous retirer sur notre gain. Une pièce si romaine et si peu parisienne ne peut long-temps attirer la foule. Les scènes fortes et vigoureuses, les sentimens de grandeur et de générosité raviffent d'abord; mais l'admiration s'épuise bien vîte. On n'aime que les portraits où l'on se retrouve.

Les dames des premières loges se retrouveront-elles dans le sénat romain? On ne joue plus le Sertorius de *Pierre Corneille*, et on donne souvent le très-plat Comte d'Effex de son frère *Thomas*. Les gens instruits peuvent me savoir gré d'avoir lutté contre les difficultés d'un sujet si ingrat et si impraticable; mais je suis toujours très-persuadé que les loges se lasseront

de voir des héros en *us*, des *Lentulus*, des *Céthégus*, —— 1752.
des *Clodius*. Ils font bien heureux de n'avoir pas été
renvoyés au collége.

Je demande très-inftamment à notre petit confeil
de ne point donner la pièce après Pâques. Si on
l'imprime, je dois abfolument la dédier à madame
du Maine ; c'eft une dette d'honneur; je lui en ai
fait mon billet. Elle exigea de moi, quand je partis
pour Berlin, de lui figner une promeffe en bonne
forme. On n'a jamais fait une dédicace comme on
acquitte une lettre de change. Vous m'avouerez que
je fuis fait pour les chofes fingulières.

Adieu; je vous embraffe, je vous remercie; je vais
répondre à tous nos amis. D'*Arget* n'eft point encore
parti, mais il part.

LETTRE CCXXXV.

A MADAME DE FONTAINE, *à Paris.*

Berlin, 18 mars.

PARDON, ma chère nièce ; je griffonne des tragédies
et des Siècles, et je fuis pareffeux d'écrire des lettres.
Tout homme a fon coin de pareffe, et vous avez
bien le vôtre ; mais mon cœur n'eft point pareffeux
pour vous. Je vous aime comme fi je vous voyais
tous les jours, et je charge fouvent votre fœur de
vous le dire, et d'en dire autant à votre confeiller du
grand confeil. J'ai été bien malade cet hiver; j'ai cru
mourir, mais je n'ai fait que vieillir. J'efpère reprendre,

1752.

cet été, des forces pour venir jouir de la confolation de vous voir. J'aurai celle de fortir du château
enchanté où je paffe la vie la plus convenable à un
philofophe et à un malade. Je fuis un plaifant chambellan ; je n'ai d'autre fonction que celle de paffer de
ma chambre dans l'appartement d'un roi philofophe,
pour aller fouper avec lui ; et quand je fuis plus
malingre qu'à l'ordinaire , je foupe chez moi. Mon
appartement eft de plain pied à un magnifique jardin
où j'ai fait quelques vers de Rome fauvée. Il n'y a
pas d'exemple d'une vie plus douce et plus commode ;
et je ne fais rien au-deffus, que le plaifir de venir
vous voir.

Vous me confolez beaucoup en me difant du bien
de votre fanté : nous ne fommes de fer ni vous ni
moi, mais avec du régime, nous exiftons ; et je vois
mourir à droite et à gauche de gros cochons à face
large et rubiconde.

Mille complimens à toute votre famille. Je vous
embraffe tendrement, et je meurs d'envie de vous
revoir.

LETTRE CCXXXVI.

A M. LE COMTE D'ARGENTAL.

Potfdam, 1 avril.

PLUS ange que jamais, puifque vous m'envoyez
des critiques, je vous remercie tendrement, mon
cher et refpectable ami, de votre lettre du 19 mars.
Vous avez enterré Rome avec honneur. Ne croyez

pas

pas que je veuille la reffufciter par l'impreffion ; je
la réferve pour l'année de M. le maréchal de *Richelieu*,
avec deux fcènes nouvelles et bien des changemens.
C'eft en fe corrigeant qu'il faut profiter de fa victoire.
Ce terrain de Rome était fi ingrat qu'il faut le
cultiver encore, après lui avoir fait porter à force
d'art des fruits qui ont été goûtés. Le fuccès ne m'a
rendu que plus févère et plus laborieux. Il faut travailler jufqu'au dernier moment de fa vie, et ne
point imiter *Racine* qui fut affez fot pour aimer
mieux être un courtifan qu'un grand-homme. Imitons
Corneille qui travailla toujours, et tâchons de faire de
meilleurs ouvrages que ceux de fa vieilleffe. Adélaïde,
ou le Duc de Foix, ou les Frères ennemis, comme
vous voudrez l'appeler, eft un ouvrage plus théâtral que Rome fauvée. Le rôle de *Lifois* eft peut-
être encore plus théâtral que celui de *Céfar*. J'ai
travaillé cette pièce avec foin, j'y retouche encore
tous les jours ; mais ce fera là qu'il faudra une confpiration bien fecrète. Le public n'aime pas à applaudir deux fois de fuite au même homme. Je ne veux
pas donner cette pièce fous mon nom. Je fais trop
que le public donne des foufflets après avoir donné
des lauriers. Défions-nous de l'hydre à mille têtes.

Je fuis bien loin, mon cher ange, de fonger à faire
imprimer fitôt la Guerre de 1741 ; mais je fuis bien
aife de ne perdre ni mon temps, ni ce travail que
j'avais prefque achevé fur les mémoires du cabinet,
ni le gré qu'on pourrait me favoir de faire valoir ma
nation fans flatterie. J'avais demandé à ma nièce un
plan de la bataille de Fontenoi, que j'ai laiffé à Paris
dans mes papiers, afin de mettre tout en ordre, et

que cet ouvrage pût paraître dans l'occafion, ou pendant ma vie, ou après ma mort. Il m'a paru d'ailleurs, affez néceffaire qu'on sût que j'avais rempli ce qui était autrefois du devoir de ma place, et ce qui eft toujours dù devoir de mon cœur, de tâcher d'élever quelques petits monumens à la gloire de ma patrie. Je me hâte de travailler, de corriger; mais je ne me hâte point d'imprimer. Je voudrais que le Siècle de *Louis XIV* n'eût point encore vu le jour ; et tout ce que je demande, c'eft que l'édition imparfaite et fautive de Berlin n'entre point dans Paris. J'ai beaucoup réformé cet ouvrage ; le Catalogue des écrivains eft fort augmenté. Mais voyez comme les fentimens font différens! ce Catalogue eft ce que le préfident *Hénault* aime le mieux.

Je vous fupplie de faire les plus tendres remercîmens pour moi à M. le préfident de *Meynières* et à M. de *Foncemagne*. Ce dernier me permettra de lui repréfenter, avec la déférence que je dois à fes lumières et la reconnaiffance que je dois à fes foins obligeans, que le Siècle de *Louis XIV* eft un efpace de plus de cent années, commençant au cardinal de *Richelieu;* que fi je retranchais les écrivains qui ont commencé à fleurir fous *Louis XIII*, il faudrait retrancher *Corneille ;* que les écrivains font honneur à ce fiècle fans avoir été formés par *Louis XIV;* que *le Brun*, *le Nôtre* n'ont pas commencé à travailler pour ce monarque ; que l'influence de ce beau fiècle a tout préparé avant *Louis XIV*, et tout fini fous lui ; qu'il s'agit moins de la gloire de ce roi que de celle de la nation ; qu'à l'égard de *Gacon* et de *Courtilz*, &c. je n'en ai parlé que pour faire honte au père *Niceron*,

et pour marquer la juſte horreur que les *Gacon*, *Roi*, ——
Desfontaines, *Fréron*, &c., doivent inſpirer; qu'enfin 1752.
ce Catalogue raiſonné eſt et ſera très-curieux; mais il
faut attendre une édition meilleure, celle-ci n'eſt
qu'un eſſai. Hélas! on paſſe ſa vie à eſſayer! J'eſſaierai
cet été de venir embraſſer mes anges.

Mille tendre reſpects à tous.

LETTRE CCXXXVII.

A M. DE CIDEVILLE.

Potſdam, 3 avril.

En vous remerciant, mon cher et ancien ami;
l'annonce de ce libraire de Hollande eſt l'affiche d'un
charlatan. Tous les libraires de l'Europe ſe diſputent
l'impreſſion de ce Siècle; pour comble d'embarras,
on s'empreſſe de le traduire avant que je l'aye
corrigé. Je laiſſe faire, et je m'occupe jour et nuit à
préparer une édition plus ample et plus correcte.
Une première édition n'eſt jamais qu'un eſſai. Ni le
Siècle ni Rome ſauvée ne ſont ce qu'ils feront. Je
demande ſeulement de la ſanté au ciel, comme *Ajax*
demandait du jour.

Mais je ſuis plus inquiet de la ſanté de ma nièce
que de la mienne. Je ſuis accoutumé à mes maux,
et je ne peux m'accoutumer aux ſiens. Il eſt très-ſûr
que je ferai un voyage pour elle et pour mes amis.
J'ai deux ames, l'une eſt à Paris, l'autre auprès du
roi de Pruſſe; mais auſſi je n'ai point de corps.

Je vous embraſſe, je vous remercie, je retourne vîte à *Louis XIV*. Je veux me dépêcher pour vous retrouver et vous embraſſer à Paris.

LETTRE CCXXXVIII.

A M. BAGIEUX,

CHIRURGIEN MAJOR DES GENDARMES DE LA GARDE, &c.

A Potſdam, le 10 avril.

Sɪ jamais quelque choſe, Monſieur, m'a ſenſible-ment touché, c'eſt la lettre par laquelle vous m'avez bien voulu prévenir ; c'eſt l'intérêt que vous prenez à un état qui ſemblait devoir n'être pas parvenu juſ-qu'à vous ; c'eſt le ſecours que vous m'offrez avec tant de bienveillance. Rien ne me rend la vie plus chère et ne redouble plus mon envie de faire un voyage à Paris, que l'eſpérance d'y trouver des ames auſſi compatiſſantes que la vôtre, et des hommes ſi dignes de leur profeſſion et en même temps ſi au-deſſus d'elle. Que ne dois-je point à madame *Denis* qui m'attire de votre part une attention ſi touchante ? En vérité, ce n'eſt qu'en France qu'on trouve des cœurs ſi prévenans, comme ce n'eſt qu'en France qu'on trouve la perfection de votre art. Le mien eſt bien peu de choſe ; je ne me ſuis jamais occupé qu'à amuſer les hommes, et j'ai fait quelquefois des ingrats. Vous vous occupez à les ſecourir. J'ai toujours regardé votre profeſſion comme une de celles qui ont fait le plus d'honneur au siècle de *Louis XIV*, et c'est ainsi que j'en ai parlé dans l'histoire de ce siècle; mais jamais je ne l'ai plus estimée. J'ai étudié la médecine comme madame de *Pimbêche* avait appris la coutume en plaidant. J'ai lu *Sydenham*, *Freind*, *Boërhaave*. Je sais que cet art ne peut être que conjectural, que peu de tempéramens se ressemblent, et qu'il n'y a rien de plus beau ni de plus vrai que le premier aphorisme d'*Hippocrate* : *experientia fallax*, *judicium difficile*. J'ai conclu qu'il fallait être son médecin soi-même, vivre avec régime, secourir de temps en temps la nature, et jamais la forcer; mais surtout savoir souffrir, vieillir et mourir.

Le roi de Prusse qui, après avoir remporté cinq victoires, donné la paix, réformé les lois, embelli son pays, après en avoir écrit l'histoire, daigne encore faire de très-beaux vers, m'a adressé une ode sur cette nécessité à laquelle nous devons nous soumettre. Cet ouvrage et votre lettre valent mieux pour moi que toutes les facultés de la terre. Je ne dois pas me plaindre de mon sort. J'ai atteint l'âge de cinquante-huit ans avec le corps le plus faible, et j'ai vu mourir les plus robustes à la fleur de leur âge. Si vous aviez vu milord *Tirconel* et *la Métrie*, vous seriez bien étonné que ce fût moi qui fût en vie : le régime m'a sauvé. Il est vrai que j'ai perdu presque toutes mes dents, par une maladie dont j'ai apporté le principe en naissant; chacun a dans soi-même, dès sa conception, la cause qui le détruit. Il faut vivre avec cet ennemi jusqu'à ce qu'il nous tue. Le remède de *Demouret* ne me convient pas; il n'est bon que contre les scorbuts accidentels et déclarés, et non contre les affections d'un fang faumuré et d'organes defféchés qui ont perdu leur reffort et leur molleffe. Les eaux de Barege, de Padoue, d'Ifchia pourraient me faire du bien pour un temps ; mais je ne fais s'il ne vaut pas mieux favoir fouffrir en paix, au coin de fon feu, avec du régime, que d'aller chercher fi loin une fanté fi incertaine, et fi courte. La vie que je mène auprès du roi de Pruffe, eft précifément ce qui convient à un malade ; une liberté entière, pas le moindre affujettiffement, un fouper léger et gai : *Deus nobis hæc otia fecit.* Il me rend heureux autant qu'un malade peut l'être ; et vous ajoutez à mes con-folations par l'intérêt que vous avez bien voulu prendre à mon état. Regardez-moi, je vous en fup-plie, Monfieur, comme un ami que vous vous êtes fait à quatre cents lieues. Je me flatte que cet été je viendrai vous dire avec quelle tendre reconnaif-fance je ferai toujours, &c.

LETTRE CCXXXIX.

A MADAME DENIS.

A Potfdam, 22 avril.

VOILA une plaifante idée qu'a *Dumolard* de faire jouer Philoctète, en grec, par des écoliers de l'uni-verfité, fur le théâtre de mon grenier ! La pièce réuffira fûrement, car perfonne ne l'entendra. Les gens qui font les cabales à Paris n'entendent point le grec.

Je vous apprendrai qu'une héroïne de votre fexe l'entendait ; ce n'eft pas madame *Dacier* que je veux

dire; elle n'avait l'air ni d'être héroïne ni d'avoir un ——
fexe ; c'eft la reine *Elifabeth* : elle avait traduit ce 1752.
Philoctète de *Sophocle* en anglais.

Vous favez que le fujet de la pièce eft un homme
qui a mal au pied. Il faudrait prendre un goutteux
pour jouer le rôle de Philoctète; le roi de Pruffe
ferait bien votre affaire; mais au lieu de crier *aie, aie*,
comme fait le héros grec, admiré en cela par M. de
Fénélon, il voudrait monter à cheval et exercer les
foldats de *Pyrrhus*. Il a actuellement la goutte bien
ferré. Imaginez ce qu'il a pris : fes bottes ! Son pied
s'eft enflé de plus belle. Dites à *Dumôlard* qu'il prenne
quelque goutteux du collége de Navarre.

On commence actuellement à Drefde une feconde
édition du Siècle de *Louis XIV*, et il faut la diriger ;
nouvelle peine, nouveau retardement. On m'a envoyé
de nouvéaux mémoires de tous les côtés ; j'ai eu un
tréfor ; ce font deux morceaux de la main de
Louis XIV, bien collationnés à l'original. Il n'y a pas
moyen d'abandonner fon édifice, quand on trouve
des matériaux fi précieux. On me flatte que cette
édition fera bientôt achevée. J'ai une autre affaire en
tête, et que je vous communiquerai à la première
occafion.

LETTRE CCXL.

A M. DE FORMONT.

A Potsdam, 28 avril.

ON croirait presque que je suis laborieux, mon cher *Formont*, en voyant l'énorme fatras dont j'ai inondé mes contemporains; mais je me trouve le plus paresseux des hommes, puisque j'ai tardé si long-temps à vous écrire et à vous instruire des raisons qui m'ont empêché de vous envoyer, à vous et à madame *du Deffant*, ce Siècle de *Louis XIV*. J'y ai trouvé, quand je l'ai relu, une quantité de péchés d'omission et de commission qui m'a effrayé. Cette première édition n'est qu'un essai encore informe. Le fruit que j'en retire, c'est de recevoir de tous côtés des remarques, des instructions de la part des Français et de quelques étrangers, qui m'aideront à faire une bonne histoire. Je n'aurais jamais obtenu ces secours, si je n'avais pas donné mon ouvrage. Les mêmes personnes, qui m'ont refusé long-temps des instructions quand je travaillais, m'envoient à présent des critiques le plus volontiers du monde. Il faut tirer parti de tout. Je fais une nouvelle édition qui sera plus ample d'un quart, et plus curieuse de moitié; et je tâcherai d'empêcher, autant qu'il sera en moi, que la première édition, qui est trop fautive, n'entre en France. J'ai bien peur, mon cher ami, que ma lettre ne vous trouve point à Paris. Voilà madame *du Deffant* en Bourgogne; vous avez tout l'air d'être

dans votre Normandie. Votre parent monfieur *le* _____
Bailli fait fon chemin de bonne heure , comme je 1752.
vous l'avais dit. Le voilà miniftre accrédité, en attendant que M. le chevalier de *la Touche* arrive ; et il
ira probablement de cour en cour mener une vie
douce, au nom du roi fon maître. Mais je le défie
d'en mener une plus douce et plus tranquille que la
vôtre; je dirai encore , fi on veut, la mienne : car je
vous affure qu'étant auprès d'un grand roi, il s'en
faut beaucoup que je fois à la cour. Je n'ai jamais
vécu dans une fi profonde retraite. Ce ferait bien là
l'occafion de faire encore des vers, mais j'en ai trop
fait. Il faut favoir fe retirer à propos, et impofer filence
à l'imagination, pour s'occuper un peu de la raifon. Je
m'occupe avec les ouvrages des autres, après en avoir
affez donné. Je fais comme vous ; je lis, je réfléchis,
et j'attrape le bout de la journée. J'avoue qu'il ferait
doux de finir cette journée entre vous et madame *du
Deffant ;* c'eft une efpérance à laquelle je ne renonce
point. Si ma lettre vous trouve encore tous deux à
Paris, je vous fupplie de lui dire qu'elle eft à la tête
du petit nombre des perfonnes que je regrette , et pour
qui je ferai le voyage de Paris. Je lui fouhaite un
eftomac, ce principe de tous les biens. Adieu, mon
très-cher *Formont ;* faites quelquefois commémoration
d'un homme qui vous aimera toute fa vie.

LETTRE CCXLI.

A M. ROQUES,

CONSEILLER ECCLESIASTIQUE DU LANDGRAVE DE HESSE-HOMBOURG.

Si ceux qui font des critiques avaient votre politeſſe, votre, érudition et votre candeur, il n'y aurait jamais de guerres dans la république des lettres; la vérité y gagnerait, et le public reſpecterait plus les ſciences. Je vous remercie très-ſincèrement, Monſieur, des remarques que vous avez bien voulu m'envoyer ſur le Siècle de *Louis XIV*. Je pourrais bien m'être trompé ſur le premier article touchant *Falc Conſtance*, dont vous me faites l'honneur de me parler. Je n'ai ici aucun livre que je puiſſe conſulter ſur cette matière; je n'ai que mes propres mémoires que j'avais apportés de France, et qui m'ont ſervi de matériaux. Les autorités n'y ſont point citées en marge. Je n'avais pas cru en avoir beſoin pour un ouvrage qui n'eſt point une hiſtoire détaillée, et que je ne regardais que comme un tableau général des mœurs des hommes, et de la révolution de l'eſprit humain ſous *Louis XIV*.

Je me ſouviens bien que je n'ai pas toujours ſuivi l'abbé de *Choiſi* dans ſa Relation de Siam; c'eſt un de mes parens, nommé *Beauregard*, qui avait défendu la citadelle de Bankoke ſous M. de *Fargue*, autant qu'il m'en ſouvient, de qui je tiens l'aventure de la veuve de *Conſtance*.

Quant au roi *Jacques* et à la reine sa femme, ——
ils arrivèrent à Saint-Germain à trois ou quatre jours   1752.
l'un de l'autre. Ce ne sont point de pareilles dates
dont je me suis embarrassé. Je n'ai songé qu'à exposer
les malheurs du roi *Jacques*, la manière dont il se
les était attirés, et la magnificence de *Louis XIV*.
Mon objet était de peindre en grand les principaux
personnages de ce siècle, et de laisser tout le reste
aux annalistes. Quand je suis entré dans les détails,
comme aux chapitres des anecdotes et du gouvernement intérieur, je l'ai fait sur mes propres
lumières et sur les témoignages des plus anciens
courtisans.

Feu M. le cardinal de *Fleuri* me montra l'endroit
où *Louis XIV* avait épousé madame de *Maintenon ;* il
m'assura positivement que l'abbé de *Choisi* s'était
trompé ; que ce n'était pas le chevalier de *Forbin*,
mais *Bontems* et *Monchevreuil* qui avaient assisté comme
témoins. En effet, il était naturel que *Louis XIV*
employât dans cette occasion ses domestiques les plus
affidés ; et le chevalier de *Forbin*, chef d'escadre,
n'était point domestique de ce monarque.

Pour l'article de *Descartes*, permettez-moi, je vous
prie, ce que j'en ai dit. Je n'ai pensé qu'à faire
rentrer en eux-mêmes ceux dont le zèle imprudent
traite trop souvent d'athées des philosophes qui ne
sont pas de leur avis.

Si l'article de feu M. de *Beausobre* vous intéresse,
vous le trouverez, Monsieur, dans une nouvelle édition, qui va paraître ces jours-ci à Leipsick et à
Dresde, et que je ne manquerai pas d'avoir l'honneur
de vous envoyer. Vous y trouverez deux fragmens

bien curieux, copiés fur l'original de la main de *Louis XIV* même.

On s'eft trop preffé, en France et ailleurs, d'inonder le public d'éditions de cet ouvrage. Celle qu'on fait actuellement à Drefde eft plus ample d'un tiers. Vous y verrez des articles bien finguliers, et furtout le mariage de l'évêque de Meaux.

Les offres obligeantes que vous me faites, Monfieur, m'autorifent à vous prier de vouloir bien interpofer vos bons offices pour arrêter l'édition furtive qui fe fait à Francfort fur le Mein. Elle ferait beaucoup de tort à mon libraire *Conrad Walther* de Drefde, qui a le privilége de l'empereur ; c'eft un très-honnête homme. Je ne manquerai pas de l'avertir de l'obligation qu'il vous aura.

Je fuis affligé que M. de *la Beaumelle*, qui m'a paru avoir beaucoup d'efprit et de talent, ne veuille s'en fervir à Francfort que pour faire de la peine à mon libraire et à moi, qui ne l'avons jamais offenfé. Je l'avais connu par des lettres qu'il m'avait écrites de Danemarck, et je n'avais cherché qu'à l'obliger. Il m'avait mandé que le roi de Danemarck s'intéreffait à un ouvrage qu'il projetait ; mais étant obligé de quitter le Danemarck, il vint à Berlin, et il montra quelques exemplaires d'un ouvrage où quelques chambellans de fa Majefté n'étaient pas trop bien traités. Je me plaignis à lui fans amertume, et j'aurais voulu lui rendre fervice. Il alla à Leipfick, de là à Gotha ; il eft à préfent à Francfort. Il n'y fera pas une grande fortune, en fe bornant à écrire contre moi ; il devrait tourner fes talens d'un côté plus utile et plus honorable. Il avait commencé par prêcher à

Copenhague. Il a de l'éloquence, et je ne doute pas ——
que les conseils d'un homme comme vous, ne le 1752.
ramènent dans le bon chemin. Je suis avec tous les
sentimens que je vous dois, &c.

LETTRE CCXLII.

AU MEME.

A Potsdam, ce 17.

JE suis pénétré de reconnaissance de toutes les
bontés que vous m'avez témoignées d'une manière
si prévenante, sans me connaître ; il ne me reste qu'à
les mériter. Je voudrais que la nouvelle édition du
recueil de més anciennes rêveries en prose et en
vers, et celle du Siècle de *Louis XIV*, que mon
libraire doit vous envoyer de ma part, pussent au
moins être regardées de vous comme un gage de
ma sensibilité pour tous vos soins obligeans. Quant
à M. de *la Beaumelle*, je suis sûr que vous aurez
la générosité de lui représenter le tort qu'il fait à ce
pauvre *Conrad Walther;* c'est assurément le plus
honnête homme de tous les libraires que j'ai ren-
contrés. Il s'est mis en frais pour la nouvelle édition
du Siècle de *Louis XIV;* il n'y a épargné aucun soin ;
et voilà que, pour fruit de ses peines, M. de *la
Beaumelle* fait imprimer sous main une édition
subreptice à Francfort, ville impériale, malgré le
privilége de l'empereur dont *Walther* est en posses-
sion. Il est libraire du roi de Pologne, il est protégé ;
il est résolu à attaquer M. de *la Beaumelle* par les

—— formes juridiques. Cela va faire un événement qui certainement cauferait beaucoup de chagrin à M. de *la Beaumelle*, et qui ferait fort trifte pour la littérature.

Il doit avoir gagné, par l'édition des lettres de madame de Maintenon, de quoi pouvoir fe paffer du profit léger qu'il pourrait tirer d'une édition furtive. D'ailleurs, il doit confidérer que toute la librairie fe réunira contre lui. Les gens de lettres fe plaignent d'ordinaire que les libraires contrefont leurs ouvrages, et ici c'eft un homme de lettres qui contrefait l'édition d'un libraire ; c'eft un étranger qui, dans l'Empire, attaque un privilége de l'empereur. Que M. de *la Beaumelle* en pèfe toutes les conféquences. Les remarques critiques qu'il joint à fon édition ne font pas une excufe envers mon libraire, et font envers moi un procédé dont j'aurais fujet de me plaindre. Je ne connais M. de *la Beaumelle* que par les fervices que j'ai tâché de lui rendre.

Il m'écrivit, il y a un an, du palais de Copenhague, pour m'intéreffer à des éditions des auteurs claffiques français qu'on devait faire, difait-il, en Danemarck, et dont le roi de Danemarck le chargeait, à l'imitation des éditions qu'on a nommées en France *les Dauphins*. Je crus M. de *la Beaumelle* ; et mon zèle pour l'honneur de ma patrie, me fit travailler en conféquence.

Quelque temps après, je fus étonné de le voir arriver à Potfdam. Il était renvoyé de Copenhague, où il avait d'abord prêché en qualité de propofant, et où il était, je crois, de l'académie. Il voulait s'attacher au roi de Pruffe, et il me préfenta, pour cet

1752.

effet, un livre dans lequel il me traitait affez mal,
moi et plufieurs des chambellans. Il y avait beaucoup de chofes dont le roi de Danemarck et plufieurs autres puiffances devaient s'offenfer. Ce livre
imprimé à Copenhague, intitulé *Mes Penfées*, n'était
pas encore trop public; il promit de le corriger, et
je crois en effet qu'il en a fait une édition corrigée
à Berlin. Il fait que, quoique j'euffe beaucoup à
me plaindre d'une pareille conduite, je l'avertis
cependant de plufieurs petites inadvertances dans
lefquelles il était tombé fur ce qui regarde l'hiftorique;
par exemple, fur la conftitution d'Angleterre, fur
M. *Pâris Duverney*, et fur d'autres erreurs qui peuvent échapper à tout écrivain.

Lorfqu'il fut mis en prifon à Berlin, tout le monde
fait que je m'intéreffai pour lui, et que je parlai
même vivement à milord *Tirconel*, qui avait, difait-
on, contribué à fon emprifonnement, et à le faire
renvoyer de la ville. Milord *Tirconel*, à qui il écrivit
pour fe plaindre à lui de lui-même, lui répondit : *Il
eft vrai que je vous ai fait confeiller de partir, me doutant
bien que vous vous feriez bientôt renvoyer.* Je priai milord
Tirconel de ne pas montrer cette lettre qui ferait trop
de tort à un jeune homme qui avait befoin de protection ; et il n'y a rien que je n'aye fait pour lui
dans cette occafion. De retour de Spandau à Berlin,
il me dit qu'il était appelé à Copenhague avec une
groffe penfion ; mais il partit quelques jours après
pour Leipfick. On prétend qu'il y fit imprimer une
brochure intitulée, je crois, *Les Amours de Berlin,
et les Dégoûts des plaifirs;* les lettres initiales de fon
nom, par M. de *la B* . . . font à la tête de ce libelle.

—— je fuis très-éloigné de l'en croire l'auteur, et j'ai
1752. foutenu publiquement que ce n'était pas lui. De
Leipfick, il s'arrêta à Gotha. On a écrit de ce pays-
là des chofes fur fon compte, qui lui feraient plus
de tort, fi elles étaient vraies, que le libelle même
qu'on lui a imputé. On m'a écrit de Leipfick, de
Copenhague, de Gotha, des particularités qui ne lui
feraient pas moins de préjudice, fi je les rendais
publiques.

Comment peut-il donc, Monfieur, dans de
pareilles circonftances, non-feulement contrefaire
l'édition de mon libraire, mais charger cette édition
de notes contre moi qui ne l'ai jamais offenfé, qui
même lui ai rendu fervice? S'il eft plus inftruit que
moi du règne de *Louis XIV*, ne devait-il pas me
communiquer fes lumières, comme je lui commu-
niquai, fur fon livre intitulé *Mes Penfées*, des
obfervations dont il a fait ufage? pourquoi d'ailleurs
faire réimprimer la première édition du Siècle de
Louis XIV, quand il fait que mon libraire *Walther*
en donne une nouvelle beaucoup plus exacte et d'un
tiers plus ample? Quoique j'aye paffé trente années
à m'inftruire des faits principaux qui regardent ce
règne; quoiqu'on m'ait envoyé, en dernier lieu, les
mémoires les plus inftructifs, cependant je peux
avoir fait, comme dit *Bayle*, bien des péchés de commiffion et d'omiffion. Tout homme de lettres qui
s'intéreffe à la vérité et à l'honneur de ce beau fiècle,
doit m'honorer de fes lumières; mais quand on
écrira contre moi, en fefant imprimer mon propre
ouvrage pour ruiner mon libraire, un tel procédé
aura-t-il des approbateurs? une ancienne édition

contrefaite

contrefaite aura-t-elle du crédit parmi les honnêtes
gens? et l'auteur ne se ferme-t-il pas, par ce procédé,
toutes les portes qui peuvent le mener à son avance-
ment ?

J'ose vous prier, Monsieur, de lui montrer cette
lettre, et de rappeler dans son cœur les sentimens de
probité que doit avoir un jeune homme qui a fait
la fonction de prédicateur. Je me persuade qu'il fera
celle d'honnête homme. S'il a fait quelques frais pour
cette édition, il peut m'en envoyer le compte ; je le
communiquerai à mon libraire, et le mieux serait
assurément de terminer cette affaire d'une manière
qui ne causât du chagrin ni à ce jeune homme ni
à moi.

J'ai l'honneur d'être, Monsieur, avec l'attachement
sincère que vos procédés obligeans m'inspirent, &c.

LETTRE CCXLIII.

AU MEME.

Avril.

POUR répondre, Monsieur, à vos bontés conci-
liantes dont je suis très-reconnaissant, et à la lettre
de M. de *la Beaumelle*, dont je suis très-surpris,
j'aurai d'abord l'honneur de vous dire :

1°. Qu'il est peu intéressant qu'il ait reçu trois
ducats, comme vous l'avez marqué, ou davantage,
pour l'ouvrage qu'il a écrit contre moi à Francfort.

2°. Que quand il m'écrivit de Copenhague, sans

que j'euffe l'honneur de le connaître, il data fa lettre du château, et me fit entendre que le gouvernement l'avait chargé de l'édition des auteurs claffiques français, et que M. de *Bernftorf*, fecrétaire d'Etat, m'a écrit le contraire.

3°. Que quelques jours après, étant renvoyé de Copenhague, il m'envoya de Berlin à Potfdam, à ma réquifition, fon livre intitulé *Le qu'en dira-t-on*, dans lequel il dit que le roi de Pruffe a des gens de lettres auprès de lui, par le même principe que les princes d'Allemagne ont des bouffons et des nains.

4°. Qu'il me promit de fupprimer ce compliment, et qu'il ne l'a pas fait.

5°. Qu'il me reproche dans ce livre d'avoir fept mille écus de penfion, et qu'il doit favoir à préfent que j'y ai renoncé, auffi-bien qu'à des honneurs que je crois inutiles à un homme de lettres, et que, dans l'état où je fuis, il y a peu de générofité à perfécuter un homme dont il n'a jamais eu le moindre fujet de fe plaindre.

6°. Qu'il eft vrai que je lui donnai des confeils fur quelques méprifes où il était tombé, et fur fon étonnante hardieffe; qu'à la vérité, il a fuivi mes avis fur des faits hiftoriques, mais qu'il les a bien négligés dans quelques exemplaires imprimés à Francfort, où il dit qu'il a vu, à la cour de Drefde, un roi.... et tout le refte qui a fait frémir d'horreur. Il ofe parler contre le gouvernement et l'armée du roi de Pruffe; il s'élève prefque contre toutes les puiffances. L'*Arétin* gagnait autrefois des chaînes d'or à ce métier; mais aujourd'hui elles font d'un autre métal. Je fouhaite feulement qu'on pardonne

à fa jeuneffe, ou qu'il ait une armée de cent mille
hommes.

7°. Il eft bien le maître d'écrire contre moi,
ainfi que contre tous les princes; il n'y gagnera pas
davantage.

8°. Il vous mande qu'il me pourfuivra jufqu'aux
enfers; il peut me pourfuivre tant qu'il lui plaira
jufqu'à ma mort; il n'attendra pas long-temps; il
pourfuivra un homme qui ne l'a jamais offenfé.
Milord *Tirconel* eft mort, mais ceux qui étaient
auprès de lui font témoins que je rendis fervice à
M. de *la Beaumelle*, et que, feul, j'empêchai milord
Tirconel d'envoyer directement au roi de Pruffe une
lettre dont la minute doit exifter encore, et dans
laquelle il demandait vengeance. Je ne m'oppofe
point à la reconnaiffance dont il me menace.

9°. Il peut fe difpenfer d'imprimer le procès du
juif *Hirch* qui me conteftait la reftitution de douze
mille écus qu'il avait à moi en dépôt. Ce procès eft
déjà imprimé. Le juif a été condamné à double
amende. M. de *la Beaumelle* peut cependant faire une
feconde édition avec des remarques, et me pourfuivre jufqu'aux enfers, fans expliquer s'il entend
que j'irai en enfer, ou s'il compte y aller.

Voilà toute la réponfe qu'il aura jamais de moi
dans ce monde-ci et dans l'autre. J'ai l'honneur d'être
véritablement, &c.

LETTRE CCXLIV.

AU MEME.

MONSIEUR,

J'AI lu enfin l'édition du Siècle de *Louis XIV*, que votre ami *la Beaumelle* a faite en trois volumes, avéc des remarques et des lettres. Je vous dirai, Monfieur, que cette édition n'a pas laiffé d'avoir quelque cours à Berlin. J'y fuis outragé ; cinq ou fix officiers de la maifon de fa Majefté pruffienne y font maltraités ; c'eft une raifon pour qu'on veuille au moins parcourir l'ouvrage. Perfonne ne lui pardonnera d'avoir outragé, dans fes remarques, les vivans et les morts, ainfi que la vérité. Mais moi, Monfieur, je lui pardonnerais les injures fcandaleufes qu'il me dit dans mon propre ouvrage, s'il était vrai qu'il eût à fe plaindre de moi, et fi je l'avais accufé auprès du roi de Pruffe, dans fon paffage à Berlin, comme il le prétend.

Je peux vous protefter hautement, Monfieur, non-feulement à vous, mais à tout le monde, et attefter le roi de Pruffe lui-même, que jamais je n'ai dit à fa Majefté ce qu'on m'impute. Ce fut le marquis d'*Argens* qui l'avertit à fouper, de la manière dont *la Beaumelle* avait parlé de fa cour, ainfi que de plufieurs autres cours, dans fon livre intitulé *Le qu'en dira-t-on*. Le marquis d'*Argens* fait que, loin de vouloir porter ces mifères aux oreilles du roi, je lui mis prefque la main fur la bouche, que je lui

dis en propres paroles : *Taisez-vous donc, vous révélez*
le secret de l'Eglise. J'aurais pu user du droit que tout
le monde a de parler d'un livre nouveau à table,
mais je n'usai point de ce droit; et loin de rendre
aucun mauvais office à M. de *la Beaumelle*, je fis ce
que je pus pour le servir dans l'aventure pour laquelle
il fut mis au corps-de-garde à Berlin, et envoyé à
Spandau. Pour peu qu'il raisonne, il doit voir clai-
rement que *Maupertuis* ne m'a calomnié ainsi auprès
de lui, que pour l'exciter à écrire contre moi; c'est
un fait assez public dans Berlin. Il est bien étrange
qu'un homme que le roi de Prusse a daigné mettre
à la tête de son académie, ait pu faire de pareilles
manœuvres. Songez ce que c'est que d'aller révéler
à un étranger, à un passant, le secret des soupers de
son maître, et de joindre l'infidélité à la calomnie.
Exciter ainsi contre moi un jeune auteur; lancer ses
traits, et puis retirer sa main; accuser M. *Koënig*, mon
ami, d'être un faussaire, le faire condamner, de sa
seule autorité, en pleine académie, et se donner le
mérite de demander sa grâce; faire écrire contre lui,
et avoir l'air de ne point écrire; déchaîner *la Beaumelle*
contre moi, et le désavouer; opprimer *Koënig* et moi
avec les mêmes artifices; c'est ce que *Maupertuis* a
fait, et c'est sur quoi l'Europe littéraire peut juger.

Je me suis vu contraint à soutenir à la fois deux
querelles fort tristes. Il faut combattre, et contre
Maupertuis qui a voulu me perdre, et contre *la
Beaumelle* qu'il a employé pour m'insulter. La vie
des gens de lettres est une guerre perpétuelle, tantôt
sourde et tantôt éclatante, comme entre les princes;
mais nous avons un avantage que les rois n'ont

————— pas. La force décide entre eux, et la raison décide
entre nous. Le public est un juge incorruptible,
qui, avec le temps, prononce des arrêts irrévocables.
Le public prononcera donc si j'ai eu tort de prendre
le parti de M. *Koënig* cruellement opprimé, et de
confondre les mensonges dont *la Beaumelle*, excité
par l'oppresseur de *Koënig* et le mien, a rempli le
Siècle de *Louis XIV*.

La Beaumelle vous a mandé, Monsieur, qu'il me
poursuivra jusqu'aux enfers. Il est bien le maître d'y
aller; et pour mieux mériter son gîte, il vous dit qu'il
fera imprimer, à la suite du Siècle de *Louis XIV*,
un procès que j'eus, il y a près de trois ans, contre
un banquier juif, et que je gagnai. Je suis prêt à
lui en fournir toutes les pièces, et il pourra faire
relier le tout ensemble, avec la paix de Nimègue,
celle de Risvick et la guerre de la succession; rien ne
contribuera plus au progrès des sciences.

Tout cela, Monsieur, est le comble de l'avilissement, mais je vous défie de me nommer un seul
auteur célèbre, depuis le *Tasse* jusqu'à *Pope*, qui
n'ait eu à faire à de pareils ennemis.

Le moindre de mes chagrins est assurément le
sacrifice des biens et des honneurs auxquels j'ai
renoncé sans le plus léger regret; mais la perte absolue
de ma santé est un mal véritable. S'il y a quelque
chose de nouveau à Francfort, concernant toutes
ces misères, vous me ferez plaisir de m'en instruire.
Je suis, &c.

LETTRE CCXLV.

A M. LE COMTE D'ARGENTAL.

Potfdam, 3 mai.

Mon cher et refpectable ami, il faut que je paffe mon temps à corriger mes ouvrages et moi, et que je prévienne les années de décadence où l'on ne fait plus que languir avec tous fe... *fauts. Les *Céthégus* et les *Lentulus* font des compa... qui m'ont toujours déplu, et j'ai bien de la peine a... le refte ; j'en ai avec Adélaïde, avec Zulime, et furtout avec *Louis XIV*. Je quête des critiques dans toute l'Europe. Je vous affure que j'ai déjà une bonne provifion de faits finguliers et intéreffans ; mais j'attends mes plus grands fecours de M. le maréchal de *Noailles*. Je vous prie d'engager M. de *Foncemagne* à accélérer les bontés que M. de *Noailles* m'a promifes ; mais je voudrais que M. de *Foncemagne* ne s'en tînt pas là ; je voudrais qu'il voulût bien employer quelques heures de fon loifir à perfectionner ce Siècle de *Louis XIV*, ce fiècle de la vraie littérature, qui doit lui être plus cher qu'à un autre : quelques obfervations de fa part me feraient grand bien. Je les mérite par mon eftime pour lui, et par mon amour pour la vérité. Je prépare une nouvelle édition ; mais j'ai bien peur que ma nièce n'ait point encore envoyé à M. le maréchal de *Noailles* l'exemplaire fur lequel il devait avoir la bonté de faire des remarques. Si malheureufement madame *Denis* n'avait plus d'exemplaires, je vous

——— fupplie de lui prêter le vôtre pour cette bonne
œuvre; je vous payerai avec ufure. Mais je vous ai,
je crois, déjà mandé que j'avais fupplié M. de
Malesherbes de ne laiffer entrer en France aucun ballot
de la première édition, et d'empêcher qu'on en fît
une nouvelle fur un modèle fi vicieux. Je vous le
dis encore, mon cher ange, ce n'eft là qu'un effai
informe, et je ne ferai certainement mon voyage de
Paris que quand je ferai parvenu à donner un
ouvrage plus digne du monarque et de la nation qui
en font l'objet. Si on avait laiffé à M. le maréchal
de *Noailles* fon exemplaire que M. de *Richelieu* a
repris, fi on n'avait pas préféré le vain plaifir d'avoir
un livre rare à celui de procurer les inftructions
néceffaires pour rendre ce livre meilleur, la meilleure
édition ferait déjà bien avancée. Il faudrait que
tout bon français contribuât à la perfection d'un tel
ouvrage.

Vous me parlez, mon cher ange, de cette hiftoire
générale; on m'a volé la partie hiftorique de tout le
feizième fiècle et du commencement du dix-feptième,
avec l'hiftoire entière des arts. Je m'étais donné la
peine de traduire des morceaux de *Pétrarque* et du
Dante, et jufqu'à des poëtes arabes que je n'entends
point; toutes mes peines ont été perdues. Le Siècle
de *Louis XIV* devait fe renouer à cette hiftoire générale; c'eft une perte que je ne réparerai jamais. Il
y a grande apparence que ce malheureux valet de
chambre, qu'on féduifit pour avoir tous mes manufcrits, avait auffi volé celui que je regrette, et qu'il
le brûla quand ma nièce eut la bonté d'exiger de
lui le facrifice de tout ce qu'il avait copié. En un

mot, le manuscrit est perdu. Je voudrais qu'on eût
perdu de même bien des choses dont on a grossi 1752.
le recueil de mes œuvres; mais c'est encore un mal
sans remède.

Je me flatte que la pièce que madame *Denis* va
donner (*) ne sera point un mal, que ce sera au
contraire un bien qu'elle mettra dans la famille,
pour réparer les prodigalités de son oncle. Je me
souviens d'avoir vu dans cette pièce des scènes très-
jolies; je ne doute pas qu'elle n'ait conduit cet
ouvrage à sa perfection. Je ne lui voudrais pas de
ces succès passagers dont on doit une partie à
l'indulgence de la nation. Je ne sais si je me trompe,
mais il semble qu'il y avait dans cette comédie, telle
scène qui valait mieux que toute la pièce de Cénie.
Ces scènes ne suffisent pas sans doute. Elle aura
travaillé le tout avec soin; elle a acquis tous les
jours plus de connaissance du théâtre; et ses amis,
à la tête desquels vous êtes, ne lui laisseront pas
hasarder une pièce dont le succès soit douteux. Il
y a une certaine dignité attachée à l'état de femme
qu'il ne faut pas avilir. Une femme d'esprit, dont
on ambitionne les suffrages, joue un beau rôle; elle
est bien dégradée quand elle se fait auteur comique,
et qu'elle ne réussit pas. Un grand succès me com-
blerait de la plus grande joie; il me ferait cent fois
plus de plaisir que celui de Mérope. Un succès ordinaire me consolerait; un mauvais me mettrait au
désespoir.

Nous parlerons une autre fois de Rome sauvée,
d'Adélaïde, de Zulime; c'est à présent la Coquette

(*) La Coquette punie, comédie.

1752.

punie qui va me donner des battemens de cœur.
Que faites-vous cet été, mes chers anges? J'ai peur
qu'il n'y ait quelque voyage de Lyon. Je voudrais
que vous vous bornaffiez à celui du bois de Boulogne,
et y caufer avec vous; mais il faut la permiffion de
Louis XIV. J'ai deux grands rois qui me retiennent:
je ne peux à préfent abandonner ni l'un ni l'autre.
Je fens quel crime je commets contre l'amitié en vous
préférant deux rois; mais quand on s'eft impofé
des devoirs, on eft forcé de les remplir. J'efpère
vous embraffer avant la fin de l'année, et je vous
aimerai bien tendrement toute ma vie. Mes refpects
à tous les anges.

LETTRE CCXLVI.

A MADAME DENIS.

A Potfdam, 22 mai.

JE vous écris par le jeune *Baufobre*, ma chère
enfant, comme on écrit d'Amérique quand il part
des vaiffeaux pour l'Europe. Logez-le chez moi le
mieux que vous pourrez. Je vous réponds que je
ne pourrai, ou je viendrai cette année de mon
voyage de long cours.

J'ai enfin permis aux éditeurs de mes œuvres,
bonnes ou mauvaifes, d'imprimer, au-devant de leur
recueil, cette lettre où je ne réponds (comme je le
dois) qu'en me moquant de toute cette canaille
des greniers de la littérature. On ne peut guère

fermer la gueule à ces roquets-là, parce qu'ils jappent
pour gagner un écu. Ils ont plus aboyé contre
Louis XIV que contre fon hiftorien. Il faut les
laiffer faire. Les poëtes et les écrivains du quatrième
étage fe vengent de leur misère et de leur honte,
en clabaudant contre ceux qu'ils croient heureux et
célèbres. Quand je ferais afficher que je ne fuis point
heureux, cela ne les apaiferait pas encore.

Depuis l'abbé *Desfontaines*, à qui je fauvai la vie,
jufqu'à des gredins à qui j'ai fait l'aumône, tous ont
écrit contre moi des volumes d'injures; ils ont imprimé
ma vie; elle reffemble aux amours du révérend père de
la Chaife, confeffeur de *Louis XIV*. Ces beaux libelles
font vendus aux foires d'Allemagne, et les beaux
efprits du Nord en ornent leurs bibliothéques. La
calomnie paffe les monts et les mers. Le même
jéfuite contre lequel les janféniftes auront écrit fur
la grâce et fur les lettres de cachet, trouve à Pékin
et à Macao des dominicains qu'il faut combattre.
Qui plume a, guerre a. Ce monde eft un vafte
temple dédié à la Difcorde.

Notre académie de Berlin eft une chapelle tout-
à-fait fous la protection de cette divinité. *Maupertuis*
vient d'y faire un petit coup de tyrannie qui n'eft
pas d'un philofophe. Il a fait, de fon autorité privée,
déclarer fauffaire, dans une affemblée de l'académie,
un de fes membres nommé *Koënig*, grand géomètre,
bibliothécaire de madame la princeffe d'*Orange*, et
profeffeur en droit public à la Haie. Ce *Koënig* eft
un homme de mérite, un brave fuiffe, qui eft très-
incapable d'être fauffaire. J'ai vécu pendant près de
deux ans avec lui, chez feu madame la marquife

du Châtelet, qu'il initia aux myſtères de la ſecte leib-
nitzienne. Il ne ſera pas homme à ſouffrir un pareil
affront.

Je ne ſuis pas encore bien informé des détails
de ce commencement de guerre. Je ne ſors point de
Potſdam. *Maupertuis* eſt à Berlin, malade pour avoir
bu un peu trop d'eau-de-vie que les gens de ſon
pays ne haïſſent pas. Il me porte cependant tous les
coups fourrés qu'il peut, et j'ai peur qu'il ne me
faſſe plus de tort qu'à *Koënig*. Un faux rapport, un
mot jeté à propos, qui circule, qui va à l'oreille du
roi, et qui reſte dans ſon cœur, eſt une arme contre
laquelle il n'y a ſouvent point de bouclier. D'*Argens*
n'avait pas ſi mal fait d'aller au bord de la Méditer-
ranée : je ferai encore bien mieux d'aller au bord de
la Seine.

LETTRE CCXLVII.

A M. LE COMTE D'ARGENTAL.

Potſdam, 3 juin.

Mon cher ange, me voilà plus que jamais dans
l'hiſtrionage. J'envoie Amélie à Paris, et je reçois la
Coquette punie. Cette coquette me tient bien plus
au cœur que l'autre. Je ſens qu'on aime mieux quelquefois ſon petit-fils que ſon propre enfant. Je n'oſe
donner de conſeil à ma nièce que je regarde comme
ma fille ; je crains de la priver d'un ſuccès, et d'affliger
ſa paſſion, ſi je lui conſeille de ne pas donner un

ouvrage fur lequel elle eft piquée, et qui lui a tant coûté. Je crains encore plus de l'expofer à une chute 1752. ou à une réception froide qui vaut une chute. Je ne fais point d'ailleurs quel eft le goût de Paris où tout eft mode. Je me vois dans la néceffité de fufpendre mon jugement. Peut-être j'entrevois ce qu'on pourrait faire pour rendre cet ouvrage foutenu, attachant et comique; mais peut-être auffi que j'entrevois mal. D'ailleurs on ne fait point paffer fes propres idées dans une autre tête. On part d'un principe, l'auteur eft parti d'un autre auquel il fe tient. De grands changemens coûtent beaucoup, de petits fervent à peu de chofe; ainfi, je me vois tout auffi embarraffé dans ma critique que dans le confeil qu'on me demande pour donner la pièce ou ne la pas donner. Tout ce que je fais, c'eft que des pièces, qui ne valent pas une tirade de celle-ci, ont eu de grands fuccès; et cela même ne prouve rien encore : un déteftable ouvrage peut réuffir, un bien moins mauvais peut tomber; la décifion d'un procès et le gain d'une bataille ne font pas plus incertains. Il n'y a pas grand mal qu'un vieux foldat comme moi foit battu, mais je ne voudrais pas que ma nièce fe fît battre.

Je lui ai adreffé, non pas Adélaïde, non pas le Duc d'Alençon, mais Amélie; et pourquoi Amélie? pourquoi des maires du palais au lieu de *Charles VII*, et des maures au lieu d'anglais? — *Il coftume*, mon cher ange; *il coftume lo vuole così*. On s'eft affez révolté qu'un prince du fang ait voulu affaffiner fon frère pour une fille, et que j'aye donné un frère à ce prince qui n'en avait pas. L'hiftoire de *Charles VII* eft trop connue. Jamais on ne fe prêterait à une aventure fi

contraire aux faits et si éloignée de nos mœurs; on
penfera comme on a penfé, et on dira : *incredulus
odi*. Peut-on combattre l'expérience? ce ferait s'aveugler pour fe jeter dans le précipice. Mais comment
faire pour donner cet ouvrage? comme on voudra,
comme on pourra, furtout n'en point parler. La
grande affaire eft que l'ouvrage foit bon et bien
joué; le refte eft très-indifférent. Mon cher ange,
j'irais plutôt vous trouver à Lyon que de vous faire
retourner de Lyon à Paris. Vous pénétrez mon
cœur; mais à préfent, il n'y a ni Lyon ni Paris pour
moi; il n'y a que Potfdam; c'eft le rendez-vous de
mes troupes; c'eft de là que je dirige la nouvelle
édition qu'on fait du Siècle, édition que je ne peux
abandonner, et qui feule peut faire oublier les
trois malheureufes éditions qui viennent de paraître,
en trois mois de temps, dans le pays étranger. Ces
trois-là font affez bonnes pour le refte de l'Europe,
mais non pour la France. Je me fuis trompé fur trop de
faits, j'ai trop fait de péchés d'omiffion et de commiffion. Ma nouvelle édition eft ma pénitence; il
faut me la laiffer faire. Je prends les eaux, je me
baigne, je me meurs, et tout cela veut qu'on foit
fédentaire. Comment va l'*Iphigénie - Héraclide* ? la
Duménil eft-elle guérie de fon coup de pincette? On
dit que *Grandval* eft devenu grand buveur et mauvais
acteur, et que la *Duménil* aime paffionnément le vin
et *Grandval*. L'un l'enivre, l'autre la bat; fes paffions
font malheureufes.

A propos, faudra-t-il que j'envoye un billet de
confeffion au curé de Saint-Roch ? Mon cher ange,
notre curé de Potfdam, c'eft le roi; il y a plaifir à

mourir là. Il y a deux ans que je n'ai aperçu de
prêtres; ils n'entrent jamais dans le château. Pauvres
gens du Midi, apprenez à vivre! Pourquoi faut-il
qu'il n'y ait de raison que dans le Nord?

Tous mes anges, je baise le bout de vos ailes.

LETTRE CCXLVIII.

A MADAME DENIS.

A Potsdam, 9 juin.

JE suis fâché que cette plaisanterie innocente dont
j'ai affublé, le plus respectueusement et le plus poliment que j'ai pu, son éminence le cardinal *Quirini*,
soit si publique (*) ; mais il est homme à l'avoir fait
imprimer lui-même. Il imprime régulièrement à
Brescia tout ce qu'il écrit et tout ce qu'on lui écrit.
Dieu merci, nous lui avons obligation des lettres du
cardinal de *Fleuri;* elles sont curieuses: on y voit le
désespoir sincère de notre premier ministre de ce qu'il
n'est plus dans sa petite ville de Fréjus. Il a presque
répandu des larmes quand il a été nommé précepteur du roi; il n'a accepté ce poste que malgré lui ;
il s'en plaint amèrement; c'est un beau monument
de sincérité. Je ne suis pas éloigné de croire que, quand
le cardinal *Quirini* l'a rendu public, il était dans la
bonne foi.

Ce bon cardinal aime les louanges à la folie ; il
ressemble en cela à *Cicéron.* Le libraire de sa ville de
Brescia a mis à la tête de son dernier recueil, qu'il

(*) Voyez l'épître au cardinal *Quirini*, volume d'Epîtres.

—— faut avouer que monfeigneur eft une étoile de la première grandeur.

Cette étoile perfécutait mon feu follet pour avoir une ode en fon honneur et en celui d'une églife catholique qu'on bâtit d'aumônes à Berlin, fans qu'il en coûte un fou à fa Majefté. Le cardinal a donné à cette églife, qui ne s'achève point, de l'argent et des ftatues. Le comte de *Rothembourg* était à la tête de cette bonne œuvre, et n'y a pas contribué d'un denier de fon vivant, ni par fon teftament. Un banquier calvinifte a avancé environ douze mille écus, et veut qu'on vende l'églife pour le rembourfer. Le cardinal, pour fon payement, exigeait des odes. Il m'arracha enfin cette plaifanterie au lieu d'ode, au commencement de cette année. Cela a été jufqu'à notre faint père le pape. Sa fainteté eft un peu gauffeufe; elle a dit : *Le cardinal Quirini quête des louanges; il a attrapé celles qu'il lui faut.*

Avez-vous lu le fixième tome des Mémoires de l'abbé de *Montgon?* Six tomes de l'hiftoire d'un abbé! et nous n'avons qu'un volume de l'hiftoire d'*Alexandre!* Comme les livres fe multiplient! Il y a pourtant deux ou trois anecdotes bien curieufes dans ces mémoires.

Adieu, ma chère plénipotentiaire; je vous parlerai de nous deux à la première occafion.

LETTRE

LETTRE CCXLIX.

A M. LE MARECHAL DUC DE RICHELIEU.

A Potsdam, 10 juin.

Mon héros, vos bontés m'ont fait éprouver une espèce de plaisir que je n'avais pas goûté depuis long-temps. En lisant votre belle lettre de trente-deux pages, j'ai cru vous entendre, j'ai cru vous voir ; je me suis imaginé être à votre chocolat, au milieu de vos pagodes, et goûter le plaisir délicieux de votre entretien. Je vous remercie tendrement de tous les éclaircissemens que vous voulez bien me donner ; ce font presque les feuls qui me man-quaient.

Vous favez que j'avais pasfé près d'un an à faire des extraits des lettres de tous les généraux et de beaucoup de miniftres ; je doute qu'il y ait à préfent un homme dans l'Europe auffi bien au fait que moi de l'hiftoire de la dernière guerre. C'eft là qu'il eft permis d'entrer dans les détails, parce qu'il s'agit d'une hiftoire particulière ; mais ces détails deman-dent un très-grand art. Il eft difficile de conferver un événement particulier dans la foule de toutes ces révolutions qui bouleverfent la terre. Tant de projets, tant de ligues, tant de guerres, tant de batailles fe fuccèdent les unes aux autres, qu'au bout d'un fiècle ce qui paraiffait, dans fon temps, fi grand, fi important, fi unique, fait place à des événemens nouveaux qui occupent les hommes, et qui laiffent les précédens dans l'oubli. Tout s'engloutit dans cette immenfité; tout devient enfin un point fur la carte; et les opérations de la guerre caufent à la longue autant d'ennui qu'elles ont donné d'inquiétude quand la deftinée d'un Etat dépendait d'elles.

Si je croyais pouvoir jeter quelque intérêt fur cet amas et fur cette complication de faits, je me vanterais d'être venu à bout du plus difficile de mes ouvrages; mais ce qui me rend cette tâche plus agréable et plus aifée, c'eft le plaifir de parler fouvent de vous. Mon monument de papier ne vaudra pas le monument de marbre que vous favez. Nous verrons cependant qui vous aura fait plus reffemblant, du fculpteur ou de moi. Si M. le maréchal de *Noailles* était auffi complaifant et auffi laborieux que vous, s'il daignait achever ce qu'il entreprend d'abord avec vivacité, le Siècle de *Louis XIV* en vaudrait mieux.

Je ne fais fi vous favez que ce Siècle était une fuite d'une hiftoire générale que j'ai compofée depuis *Charlemagne* jufqu'à nos jours. On m'a volé une partie de cet ouvrage, et tout ce qui regardait les arts. *Louis XIV* m'eft refté; mais une première édition n'eft qu'un effai. Quoiqu'il y ait dix fois plus de chofes utiles et intéreffantes dans ces deux petits volumes que dans toutes les hiftoires immenfes et ennuyeufes de *Louis XIV*, cependant je fais bien qu'il manque beaucoup de traits à ce tableau. J'ai fait des péchés d'omiffion et de commiffion. Plufieurs perfonnes inftruites ont bien voulu me communiquer des lumières, j'en profite tous les jours : voilà pourquoi je n'ai point voulu que l'édition faite à

Berlin, ni celles qu'on a faites fur le champ, en
conformité, en Hollande et à Londres, entraffent
dans Paris. Je fuis dans la néceffité d'en faire une
nouvelle que mon libraire de Leipfick a déjà commencée. Si M. le maréchal de *Noailles* n'a pas la
bonté de faire un petit effort, cette édition fera
encore imparfaite.

Je n'ofe vous propofer, Monfeigneur, de vous
enfermer une heure ou deux pour m'inftruire des
chofes dont vous pourriez vous fouvenir; vous
rendriez fervice à la patrie et à la vérité. Ce motif
fera plus puiffant que mes prières. Je ferais fur le
champ ufage de vos remarques. Ma nièce doit avoir
à préfent deux exemplaires chargés de corrections à
la main; je voudrais que vous euffiez le temps et la
bonté d'en examiner un. Votre lettre de trente-deux
pages me fait voir de quoi vous êtes capable, et m'en-
hardit auprès de vous. Il me femble que ce ferait
employer dignement une heure du loifir où vous êtes.
S'il y avait quelque guerre, je ne vous ferais pas
de pareilles propofitions; je me flatte bien qu'alors
vous n'auriez pas de loifir, et que vous comman-
deriez nos armées.

Dans ce fiècle que j'ai tâché de peindre, c'était
un français, dont vous fûtes l'élève, qui fit heureufement la guerre et la paix. Je fuis très-perfuadé
qu'avec vous la France n'a pas befoin d'étrangers
pour faire l'une et l'autre. Qui donc a, dans un plus
haut degré que vous, le talent de fe décider à propos,
et de faire des manœuvres hardies; talent qui a fait
la gloire du prince *Eugène* que vous avez tant connu?
qui ferait la guerre avec plus de vivacité, et la paix

avec plus de hauteur? quel officier, en France, a plus d'expérience que vous? et l'esprit, s'il vous plaît, ne sert-il à rien? Mais il n'y a guère d'apparence que vos talens soient sitôt mis en œuvre: l'Europe est trop armée pour faire la guerre. S'il arrive pourtant que le diable brouille les cartes, et que le bon génie de la France conduise nos affaires par vous, il n'y a pas d'apparence que je sois alors votre historien. Je suis dans un état à ne devoir pas compter sur la vie. Vous serez peut-être surpris que, dans cet état, je fasse des Siècles, et des Histoires de la guerre de 1741, et des Romes sauvées, et autres bagatelles, et même, par-ci par-là, quelques chants de la Pucelle; mais c'est que j'ai tout mon temps à moi; c'est que, dans une cour, je n'ai pas la moindre cour à faire, et auprès d'un roi, pas le moindre devoir à remplir. Je vis à Potsdam comme vous m'avez vu vivre à Cirey, à cela près que je n'ai point charge d'ame dans mon bénéfice. La vie de château est celle qui convient le mieux à un malade et à un griffonneur. Il y a bien loin de ma tranquille cellule du château de Potsdam au voyage de Naples et de Rome; cependant, s'il est vrai que vous vous donniez ce petit plaisir, je vous jure que je viendrai vous trouver.

Il est vrai que mon extrême curiosité, que je n'ai jamais satisfaite sur l'Italie, et ma santé, me font continuellement penser à ce voyage, qui serait d'ailleurs très-court; mais je vous jure, Monseigneur, que j'ai beaucoup plus d'envie de vous faire ma cour que de voir la ville souterraine. Je me suis cru quelquefois sur le point de mourir; mon plus grand regret était de n'avoir point eu la consolation de vous revoir. Il me semble qu'après trente-cinq ans d'attachement, je ne devais pas être réservé à mourir si loin de vous. La destinée en a ordonné autrement. Nous sommes des ballons que la main du sort pousse aveuglément et d'une manière irrésistible. Nous fesons deux ou trois bonds, les uns sur du marbre, les autres sur du fumier, et puis nous sommes anéantis pour jamais. Tout bien calculé, voilà notre lot. La consolation qui resterait à un certain âge, ce serait de faire encore un bond auprès des gens à qui on a donné dès long-temps son cœur. Mais sais-je ce que je ferai demain ? Occupons comme nous pourrons, de quart d'heure en quart d'heure, la vanité de notre vie. S'il est permis d'espérer quelque chose à un homme dont la machine se détruit tous les jours, j'espère venir vous voir cette année, avant que l'exercice de votre charge vous dérobe à mes empressemens, et vous fasse perdre un temps précieux.

Nous attendons ici le chevalier de *la Touche;* je le verrai avec plaisir, mais je le verrai peu. Le goût de la retraite me domine actuellement. J'aime Potsdam quand le roi y est; j'aime Potsdam quand il n'y est pas. Je trompe mes maladies par un travail assidu et agréable. J'ai deux gens de lettres auprès de moi, qui font mes lecteurs, mes copistes, et qui m'amusent, entièrement libre auprès d'un roi qui pense en tout comme moi. *Algarotti* et d'*Argens* viennent me voir tous les jours au château où je suis logé; nous vivons tous trois en frères, comme de bons moines dans un couvent.

F f 3

Pardonnez à mon tendre attachement, si je vous rends ce compte exact de ma vie ; elle devait vous être consacrée ; souffrez au moins que je vous en soumette le tableau. Mon ame, toujours dépendante de la vôtre, vous devait ce compte de l'usage que je fais de mon exiſtence. Vous ne m'avez point parlé de M. le duc de *Fronſac*, ni de mademoiſelle de *Richelieu* ; je souhaite cependant que vous soyez un auſſi heureux père que vous êtes un homme conſidérable par vous-même. Le bonheur domeſtique eſt à la longue le plus ſolide et le plus doux. Adieu, Monſeigneur ; je fais mille vœux pour que vous soyez heureux long-temps, et que je puiſſe en être témoin quelques momens.

Si mon camarade *le Bailli*, chargé des affaires depuis la mort du cauſtique et ignorant *Tirconel*, m'avait averti, en me feſant tenir votre paquet, du temps où le courier qui l'a apporté partirait, je ferais un paquet un peu plus gros ; mais vous ne le recevriez qu'au bout de ſix ſemaines, parce que ce courier va à Hambourg, et y attend long-temps les dépêches du Nord. J'ai mieux aimé me livrer au plaiſir de vous écrire et de vous faire parvenir au plutôt les tendres aſſurances de mon reſpectueux attachement, que de vous envoyer des livres, que d'ailleurs vous recevriez beaucoup plus tard que ceux qui doivent être inceſſamment entre les mains de ma nièce pour vous être rendus.

On dit qu'une dame, un peu plus belle que ma nièce, a fait une comédie ; je ne crois pas que ce ſoit pour la faire jouer dans la rue Dauphine. Or, ſi une dame jeune et fraîche ſe contente de jouer fes pièces en fociété, pourquoi ma nièce, qui n'eft ni fraîche ni jeune, veut-elle abfolument fe commettre avec les comédiens et le parterre, gens trèsdangereux? Un grand fuccès me ferait affurément beaucoup de plaifir, mais une chute me mettrait au défefpoir. J'ai couru cette épineufe carrière; je ne la confeille à perfonne.

Je m'aperçois que j'ai encore beaucoup bavardé, après avoir cru finir ma lettre. Pardonnez cette prolixité à un homme qui compte parmi les douceurs les plus flatteufes de fa vie, celle de s'entretenir avec vous, et de vous ouvrir fon cœur. Adieu, encore une fois, mon héros; adieu, homme refpectable, qui foutenez l'honneur de la patrie. Il me femble que je vous ferais attaché par vanité, fi je ne vous l'étais pas par le goût le plus vif. Confervezmoi des bontés que je préfère à tout.

LETTRE CCL.

AU CARDINAL QUIRINI. (*)

A Potfdam, 4 juillet.

MONSEIGNEUR,

DAIGNEZ agréer les plus vives actions de grâces pour les nouveaux gages que votre Eminence me donne de fa bienveillance. Je la vois toujours attentive à répandre fes bienfaits fur l'Eglife et fur les

(*) Cette lettre eft traduite de l'italien.

Ff 4

lettres : fes leçons inftruifent le monde autant que fes exemples l'animent ; des religieufes reçoivent en préfent des marquifats, des duchés ; un temple catholique, élevé au milieu de l'erreur ; de l'argent et des ftatues.

Toujours infirme, je ne puis qu'admirer de loin votre Eminence, quoique toujours preffé du défir de lui préfenter mes refpects. Je me vois attaché par les chaînes du repos, de la liberté et des plaifirs ; par ces chaînes que les princes font fi rarement porter ; auprès d'un roi très-aimable, quoique hérétique. Je voudrais chanter les louanges de votre Eminence, mais lorf-qu'on eft livré à la fièvre et à *Galien*, l'on perd le chant, et la voix devient rauque. Je n'en fuis pas moins l'admirateur de votre Eminence.

LETTRE CCLI.

A M. LE COMTE D'ARGENTAL.

Potfdam , 11 juillet.

Mon cher ange, nous autres bons chrétiens nous pouvons très-bien fuppofer un crime à *Mahomet ;* mais le parterre n'aime pas trop qu'une tragédie finiffe par un miracle du faubourg Saint-Médard. Amélie finit plus heureufement, et quoique cette pièce ne foit pas de la force de Mahomet, elle peut avoir un beaucoup plus grand fuccès, parce qu'il n'y eft queftion que d'amour. Il y a des ouvrages dont la faibleffe a fait la fortune, témoin Inès. Il ne fuffit pas de bien

faire, il faut faire au goût du public. Il est indubi-
table que *le Kain* doit jouer le duc de *Foix*, et mademoiselle *Clairon*, *Amélie* : sans cela point de salut. Je
n'ai jamais compris qu'il y eût de la difficulté dans
l'annonce de cette pièce. Il me semble qu'on pourrait
la donner sans bruit et sans scandale, pendant le
voyage de Fontainebleau, en ameutant ce qu'on
appelle la petite troupe, qui est plutôt la bonne
troupe ; en ne sonnant point l'alarme, et en ne prétendant point donner cet ouvrage comme une pièce
nouvelle. Il y manque encore quelques vers que
j'enverrai quand on voudra ; mais pour l'extrait bap-
tistère de *Lisois*, et pour la généalogie d'*Amélie*, je
crois qu'on peut très-bien s'en passer.

1752.

Mon cher ange, j'avoue qu'il ne sied guère à un
historiographe de passer sous silence ces points
d'histoire ; mais je m'imagine que ces détails ne ser-
viraient de rien à la tragédie. Je ne les aurais pu
placer que dans des tirades qui sont déjà un peu
longues, et j'ai cru qu'ils refroidiraient l'action sans
y porter une plus grande clarté. *Amélie* est une dame
du voisinage, *Lisois* un paladin, le duc de *Foix* de la
race de *Clovis* ; le tout est un roman. Il ne s'agit que
d'exprimer des sentimens vrais sous des noms feints.
C'est une pièce de caractères ; c'est *Orgon*, c'est
Damis, c'est *Isabelle*. Plus on entrerait dans des
détails historiques, plus on contredirait l'histoire.

Mon cher et respectable ami, je suis plus inquiet
de l'entreprise de ma nièce que de notre Amélie.
Je suis un vieux gladiateur accoutumé à être condamné aux bêtes dans l'arène ; mais je tremble
de voir une femme qui veut tâter de ce combat.

—— Peut-être le public eft-il las des Amazones et des Cénie; peut-être ne fera-t-il pas toujours poli avec les dames. Ma nièce ne fe trouve pas dans des cir-conftances auffi favorables que mefdames *du Bocage* et *Grafigny*. Elle a contre elle des cabales, et de plus elle eft ma nièce. Tout cela me fait trembler, et je vous avoue que pour rien au monde je ne voudrais me trouver là.

La pièce peut réuffir, il y a d'heureux détails, et, fi je ne m'aveugle pas, ces feuls détails valent mieux que Cénie et les Amazones; mais ils ne fuffifent pas. Vous m'avez parlé à cœur ouvert, je vous parle de même. J'ai mandé à madame *Denis* que j'étais peu au fait du goût qui règne à préfent, qu'elle devait confulter ceux qui fréquentent affidument les fpectacles, que c'était à eux de lui dire fi la pièce était attachante, fi les caractères étaient bien décidés et bien foutenus, fi la Coquette était affez coquette, fi elle fefait un rôle principal dans les derniers actes, fi *Géronte*, *Cléon*, *Dorfan* étaient des perfonnages néceffaires, fi chacun avait un but déterminé, fi la fuivante n'était pas un caractère équivoque, s'il y avait dans l'ouvragé de cette force comique néceffaire dans une comédié, et de cette efpèce d'intérêt néceffaire dans toute pièce dramatique, fi la froïdeur n'était pas à craindre; que je n'étais pas juge, parce que je fuis partie trop intéreffée, et que j'ai peu d'habitude du théâtre comique, et nulle connaiffance de ce qui eft à la mode; qu'elle devait confulter des vrais amis qui ofaffent dire la vérité.

Voilà une partie de ce que je lui ai mandé; que pouvais-je de plus dans la crainte de l'affliger, dans

celle d'un mauvais fuccès, et enfin dans celle de
l'empêcher de fe fatisfaire et de donner un ouvrage
qui peut réuffir? Elle me paraît entièrement déterminée
à livrer bataille. Elle a une confiance entière en
M. d'*Alembert*; c'eft un homme de beaucoup d'efprit,
mais connaît-il affez le théâtre ?

Vous voyez fi je vous ouvre mon cœur. Je fuis
extrêmement content de ma nièce. Elle a agi pour
mes intérêts avec une chaleur et une prudence qui
me la rendent encore plus chère. Je fouhaite qu'elle
réuffiffe pour elle comme pour moi; et, en attendant,
je refte à Potfdam en philofophe. Je preffe la nouvelle édition du Siècle de *Louis XIV*. Je mène une
vie conforme à mon état d'homme de lettres, et convenable à ma mauvaife fanté, fans me mêler le moins
du monde du métier de courtifan, n'ayant pas plus
de devoirs à remplir que dans la rue Traverfière, et
n'ayant, fi je meurs ici, aucun billet de confeffion à
préfenter. Jamais ma vie n'a été plus douce et plus
tranquille. Pour la rendre telle à Paris, il faudrait
renoncer entièrement aux belles-lettres; car, tant que
je me mêlerai d'imprimer, j'aurai les fots, les dévots,
les auteurs à craindre; il y a tant d'épines, tant
de dégoûts, d'humiliations, de chagrins attachés à ce
miférable métier, qu'à tout prendre il vaut mieux
vivre tout doucement avec un roi.

Mon cher ange, fi je vivais à Paris, je voudrais
n'y faire autre chofe que donner à fouper. Je ferai
certainement un voyage pour vous, ce ne fera pas
pour l'évêque de Mirepoix; mais il faut attendre que
l'édition du Siècle foit achevée. Vous n'avez qu'une
petite partie des changemens; j'en fais tous les jours.

——— Je ne veux revoir ma patrie qu'après avoir érigé un

petit monument à sa gloire. J'espère qu'à la longue
les honnêtes gens m'en sauront quelque gré. On
pourra dire : C'était dommage de tant honnir un
homme qui n'a travaillé que pour l'honneur de son
pays. Et puis, quand quelque bonne ame aura dit
cela, que m'en reviendra-t-il ? Mon cher ange, vous
me tiendrez lieu, vous et votre aimable société, de
toute une nation honnêtement ingrate. Vivre avec
vous en bonne santé, ce serait le comble du bonheur.
Ces deux biens-là me manquent, et ce sont les seuls
véritables ; les rois ne sont que des palliatifs. Mille
tendres respects à tous les anges.

D'*Argens* me persécute pour vous dire qu'il vous
fait mille complimens. Il m'amuse beaucoup ici.

Vous sentez bien, mon cher et respectable ami,
qu'il y a quelques passages dans cette épître qui ne
sont absolument que pour vous, et que le tout est
bon à brûler.

LETTRE CCLII.

A M. LE COMTE D'ARGENTAL.

Potsdam, 22 juillet.

Mon cher ange, on m'a mandé que vos volontés
célestes étaient que l'on représentât incessamment cette
Amélie que vous aimez, et qu'on m'exposât encore
aux bêtes dans le cirque de Paris ; votre volonté
soit faite au parterre comme au ciel. J'ai envoyé sur le
champ à M. de *Thibouville*, l'un des juges de votre

comité, à qui madame *Denis* a remis la pièce, quelques petits vers à coudre au reste de l'étoffe. Il ne
faut pas en demander beaucoup à un homme tout
absorbé dans la profe de *Louis XIV*, et entouré
d'éditions comme vos grands chambriers le font de
facs. Je ne sais pas encore quel parti prend ma nièce
sur sa Coquette ; apparemment qu'elle veut attendre.
Vous ne doutez pas que je n'eusse la politesse de lui
céder le pas. J'attends demain de ses nouvelles. Je
tremble toujours pour elle et pour moi. Un oncle et
une nièce qui donnent à la fois des pièces de théâtre,
donnent l'idée d'une étrange famille. *Dancourt* n'a-t-il
pas fait la Famille extravagante ? On la donnera probablement pour petite pièce.

Heureusement vos prêtres font plus fous que nous,
et leur folie n'est pas si agréable ; mais vos gredins du
Parnasse font de grands malheureux. On ôte à *Fréron*
le droit qu'il s'était arrogé de vendre les poisons de la
boutique de l'abbé *Desfontaines ;* je demande sa grâce
à M. de *Malesherbes ;* et le scélérat, pour récompense,
fait contre moi des vers scandaleux qui ne valent
rien. Mes anges, si Amélie reussissait après le petit
succès de Rome sauvée, moi présent, les gens de
lettres me lapideraient, ou bien ils me donneraient à
brûler aux dévots, et allumeraient le bûcher avec les
sifflets qu'ils n'auraient pu employer. Il faut vivre à
Paris, riche et obscur, avec des amis ; mais être à
Paris en butte au public, j'aimerais mieux être une
lanterne des rues exposée au vent et à la grêle.

Pardon, mes anges ; mais quelquefois je fonge à
tout ce que j'ai essuyé, et je conclus que si j'avais un
fils qui dût éprouver les mêmes traverses, je lui

—— tordrais le cou par tendreſſe paternelle. Je vous ai
1752. parlé encore plus à cœur ouvert dans ma dernière
lettre, mon cher et reſpectable ami. Je ne vous ai
jamais donné une plus grande preuve d'une confiance ſans bornes; je mérite que vous en ayez en
moi. Je ferais bien affligé ſi la Coquette recevait un
affront. Je me conſolerais plus aiſément de la diſgrâce
d'Amélie et du Duc de Foix. Il y a d'autres événemens
ſur leſquels il faudrait prendre ſon parti. Voulez-
vous voir toute ma ſituation et tous mes ſentimens?
j'aime paſſionnément mes amis, je crains Paris, et le
repos eſt néceſſaire à ma ſanté et à mon âge. Je
voudrais vous embraſſer, et je ſuis retenu par mille
chaînes juſqu'au mois d'octobre.

On m'aſſure poſitivement que le Siècle ſera fini
dans ce temps-là, et que je pourrai faire un petit
voyage pour vous aller trouver; cette idée me conſole.
La vie eſt bien courte : tout eſt ou vanité ou peine:
l'amitié ſeule remplit le cœur. Mon cher ange, conſervez-moi cette amitié précieuſe qui fait le charme
de la vie. Quelque choſe qu'on puiſſe penſer de moi
à la cour et à la ville, que les uns me blâment,
que les autres regrettent leur victime échappée, que
les gredins m'envient, que les fanatiques m'excom-
munient; aimez-moi, et je ſuis heureux. Je vous
embraſſe tendrement.

LETTRE CCLIII.

A MADAME DENIS, *à Paris.*

A Potſdam, le 24 juillet.

Vous avez la plus grande raiſon, vous et vos amis, de preſſer mon retour; mais vous ne m'en avez pas toujours preſſé par des couriers extraordinaires; et ce qu'on mande par la poſte eſt bientôt ſu. Quand il n'y aurait que ce malheur-là dans l'abſence, (et il y en a tant d'autres!) il faudrait ne jamais quitter ſa famille et ſes amis. L'établiſſement des poſtes eſt une belle choſe, mais c'eſt pour les lettres de change. Le cœur n'y trouve pas ſon compte: il n'eſt plus permis de l'ouvrir dès qu'on eſt éloigné.

La plus grande des conſolations eſt interdite: je ne vous écris plus, ma chère enfant, que par des voies ſûres qui ſont rares. Voici mon état: *Maupertuis* a fait diſcrètement courir le bruit que je trouvais les ouvrages du roi fort mauvais; il m'accuſe de conſpirer contre une puiſſance dangereuſe qui eſt l'amour propre; il débite ſourdement que le roi m'ayant envoyé de ſes vers à corriger, j'avais répondu: *Ne ſe laſſera-t-il point de m'envoyer ſon linge ſale à blanchir?* Il tient cet étrange diſcours à l'oreille de dix ou douze perſonnes, en leur recommandant bien à toutes le ſecret. Enfin, je crois m'apercevoir que le roi a été à la fin dans la confidence. Je ne fais que m'en douter. Je ne peux m'éclaircir. Ce n'eſt pas là une ſituation bien agréable; mais ce n'eſt pas tout.

Il arriva ici, fur la fin de l'année paffée, un jeune homme, nommé *la Beaumelle*, qui eft, je crois, de Genève, et qui eft renvoyé de Copenhague où il était moitié prédicateur, moitié bel efprit. Il eft auteur d'un livre intitulé *Mes penfées;* livre où il dit librement fon avis fur toutes les puiffances de l'Europe. *Maupertuis*, avec fa bonté ordinaire, et fans y entendre malice, alla perfuader à ce jeune homme que j'avais dit au roi du mal de fon livre et de fa perfonne, et que je l'avais empêché d'entrer au fervice de fa Majefté. Auffitôt ce *la Beaumelle*, pour réparer le tort prétendu que j'ai fait à fa fortune, a préparé des notes fcandaleufes pour le Siècle de *Louis XIV* qu'il va faire imprimer je ne fais où. Ceux qui ont vu ces belles notes difent qu'il y a autant de fottifes que de mots.

Quant à la querelle de *Maupertuis* et de *Koënig*, en voici le fujet :

Ce *Koënig* eft amoureux d'un problème de géométrie, comme les anciens paladins de leurs dames. Il fit, l'année paffée, le voyage de la Haie à Berlin, uniquement pour aller conférer avec *Maupertuis* fur une formule d'algèbre, et fur une loi de la nature dont vous ne vous fouciez guère. Il lui montra deux lettres d'un vieux philofophe du fiècle paffé, nommé *Leibnitz*, dont vous ne vous fouciez pas davantage, et lui fit voir que *Leibnitz* avait parlé de la même loi et combattait fon fentiment. *Maupertuis*, qui eft plus occupé de ce qu'il croit intrigues de cour que de vérités géométriques, ne lut pas feulement les lettres de *Leibnitz*.

Le profeffeur de la Haie lui demanda permiffion
d'expofer

d'expofer fon opinion dans les journaux de Leipfick ; et avec cette permiffion il réfuta, le plus poliment du monde, dans ces journaux, l'opinion de *Maupertuis*, et s'appuya de l'autorité de *Leibnitz*, dont il fit imprimer les fragmens qui avaient rapport à cette difpute. Voici ce qui eft étrange :

Maupertuis, ayant parcouru et mal lu ce journal de Leipfick, et ces fragmens de *Leibnitz*, alla fe mettre dans la tête que *Leibnitz* était de fon opinion, et que *Koënig* avait forgé ces lettres pour lui ravir, à lui *Maupertuis*, la gloire d'avoir inventé une bévue. Sur ce beau fondement, il fait affembler les académiciens penfionnaires dont il diftribue les gages ; il accufe formellement *Koënig* d'être un fauffaire, et fait paffer un jugement contre lui fans que perfonne opine, et malgré les oppofitions du feul géomètre qui fût à cette affemblée.

Il fit encore mieux. Il ne fe trouva pas au jugement, mais il écrivit une lettre à l'académie pour demander la grâce du coupable qui était à la Haie, et qui, ne pouvant être pendu à Berlin, fut feulement déclaré fauffaire et fripon géomètre avec toute la modération imaginable.

Ce beau jugement eft imprimé. Voici maintenant le comble : notre modéré préfident écrit deux lettres à madame la princeffe d'*Orange*, dont *Koënig* eft le bibliothécaire, pour la prier de lui impofer filence, et pour ravir à fon ennemi condamné et flétri la permiffion de défendre fon honneur.

Je n'ai appris que d'hier tous ces détails dans ma folitude. On ne laiffe pas de voir des chofes nouvelles fous le foleil : on n'avait point encore vu de procès criminel dans une académie des fciences. C'eft une vérité démontrée qu'il faut s'enfuir de ce pays-ci.

Je mets ordre tout doucement à mes affaires. Je vous embraffe très-tendrement.

LETTRE CCLIV.

A M. LE PRESIDENT HENAULT, *à Paris.*

A Potfdam, ce 25 juillet.

JE fuis auffi charmé de votre lettre, mon cher et illuftre confrère, que je fuis affligé de cette édition de Lyon. Je fouhaitais qu'on imprimât le Siècle de *Louis XIV*, mais corrigé, mais digne de la nation et de vous.

Tout le monde ne m'a pas fait attendre fes faveurs comme M. le maréchal de *Noailles.* J'ai reçu des inftructions de toute efpèce, et j'ai travaillé à les mettre en œuvre. Il fallait abfolument montrer au public cette première efquiffe, faite à Berlin, pour réveiller l'affoupiffement où font la plupart de vos fibarites de Paris fur ce qui regarde la gloire de la France et leurs propres familles.

J'ai lieu de me flatter que la nouvelle édition à laquelle on travaille, méritera l'attention et les fuffrages des efprits bien faits qui aiment la vérité. Mais je vous répéterai qu'il ne faut écrire l'hiftoire de France que quand on n'en eft plus l'hiftorio-graphe; qu'il faut amaffer fes matériaux à Paris, et bâtir l'édifice à Potfdam. J'efpère en vos bontés

quand mon édition fera faite. Avec le philofophe
roi auprès duquel j'ai le bonheur de vivre, et un 1752.
ami tel que vous à Paris, je n'ai que des événemens
favorables à attendre.

L'édition infidelle de Rome fauvée me fait encore
plus de peine que celle du Siècle faite à Lyon. Je
n'ai d'enfans que mes pauvres ouvrages, et je fuis
fâché de les voir mutiler fi impitoyablement. C'eft
un des malheureux effets de mon abfence, mais
cette abfence était indifpenfable. Le fort d'un homme
de lettres, et le trifte honneur d'être célèbre à Paris,
eft environné de trop de défagrémens. Trop d'avilif-
fement eft attaché à cet état équivoque, qui n'eft
d'aucune condition, et qui, avili aux yeux de ceux
qui ont un établiffement, eft expofé à l'envie de
ceux qui n'en ont pas.

J'ai été fi fatigué des défagrémens qui déshonorent
les lettres, que, pour me dépiquer, je me fuis avifé
de faire ce que la canaille appelle une grande fortune. Je me fuis procuré beaucoup de bien, tous
les honneurs qui peuvent me convenir, le repos et
la liberté ; le tout avec la fociété d'un roi qui eft
affurément un homme unique dans fon efpèce, au-
deffus de tous les préjugés, même de ceux de la
royauté. Voilà le port où m'ont conduit les orages
qui m'ont défolé fi long-temps. Mon bonheur durera
autant qu'il plaira à DIEU.

J'avoue que le vôtre eft d'une efpèce plus flat-
teufe. Vous régnez, et je fuis auprès d'un roi ; auffi
je vous mets dans le premier rang des heureux, et
moi dans le fecond. Mais j'ai peur que la jeuneffe
et la fanté ne foient un état infiniment au-deffus du

—— nôtre. Comment faire ? Confolons-nous comme nous
1752. pourrons dans nos royaumes de paffage.

Vous avez tort, mon cher et illuftre confrère,
de tant haïr les ouvrages médiocres : vous n'en
aurez guère d'autres à Paris. Le temps de la décadence eft venu. Le feizième fiècle était groffier, le
dernier fiècle a amené les talens, celui-ci a de l'efprit.
Si par hafard il y avait quelqu'un aujourd'hui qui
eût du génie, il faudrait le bien traiter.

Je vous fupplie de faire fouvenir de moi monfieur
d'*Argenfon :* il ne doit pas oublier qu'il y a plus de
quarante ans que je lui fuis attaché. Le miniftre
peut l'oublier, mais l'homme doit s'en fouvenir.

Je dicte tout ce que j'écris là, parce que je ne me
porte pas trop bien. Je penfe tout ce que je vous
dis, mais je ne vous dis pas la moitié de ce que je
penfe. Si je m'étendais fur mes fentimens pour vous,
fur mon eftime, fur mon attachement, je ferais plus
diffus que tous vos académiciens.

Adieu, Monfieur ; fi vous voyez M. le maréchal
de *Noailles*, donnez-lui un petit coup d'aiguillon ; le
Siècle et moi nous vous ferons bien obligés.

LETTRE CCLV.

A M. LE MARQUIS DE XIMENÈS, *à Paris.*

Potſdam , juillet.

J'AI reçu aſſez tard , Monſieur , à Potſdam un paquet qui a redoublé mon attachement pour vous , et qui a augmenté mon envie de faire un petit tour d'une des collines du Parnaſſe où je ſuis , à l'autre que vous habitez. Savez-vous bien qu'il y a des choſes admirables dans ce que vous m'avez envoyé ? et que ſi le cœur vous en dit , vous pouvez faire de cet ouvrage quelque choſe qui mettra le nom de *Chimène* auſſi en vogue au théâtre qu'il y a jamais été ? Je vis auprès d'un monarque qui fait tant d'honneur aux lettres , que je ne m'étonne plus de voir qu'on fait , dans la maiſon du cardinal *Ximenès* , ce qu'on fait dans celle de *Vitikind.*

Je voudrais pouvoir raiſonner avec vous , papier ſur table , comme je fais quelquefois avec ce grand-homme. Il faudrait un volume pour s'entendre de ſi loin , encore ne s'entendrait-on guère. Permettez donc que je réſerve pour le mois d'octobre le plaiſir de vous entretenir ſur ce que vous m'avez confié.

J'aurais voulu pouvoir profiter du voyage que le roi de Pruſſe fait à Clèves , pour venir faire un tour à Paris , mais je ſuis accablé de travail ; je n'ai pas un moment à perdre. Mon voyage aurait été trop court ; et j'ai promis au roi de reſter auprès de lui juſqu'au mois d'octobre. Je lui tiendrai parole , et je n'y aurai pas

1752.

grand mérite : il daigne faire le bonheur de ma vie. Si j'avais imaginé un plan pour arranger ma deſtinée et une manière de vivre conforme à mon humeur, à mes goûts, à mon âge, à ma mauvaiſe ſanté, je n'en aurais pas choiſi d'autre.

S'il plaiſait ſeulement à la nature de me traiter comme fait le roi de Pruſſe, je me croirais en paradis; mais des maladies continuelles gâtent tout le bien que me fait un grand roi. Je lui ai ſacrifié du meilleur de mon cœur l'envie que j'avais de voir l'Italie et de paſſer par la France ; mais ce qui eſt différé n'eſt pas perdu. Il faut qu'un être penſant ait vu Rome et le roi de Pruſſe, et ait vécu à Paris; après cela on peut mourir quand on veut.

Comptez, Monſieur, que je mets au nombre des choſes qui me font aimer ce monde, les belles choſes que vous m'avez envoyées, et dont j'ai grande envie de vous parler à tête repoſée. Mille reſpects à madame votre mère ; comptez ſur les ſentimens inaltérables de *Voltaire.*

LETTRE CCLVI.

A M. LE MARECHAL DE NOAILLES.

À Potſdam, le 28 juillet.

MONSEIGNEUR,

VOUS me pardonnerez, ſi je n'ai pas l'honneur de vous écrire de ma main; je ſuis malade comme vous, et je ſouhaite bien ſincèrement que votre maladie ait des ſuites moins fâcheuſes que la mienne.

1752.

Je reçois avec la plus vive reconnaissance les deux morceaux précieux dont vous avez bien voulu me faire part : c'est un présent que vous faites à la nation, et c'est en partie la plus belle réponse qu'on puisse faire à la voix du préjugé qui s'est élevé si long-temps contre *Louis XIV* dans toute l'Europe. J'oserais vous dire que le faible essai que j'ai donné, n'a pas laissé, tout informe qu'il est, de détruire, même chez les Anglais, un peu de cette fausse opinion que cette nation, quelquefois aussi injuste que magnanime et philosophe, avait conçue d'un roi respectable.

Ce commencement doit vous encourager, sans doute, Monseigneur, à me secourir et à m'éclairer autant que vous le pourrez. Vous êtes le seul homme en France qui soyez en état de me donner des lumières ; et mon travail, les matériaux que j'ai assemblés depuis si long-temps, la nature et le succès de cet ouvrage, me rendent à présent le seul homme capable de recevoir avec fruit ces bontés dont je vous demande instamment la continuation. Vous ne pouvez employer plus dignement votre loisir qu'en dictant des vérités utiles. Je vous garderai religieusement le secret.

Mon dessein est d'inférer, dans le chapitre de la vie privée de *Louis XIV*, tout le morceau détaché où ce monarque se rend compte à lui-même de sa conduite. Cet écrit me paraît un des plus beaux monumens de sa gloire : il est bien pensé, bien fait, et montre un esprit juste et une grande ame. Je vous avoue que je serais d'avis de ne donner au public qu'une partie des instructions de *Louis XIV* au roi d'Espagne. Je

—— voudrais que le public ne vît que les confeils vraiment politiques, dignes d'un roi de France et d'un roi d'Efpagne, et la fituation critique où ils étaient l'un et l'autre.

J'ofe prendre la liberté de vous dire, en me foumettant à votre jugement, que le commencement de ce mémoire n'eft rempli que de confeils vagues et de maximes d'un grand-père plutôt que d'un grand roi.

Déclarez-vous en toute occafion pour la vertu et contre le vice. — Aimez votre femme : vivez bien avec elle : demandez-en une à DIEU *qui vous convienne,* &c.

Il y a beaucoup de lieux communs dans ce goût. Je vous avouerai même ingénument que je n'oferais pas les lire au roi de Pruffe, dont je regarde l'eftime pour tout ce qui peut contribuer à la gloire de nôtre nation, comme le fuffrage le plus précieux et le plus important.

Le confeil d'aller à la chaffe, et d'avoir une maifon de campagne, paraîtrait petit et déplacé. Je dois fonger que c'eft à l'Europe que je parle, et à l'Europe prévenue. L'efprit philofophique qui règne aujourd'hui remarquerait peut-être un trop étrange contrafte entre le confeil *d'honorer* DIEU, de ne manquer à aucun de fes devoirs envers DIEU, d'aimer fa femme, d'en demander une à DIEU qui convienne, &c., et la conduite d'un prince qui, entouré de maîtreffes, avait mis le Palatinat en cendres, et défolé la Hollande, plutôt par fierté que par intérêt.

Je vous parle avec la liberté d'un hiftorien, d'un homme inftruit de la manière de penfer des étrangers, et en même temps d'un homme docile, qui a une

extrême confiance en vos bontés et dans vos lumières,
pénétré de refpect pour les unes et de reconnaiffance pour les autres.

Si vous aviez, Monfeigneur, quelques morceaux
détachés dans le goût de celui où *Louis XIV* rend
compte du caractère de M. de *Pompone*, rien ne
jetterait un jour plus lumineux fur l'hiftoire intéref-
fante de ce temps-là. Il eft à croire que ce monarque
aura auffi-bien reconnu l'incapacité de M. de
Chamillard que les faibleffes de M. de *Pompone*, qui
était d'ailleurs un homme de beaucoup d'efprit. J'ai
vu des dépêches de M. de *Chamillard* qui, en vérité,
étaient le comble du ridicule, et qui feraient capables de déshonorer abfolument le miniftère depuis
1701 jufqu'à 1709. J'ai eu la difcrétion de n'en faire
aucun ufage; plus occupé de ce qui peut être glorieux
et utile à ma nation, que de dire des vérités défagréables.

Cicéron a beau enfeigner qu'un hiftorien doit dire
tout ce qui eft vrai, je ne penfe point ainfi. Tout
ce qu'on rapporte doit être vrai, fans doute; mais
je crois qu'on doit fupprimer beaucoup de détails
inutiles et odieux. J'ai la hardieffe de combattre les
opinions de *Cicéron*, mais je ne combattrai point
les vôtres.

Si j'ai quelques lettres originales à rapporter dans
l'hiftoire de la guerre de 1741, ce fera affurément
celle que vous écrivîtes au roi, le 8 juillet 1743,
après votre entrevue avec l'empereur. Je la regarde
comme un chef-d'œuvre d'éloquence, de raifon
fupérieure, de courage d'efprit, et de politique; et je
crois que cela feul fuffirait pour vous faire regarder

comme un grand-homme, fi on ne connaiffait pas vos autres mérites.

Permettez-moi de vous dire que perfonne au monde n'eft plus attaché à votre gloire que moi : toute mon ambition ferait d'avoir l'honneur de m'entretenir avec vous quelques heures ; et, fi je pouvais compter fur cet avantage, je vous promets que je ferais exprès le voyage de Paris dans quelques mois. Je ne fuis allé en Pruffe que pour y entendre un homme dont la converfation eft auffi fingulière que fes actions héroïques, et j'irais chercher à Saint-Germain un homme auffi refpectable que lui.

J'ai l'honneur d'être avec le plus profond refpect, &c.

LETTRE CCLVII.

A M. LE COMTE D'ARGENTAL, à Paris.

Potfdam, 5 augufte.

Mon cher ange, voilà donc le pays de Foix et le voifinage des Pyrénées fous votre gouvernement. Tirez-vous-en comme vous pourrez, Meffieurs, puifque vous l'avez voulu, et que vous avez jugé qu'on pouvait faire la guerre avec quelque avantage. Pour moi, je reffemble à ces vieux rois prefque détrônés, qui n'ofent plus paraître à la tête de leurs armées.

J'avais feulement envoyé quelques troupes auxiliaires au général *Thibouville*, comme, par exemple, ces quatre vers-ci que dit *Amélie* au quatrième acte :

Ah! je quittais des lieux que vous n'habitiez pas.
Dans quelque afile affreux que mon deftin m'entraîne,
Vamir, j'y porterai mon amour et ma haine.
Je vous adorerai dans le fond des déferts,
Dans l'horreur des combats, dans la honte des fers,
Dans la mort que j'attends de votre feule abfence.

V A M I R.

C'en eft trop, vos douleurs épuifent ma conftance, &c.

Nous avons ôté auffi les mines qu'on pouvait à toute force faire jouer fous *Charles VII*, et qui ne laifferaient pas d'effaroucher les favans fous *Dagobert* et *Thieri de Chelles*. Il y a, à la place de ces fougaffes:

Vous fortez d'un combat, un autre vous appelle;
Ayez la même audace avec le même zèle;
Imitez votre maître, &c.

Pour les parens d'*Amélie* et l'extrait baptiftère de *Lifois*, mes chers anges, je n'ai pu les trouver. On ne connaît perfonne de ces temps-là. Je ne puis faire une généalogie à la *Moréri*. N'eft-ce pas affez qu'on dife qu'*Amélie* eft d'une race qui a rendu des fervices à l'Etat? Ceci eft une pièce de caractères, et non une tragédie hiftorique. Si les caractères font bien peints, s'ils font bien rendus par les acteurs, vous pourrez vous tirer d'affaire.

Il n'eft point du tout décidé que l'auteur de Childeric vienne lire au roi de Pruffe fes ouvrages immortels; mais, en cas qu'il vienne apporter à Potfdam les lauriers dont il eft couvert, et les grâces dont il eft orné; et, en cas que la place de gazetier des chauffoirs, des cafés et des boutiques de libraires foit vacante, voici un petit mot pour le chevalier de *Mouhi*, que je vous

1752.

prie de lui faire remettre. Vous ne doutez pas d'ailleurs que je ne fois très-empreffé à lui rendre fervice. Des poftes de cette importance font capables de divifer une cour; et je me fuis fait un violent ennemi de ce philofophe modéré *Maupertuis*, pour une place inutile d'affocié à l'académie de Berlin, donnée malgré lui par le roi à l'abbé *Raynal*. Vous jugez bien que de fi grands coups de politique ne fe pardonnent jamais, et que des dégoûts fi horribles laiffent dans le cœur un poifon mortel, furtout dans un cœur prétendu philofophe.

Voici un petit mémoire pour M. *Secouffe*. Je vous prie, vous ou ma nièce, de lui faire parvenir le plutôt que vous pourrez. Il faut que M. *Secouffe* me dife tout ce qu'il fait. J'ai bien plus d'obligation à M. le maréchal de *Noailles* que je n'efpérais. M. le maréchal de *Bellifle* me promet auffi des fecours, mais probablement ils ne pourront venir qu'après la nouvelle édition à laquelle je fais travailler fans relâche à Leipfick. Je fuis toujours émerveillé des progrès que notre langue a faits dans les pays étrangers; on eft en France de quelque côté que l'on fe tourne. Vous avez acquis, Meffieurs, la monarchie univerfelle qu'on reprochait à *Louis XIV*, et qu'il était bien loin d'avoir. Tâchez donc de ne point avoir des fifflets univerfels pour vos querelles ridicules, qui vous couvrent de plus de honte aux yeux de tous vos voifins, que les chefs-d'œuvre du temps de *Louis XIV* ne vous ont acquis de gloire. O Athéniens! on vous lit, et on fe moque de vous!

Mes anges, je me mets toujours à l'ombre de vos ailes.

LETTRE CCLVIII.

A MADAME DENIS, *à Paris.*

A Potſdam , le 19 d'auguſte.

L'ABBÉ de *Prades* eſt enfin arrivé à Potſdam , du fond de la Hollande où il était réfugié. Nous l'avons bien ſervi, le marquis d'*Argens* et moi, en préparant les voies. C'eſt ; je crois, la ſeule fois que j'aye été habile. Je me remercie d'avoir ſervi un pareil mécréant. C'eſt , je vous jure, le plus drôle d'héréſiarque qui ait jamais été excommunié : il eſt gai , il eſt aimable ; il ſupporte en riant ſa mauvaiſe fortune. Si les *Arius*, les *Jean Hus* , les *Luther* et les *Calvin* avaient été de cette humeur-là, les pères des conciles , au lieu de vouloir les ardre, ſe feraient pris par la main et auraient danſé en rond avec eux.

Je ne vois pas pourquoi on voulait le lapider à Paris ; apparemment qu'on ne le connaiſſait pas. La condamnation de ſa thèſe , et le déchaînement contre lui , ſont au rang des abſurdités ſcolaſtiques. On l'a condamné comme voulant ſoutenir le ſyſtême d'*Hobbes*, et c'eſt préciſément le ſyſtême d'*Hobbes* qu'il réfute en termes exprès. Sa thèſe était le précis d'un livre de piété qu'il voulait bonnement dédier à l'évêque de Mirepoix. Il a été tout ébahi d'être honni à la fois comme déiſte et comme athée. Les conſciences tendres qui l'ont perſécuté ne ſont pas grandes logiciennes ; elles auraient pu conſidérer qu'athée eſt le contraire de déiſte ; mais quand il

—— s'agit de perdre un homme, les bonnes gens n'y regardent pas de fi près.

Il fait une apologie, et veut l'envoyer au pape qui eft, dit-on, auffi gai que lui, et qui furement ne la lira pas. Je crois qu'il fera lecteur du roi de Pruffe, et qu'il fuccédera, dans ce grave pofte, au grave *la Métrie.* En attendant, je le, loge comme je peux.

Il eft fort trifte qu'on nous ait volé notre Rome fauvée, et qu'on l'ait fi horriblement imprimée. Vous n'avez pas voulu me croire, ma chère enfant. Ne mariez pas votre fille, elle fe mariera fans vous.

Mille remercîmens, je vous en prie, à M. de *Chauvelin*, des bons avis qu'il m'a donnés pour la nouvelle édition du Siècle de *Louis XIV;* mais je lui demande très-humblement pardon fur la dixme royale et chimérique du maréchal de *Vauban;* elle n'eft bonne que pour les curés dont parle M. de *Chauvelin.* Pourquoi? c'eft que monfieur le curé peut faire aifément ramaffer par fa fervante les dixmes de blé et de pommes qu'on lui doit, et il boit fon vin tranquillement avec fa nièce; mais il faudrait que le roi eût des décimeurs à gages dans chaque village, qu'il fît bâtir des greniers dans chaque élection, et qu'enfuite il vendît fon grain et fon vin. Il ferait volé deux ou trois fois avant d'avoir vendu une mefure, et reffemblerait au diable de Papefiguère dont on fe moqua quand il alla vendre fes feuilles de rave au marché. Propofez à M. de *Chauvelin* cette petite difficulté.

Adieu; vous n'en aurez pas davantage de moi aujourd'hui.

LETTRE CCLIX. 1752.

A M. LE MARQUIS D'ARGENS.

Potfdam, (augufte.)

Ou je me trompe, mon cher *Ifaac*, ou M. de *Prades*, que je ne veux plus nommer abbé, eft l'homme qu'il faut au roi et à vous. Naïf, gai, inftruit et capable de s'inftruire en peu de temps, intrépide dans la philofophie, dans la probité et dans le mépris pour les fanatiques et les fripons ; voilà ce que j'ai pu juger à une première entrevue. Je vous en dirai davantage quand j'aurai le bonheur de vous voir.

Je n'ai jamais été fi malade que je le fuis aujourd'hui, fans cela j'irais chez vous. Venez me voir, il eft néceffaire que je vous parle ; votre vifite ne nuira point à vos projets de ce foir ; je fais taire les faveurs et les rigueurs. Venez, ce fera une bonne fortune dont je ne me vanterai à perfonne. Comptez que vous trouverez un moine de qui vous n'aurez jamais à vous plaindre, qui a dit cent antiennes pour vous, et qui veut vivre avec vous, non pas dans l'union la plus monacale, mais la plus fraternelle.

Mille refpects *alla virtuofa marchefa*.

AU MEME.

En vous remerciant, cher frère ; j'aime votre exactitude , et je vous suis sensiblement obligé de vos secours. Je ne hais point du tout l'écuyer *Coypel* , mais il ne me paraît pas un *Raphaël*. Les petites brochures où il a été loué ne peuvent faire sa réputation, et votre livre contribuera à la réputation des bons artistes. Au reste , j'aurais été bien fâché d'acheter un tableau sur la parole de l'abbé *Dubos*. Il ne s'y connaissait point du tout, non plus qu'en musique et en poësie ; mais il réfléchissait beaucoup sur tout ce qu'il avait lu et entendu dire , et il a trouvé le secret de faire un livre très-utile, où il n'y a de mauvais que ce qui est uniquement de lui.

Mon cher *Isaac* , je crois que je prendrai incessamment le parti que vous me proposez. En attendant, j'applaudis au digne homme qui aime mieux ennuyer son prochain que le pervertir. Je crois qu'il y réussit. Pour vous, vous vous bornez à plaire. Chacun fait son métier ; le mien est de vous aimer tant que je vivrai.

AU MEME.

Mon cher frère, vous êtes plus heureux que vous ne pensez. M. de *Laleu*, voyant que madame d'*Argens* n'est pas loin de sa trentième année , a présenté un mémoire pour la faire inférer dans la classe de ceux qui ont trente ans passés: il l'a obtenu. Mais comme cette opération a pris du temps, vous y perdez cinq

mois

mois d'arrérages que vous facrifierez volontiers. ——
Vous aurez vôtre contrat dans un mois.

Mais, frère, dans le temps que je fais vos affaires
temporelles, vous mettez mes affaires fpirituelles,
celles de mon cœur, dans un cruel état. Comment
avez-vous pu vous fâcher d'une plaifanterie innocente fur *Haller*? en quoi cette plaifanterie pouvait-
elle vous regarder? était-ce de vous dont on pouvait
rire? peut-il vous entrer dans la tête que j'aye voulu
vous déplaire? Songez avec quelle dureté, quelle
mauvaife humeur, et de quel ton vous avez dit et
répété qu'il y avait des gens qui craindraient de
perdre trois mille écus; fongez que vous me repro-
chiez à table, avec véhémence, d'aimer ma penfion,
dans le temps même que j'offrais de facrifier mille
écus pour travailler avec vous. Le roi a bien fenti
la dureté et la hauteur avec laquelle vous parliez.
Je vous jure que je n'en ai pas été bleffé; mais je
vous conjure d'être plus jufte, plus indulgent avec
un homme qui vous aime, qui ne peut jamais avoir
envie de vous déplaire, et dont vous faites la confolation. Au nom de l'amitié, foyez moins épineux
dans la fociété: c'eft la douceur des mœurs, la facilité
qui en fait le charme. N'attriftez plus votre frère: la
vie a tant d'amertume qu'il ne faut pas que ceux
qui peuvent l'adoucir y verfent du poifon. L'humeur eft de tous les poifons le plus amer. Les
fripons font emmiellés. Faut-il que les honnêtes gens
foient difficiles?

Pardonnez mes plaintes; elles partent d'un cœur
tendre qui eft à vous.

AU MEME.

Très-cher et très-révérend père en diable, j'avais autrefois un frère janséniste : ses mœurs féroces me dégoûtèrent du parti ; d'ailleurs, *Tros*, *Rutulufve fuat*, *nullo difcrimine habebo*. Les janséniftes me pardonneront l'imbécille cardinal de *Tournon*, en faveur du déteftable *le Tellier*.

N'eft-il pas vrai que les difputes fur les rites chinois font à faire mettre aux petites maifons et les jéfuites et les janféniftes ? Cher frère, mon hiftoire, à commencer au calvinifme, eft l'hiftoire des fous.

Bonjour ; je vous falue en *Frédéric*, et je me recommande à vos prières. Mes refpects à la mufe *Marchefa*.

AU MEME.

Je ne fais pourquoi, mon cher Marquis, les éditeurs mettent, parmi les fatires, ce voyage qui n'eft qu'un itinéraire du coche. Je ferais encore plus étonné qu'on admirât ce plat ouvrage. Mais tout eft précieux des anciens ; on aime à voir jufqu'à leurs fautes. Il y a d'ailleurs, dans cette méchante pièce, de petits traits qui ont fait fortune. *Credat judæus Apella*, *non egò*. Voilà affez notre devife.

J'ai toujours penfé comme vous fur St *Conftantin* et fur St *Clovis* : je les ai mis tous deux en enfer dans la Pucelle. Je combats en vers, tandis que vous battez l'ennemi avec les armes de la raifon. Je fuis fort de votre avis fur *Zozime*; mais je ne peux me perfuader

que *Procope* foit l'auteur des anecdotes. Il me femble
que les hommes d'Etat ne difent point de certaines
fottifes. Je crois que les *Frérons* de ce temps-là ont
pris le nom de *Procope*.

Vale, erudite veritatis affertor, fuperftitionis deftructor; vale, et fcribe.

AU MEME.

CHER frère, il me femble que je n'ai point dit ce
que vous me faites dire. J'ai donné feulement des
preuves de la perfécution que le cardinal de *Richelieu*
fefait à la reine ; j'ai dit qu'elle devait être en garde
contre un homme qui éloignait d'elle fon mari, qui
la fefait interroger par le chancelier, qui enfin, dans
le voyage de Tarafcon, voulut fe rendre maître de
fa perfonne et de celle de fes enfans ; et que, fi la
reine avait eu un commerce fecret avec *Mazarin*,
cardinal ou non, il n'importe, elle aurait fait l'impoffible pour le dérober à la vue du cardinal de
Richelieu.

Je viens d'apercevoir votre billet dans le livre, et
je vous remercie toujours de votre zèle. Priez pour
moi ; je fuis bien malade.

AU MEME.

VOUS avez raifon, frère; l'etat de favetier n'y fait
rien. Je vous remercie; mais vous avez lu ce que
j'ai ajouté à l'article *Rouffeau*, qui fert de confirma-
tion à ce que j'ai dit dans l'article *la Motte.*

—— Je crains bien de ne pas perfuader tout le monde.
1752. *Fréron* dira toujours que *la Motte* eft coupable, et
que *Rouſſeau* eft innocent, parce que j'ai fait la
Henriade ; mais j'efpère dans les honnêtes gens.

Ah! frère, fi vous vouliez écraſer l'erreur! Frère,
vous êtes bien tiède!

LETTRE CCLX.

A M. LE MARQUIS DE XIMENÈS, *à Paris.*

A Potſdam , 29 d'auguſte.

JE vous aurais très-bien reconnu à votre ſtyle,
Monſieur, et à vos bontés. Vous m'annoncez une
nouvelle qui me fait grand plaiſir ; vous allez croire
que c'eſt du duc de *Foix* que je veux parler , point
du tout , c'eſt de *Néron*. Je ſuis bien plus flatté, pour
l'honneur de l'art, que vous vouliez bien être des
nôtres, que je ne ſuis ſéduit par un de ces ſuccès
paſſagers dont le public ne rend pas plus raiſon que
de ſes caprices.

Honorez notre confrérie de votre nom, montrez
que les Français vont à la gloire par tous les chemins. Il y avait des vers extrêmement beaux dans
votre ouvrage. Plus votre génie s'eſt développé, et
plus vous vous êtes ſenti en état de bâtir un édifice
régulier avec les matériaux que vous avez amaſſés.

Je ſouhaite me trouver à Paris quand vous grati-
fierez le public de votre tragédie. Vous me ferez
oublier les cabales des gens de lettres, et la perſécution des fanatiques. Les ſottiſes qu'on a faites à

Paris, depuis un an ou deux, ont tellement décrié
la nation dans l'Europe, qu'elle a befoin que les **1752.**
beaux arts réhabilitent ce que les *billets de confeffion*
et cent autres impertinences de cette nature ont avili.
Je me flatte que vous y contribuerez, et que fi l'on
fiffle la forbonne, vous rendrez le théâtre français
refpectable.

Permettez-moi de préfenter mes refpects à madame
la Marquife et à vos amis.

LETTRE CCLXI.

À M. LE COMTE D'ARGENTAL.

Potfdam, 1 feptembre.

MON cher ange, puifqu'il faut toujours de l'amour,
je leur en ai donné une bonne dofe avec ma barbe
grife. J'en fuis honteux; mais j'avais ce refte de
confitures, et je l'ai abandonné aux enfans de Paris.
Je fuis faifi d'horreur de voir que vous n'avez point
reçu ma réponfe à la lettre où vous me recomman-
diez le chevalier de *Mouhi*. Cette réponfe, avec un
petit billet pour ce *Mouhi*, étaient dans un paquet
adreffé à madame *Denis*, et le paquet était fous le
couvert d'un homme plus opulent que vous, nommé
Tiroux de Mauregard, fermier général des poftes,
ami, je ne fais comment, de ma nièce. Quand je
l'appelle opulent, ce n'eft pas qu'il ait huit cents
mille livres de rente, comme fon confrère *la Reynière*.
Si ce paquet a été égaré, il faut que ma nièce mette
toute fon activité et tout fon efprit à le retrouver.

Hh 3

Vous fentez bien, mon cher ange, combien mon cœur me rappelle vers vous. Je ferai, fi je fuis en vie, un petit pélerinage dans mon ancienne patrie. Ni vos ânes de forbonne qui ofent examiner *Buffon* et *Montefquieu*, ni le grand âne de Mirepoix qui prétend juger des livres, ni votre avocat général d'*Ormeffon* qui propofe froidement au parlement d'examiner tout ce qui s'eft imprimé depuis dix ans, ni une efpèce d'inquifition qu'on veut établir en France, ni vos billets de confeffion, ne m'empêcheront de venir vous embraffer; mais, mon cher ange, laiffez-moi achever la nouvelle édition du Siècle, dont je fuis obligé de corriger les feuilles. Je ne peux abfolument interrompre cette édition commencée.

Il y avait dans mon paquet, qui me tient fort au cœur, une lettre à M. *Secouffe* fur ce Siècle; et j'attends une réponfe de M. *Secouffe* pour un article important. Il eft dur de travailler de fi loin, pour fa patrie, à un ouvrage qui devrait être fait dans fon fein; mais tel eft le fort de la vérité; il faut qu'elle fe tienne à quatre cents lieues quand elle veut parler. Plût à Dieu qu'on n'eût à craindre que la canaille des gens de lettres; mais la canaille des dévots, celle de la forbonne, font plus de bruit, et font plus dangereufes. Le Siècle a réuffi auprès du petit nombre d'honnêtes gens qui l'ont lu; mais quand il fera dans les mains de *Couturier*, de *Tamponet* et du barbier de *Boyer* de Mirepoix, ils y trouveront des propofitions téméraires, hérétiques, fentant l'héréfie, &c. Je ne demanderais pas à Paris la confidération d'un fous-fermier, fans doute; mais je fouhaiterais y être à l'abri de la perfécution. Je me flatte que des amis tels que vous ne contribueront pas peu à 1752. difpofer les efprits. A force d'entendre répéter, par des bouches refpectables, qu'un homme qui a travaillé quarante ans, qui a foutenu la fcène tragique, qui a fait le feul poëme épique qu'ait la France, qui a tâché d'élever un monument à la gloire de fon pays par le Siècle de *Louis XIV*, mérite au moins de vivre tranquille, comme *Moncrif* et *Hardion* ; à force, dis-je, d'entendre cette voix de la juftice et de l'amitié, la perfécution s'adoucit, et le fanatifme fe laffe.

Ne penfons point encore à Zulime; il ne faut pas furcharger le public. Le grand défaut de *Zulime* eft qu'elle fait trop tôt fon malheur, et que le fade *Ramire* eft au-deffous de *Bajazet*. Songeons à préfent à donner Rome fauvée avec les changemens. Il faudrait que *Grandval* prît le rôle de *Catilina*, et que *le Kain* jouât *Céfar* ; cela donnerait quelques repréfentations. On aura peut-être befoin de terribles intrigues pour cette nouvelle diftribution de charges. On pourra s'aider du crédit de M. de *Richelieu* dans cette grande affaire. Je vous embraffe tendrement, mon très-cher ange. Pour les comédies, je ne m'en mêlerai pas ; je ne fuis qu'un animal tragique. Mes tendres refpects à tous vos anges.

Adieu, ô *et præfidium et dulce decus meum*.

LETTRE CCLXII.

A M. LE COMTE DE CHOISEUL.(*)

Potfdam, le 5 feptembre.

Vos bontés conftantes me font bien plus précieufes, Monfieur, que l'enthoufiafme paffager d'un public prefque toujours égaré, qui condamne à tort et à travers, juge de tout, et n'examine rien, dreffe des ftatues et les brife pour vous en caffer la tête. C'eft à vous plaire que je mets ma gloire.

Je n'aime de fignal que celui auquel je reviendrai voir mes amis. A l'égard de celui de *Lifois*, je penfe qu'à la reprife on pourrait hafarder ce qu'il a été très-prudent de ne pas rifquer aux premières repréfentations.

Ce n'eft point le héros du Nord qui m'empêche à préfent de venir vous faire ma cour, c'eft *Louis XIV.* Une nouvelle édition, qu'on ne peut faire que fous mes yeux, m'occupera encore fix femaines pour le moins. J'ai eu de bons matériaux que je mets en œuvre. J'ai tiré de mon abfence tout le parti que je pouvais. Je fuis affez comme qui vous favez ; mon royaume n'eft pas de ce monde. Si j'étais refté à Paris, on aurait fifflé Rome et le Duc de Foix ; la forbonne eût condamné le Siècle de *Louis XIV ;* on m'aurait déféré au procureur général, pour avoir dit que le parlement fit force fottifes du temps de la fronde. Hué et perfécuté, je ferais tombé malade,

(*) Depuis duc de *Praflin.*

et on m'aurait demandé un billet de confeffion. J'ai
pris le parti de renoncer à tous ces agrémens, de me
contenter des bontés d'un grand roi, de la fociété
d'un grand-homme, et de la plus grande liberté dont
on puiffe jouir dans la plus belle retraite du monde.
Pendant ce temps-là, j'ai donné le loifir, à ceux qui
me perfécutaient à Paris, de confumer leur mauvaife
volonté devenue impuiffante. Il y a des temps où
il faut fe fouftraire à la multitude. Paris eft fort
bon pour un homme comme vous, Monfieur, qui
porte un grand nom et qui le foutient; mais il faut
qu'un pauvre diable d'homme de lettres, qui a le
malheur d'avoir de la réputation, fuccombe ou
s'enfuye.

Si jamais ma mauvaife fanté, qui me rendra
bientôt inutile au roi de Pruffe, me forçait de revenir
m'établir en France, j'aimerais bien mieux y jouer
le rôle d'un malade ignoré, que d'un homme de
lettres connu. Vos bontés et celles de vos amis y
feraient ma principale confolation. Je me flatte que
votre fanté eft rétablie. Pour moi je fuis devenu
bien vieux; mon imagination et moi, nous fommes
décrépits. Il n'en eft pas ainfi du fentiment; celui
qui m'attache à vous et à vos amis n'a rien perdu
de fa force; il eft auffi vif qu'inviolable.

J'envoie une nouvelle fournée de Rome fauvée. Je
ne fais fi, à la reprife, la gravité romaine plaira à la
galanterie parifienne.

Mille tendres refpects.

LETTRE CCLXIII.

A M. LE COMTE D'ARGENTAL.

Potſdam , 8 ſeptembre.

Mon cher ange, le premier tome du Siècle et le tiers du ſecond ſont déjà faits; cependant, vous croyez bien que je ferai l'impoſſible pour inſérer l'article dont vous déſirez que je parle. Il n'y aura qu'à mettre un carton , ſacrifier quelque verbiage inutile d'une demi-page, et mettre ce que vous déſirez à la place. La vraie niche où je pourrais encadrer ce fait , ferait la querelle avec le pape ſur les franchiſes ; on ferait figurer fort bien le grand-turc avec notre ſaint-père, et le roi les braverait tous deux par ſes ambaſſadeurs. Il eſt vrai, malheureuſement, que *Louis XIV* avait tort ſur ces deux points, et qu'il ceda à la fin ſur l'un et ſur l'autre. Il n'était pas excuſable de vouloir ſoutenir à main armée, dans Rome, un abus que toutes les têtes couronnées concouraient à déraciner; il ne l'était pas davantage de vouloir s'oppoſer ſeul à un uſage très-raiſonnable établi dans tout l'Orient. Vouloir qu'un ambaſſadeur entre chez le grand-turc avec l'épée au côté, dans un pays où l'on n'en porte point, et où les janiſſaires de la garde n'ont que de longs bâtons, eſt une choſe auſſi déplacée que de dire la meſſe le fuſil ſur l'épaule.

Cependant, ce fait ſervira au moins à faire voir la hauteur de *Louis XIV*. L'hiſtoire raconte les faibleffes comme les vertus. Si vous avez l'ordre de M. de *Torcy* d'aller faire la révérence au grand-feigneur avec une grande brette par-deffus une robe longue, ayez la bonté de m'en avertir.

M. le cardinal de *Tençin*, avec votre permiffion, n'eft guère plus raifonnable que *Louis XIV*, de fe fâcher qu'on ait dit *le petit concile d'Embrun*. Veut-il qu'un concile de fept évêques foit œcuménique? Vous favez que, dans la nouvelle édition, je vous ai facrifié le *petit* concile d'Embrun. Entre nous, il eft fort injufte, et il devrait me remercier de n'avoir appelé ce concile que *petit*. Mon cher ange, je vous demande pardon de la liberté grande.

Autre délicateffe miférable de M. d'*Héricourt*. Je ne ferai pas certainement de *Valincourt* un grand-homme; il était exceffivement médiocre; mais j'enjolivverai fon article pour vous plaire.

Mon Dieu, que j'ai eu raifon de me tenir à quatre cents lieues, pendant que le *Siècle* fait fon premier effet à Paris! Je n'aurais pas feulement à effuyer les plaintes de trente perfonnes, qui trouvent que je n'ai pas dit affez de bien de leurs ancière-coufins; mais que ne diraient point et les jéfuites, et les forbonniqueurs, *e tutti quanti*? Je vous ai déjà mandé que mon abfence feule peut leur impofer filence. Ils refpecteront alors la vérité plus forte qu'eux, et craindront que je n'en dife davantage; mais moi, habitant de Paris, je ferais dénoncé à l'archevêque, au nonce, au Mirepoix, au procureur général et à *Fréron*.

Je vous le dis encore, *regnum meum non eft hinc*. Dieu me préferve d'être à Paris dans le temps

que la feconde édition fera du bruit, on me trai-
terait comme l'abbé de *Prades;* mais je connais mon
cher pays, dans deux mois on n'y penfera plus.
L'ouvrage fera approuvé de tous les honnêtes gens,
les autres fe tairont, et alors je viendrai jouir de
la plus douce confolation de ma vie, du bonheur
de vous voir, après lequel je foupire, mais qu'une
néceffité malheureufe m'a obligé de différer. Confervez-moi votre amitié, fi vous voulez que je revoye
Paris. Je vais revoir Amélie, et m'animer à fuivre
vos confeils et à rendre l'ouvrage meilleur; mais un
bon confeil ne fuffit pas, il faut un bon moment de
génie, et on eft un jufte à qui la grâce manque.

Mille tendres refpects aux anges. Je vous fupplie
de vouloir bien m'écrire, ou me faire écrire par la
prochaine pofte, en quelle année eft mort cet homme,
moitié philofophe et moitié fou, nommé l'abbé de
Saint-Pierre.

LETTRE CCLXIV.

A MADAME DENIS, *à Paris.*

A Potfdam, 9 feptembre.

JE commence, ma chère enfant, à fentir que j'ai
un pied hors du château d'*Alcine.* Je remets entre les
mains de M. le duc de *Virtemberg* les fonds que
j'avais fait venir à Berlin; il nous en fera une rente
viagère fur nos deux têtes. La mienne ne lui coûtera
pas beaucoup d'années d'arrérages, mais je voudrais
que la vôtre fît payer fes enfans et fes petits-enfans.

Cet emploi de mon bien eſt d'autant meilleur que le payement eſt aſſigné ſur les domaines que le duc de *Virtemberg* a en France. Nous avons des ſouverainetés hypothéquées, et nous ne ſerons point payés avec un *car tel eſt notre plaiſir.* Ce qu'il y a de douloureux dans une ſi bonne affaire, c'eſt que je ne pourrai la conſommer que dans quelques mois. Elle eſt ſûre ; les paroles ſont données : paroles de prince, il eſt vrai ; mais ils les tiennent dans les petites occaſions ; et puis nous aurons un beau et bon contrat. Les princes ont de l'honneur ; ils ne trompent que les ſouverains quand il s'agit du ſalut du peuple, ou de ces reſpectables et héroïques friponneries d'ambition, devant leſquelles l'honneur n'eſt qu'un conte de vieille.

J'ai perdu quelquefois une partie de mon bien avec des financiers, avec des dévots, avec des gens de l'ancien Teſtament, qui auraient fait ſcrupule de manger d'un poulet bardé, qui auraient mieux aimé mourir que de n'être pas oiſifs le jour du ſabbat, et de ne pas voler le dimanche ; mais je n'ai jamais rien perdu avec les grands, excepté mon temps.

Vous pouvez, en un mot, compter ſur la ſolidité de cette affaire et ſur mon départ. Je ferai voile de l'île de *Calypſo* ſitôt que ma cargaiſon ſera prête, et je ferai beaucoup plus aiſe de retrouver ma nièce, que le vieil *Ulyſſe* ne le fut de retrouver ſa vieille femme.

1752.

LETTRE CCLXV.

A MADAME

LA MARQUISE DU DEFFANT.

Potſdam , 23 ſeptembre.

M. l'envoyé de Suède m'a dit, Madame, que vous vous ſouvenez toujours de moi avec une bonté qui ne s'eſt pas démentie. Nous avons fait, au petit couvert du roi de la terre qui a le plus d'eſprit, un ſouper où il ne manquait que vóus. Il veut ſe charger des regrets que j'ai d'avoir perdu une ſociété telle que la vôtre, et de vous envoyer ma lettre.

Vous avez diminué mon envie de faire un tour à Paris, lorſque vous l'avez abandonné; mais j'eſpère toujours vous y retrouver quelque jour. La retraite a ſes charmes, mais Paris a auſſi les ſiens.

Il vous paraît étonnant, peut-être, que je me vante d'être dans la retraite quand je ſuis à la cour d'un grand roi; mais, Madame, il ne faut pas s'imaginer que j'arrive le matin à une toilette avec une perruque poudrée à blanc, que j'aille à la meſſe en cérémonie, que de là j'aſſiſte à un dîner, que je faſſe mettre dans les gazettes que j'ai les grandes entrées, et qu'après dîner je compoſe des cantiques ou des romances.

Ma vie n'a pas ce brillant; je n'ai pas la moindre cour à faire, pas même au maître de la maiſon; et ce n'eſt pas à des cantiques que je travaille. Je ſuis logé commodément dans un beau palais ; j'ai auprès de moi deux ou trois impies avec lesquels je dîne régulièrement et plus sobrement qu'un dévot. Quand je me porte bien, je soupe avec le roi, et la conversation ne roule ni sur les tracasseries particulières, ni sur les inutilités générales ; mais sur le bon goût, sur tous les arts, sur la vraie philosophie ; sur le moyen d'être heureux, sur celui de discerner le vrai d'avec le faux, sur la liberté de penser, sur les vérités que *Locke* enseigne et que la sorbonne ignore, sur le secret de mettre la paix hors d'un royaume par des billets de confession. Enfin, depuis plus de deux ans que je suis dans ce qu'on croit une cour, et qui n'est en effet qu'une retraite de philosophes, il n'y a point eu de jour où je n'aye trouvé à m'instruire.

Jamais on n'a mené une vie plus convenable à un malade ; car n'ayant aucunes visites à faire, aucuns devoirs à rendre, j'ai tout mon temps à moi, et on ne peut pas souffrir plus à son aise. Je jouis de la tranquillité et de la liberté que vous goûtez où vous êtes. Cela vaut bien les orages ridicules que j'ai essuyés à Paris.

M. le président *Hénault* m'écrit quelquefois, mais M. le comte d'*Argenson*, comme de raison, m'a totalement oublié. S'il s'était un peu souvenu de moi lorsqu'il eut le ministère de Paris, peut-être n'aurais-je pas l'espèce de bonheur qu'on m'a enfin procuré. Cependant, on aime toujours sa patrie, malgré qu'on en ait ; on parle toujours de l'infidelle avec plaisir.

Je vous rends un compte exact de mon ame, et vous pouvez me donner un billet de confession quand vous voudrez ; mais il faudra auffi vous con-feffer à moi, me dire comment vous vous portez, ce que vous faites pour votre fanté et pour votre bonheur, quand vous comptez retourner à Paris, et comment vous prenez les chofes de la vie.

Je compte vous envoyer inceffamment une nou-velle édition du Siècle de *Louis XIV*, où vous trou-verez un tiers de plus, tout plein de vérités fingulières.

Je me fuis un peu donné carrière fur les articles des écrivains. J'ai ufé de toute la liberté que prenait *Bayle;* j'ai tâché feulement de refferrer ce qu'il éten-dait trop. Vous verrez deux morceaux finguliers de la main de *Louis XIV.* C'était, avec fes défauts, un grand roi, et fon fiècle eft un très-grand fiècle. Mais n'avons-nous pas aujourd'hui la *Duchappe ?* (*)

Portez-vous bien, Madame, et fouvenez-vous du plus attaché et du plus fenfible de vos ferviteurs.

LETTRE CCLXVI.

AU CARDINAL QUIRINI.

Potfdam , 29 feptembre.

Chè dirà l'eminenza voftra quando ella riceverà quefta piftola dopo aver letto quella del *Salomone* del Settentrione? Dirà che fi degna aggradire il tributo d'un paftore, quando ella a ricevuto l'auro, l'incenzo, e la mirra d'un che vale i tre re dell' epifania.

(*) Marchande de modes, célèbre alors à Paris.

Ella

Ella fi diletta nell'edificar delle chiese, ma fi erige
un tempio nella memoria degli uomini; bramo di 1752.
aggiungere i miei gridi à quelli applaufi che le
Brefciane ftampe fanno rifuonare. Mà la mia voce
è rauca e debole, il corpo langue, cosi fà l'anima.
Oh! quando vederò io qualche valente librajo racco-
gliere tutte le opere di voftra eminenza, già troppo
fparfe! *Foliis tantùm ne carmina manda*. Mà fiano
tutti i fuoi fcritti radunati *ad æternam memoriam*.

Auguro che la fua eminenza darà ancora *ad multos
annos* benedizioni ai fedeli, ed efempi al mundo.
Io in tanto picciola lucciola m'inchino profondamente alla ftella di prima grandezza, e fono per
fempre con ogni maggiore offequio e venerazione, &c.

L E T T R E C C L X V I I.

A M A D A M E D E N I S.

A Potfdam, le 1 octobre.

Je vous envoie hardiment l'*Appel au public* de
Koënig. Vous lirez avec plaifir l'hiftoire du procédé.
Cet ouvrage eft parfaitement bien fait; l'innocence
et la raifon y font victorieufes. Paris penfera comme
l'Allemagne et la Hollande. *Maupertuis* eft regardé
ici comme un tyran abfurde; mais j'ai peur que fon
abominable conduite n'ait des fuites bien funeftes.

Il avait agi dans toute cette affaire en homme
plus confommé dans l'intrigue que dans la géométrie; il avait fecrétement irrité le roi de Pruffe contre
Koënig, et s'était adroitement fervi de fon autorité

pour faire chercher les originaux des lettres de *Leibnitz*, dans un endroit où il favait bien qu'ils n'étaient pas; il avait, par cette indigne manœuvre, mis le roi de moitié avec lui. Croiriez-vous que le roi, au lieu d'être indigné, comme il le devait être, d'avoir été compromis et trompé, prend avec chaleur le parti de ce tyran philofophe? il ne veut pas feulement lire la réponfe de *Koënig*. Perfonne ne peut lui ouvrir les yeux qu'il veut fermer. Quand une fois la calomnie eft entrée dans l'efprit d'un roi, elle eft comme la goutte chez un prélat; elle n'en déloge point.

Au milieu de ces querelles, *Maupertuis* eft devenu tout-à-fait fou. Vous n'ignorez pas qu'il avait été enchaîné à Montpellier, dans un de fes accès, il y a une vingtaine d'années. Son mal lui a repris violemment. Il vient d'imprimer un livre où il prétend qu'on ne peut prouver l'exiftence de DIEU que par une formule d'algèbre; que chacun peut prédire l'avenir en exaltant fon ame; qu'il faut aller aux terres auftrales pour y difféquer des géans hauts de dix pieds, fi on veut connaître la nature de l'entendement humain. Tout le livre eft dans ce goût. Il l'a lu à des berlinoifes qui le trouvent admirable.

Voilà pourtant l'homme qui s'était fait je ne fais quelle réputation, pour avoir été à Tornéo enlever deux fuédoifes. Ce malheureux avait été mon ami. Il était venu à Cirey paffer quelques mois avec ce même *Koënig*; et il nous perfécute aujourd'hui l'un et l'autre avec fureur. C'eft bien aujourd'hui qu'il le faudrait enchaîner. J'avais eu le malheur de l'aimer, et même de le loüer, car j'ai toujours été dupe.

Un des motifs de fa haine contre moi vient de
ce qu'à ma réception à l'académie françaife, je ne
le comparai pas à *Platon*, et le roi de Pruffe à *Denys*
de Syracufe. Il a eu la démence de s'en plaindre à
Berlin. Quel *Platon!* quelle académie! quel fiècle!
et où fuis-je! Ah! que M. le duc de *Virtemberg* finiffe
bientôt notre marché, et que je revienne auprès de
vous oublier les fous et les géomètres!

LETTRE CCLXVIII.

A M. LE COMTE D'ARGENTAL.

Potfdam, 3 octobre.

Mon cher ange, le Siècle (c'eft-à-dire la nouvelle
édition, la feule qui foit paffable) était déjà prefque tout imprimé; il m'eft par conféquent impoffible de parler cette fois-ci de la petite épée que
cacha monfieur votre oncle fous fon cafetan. J'ai
rayé bien exactement cette épithète de *petit* attribuée
au concile d'Embrun; j'ai recommandé à ma nièce
d'y avoir l'œil, et je vous prie de l'en faire fouvenir.
Je voudrais de tout mon cœur qu'il fût regardé comme
le concile de Trente, et que toutes les difputes fuffent
affoupies en France; mais il paraît que vous en êtes
affez loin. Le fiècle de la philofophie eft auffi le fiècle
du fanatifme.

Il me paraît que le roi a plus de peine à accorder
les fous de fon royaume, qu'il n'en a eu à pacifier
l'Europe. Il y a en France un grand arbre, qui n'eft
pas l'arbre de vie, qui étend fes branches de tous

côtés, et qui produit d'étranges fruits. Je voudrais que le Siècle de *Louis XIV* pût produire quelque bien. Ceux qui liront attentivement tout ce que j'y dis des difputes de l'Eglife pourront, malgré tous les ménagemens que j'ai gardés, fe faire une idée jufte de ces querelles; ils les réduiront à leur jufte valeur, et rougiront que, dans ce fiècle-ci, il y ait encore des troubles pour de telles chimères. Un petit tour à Potfdam ne ferait pas inutile à vos politiques, ils y apprendraient à être philofophes.

Mon cher ange, les beaux arts font affurément plus agréables que ces matières; une tragédie bien jouée eft plus faite pour un honnête homme. Mais me demander que je fonge à préfent au Duc de Foix et à Rome fauvée, c'eft demander à un figuier qu'il porte des figues en janvier; *car ce n'était pas le temps des figues.* Je me fuis affublé d'occupations fi différentes, toute idée de poëfie eft tellement fortie de ma tête, que je ne pourrais pas actuellement faire un pauvre vers alexandrin. Il faut laiffer repofer la terre: l'imagination gourmandée ne fait rien qui vaille; les ouvrages de génie font aux compilations ce que l'amour eft au mariage : l'Hymen vient quand on l'appelle, et l'Amour vient quand il lui plaît. Je compile à préfent, et le dieu du génie eft allé au diable.

En vous remerciant de la note fur l'abbé de *Saint-Pierre;* j'avais deviné jufte qu'il était mort en 43. Je lui ai fait un petit article affez plaifant. Il y en a un pour *Valincourt*, qui ne fera pas inutile aux gens de lettres, et qui plaira à la famille. Je n'ai point de réponfe de M. *Secouffe;* il eft avec les vieilles et inutiles ordonnances de nos vieux rois; mais il a, pour raffembler ces monumens d'inconſtance et de barbarie, ſix mille livres de penſion : il n'y a qu'heur et malheur dans ce monde.

Mes anges, ce monde eſt un naufrage; *ſauve qui peut* eſt la deviſe de chaque individu. Je me ſuis ſauvé à Potſdam; mais je voudrais bien que ma petite barque pût faire un petit trajet juſque chez vous. Je remets toujours de deux mois en deux mois à faire ce joli voyage. Il ne faut pas que je meure avant d'avoir eu cette conſolation. Je ne ſais pas trop ce que je deviendrai ; j'ai cent ans; tous mes ſens s'affaibliſſent, et il y en a d'enterrés. Depuis huit mois je ne ſuis ſorti de mon appartement que pour aller dans celui du roi ou dans le jardin. J'ai perdu mes dents, je meurs en détail. Je vous embraſſe tendrement; je vous ſouhaite une ſanté conſtante et une vieilleſſe heureuſe. Je me regarderai comme très-malheureux ſi je ne paſſe pas mes derniers jours, ô anges ! auprès de vous et à l'ombre de vos ailes.

LETTRE CCLXIX.

A M. DE LA CONDAMINE, *à Paris.*

Potſdam, 12 octobre.

JE vous remercie, mon cher philoſophe errant, devenu ſédentaire, des attentions que vous avez pour *Louis XIV*. On a fait malheureuſement une douzaine d'éditions ſans me conſulter; et ce n'eſt pas ma faute, ſi les quatre eſclaves qui s'étaient mis ſous la ſtatue de la place Vendôme, dans la première

—— édition, et qu'on a fait déloger bien vîte, ont fub-
fifté dans quelques exemplaires. Ce n'eft pas non plus
ma faute fi on a imprimé l'*air maître* pour l'*air de
maître*. Je me flatte que ces fottifes ne fe trouveront pas dans l'édition qu'on fait actuellement à
Leipfick, et que je crois à préfent finie. J'ai eu, pour
cette nouvelle fournée, des fecours auxquels je ne
m'attendais pas de fi loin. On m'a envoyé de Paris
ce qu'on envoie bien rarement, des vérités et des
vérités bien curieufes. Quand l'édition que je finis
n'aurait d'autres avantages que celui de deux Mémoires écrits de la main de *Louis XIV*, cela fuffirait pour
faire tomber toutes les autres. L'ouvrage deviendra
néceffaire à la nation ; ou du moins à ceux de la
nation qui voudront connaître les plus beaux temps
de la monarchie.

Je conviens que la foire aura toujours la préférence ; mais il ne laiffera pas de fe trouver d'honnêtes
gens qui liront quelque chofe du Siècle de *Louis XIV*,
les jours où il n'y aura point d'opéra comique. On
ne laiffe pas d'avoir du temps pour tout. Je vous
plains beaucoup de paffer le vôtre dans des difcuffions
défagréables, dont il y a très-peu de juges ; et, parmi
ces juges-là, la plupart font prévenus. Pour faire
le grand œuvre de *rem prorsùs fubftantialem*, il faut
avoir aifance, fanté et repos. Il ne tenait qu'à
Maupertuis d'avoir tout cela, fuppofé qu'un homme
foit libre ; mais il y a quelque apparence qu'il ne
l'eft pas : il a dérangé fa fanté par l'ufage des liqueurs
fortes : il a perdu quelques amis par un amour
propre plus fort encore, et qui ne fouffre pas que les
autres en aient leur dofe : il a perdu fon repos par

la manière trop vive dont il a pourfuivi *Koënig* qui, au bout du compte, s'eft trouvé avoir raifon, et qui a eu le public pour lui. Je puis vous affurer que je ne me fuis mêlé ni de fon affaire ni de fon livre, quoique je n'approuve ni l'un ni l'autre.

Maupertuis a des ennemis à Paris, à Berlin, en Hollande ; et fa conduite dure et hautaine n'a pas ramené ces ennemis. J'ai d'autant plus fujet de me plaindre de lui, que j'ai fait tout ce que j'ai pu pour adoucir la férocité de fon caractère. Je n'en fuis pas venu à bout. Je l'abandonne à lui-même ; mais, encore une fois, je n'entre pour rien dans les querelles qu'il fe fait, et dans les critiques qu'il effuie. Je fuis plus malade que lui, et je refte tranquillement à Potfdam, tandis qu'il va chercher ailleurs la fanté et le repos.

Je voudrais de tout mon cœur être dans votre voifinage ; ce n'eft pas fans regret que je goûte le bonheur de vivre auprès d'un roi philofophe. Je fuis né fi fenfible à l'amitié, que je ferais encore ami, quand même je ferais courtifan.

Vraiment, je ferais très-obligé à M. *Deslandes*, s'il voulait bien me favorifer de quelques particularités qui ferviffent à caractérifer les beaux temps du gouvernement de *Louis XIV*. M. *Deslandes* eft citoyen et philofophe ; il faut abfolument être philofophe, pour avoir de quoi fe confoler de-là qu'on eft citoyen. Je vous embraffe, et vous prie de ne point ceffer de m'aimer malgré *Maupertuis*. (*)

(*) *La Condamine* n'en fit rien, et prit le parti de *Maupertuis* qui s'était beaucoup moqué de lui.

LETTRE CCLXX.

A MADAME DENIS, *à Paris.*

A Potfdam, le 15 octobre.

VOICI qui n'a point d'exemple, et qui ne fera pas imité; voici qui eft unique. Le roi de Pruffe, fans avoir lu un mot de la réponfe de *Koënig*, fans écouter, fans confulter perfonne, vient d'écrire, vient de faire imprimer une brochure contre *Koënig*, contre moi, contre tous ceux qui ont voulu juftifier l'innocence de ce profeffeur fi cruellement condamné. Il traite tous fes partifans d'envieux, de fots, de malhonnêtes gens. La voici cette brochure fingulière, et c'eft un roi qui l'a faite.

Les journaliftes d'Allemagne, qui ne fe doutaient pas qu'un monarque, qui a gagné des batailles, fût l'auteur d'un tel ouvrage, en ont parlé librement, comme de l'effai d'un écolier qui ne fait pas un mot de la queftion. Cependant on a réimprimé la brochure à Berlin, avec l'aigle de Pruffe, une couronne, un fceptre, au devant du titre. L'aigle, le fceptre et la couronne font bien étonnés de fe trouver là. Tout le monde hauffe les épaules, baiffe les yeux, et n'ofe parler. Si la vérité eft écartée du trône, c'eft furtout lorfqu'un roi fe fait auteur. Les coquettes, les rois, les poëtes font accoutumés à être flattés. *Frédéric* réunit ces trois couronnes-là. Il n'y a pas moyen que la vérité perce ce triple mur de l'amour propre.

Maupertuis n'a pu parvenir à être *Platon*, mais il veut que son maître soit *Denys* de Syracufe.

Ce qu'il y a de plus rare dans cette cruelle et ridicule affaire, c'est que le roi n'aime point du tout *Maupertuis*, en faveur duquel il emploie fon fceptre et fa plume. *Platon* a penfé mourir de douleur de n'avoir point été de certains petits foupers où j'étais admis ; et le roi nous a avoué cent fois que la vanité féroce de ce *Platon* le rendait infociable.

Il a fait pour lui de la profe cette fois-ci, comme il avait fait des vers pour d'*Arnaud*, pour le plaifir d'en faire ; mais il y entre un plaifir bien moins phi-lofophe, celui de me mortifier : c'est être bien auteur !

Mais ce n'est encore que la moindre partie de ce qui s'est paffé. Je me trouve malheureufement auteur auffi, et dans un parti contraire. Je n'ai point de fceptre, mais j'ai une plume ; et j'avais, je ne fais comment, taillé cette plume de façon qu'elle a tourné un péu *Platon* en ridicule fur fes géans, fur fes prédictions, fur fes diffections, fur fon impertinente querelle avec *Koënig*. La raillerie est innocente ; mais je ne favais pas alors que je tirais fur les plaifirs du roi. L'aven-ture est malheureufe. J'ai affaire à l'amour propre et au pouvoir defpotique, deux êtres bien dangereux. J'ai d'ailleurs tout lieu de préfumer que mon marché avec M. le duc de *Virtemberg* a déplu. On l'a fu, et on m'a fait fentir qu'on le favait. Il me femble pour-tant que *Titus* et *Marc-Aurèle* n'auraient point été fâchés contre *Pline*, fi *Pline* avait placé une partie de fon bien fur la tête de *Plinia* dans le Montbelliard.

Je fuis actuellement très-affligé et très-malade, et,

pour comble, je foupe avec le roi. C'eft le feftin de *Damoclés*. J'ai befoin d'être auffi philofophe que le vrai *Platon* l'était chez le vrai *Denys*.

LETTRE CCLXXI.

A M. LE COMTE D'ARGENTAL, *à Paris.*

Potfdam, 28 octobre.

Mon cher ange, vous êtes le dieu des janféniftes, vous me donnez des commandemens impoffibles. Il y a des temps où la grâce manque tout net aux juftes. Je me fens actuellement privé de la grâce des vers ; *fpiritus flat ubi vult.* Je ne ferais rien qui vaille fi je voulais me forcer.

Tu nihil invitâ dices faciefve Minervâ.

L'efprit prend, malgré qu'il en ait, la teinture des chofes auxquelles il s'applique. J'ai des befognes fi différentes de la poëfie, qu'il n'y a pas moyen de remonter ma vieille lyre toute défaccordée : *valete mufæ et valete curæ*, voilà ma devife pour le moment préfent, et plût à Dieu que ce fût pour toute ma vie.

D'ailleurs, comment voudriez-vous qu'on renvoyât à Paris une Rome fauvée toute changée, et qu'on donnât aux acteurs de nouveaux rôles pour la quatrième fois ? ce ferait un moyen fûr d'empêcher la reprife de la pièce, de la faire croire tombée, et de me faire grand tort : j'entends ce tort qu'on fait aux pauvres auteurs comme moi, le tort de les berner tant qu'on

peut ; c'eſt un plaiſir que le public ſe donne très-
volontiers. Mon cher ange, laiſſons là *Catilinà*, *Céſar*
et *Cicéron* pour ce qu'ils valent. Si la pièce, telle qu'elle
eſt, peut encore ſouffrir trois ou quatre repréſentations, à la bonne heure ; ſi les amateurs de l'antiquité
la liſent ſans dégoût, tant mieux : c'eſt-là mon premier but; non, ce n'eſt que le ſecond. Mon premier
déſir eſt de venir vous embraſſer. Je peux très-bien
renoncer à tout ce train de théâtre, d'acteurs, d'actrices, de battemens de mains, de ſifflets et d'épigrammes; mais je ne puis renoncer à vous. Je regarde les
théâtres et les cours comme des illuſions : l'amitié
ſeule eſt réelle. Pardonnez-moi de n'être point encore
venu vous voir. Il faut que je prenne encore patience
cet hiver. Mon petit voyage, ſi je ſuis en vie, ſera
pour le printemps.

Vous ſavez que, quand vous m'écrivîtes la première fois ſur l'audience et ſur l'épée de feu M. de
Fériol, le Siècle était déjà preſque tout imprimé ; il
doit être à préſent achevé. Il n'y a pas moyen d'y
revenir; tout ce que je peux faire, c'eſt de veiller au
petit concile ; j'en parle dans toutes mes lettres à
madame *Denis*. Joignez-vous à moi; faites-l'en ſouve-
nir. Ce ſera votre faute ſi ce *petit* ſubſiſte dans la
nouvelle édition de Paris. Il eſt malheureuſement
dans une douzaine d'autres dont la France eſt inondée,
et ſurtout dans celle que l'abbé *Pernetti* a fait imprimer à Lyon ſous les yeux du père du concile.

Adieu, mon cher ange; vous êtes mon concile,
et je voudrais bien être à vos genoux ; mais laiſſons
paſſer l'hiver. Je finis, la poſte va partir, et je n'aurai
pas le temps d'écrire à madame *Denis*.

LETTRE CCLXXII.

A M. LE COMTE D'ARGENTAL.

Potſdam, 22 novembre.

Mon cher ange, quoique les vers ne ſoient pas actuellement de quartier dans notre cour, vous m'avez fait relire Zulime. Je me ſuis repris de goût pour cette aventurière; et j'oſe croire que, ſi vous la liſiez telle qu'elle eſt, vous l'aimeriez bien davantage. Ou je vous l'enverrai, mon cher et reſpectable ami, ou je vous l'apporterai en temps et lieu ; mais à préſent ne demandez pas une rime, je n'en peux plus, j'en ai par-deſſus la tête. Je n'ai point demandé de préface en forme au Duc de Foix. J'ai recommandé ſeulement un mot d'avis au libraire; j'ai exigé qu'on dît qu'on a pris le parti d'imprimer la pièce ſur mon manuſcrit, pour prévenir les éditions furtives et informes, telle que celle de Rome ſauvée. Voilà, en vérité, tout ce qu'il convient de mettre à la tête d'une faible intrigue amoureuſe, qui n'eſt relevée que par le caractère de *Liſois*. Ce Duc de Foix a été très-bien imprimé à Dreſde, chez mon libraire ordinaire; je lui avais envoyé la pièce ſur la parole que madame *Denis* m'avait donnée qu'on l'imprimait à Paris. Je ne ſais aucune nouvelle ni du Duc de Foix, ni de Rome ſauvée, ni du Siècle de *Louis XIV*.

J'ai vu les Lettres de madame de *Maintenon*; c'eſt l'hiſtoire de ſa vie, depuis l'âge de quinze ans juſqu'à ſa mort. C'eſt un monument bien précieux pour les

gens qui aiment les petites chofes dans les grands
perfonnages. Heureufement ces Lettres confirment
tout ce que j'ai dit d'elle; fi elles m'avaient démenti,
mon Siècle était perdu. Comment fe peut-il faire
qu'un nommé *la Beaumelle*, prédicateur à Copenhague, depuis académicien, bouffon, joueur, fripon, et
d'ailleurs ayant malheureufement de l'efprit, ait été
le poffeffeur de ce tréfor? Il vient auffi d'écrire la vie
de madame de *Maintenon*. On difait, il y a quelques
années, qu'on avait volé à M. de *Caylus* ces Lettres
et ces Mémoires fur fa tante. N'en fauriez-vous pas
des nouvelles?

Je vous ai mandé auffi qu'il paraiffait des Mémoires
de milord *Bolingbroke*. Ils font traduits en français.
On dit que dans cette traduction on me reproche de
m'être trompé fur madame de *Bolingbroke*, que j'ai
mife dans le Siècle au rang des nièces de madame de
Maintenon; me ferais-je trompé? ne l'était-elle pas
par fon mari? ai-je rêvé ce que je lui ai entendu
dire vingt fois? Je fuis toujours prêt à croire que j'ai
tort, mais ici il me femble que j'ai raifon; raffurez-
moi, je vous en prie. Mon cher ange, croyez-moi, je
me mourais d'envie de venir vous embraffer cet hiver;
mais, en vérité, il n'y a pas moyen de fe mettre en
chemin au milieu des glaces, quand on eft malade. Je
ne fuis pas deux heures de la journée fans fouffrir.
Je ferais mort fi je ne menais pas la vie la plus douce
et la plus retirée, n'ayant que vingt marches à monter
les foirs pour aller entendre à fouper le *Salomon* du
Nord, quand il veut bien m'admettre à fon feftin des
fept fages. Cette vie de château eft bien dans mon
goût; mais tout eft empoifonné par les remords que

j'ai de vous avoir quitté. Mes tendres respects à toute la hiérarchie. Répondez, je vous en prie, à mes questions comme à ma tendre amitié.

J'ai oublié de mander à ma nièce qu'elle m'écrive désormais à Berlin, où nous allons dans quelques jours. Je vous supplie de l'en avertir.

LETTRE CCLXXIII.

A M. LE MARECHAL DUC DE RICHELIEU.

A Potsdam, 25 novembre.

JE fais partir, Monseigneur, par la voie d'un correspondant de Strasbourg, le gros paquet qui peut servir quelques heures à votre amusement. Plût à Dieu qu'il pût un jour servir à votre gloire! mais elle n'en a pas besoin. J'ai bien plus besoin, moi, de la consolation de vous faire encore ma cour, de vous voir et de vous entendre, que vous n'en avez d'être fourré dans mes gazettes. L'ouvrage est assez maussadement copié; l'écriture pourtant est lisible. J'ai auprès de moi des gens de lettres qui ne font pas des maîtres à écrire. Enfin, je mets à vos pieds le seul exemplaire qui me reste. Si je suis assez heureux pour être en état de venir passer quelque temps auprès de vous, je vous demanderai seulement permission d'en tirer une copie. Vous y trouverez la vérité, mais non pas toutes les vérités; vous y verrez des détails qui seront encore chers quelques années à ceux qui s'y font intéressés, et qui disparaîtront ensuite dans le fracas des événemens qui, de

dix ans en dix ans, varient la fcène du monde, et
qui arment puiffamment les princes de l'Europe
pour de petits intérêts. Il ne refte que les grandes
chofes dans la mémoire des hommes; et j'oferai
même vous dire que le règne de *Louis XIV* attirerait
peu les regards de la poftérité, fans la révolution qui
s'eft faite de fon temps dans l'efprit humain. Il a
réfulté de fon amour pour la gloire, de fes entre-
prifes, de fes grandeurs, et de fes faibleffes, et de
fes malheurs, mais furtout de cette foule d'hommes
éclatans en tout genre, que la nature fit naître pour
lui, un tout qui étonne l'imagination, et qui forme
une époque mémorable. Si on penfait auffi hautement que vous, fi bien des gens avaient la grandeur
de votre caractère, on ajouterait encore une aile au
bâtiment que la gloire a élevé dans le fiècle de
Louis XIV.

Quel plaifir je me ferais de raifonner de tout
cela avec vous dans vos momens de loifir! Si vous
faviez que de chofes j'ai à vous dire! Mais quand
pourrai-je avoir ce bonheur ? Je n'ai à préfent qu'un
éréfipèle efcorté d'une humeur fcorbutique qui me
dévore, et de rétréciffemens dans les nerfs. Cet hiver-
ci fera terrible à paffer pour moi à Berlin; il faudrait
que je fuffe à Naples. Nous autres Français nous
périffons tous. Vos colonies languedociennes n'ont
pas profpéré dans les pays froids; au lieu d'augmenter
depuis 1686, elles ont diminué de moitié; c'eft le
contraire de ce qui eft arrivé aux peuples du Nord
tranfportés en Italie. Il n'y a que d'*Argens* qui eft
gros et gras. *Maupertuis*, à force de boire de l'eau
de vie, s'eft mis à la mort; mais il en réchappe,

—— parce qu'il eft né avec un tempérament de tartare. Il n'eft que fou. Il vient de faire un livre où il propofe de faire des trous qui aillent jufqu'au centre de la terre, d'aller droit fous le pôle, de connaître le fiége de l'ame en difféquant des têtes de géans, ou en examinant les rêves de ceux qui ont pris de l'opium. Il affure qu'il eft auffi facile de voir l'avenir que de fe repréfenter le paffé, et nous nous attendons que dans quelques jours il débitera des prophéties. J'ai eu bien raifon de dire, en parlant de *Defcartes*, que la géométrie laiffe l'efprit comme elle le trouve. Il propofe férieufement de faire vivre les hommes huit à neuf cents ans, en les confervant comme des œufs qu'on empêche d'éclore. Tout eft dans ce goût dans fon livre. *La Métrie*, en comparaifon, a écrit en fage.

L'abbé de *Prades* eft ici avec une penfion. Je l'ai fait venir le plus adroitement du monde. C'eft, je crois, la feule fois de ma vie que j'aye été adroit et heureux. Il m'a confié que vous lui aviez offert une retraite à Richelieu, avec des fecours. Je reconnais bien là votre belle ame. Vous avez eu autant de générofité que la fille aînée des rois et de vôtre grand oncle a eu de lâcheté et d'ignorance. Elle s'eft déshonorée fans retour. Quel fiècle que celui où un théatin imbécille force la forbonne à une démarche fi humiliante ! et où il imagine des billets de confeffion qui auraient opéré autant de mal que de ridicule, fans la prudence du roi. Que ferait aujourd'hui la France aux yeux des étrangers, fans vous et fans M. le maréchal de *Bellifle* ? Nommez-m'en un troifième qui ait de la réputation, je vous

en

en défie. Vivez, monseigneur le Maréchal; ayez
l'éclat de tous les âges, soyez heureux autant qu'ho-   1752.
noré. Je ne puis vous dire encore quand je pourrai
faire un voyage pour vous; mais mon cœur est à
vous pour jamais.

LETTRE CCLXXIV.

A M. LE MARECHAL DUC DE RICHELIEU.

A Berlin, 16 décembre.

Vous avez dû recevoir, Monseigneur, par M. de
la Reynière, une très-grande lettre (*) et un très-
énorme paquet. Je ne vous demande point pardon
de mes lettres, parce que le cœur les dicte; mais je
vous demande bien sérieusement pardon du paquet.
Tout est trop long et trop détaillé (**); c'est comme
si on recueillait tous les bulletins d'une maladie
qu'on a eue il y a dix ans. La postérité dédaigne
tous les petits faits, et veut voir les grands ressorts.
Je suis honteux d'avoir barbouillé plus de papier
sur huit ans d'une guerre inutile, que sur le siècle
de *Louis XIV*. J'ai noyé la gloire du roi, celle de
la nation et la vôtre, dans des détails que je hais.
Avec moins de minuties, il y aurait bien plus de
grandeur. Malheur aux gros livres. Je m'occupe à
rendre celui-ci plus petit et meilleur.

(*) Celle du 25 novembre.
(**) C'était les Mémoires sur la guerre de 1741, refondus depuis
dans le Précis du siècle de *Louis XV*.

LETTRE CCLXXV.

A M. LE PRESIDENT HENAULT.

A Berlin, 18 décembre.

Voici, mon cher et illuftre confrère, une lettre de bonne année. Je ne fuis pas accoutumé à faire de ces complimens-là; mais j'aime à vous dire :

> Qu'il vive autant que fon ouvrage,
> Qu'il vive autant que tous les rois
> Dont il parle fans verbiage.

J'ai à vous avouer que j'ai été, moi, beaucoup trop verbiageur fur l'hiftoire de la dernière guerre, dont j'ai envoyé le manufcrit à M. d'*Argenfon*. Je devais faire de cette hiftoire un ouvrage auffi inté-reffant que le Siècle de *Louis XIV*. Je ne l'ai point fait; j'ai trop étouffé l'intérêt fous des détails ; cela eft ennuyeux pour les acteurs mêmes.

C'eft donc quelque chofe de bien vilain que la guerre, puifque les particularités les plus honorables des grandes actions font bâiller ceux qui les ont conduites.

Je regarde ce que j'ai envoyé à M. d'*Argenfon*, comme des matériaux qu'il m'avait confiés et qui lui appartiennent. J'en fais à préfent un édifice plus régulier et plus agréable. Dites-lui, je vous en fupplie, Monfieur, que je lui demande très-férieufement pardon de l'énormité de mon volume. J'ai fa gloire à cœur ; il n'y en a point dans de trop gros livres. Je

lui réponds d'être court et vrai. Je veux que les belles
années de *Louis XV* se faffent lire comme le Siècle
de *Louis XIV;* j'ai presque dit comme votre chrono-
logie; et je souhaite qu'après ma mort mon nom puiffe
ne pas faire déshonneur à celui de M. d'*Argenfon*,
après l'avoir un peu ennuyé pendant ma vie. J'ai
befoin à préfent de votre indulgence et de la fienne ;
je vous la demande inftamment ; faites-lui parvenir
mes remords.

1752.

LETTRE CCLXXVI.

A M. LE COMTE D'ARGENTAL.

A Berlin, 18 décembre.

M on cher et refpeçtable ami, je ne peux pas à
préfent plus changer de climat que changer mes
vers : un éréfipèle rentré m'enterrerait fur les bords
de l'Elbe ou du Véfer, et il ferait fort ridicule d'aller
mourir dans un mauvais cabaret de la Veftphalie.
Votre charmante lettre du 7 décembre, votre tendre
amitié me feront vivre jufqu'au printemps. Vous me
faites plus de bien que les médecins ne pourraient
me faire de mal; vos lettres me reffufcitent; mais on
dit que mademoifelle *Gauffin* tue le duc de *Foix*. Cette
Gauffin eft actuellement un médecin d'eau douce.

Ce que vous dites de *la Motte* me fait trembler :
quoi! on l'a cru heureux étant aveugle et impotent;
et parce qu'on a été affez fot pour le croire heureux,
on eft affez cruel pour perfécuter fa mémoire !

Comment ferai-je donc traité, moi qui ai les apparences du bonheur, qui ai l'air d'appartenir à deux
rois à la fois, moi qui fuis plus riche que *la Motte*,
et qui ai été plus amoureux du roi de Pruffe que
la Motte ne croyait l'être de madame la ducheffe
du Maine ? Je m'en vais prier M. *Berrier* de permettre
qu'on affiche à Paris : *Voltaire avertit tous les gens de
lettres qu'il n'eft point heureux.*

Si vous avez lu cet article de *la Motte*, lifez donc
celui de *Rouffeau*, et vous y verrez la réponfe à la
réflexion que vous faites que les heureux font haïs.
Mon cher ange, je n'ai dit fur *la Motte*, et fur
Rouffeau, et fur *Fontenelle*, que ce que je crois la pure
vérité. Je les ai traités comme *Louis XIV.* J'aurais
ajoûté quelques couleurs rembrunies au portrait de
madame de *Maintenon*, fi j'avais vu plutôt fes Lettres.
Elle eft tout ce que vous dites, et toutes les dévotes
de cour font comme elle. De l'ignorance, de la
faibleffe, de la fauffeté, de l'ambition, du manége,
des meffes, des fermons, des galanteries, des cabales;
voilà ce qui compofe une *Efther ;* mais l'*Efther-
Maintenon* écrit bien, et j'aime à la voir s'ennuyer
d'être reine. Je lui préfère *Ninon*, fans doute; mais
madame de *Maintenon* vaut fon prix. Je m'étais toujours douté que ce *la Beaumelle* avait volé ces Lettres.
Il eft donc avéré qu'il a fait ce vol chez *Racine.* Ce
la Beaumelle eft le plus hardi coquin que j'aye encore
vu. Il m'écrivit de Copenhague, de la part du roi de
Danemarck, pour une prétendue édition, *ad ufum
delphini Danemarki*, des auteurs claffiques français.
Il datait fa lettre du palais du roi. Je le pris pour
un grave perfonnage, d'autant plus qu'il avait prêché;

mais, quinze jours après, mon prédicateur arriva avec
un plumet à Potſdam. Il me dit qu'il venait voir
Frédéric et moi. Cette cordialité pour le roi me parut
forte. Il me donna un petit livre intitulé Mes Penſées
ou Le qu'en dira-t-on, dans lequel il me traitait
comme un heureux, c'eſt-à-dire fort mal; et il voulait
que je le préſentaſſe au roi, lui et ſon livre. De là
mon prédicateur alla au b....., fut mis en priſon,
et ſe retira enfin dans Francfort, où il fit réimprimer
ſes Penſées. Il faut qu'il croye tous les rois fort heureux; car, dans ce petit livret, il les nomme tous
avec des épithètes qui ne méritent rien moins que
la corde. On le décréta à Francfort de priſe de corps,
lui et ſes Penſées; il ſe ſauva avec quelques exemplaires qu'il a portés à Paris. Il eſt vrai qu'il a pris
la précaution d'appeler dans ſon livre M. de Machault,
Pollion; et M. Berrier, Meſſala. Je ne ſais ſi Pollion et
Meſſala feront ſa fortune; mais le vol des Lettres de
madame de Maintenon pourrait bien le faire mettre au
carcan. C'eſt un rare homme; il parle comme un ſot,
mais il écrit quelquefois ferme et ſerré; et ce qu'il
pille, il l'appelle ſes Penſées. Dieu merci, ce vaurien
eſt de Genève et calviniſte; je ſerais bien fâché qu'il
fût français et catholique; c'eſt bien aſſez que Fréron
ſoit l'un et l'autre.

Je vous dirai hardiment, mon cher ange, que je
ne ſuis pas étonné du ſuccès du Siècle de Louis XIV.
Les hommes ſont nés curieux. Ce livre intéreſſe leur
curioſité à chaque page. Il n'y a pas grand mérite à
faire un tel ouvrage, mais il y a du bonheur à choiſir
un tel ſujet. C'était mon devoir en qualité d'hiſtoriographe, et vous ſavez que je n'ai jamais plus fait

ma charge que depuis que je ne l'ai plus. Il est plaifant qu'on m'ait ôté cette place, comme fi une clef d'or du roi de Pruffe empêchait ma plume d'être confacrée au roi mon maître. Je fuis toujours fon gentilhomme ordinaire, pourquoi m'ôter la place d'hiftoriographe? c'eft une contradiction. Tout hifto- rien de fon pays doit écrire hors de fon pays; ce qu'il dit en a plus de vérité et plus de poids. Adieu, mes chers anges; comptez que je pleure quelquefois d'être loin de vous.

LETTRE CCLXXVII.

A MADAME DENIS, *à Paris.*

A Berlin, 18 décembre.

JE vous envoie, ma chère enfant, les deux con- trats du duc de *Virtemberg;* c'eft une petite fortune affûrée pour votre vie. J'y joins mon teftament. Ce n'eft pas que je croye à votre ancienne prédiction, que le roi de Pruffe me ferait mourir de chagrin. Je ne me fens pas d'humeur à mourir d'une fi fotte mort; mais la nature me fait beaucoup plus de mal que lui; et il faut toujours avoir fon paquet prêt et le pied à l'étrier, pour voyager dans cet autre monde où, quelque chofe qui arrive, les rois n'auront pas grand crédit.

Comme je n'ai pas dans ce monde-ci cent cin- quante mille mouftaches à mon fervice, je ne prétends point du tout faire la guerre. Je ne fonge qu'à déferter honnêtement, à prendre foin de ma fanté,

à vous revoir, à oublier ce rêve de trois années.

Je vois bien qu'*on a preſſé l'orange* ; il faut penfer à fauver l'écorce. Je vais me faire, pour mon inſtruc-tion, un petit dictionnaire à l'ufage des rois.

Mon ami fignifie *mon efclave.*

Mon cher ami veut dire, *vous m'êtes plus qu'indifférent.*

Entendez par *je vous rendrai heureux, je vous ſouf-frirai tant que j'aurai befoin de vous.*

Soupez avec moi ce ſoir, fignifie *je me moquerai de vous ce ſoir.*

Le dictionnaire peut être long ; c'eſt un article à mettre dans l'Encyclopédie.

Sérieufement, cela ferre le cœur. Tout ce que j'ai vu eſt-il poſſible ? Se plaire à mettre mal enfemble ceux qui vivent enfemble avec lui ! dire à un homme les chofes les plus tendres, et écrire contre lui des brochures ! et quelles brochures ! arracher un homme à fa patrie par les promeſſes les plus facrées, et le maltraiter avec la malice la plus noire ! que de contraſtes ! et c'eſt-là l'homme qui m'écrivait tant de chofes philofophiques, et que j'ai cru philofophe ! et je l'ai appelé le *Salomon* du Nord !

Vous vous fouvenez de cette belle lettre qui ne vous a jamais raſſurée. *Vous êtes philofophe,* difait-il, *je le fuis auſſi.* Ma foi, Sire, nous ne le fommes ni l'un ni l'autre.

Ma chère enfant, je ne me croirai tel que quand je ferai avec mes pénates et avec vous. L'embarras eſt de fortir d'ici. Vous favez ce que je vous ai mandé dans ma lettre du premier novembre. Je ne peux demander de congé qu'en confidération de ma fanté. Il n'y a pas moyen de dire : Je vais à Plombières au mois de décembre.

Il y a ici une espèce de miniftre du faint Evangile, nommé *Pérard*, né comme moi en France : il demandait permiffion d'aller à Paris pour fes affaires ; le roi lui fit répondre qu'il connaiffait mieux fes affaires que lui-même, et qu'il n'avait nul befoin d'aller à Paris..

Ma chère enfant, quand je confidère un peu en détail tout ce qui fe paffe ici, je finis par conclure que cela n'eft pas vrai, que cela eft impoffible, qu'on fe trompe, que la chofe eft arrivée à Syracufe, il y a quelques trois mille ans. Ce qui eft bien vrai, c'eft que je vous aime de tout mon cœur, et que vous faites ma confolation.

LETTRE CCLXXVIII.

A M. BAGIEUX,

CHIRURGIEN MAJOR DES GENDARMES DE LA GARDE, &c.

Berlin, le 19 décembre.

Votre lettre Monfieur, vos offres touchantes, vos confeils font fur moi la plus vive impreffion, et me pénètrent de reconnaiffance. Je voudrais pouvoir partir tout à l'heure, et venir me mettre entre vos mains et dans les bras de ma famille. J'ai apporté à Berlin environ une vingtaine de dents, il m'en refte

à peu-près fix ; j'ai apporté deux yeux , j'en ai prefque
perdu un ; je n'avais point apporté d'éréfipèle , et
j'en ai gagné un que je ménage beaucoup. Je n'ai pas
l'air d'un jeune homme à marier , mais je confidère
que j'ai vécu près de foixante ans , que cela eft fort
honnête ; que *Pafcal* , *Alexandre* et *Jefus - Chrift*
n'ont vécu qu'environ la moitié , et que tout le
monde n'eft pas né pour aller dîner à l'autre bout
de Paris , à quatre-vingt-dix-huit ans , comme
Fontenelle. La nature a donné à ce qu'on appelle mon
ame, un étui des plus minces et des plus miférables.
Cependant, j'ai enterré prefque tous mes médecins,
et jufqu'à *la Mètrie*. Il ne me manque plus que
d'enterrer *Codénius*, médecin du roi de Pruffe ; mais
celui-là a la mine de vivre plus long-temps que
moi ; du moins, je ne mourrai pas de fa façon. Il me
donne quelquefois de longues ordonnances en allemand, je les jette au feu, et je n'en fuis pas plus mal.
C'eft un fort bon homme, il en fait tout autant que
les autres ; et quand il voit que mes dents tombent,
et que je fuis attaqué du fcorbut, il dit que j'ai une
affection fcorbutique. Il y a ici de grands philofophes
qui prétendent qu'on peut vivre auffi long-temps
que *Mathufalem*, en fe bouchant tous les pores, et
en vivant comme un ver à foie dans fa coque ; car
nous avons à Berlin des vers à foie et des beaux
efprits tranfplantés. Je ne fais pas fi ces manufactures-
là réuffiront ; tout ce que je fais, c'eft que je ne fuis
point du tout en état de voyager cet hiver. Je me fuis
fait un printemps avec des poêles ; et quand le vrai
printemps fera revenu, je compte bien, fi je fuis en
vie, vous apporter mon fquelette. Vous le difféquerez

—— fi vous voulez. Vous y trouverez un cœur qui palpi-
tera encore des fentimens de reconnaiffance et d'attachement que vous lui infpirez. Soyez perfuadé,
Monfieur, que tant que je vivrai, je vous regarderai
comme un homme qui fait honneur au plus utile de
tous les arts, et comme le plus obligeant et le plus
aimable du monde.

Fin du Tome troifiéme

TABLE ALPHABETIQUE

DES LETTRES

CONTENUES DANS CE VOLUME.

A.

ALPHABETIQUE. 527

ARNAUD. (M. d')

B.

BAGIEUX, (M.) *chirurgien major des gendarmes de la garde, &c.*

BERGER, (M.) *directeur de l'opéra.*

BOCAGE.

D.

F.

H.

M.

R.

T.

U.

V.

X.

Fin de la Table du tome troifième.

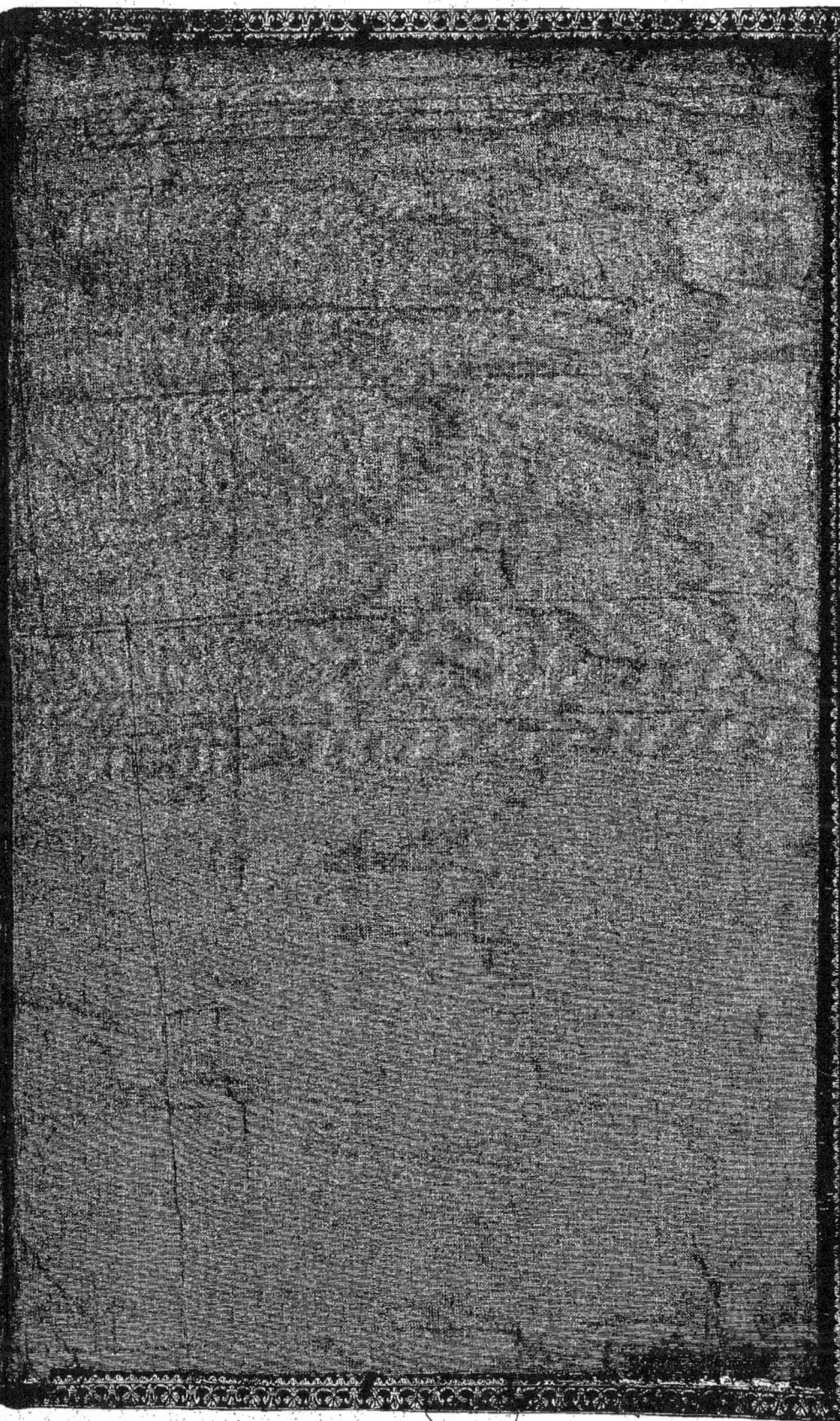

VOLTAIR

CORRESPONDEN

GENERAL

TOM

www.ingramcontent.com/pod-product-compliance
Lightning Source LLC
Chambersburg PA
CBHW061325050726
47504CB00013B/173